云中記

阿来——著

北 京 出 版 集 团

北京十月文艺出版社

献给"5·12"地震中的

死难者

献给"5·12"地震中

消失的城镇与村庄

向莫扎特致敬

写作这本书时
我心中总回响着《安魂曲》庄重而悲悯的吟唱

大地震动

只是构造地理

并非与人为敌

大地震动

人民蒙难

因为除了依止于大地

人无处可去

目 录

第
一
天

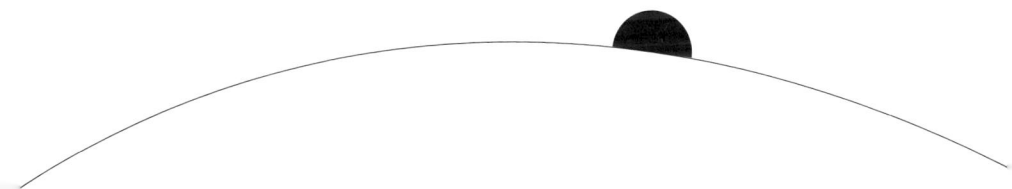

阿巴一个人在山道上攀爬。

道路蜿蜒在陡峭的山壁上。山壁粗砺，植被稀疏，石骨裸露。

两匹马走在前面，风吹拂，马脖子上鬃毛翻卷。风从看不见的山顶吹下来，带来雪山顶上的寒意。两匹马肩胛高耸。马用力爬坡时就是这样：右肩胛耸起，左肩胛落下；左肩胛耸起，右肩胛落下。鞍子上的皮革，还有鞍上那些木头关节，咕吱咕吱——好像是耸起又落下的马的肩胛发出的声响。

牲口出汗了。

弓着腰向上的阿巴跟在两匹马后面，鼻梁高耸，宽大的鼻翼掀动，他闻到了牲口汗水腥膻的味道。阿巴已经有三年多时间没有闻到这令人安心的味道了。以前的他，身上也满是这种味道。以前的日子里，他总是在这种味道中走动，在这种味道中坐在树下休息。身体很热，味道很浓烈，团团树荫围拢过来，带来些微的凉气，那浓烈的味道就淡下去了。

地震爆发前的几分钟，几秒钟，他就被这种味道包围着站在天空下，那是攀爬更高山道的时候，累了，他站在山道拐弯处休息。

他用手抖住腰，望向深深的峡谷，望向峡谷底部的岷江，再抬头仰望上方的雪山。雪山上方停着又亮又白的云团。汗水淋漓的马也停下来，它们身上浓烈的腥膻味就聚拢过来，包围了他。

算算时间，作为地震灾民迁移到移民村已经四年多时间。

远离马的味道也已经有四年多时间。

那是移民离开云中村的前一年，就在这座山上，只不过不是在这里——这个岩层裸露、山体开裂、植被稀疏的地带。这是在云中村下方。地震来时，他是在云中村上方。那里植被丰茂，空气湿润。这是岷江中上游山区的寻常景象。山谷低处，村落密集，山坡裸露，干燥荒凉。随着海拔升高，村落稀疏了，植被变得丰茂密集。同一座山，山上与山下是两个世界。

云中村恰恰就坐落在这两个世界中间。

比迁往移民村还要往前一年，2008年5月12日，午后，地震即将发生，阿巴出了云中村往山上去。

当时，他也像现在这样跟在两匹马后面。穿出一片树林时，阿巴觉得有些呼吸不畅。累了吗？是有些累了。但也不至于像是被人握住了肺叶一样。他看见天空被一片浅灰的云遮着，阳光的热力却没有减小。灰云和没有完全被灰云遮断的阳光给人一种沉闷的印象。他用手抖住腰，挺直了身子，在山道拐弯处休息。就在这时，大地开始轰鸣。好像是喷气式客机隆隆从头顶的天空飞过。他没有在意，每天都有喷气式客机飞过头顶的天空。声音像是雷霆滚过天顶。隆隆的声音里，大地开始震颤，继之以剧烈的晃动。他脑子里"地震"这个词还没来得及完整呈现，一道裂口就像一道闪电，像一条长蛇蜿蜒到他的脚下。尘烟四起，大地的晃动把他摔在了路

3

边，摔在了一丛开着白花的忍冬灌木丛中间。那些繁密的枝条在大地愤怒震颤的时候包裹住了他。他叫了一声山神的名字。这也是村子背后那座雪峰的名字。大地的轰鸣淹没了他呼唤神灵的声音。他被重重摔倒，忍冬花柔韧的枝条包裹住他，他也紧紧地抓住那些枝条。

地裂天崩！一切都在下坠，泥土，石头，树木，甚至苔藓和被从树上摇落的鸟巢。甚至是天上灰白的流云。

他随着这一切向下坠落，其间还看见被裹挟在固体湍流中的马四蹄朝天，掠过了他的身边。

后来，阿巴知道，地震爆发的时间是下午2点28分04秒。

他熟悉的世界和生活就在那一瞬间彻底崩溃。

灾后，他和云中村幸存的人不得不离开，去往政府安排灾民的另一个地方。离开大山，去往一个平原上的村庄。

那时，再过一个月就是地震一周年。四月，一个出奇炎热的日子。空气被烈日烤炙，蒸腾着，仿佛火焰。

全村人走上山道，不是往上，而是向下。他们背上被褥，或者祖传的什么宝贝物件，走在了通往河谷的下山道上。当看到江边公路上那些转运他们的卡车时，一些人开始哭泣，像在歌唱。另一些开始歌唱，那是关于村子历史的古歌，歌声悲怆，像是哭声一样。他们是村子里剩下的人。好多人死了，还留在山上。还有一些受重伤的人，断了腿的人，折了胳膊的人，胸腔里某个脏器被压成了一团血泥的人，还躺在全国各地的医院，或者在某个康复中心习惯假肢。比如那个爱跳舞，却偏偏失去了一条腿的央金姑娘。

他们爬上卡车，那些简单的行李蜷缩在脚下，车子开动了，公路上扬起稀薄的尘土。

地震发生后，阿巴就再也没有见过那两匹马。但他坐在离乡背井的卡车上，还感到牲口身上的味道包围着他。

当云中村人落脚在另一个世界，那个平原上的村庄，那些气味一天天消散，最后就永远消失无踪了。

有一阵子，阿巴竟然把这些味道都忘记了。

现在，离开四年多后，阿巴回来了。

在陡峭的山道上一步一步走向云中村。

两匹马八只蹄子交错着举起，落下，举起，落下，轮番叩击裸露着破碎岩石的路面，嗒嗒作响。那声音与啄木鸟用锋利的喙叩击枯树的声音有些相像。

啄木鸟愤怒地用巨喙叩问大树，它为什么要这么固执，非要死去。

当村前那株老柏树摆出濒死的姿态，啄木鸟就飞来努力工作。嗒嗒！轻轻地叩问，害你生病的虫子在哪里？嗒嗒嗒！焦急地叩问，害你想死的虫子在哪里？那是地震前一年的云中村，啄木鸟在村前那株老柏树身上啄出了一百多个孔洞，灭尽了树身里的虫子。但是，这株树还是死了。春天到来时，枝头没有长出嫩绿的新叶。那些去年前年，以及再往前好几年长出的针叶也都枯死了。

李花风起时，桃花风起时，那些枯叶掉在地上，簌簌有声。

老柏树是村子的风水树，神树。

村民们说：阿巴啊，你救救它！

阿巴，救救我们的神树啊！

阿巴！

阿巴是云中村的祭师。古往今来，祭师的职责就是奉侍神灵和抚慰鬼魂。

老柏树现出垂死之相，阿巴在树下盘腿坐着，吟唱悲怆的古歌。从这个村子的人在一千多年前，从遥远的西方迁徙而来时唱起，一直唱到他们的先人如何在云中村停下脚步，繁衍生息。那时，这株树就和云中村的人们生活在一起。阿巴祈求它继续活下去，继续和云中村人一起生活。可老树死意已决。依然在微风中簌簌地降下枯叶的细雨。努力祈祷的阿巴头上积了两寸厚的枯叶。

阿巴在树前摆开香案。穿着祭师服，戴着祭师帽，摇铃击鼓，向东舞出金刚步，旋转身体，向西舞出金刚步，大汗淋漓。似乎真有神灵附体。但老树还是继续降着枯叶雨。

阿巴哭了。

阿巴换上寻常的衣服，以村民的形象出现在树下。跪下来磕头。磕一个头，往树前洒一碗酒。

树爷爷不要离开我们！

树不说话。树用不断降落的枯叶说话。树用不断绽裂、剥落的树皮说话。树皮不断剥落，露出了里面惨白的身体。

阿巴弄不明白，树为什么一定要死？他更弄不明白，寄魂在树上的神去了哪里？他劝阻不了树的死，只能细心地把剥落的树皮和满地枯叶收集起来。

云中村的乡亲就在背后议论他了。这个祭师到底是半路出家，通不了灵，和神说不上话呀。

阿巴看着老柏树一天天枯萎而死，也这么怀疑自己。

他在自家楼顶平台上，把带着些微湿气的树皮和枯叶晒干。树皮和枯叶在阳光下散发着浓烈的柏香。阿巴坐在这些香气中间，望着云中村，望着云中村四周的田野。红嘴鸦绕着和老柏树一样年岁的高碉飞翔。

三月，渠水奔向返青的冬小麦田。李花开着。桃花开着。前些年政府大力推广的叫作车厘子的外国樱桃繁密的白花也开着。

四月，那些花相继凋谢。

五月，李树、桃树、樱桃树上都结出小小的果子。小桃子毛茸茸的。青绿的李子和樱桃脆生生的。

地震那天，阿巴把老柏树的枯叶和树皮分出一小包，驮在马背上。他要把它们带到村后的高山上去。带到山神那里去。在祭台上焚烧。让焚烧后的青烟去跟山神说话。他把这些东西放到马背上的时候，还说了一句：有什么话就跟山神说去吧，我不懂您的心意，您就跟山神说说为什么非死不可吧。

他想，也许和山神交谈后，老树会回心转意。

走到半路，他在山道上那个望得见雪峰也望得见峡谷里江流的拐弯处停下来，大口喘气。他用手拄住腰，挺直了身板四处张望。就在这时，地动山摇，世界崩溃。

又过了差不多一年，云中村人离开了这里，背井离乡。

祖先们一千年前迁移到此。一千年后，他们又要离乡背井。救灾干部不同意这样的说法。不是背井离乡，是一方有难，八方支援。你们要在祖国大家庭的怀抱中开始新的生活。

其中一个干部就是云中村人，阿巴的外甥仁钦。

地震那天夜里，仁钦就从县里赶回了云中村，组织村民抗灾自

7

救。忙完救灾，这些干部又领受了新的任务，组织移民搬迁。

时任云中村移民搬迁工作组组长的外甥不高兴了：什么背井离乡，舅舅您不能带头说这样的话！

阿巴用拳头敲击胸脯：小子，不是我的嘴要这样说，是这里，是这里！

外甥笑了：舅舅您像个大猩猩。

阿巴在电视里看过关于猩猩的纪录片，他喜欢看有山、有动物的电视，他对外甥说：我捶了胸脯，可我没像猩猩一样龇着牙齿。

外甥已跑开去安慰哭泣的人了。

四年多一点后，阿巴独自一个人回来了。

山很峭拔，山道盘旋而上。

两小时前，两匹马和他一起从喧腾的岷江边开始向上攀爬。颜色青碧的江流已经在深深的峡谷中间，悄无声息了。爬得越高，水声就越小，差不多半个小时后，水声就彻底从耳边消失了。五月，这是河流和大地都很安静的季节。等到夏天到来，江流暴涨，谷中的江水就不是这般温顺的模样了。

盘旋而上的山道很安静。

两匹负重的马，蹄子叩击裸露的岩石，发出清脆的声响。

发出声响的还有马脖子上挂着的铜铃铛。

叮当！叮当！

敞开的铜铃铛中央悬垂着的木舌前后左右不规则地晃动，撞击着铜铃，发出那声响。

阿巴的耳朵知道，铜铃声不够清脆响亮。

原因在那条晃动的木舌。

木舌是他离开移民村前现做的。移民村在温暖潮湿的平原。那里的木头也是潮湿的，木质也不够紧密。阿巴用的是一段香樟木。那是他从家具厂李老板那里要来的。两个工人站在飞快旋转的电锯前，沿着木材上画出的墨线，分解那些木板。他们要做一批半人高的柜子，据说是城里人摆在进门的地方放鞋子用的。电锯飞转，嗡嗡作响。一些废料就随便弃置在地上。他从这些废料中拣出一块：纹理顺向的，有点香气的。

李老板说，香樟。

两条在此时撞响铜铃的木舌就是用那段香樟木做的。

阿巴亲自动手用快刀削成了这两条木舌。移民村潮湿的天气与他为敌，使他浑身的关节隐隐作痛，像是锈住了一样。

离开移民村，回云中村的路很长。

他在县城里住了一个晚上。

又在瓦约乡政府住了一个晚上。

瓦约乡就是云中村所在的那个乡。

阿巴返乡的路从容不迫，既然都离开那么久了，又为返乡打算了那么长时间，阿巴就不在乎在路上多停留一个晚上两个晚上。

外甥仁钦已经当上了瓦约乡乡长。

阿巴到达乡政府时，乡干部们正在开会。他听到一个熟悉的声音在大声讲话。他在屋檐下的水泥台阶上坐了下来。面前，放着两只装得满满当当的褡裢，里面全是他要带回云中村的东西。

乡政府的院子中央的花台上，金盏花已经开放。飞舞花间的蜜蜂小小的翅膀弄出大片嗡嗡的声响。

阿巴就坐在那里，望着河对面的山。山坡上，还有很多伤疤一样的痕迹，地震时一切往下坠落，那些往下滑动的东西——树、岩石、泥巴、房子，还有斜挂在山坡上的庄稼地——留下的痕迹，有些正被绿草掩没，有些还依然裸露在那里。深灰色的，浅黑色的。

阿巴要回的云中村还在更上面一些。

地震后，县里已经做好了重建规划。这时，来了地质专家，说云中村坐落在一个巨大的滑坡体上，最终会从一千多米的高处滑落下来，坠入岷江。这个村子的人必须整体搬迁，规避大地震后的次生地质灾害。

阿巴抬头望去，四年过去了，云中村还在上面，还没有滑落下来。

乡政府散会了。

仁钦乡长看见阿巴时，吃了一惊，但他偏偏说：我算过了，舅舅您就该在这几天回来。

你小子以为我只是说说，不会真的回来。

仁钦把舅舅领到屋里：您精神不太好。

湿气把我的骨头锈住了。

那里的人对你们不好吗？

他们叫我们老乡。几年了，他们还是叫我们老乡。

那是乡亲的意思。

那不是乡亲的意思。要是那是乡亲的意思，他们为什么不叫他们自己人老乡？

听了这话，仁钦便皱起眉头看着他。

阿巴突然意识到自己怎么一下子说了这么多话。自己怎么可能一下子说了这么多话？于是，他坐在外甥屋子的椅子上，不再说话了。他低下头，看见外甥桌子上相框里摆着他母亲的照片。那个头发梳理得光光溜溜，额头上横着三条皱纹，笑容里总带着一点忧愁的女人是他的亲妹妹，仁钦的母亲。地震袭来时，她正在溪边的水磨坊里。她和磨坊一起被一块比房子还大的巨石砸进了地下。连巨石本身也有相当一部分陷入了地下。当时，死的人太多。他们都没有感到太多的痛楚。但现在，就像一把刀割在肉上，他的心头横过一道清晰的痛楚。痛楚来得那么快，犹如一道闪电。去得却那么慢，仿佛一条还未羽化成蝶的毛毛虫在蠕蠕而动。阿巴心头的痛楚肯定也传导到了仁钦那里。他看见一直看着他的外甥眼睛有些湿了。仁钦把视线从舅舅脸上移开，朝向了窗外。

阿巴在心里念出了妹妹的名字。等仁钦转过脸来，阿巴向他投去责备的眼光。

仁钦懂得舅舅眼光中的意思。按云中村人的习惯，一个人不在了，就去了鬼魂的世界。为了死者转往鬼魂世界时没有牵绊，身后留下的东西都要毁弃。

仁钦对舅舅说：我认为一张照片不是牵绊，您，我，才是妈妈在人世间的最大牵绊。

阿巴说：我认为，我认为，你用干部腔调说话，我怎么说得过你。

仁钦笑了：您知道我是干部，我是乡长就好。

仁钦忍受着失母之痛，在云中村担任抗震救灾工作组副组长的时候，就常对阿巴这样说话。

阿巴说：我电话里说的那些，你都给我准备了吗？

他准备离开移民村时，在电话里让仁钦给他准备两匹马，还要配上全副的鞍具。他在电话里对外甥说：都四年多了，我想云中村想得不行，我要回去看看。

仁钦问他：褡裢里装的什么？祭神的法器？祭师的服装？

阿巴没有回答。

仁钦起身去食堂打招呼张罗晚饭。

阿巴坐在窗前，回到高原上的干燥地带，折磨人的湿气正从骨头缝里一点点消失。看着镜框里妹妹的照片，他的心头又像锐利的闪电一样掠过一道痛楚。他叫了声妹妹的名字。他抚摸相框。手指轻轻滑过光滑的玻璃镜面。那是死去的妹妹的脸。那不是死去的妹妹的脸。他听见自己的声音：妹妹，我不知道这是不是你。

他还说：我都忘记了你的样子，现在，我又想起你的样子了。

他就那样一直端坐在窗前，面对着这张死者的照片，直到黄昏降临。他一直在说话，有些话在心里说，默不出声。有些话，他听到自己忍不住说出声来了。

仁钦从厨房弄来了一盆白萝卜炖羊肉。他还故意把一瓶酒藏在身后。他盛一碗汤给舅舅。

舅舅沉下脸：酒。

您是宗教从业者。仁钦用的是政府登记册上对舅舅的称谓。

阿巴说：我是非物质遗产，乡长不能不给我酒喝。

结果，他和仁钦喝完了那瓶酒。中间几次，这小子都劝他少喝一点。阿巴固执地把空酒杯伸过去，我是非物质文化遗产。政府封他的那个称号太长：非物质文化遗产传承人。他从来没有把这个称号说全过。有时，他说非物质文化。有时，他说，我是非物质遗产。

仁钦说：非物质文化遗产传承人，要连在一起说，是一个名字，不是两个。

你小子酒量不行。

真的要连在一起说！舅舅同志。

世界上没有那么长的名字。你小子喝多了。当乡长的人不该喝这么多，乡长不能喝醉。

我没跟老百姓喝酒，我跟我舅舅喝酒。

酒瓶就放在桌子上，但阿巴固执地把空酒杯伸在仁钦面前：酒。

仁钦给他把酒杯斟满：唉，我这个乡长就是常常拿老百姓没有办法。让他们把山羊圈养，就是说不通。问县长怎么办？问书记怎么办？书记县长说，怎么办？说服，教育，示范。腿杆跑细，嘴皮子磨薄。看看，现在圈养了，荒坡上长出草了，生态好转，宰羊也不必再等到秋天。

阿巴这才想到，是啊，要是过去，这个季节满山啃树啃草的山羊还没有上膘呢。而现在嘴里的羊肉确实肉嫩膘满。

不信您看，不让羊满山跑，树和草长得好了。生态呀，绿水青山。

最后那一杯酒下去，阿巴也开始说重皮子话。我不是阿巴，我是移民村家具厂的锯木工。你不能不给锯木厂的工人老乡喝酒。酒已经没有了。他还是伸出胳膊，拉开衣襟，对仁钦说，闻闻，闻闻，我都没有云中村的味道了，也没有非物质文化的味道了。

仁钦说：非物质文化遗产传承人，舅舅您要把名字说全。

世界上没有这么长的名字，仁钦。我是移民。我是家具厂的锯木工人。闻闻，闻闻。竹子的味道。木头的味道。就是没有传承人的味道。

后来，乡政府别的人也加入进来。他们又拿来了酒。大家还一起唱了歌。

乡政府那些年轻干部一起喝啤酒唱歌的时候，阿巴睡着了。他坐在椅子上垂下脑袋就睡着了。

但他还是听见有人问仁钦：你舅舅回来干什么？

他想云中村了。

那里什么都没有了呀！

阿巴突然昂起头来说：还有死去的人，还有山神。

他那样子把大家吓了一跳。

早上，江边村的云丹把两匹马牵来了。

两匹马和它们的主人站在院子里，散发着热腾腾的腥膻气息。阿巴还在屋子里就闻到了这种气息。自从有了拖拉机，马就从生活中消失了。二十多年前，马就从云中村人的生活中消失了。只有阿巴还固执地养着两匹马。但那两匹马在地震中死了。他从移民村家具厂给仁钦打电话，说：我要回来，给我准备两匹上山的马。

您要马干什么？您明知道整个瓦约乡都没有一匹马。不要说瓦约乡没有，整个县都没有。再说，地震后，毁了的道路都没有修复，那条路，人走起来都困难，马怕是上不去了吧。

阿巴跟仁钦要马，好像是在为难他，好像马在地震中死去是他的责任一样。这是震后老百姓一种普遍的情绪。他们不能责怪地

14

震，不能责怪老天爷。他们责怪干部，责怪政府。阿巴也一样，哪怕政府的干部是自己的亲外甥。

阿巴在电话里不由分说：给我准备两匹马，我要回去，我要上山。

仁钦在电话里叫苦不迭：瓦约乡哪来的马呀！

阿巴什么也不说，结束了通话。他对身边的人说：这小子骗我！他以为我们不知道瓦约乡现在又有马了。

他想，再说下去，仁钦会叫苦，会跟他商量别的上山方案。比如步行上去。他好像看见仁钦摊开双手，说，我理解您的心情，但提要求也要合情合理。他从县政府机关下来，地震发生的时候大学毕业才两年，大灾之后就来应付复杂的人心和局面，应付老百姓各种各样的要求。他总是说，困难是真实的，但要求要合情合理。他把摊开的手握成拳头，或者伸出来攀住某个人的肩膀，来吧，我们一起来想办法，看看还有什么解决方案。

方案。方案。方案是什么东西？

方案就是办法嘛。

那你说办法不就行了！

仁钦赔着笑脸：来，我们一起想想。没有什么事情没有解决方案。

阿巴打电话的时候就想，不能为难干部，不能为难仁钦，他是乡长，也是自己的外甥。可是，话已经说出口了。他知道自己跟很多乡亲一样，总是为难政府，好像地震是政府发动的一样。就像政府要开一个会，政府搞一个什么工程的开工仪式什么活动的启动仪式，干部大喊，一！二！三！开始！然后，就地动山摇，尘土蔽

15

天，生灵涂炭。

阿巴在电话里说：机耕道毁了，拖拉机上不去，我要两匹马。

仁钦又把电话打过来，这回他爽快地答应了：好，我给弄两匹马，您回来吧。我也想舅舅了。

离开家具厂，他跟李老板结清了工钱。

李老板说：你这像是不回来的意思了。

阿巴拍打着身上的木屑和那些有点潮湿的木头味道，说：谢谢你，你对我一直很好。

李老板说：我看你这人有点不一般。虎落平阳，虎落平阳。地震了嘛，没有办法。

阿巴搭不上李老板的话，自己哪里就不一般了。他只能说：你一直对我们很好。

李老板说的也是干部常说的话：一方有难，八方支援。

临行前，阿巴去了从云中村移民来的每一户人家。每一户人家都住着政府统一修建的安置房。青瓦白墙。他在每户人家坐一阵子，并不说话。

每户人家都说：阿巴来了。

他们打开炉灶，天然气火苗蓝幽幽的，呼呼作响。

他说：我要回去了，你们捎点东西给那里的人吧。

是的，每家每户都有在"那里"的人。在那个毁弃的云中村。那个被地质隐患调查队判定，最终会和巨大的滑坡体一起坠入岷江的云中村。每家都有人在"那里"。没有哪家人没有在地震中失去亲人。气氛立即变得悲伤了。他们找出酒。糖果。上小学或幼儿园孩子的一幅画。新生儿的一张照片。拿照片的两户人家其实是四户人家。四个破碎的家庭重新组建的两户人家。他们生了一个儿子。孩子吃着捐助的奶粉长大，裹着捐助的尿不湿长大。他们说，娃娃不是生在云中村的，但还是云中村人，就拿照片回去吧。给他们的哥哥看看，给他们的小姐姐看看。阿巴很惭愧，他不该又来揭开正在愈合的伤口。让这些伤口又流出血来。但他是村子的祭师，他是非物质文化。他说，对不起，我让大家伤心了。乡亲们流着泪，说，请告诉他们我们没有忘记他们。有乡亲用额头抵着阿巴的额头。有人用鼻尖蹭磨阿巴的鼻尖。别人的泪水流进了他的嘴里，阿巴尝到了盐的味道，悲伤的味道。

悲伤的味道又苦又咸。悲伤像一股电流，互相在身体中传导，使得阿巴浑身震颤。

他一户一户一家一家收集东西，装满了整整一个褡裢。

李老板把他拉到村口饭馆喝了一顿酒。饭馆是三户移民合伙开的。以家乡的山货为号召。野菜。蘑菇。牦牛肉。藏香猪肉。李老板请他喝酒。李老板说，今天不喝店里的青稞酒。喝五粮液。李老板敬酒，说，好，老虎回山。好，老虎回山。李老板还把一沓钱塞在他口袋里，一点心意，一点心意。李老板还对老板说，请老板娘唱个歌，唱个你们的歌。那是一首思乡的歌。李老板听不懂歌词，但眼睛还是湿了。

阿巴把李老板塞给自己的钱掏出来，说：我不要。我只要你按时给工人发放工钱。

李老板说：钱你收着，不然就是看不起我。我也不是不按时发放工钱。唉，做生意也难。人家拖欠我的货款，我也就只好拖欠大家的工钱。

阿巴说：你是有钱人。

李老板瞪起眼睛，要是把拖欠的货款都收齐了，就有一千七八百万！千万富翁啊！可是，总是收不齐货款，我还欠着银行的钱。

阿巴只好说：唉，大家都难。唉，我就更不能要你的钱了。

老子是汉族老大哥，你必须拿着！家具厂要死要活，也不在这点钱上，拿着！

阿巴说：我岁数比你大，你怎么是老大哥。

我说的不是我们两个人，我说的是两个民族。

老板娘切了一包牛肉：阿巴您路上吃。老板娘烙了两张饼：阿巴您路上吃，夹着牛肉吃。老板娘用菜刀割下一绺头发，用红丝带细细扎好，阿巴，这个给我女儿，告诉她妈妈的心死了一半。

说完，总是笑脸迎客的老板娘抱着阿巴的腿，跪在地板上放声大哭。

阿巴紧紧攥住那绺头发，说：唉，我又勾起大家的伤心事了。

谢谢阿巴代我去看她。

阿巴说：放心吧，我要让他们好好的，他们会知道亲人都在想着他们。

阿巴离开那天，整个移民村都出动了。一共十二辆小面包车坐得满满当当。他们一直把他送到汽车站。

那天，阿巴表情严肃，气度威严。他脱下家具厂的蓝色工装，穿上了藏袍。哔叽呢的灰面料，闪闪发光的云龙纹的锦缎镶边，软皮靴子叽咕作响。

有人要流泪，阿巴说：不许悲伤。

有人想说惜别的话。阿巴说：不许舍不得。

那我们用什么送阿巴回家？

用歌唱，用祈祷。用祈祷歌唱。让道路笔直，让灵魂清静。

于是，一村人都在汽车站唱起歌来。一村人聚在一起，他们的歌声在汽车站的屋顶下飘荡。他们在水泥站台上摇晃着身体，就像被吹动的森林一样。歌唱像是森林在风中深沉的喧哗。岩石在听。苔藓在听。鸟停在树上。鹿站在山岗。灵魂在这一切之上，在歌声之上。

云中村的全体移民送阿巴归乡。送云中村的祭师回乡。

汽车开动了。阿巴的归乡之路展开。

那些忍不住泪下的妇人，用手掩住了脸。

阿巴一闻到马的腥膻味道，就看见江边村的云丹牵着两匹马站在乡政府院子里。

屋子里的阿巴，拿起摆在桌子上的妹妹的照片。他对仁钦说：我带你妈妈回家。

仁钦没有说话。

仁钦用一条白色哈达把母亲的照片包裹起来，默默递到舅舅手上。

阿巴说：你这桌子上应该放一张年轻女人的照片。

仁钦笑笑：你下山的时候，会看到的。

阿巴没对仁钦说他不准备回来了。

舅舅这么做，作为外甥他不会同意，作为乡长他更不能同意。阿巴想，当他知道自己不会再下山来时，仁钦乡长会搔着后脑勺说：我舅舅给我出了一个难题。

这个年轻乡长，曾经的瓦约乡抗震救灾工作组副组长喜欢说方案，喜欢说难题。还喜欢说克服，还喜欢说破解。阿巴怀着对仁钦的一点歉意。他心里说，舅舅要成为你的一个难题了。

阿巴走到门口，看到马正伸长脖子，掀动着鼻翼去够花坛上的蜀葵叶子。云丹使劲拉着缰绳。云丹抬头看见阿巴，脸上表情平静，好像昨天才在山路上碰过面，而不是几年时间没有见面。

云丹说：可不敢让牲口吃了乡政府的花，你家仁钦厉害着呢。

阿巴说：你从哪里找来的马？仁钦叫你找的？

云丹用一只手脱下帽子：请你原谅我松不开手。

阿巴知道他的意思，他不能走上台阶来，和久违的乡亲行碰头礼。

阿巴走下台阶，攀住云丹的肩头，用自己的额头碰触他的额头。立即，牲口热烘烘的味道就把两个人包围在一起。阿巴想对他说，我回来了。但他不想太多愁善感。他问：你从哪里弄来的这两匹马？

你外甥，仁钦乡长帮我们从外县买来的。

你要马干什么？你们村就在公路边上。

旅游呀。游客喜欢骑马。云丹说，我家是旅游示范户。

阿巴有些不满：仁钦你把我们赶走，却让他家当示范户。

仁钦不说话。仁钦把褡裢放上马背，系好。然后拍拍马屁股说：走吧。

阿巴牵着一匹马，云丹牵着一匹马。走出乡政府开着金盏花的院子。走上了公路。马蹄声嗒嗒作响。一辆辆卡车飞驰而过。一辆辆小汽车飞驰而过。走到桥头，河对岸的山路顺着破碎荒凉的山坡盘旋而上，通向看不见的半山腰上的云中村。江里的水很响，浪花很明亮。

阿巴停住脚：云丹，你回吧。

我送你上去。

我不要人送我，我要一个人回去。昨晚我就对仁钦说了，我要一个人回去。

昨晚，仁钦对他说：明天我送舅舅上去。

他问仁钦：这几年你回去过没有？

仁钦低下头：没有。

阿巴责备他：你忘了他们。

仁钦说：我不敢一个人上去。死了那么多人，每一个人我都认识，还记得每个人死去的样子。我害怕。

害怕？那就是你也相信鬼魂。

我是唯物主义。

阿巴听说过这个词，虽然弄不懂真正的意思，但知道有部分意思就是认为世界上没有鬼魂。

既然相信没有鬼魂，那你害怕什么？

反正我一个人上去肯定会害怕。我害怕在那么近的地方想起妈妈。

当舅舅的不忍心了：还是我一个人上去吧。别看你当了乡长，还是个刚长大的孩子啊。

在桥头，望着盘旋上山的路，望着山体上地震留下的累累伤痕，阿巴对云丹说：我要买下你这两匹马。

你要马做什么？你是云中村的祭师，上去祭个山神，安慰一下鬼魂，要马干什么？

阿巴告诉云丹，他回到村里就不走了。云中村没有一个活物，他得有活东西陪着。

云丹说：我把马借给你，先把东西驮上山去。过两天我上来看你。你要活物，我拿两条狗把马换回来。马能干什么？狗还可以帮你打猎，帮你看家。

阿巴摇头：我不打猎。

得了吧，外甥当了乡长，你就不打猎了？

他是政府的人，我要顾全他的脸面。狗要吃肉，我没有肉给它们吃。我就要吃草的马好了。

阿巴心里想的是，不能要狗，村里尽是鬼魂，狗一惊一乍叫到天亮，鬼会害怕，人也受不了。他说：你开个价钱。你可以开高一点的价钱。拿了钱你就去找乡长，让他再帮你买，我给的钱肯定让你有赚头。

云丹抖开袖子：我看你能开个什么价钱。

阿巴也抖开袖子，两个人在袖筒里互相捏住了对方的手指。用手讨价还价，是过去买卖牲口的规矩。马竖着耳朵，像是在听人说话。它们要是听见现在的主人说，我的马值这么多这么多钱。未来的主人却说，你的牲口这里不好那里也不好，我只能出这么多这么多钱。要是这样，马会伤心。马就不会跟新主人亲。

阿巴说：你先。

云丹说：还是你先。

阿巴不说话了，眼神定定地看着云丹。阿巴定住眼珠一动不动，让被看的人心里慌乱。所有人都晓得，他要降神作法的时候，就是这种眼神。

云丹扛不住这眼神：好吧，我先。

他把比出了数字的手指让阿巴握住。

阿巴笑笑，眼神也恢复了正常，把自己的手指让他握住。

阿巴，这不是真的吧。你怎么可以出比我高的价？

阿巴说：因为我真想要这两匹马。你刚牵着它们进乡政府的院子，我一闻到它们的气味，就知道，它们就是我在山上的伴了。

云丹说：不行，不行。重新来过。

云丹说：我报那个价，是准备你杀价。你不杀价反而往上面加，你是忘了做生意的规矩吗？

好了，要是你接受这个价钱，他站在两匹马中间，一手拍拍前面那匹马的屁股，一手伸在后面那匹马的鼻子前，这两匹马就是我的了。

云丹说：不行，不行，要是你外甥知道我收了你高价，他不会饶过我。

阿巴说：只要你不说，他怎么会知道？

云丹说：你真有这么多钱？

阿巴把马背上的一只褡裢解开，给云丹看一扎一扎的红色人民币。

看到这么多真钱，云丹就不再坚持要重新讨价还价了。他说：啧啧，一个人怎么可以有这么多钱！

阿巴说：我锯木头，解木板，整整四年，一年挣两万多。你说我该不该有这么多钱。

云丹看看四周：桥上风这么大，来往的车这么多，也不是数钱的地方。我们到山上去吧。

两个人两匹马往山上走了好一阵子，江里的水声都很远了，两个人才在路边一株开花的槐树前坐下来。两个人坐在树下青草稀疏的地上。

阿巴说：现在真把山羊圈起来养了吗？

要是不圈起来，山上怎么可能长出这么多草来。

阿巴说：可怜的羊。

云丹看着他没有说话。

你家养着羊吗？

云丹告诉他，自己家是旅游专业户。养羊也有专业户。是仁钦乡长订的规矩呢。你外甥年纪轻轻，有能耐，乡亲们都说他好话。

阿巴露出隐约的笑意，从褡裢里取出钱来，自己数过一遍，又让云丹数一遍。

云丹数好一沓，就深深地揣进怀里。再数一沓。

阿巴愿意给他这么多钱，这是他愿意的，因为他想要这两匹马。但他有点不高兴云丹这个样子。至少他该把刚才说过的客气话再说一遍。这家伙，见到真钱，就一张张数过，一沓沓深深地塞进怀里。

阿巴忍不住语带讥讽：可是要数清楚啊。

云丹不为所动，把最后一沓钱数清楚，揣好了，才站起身来。钱在他袍襟里鼓起来，显出很多钱聚集的形状。

他说：阿巴，谢谢你，我可以把女儿的嫁妆补全了。

云丹一说这话，阿巴心上就热了。他说：坐下来吧。我们两个人还没有"告诉"呢。

"告诉"，是瓦约乡的古老风俗。两个人在路上遇见，要是昨天才见过面，就互相把昨天以来的事情告诉一遍。要是一个月一年没见过面。就把一个月一年以来的事情告诉一遍。所以，方圆百十里，全乡七个村子家家户户的事情，彼此都清清楚楚。现在，除了一些守旧的人，没有多少人耐烦两个人站在路上，重述一天、一月、一年来所经过的那些事情了。

阿巴感叹，现在的乡亲，互相都不再知根知底了。

四年多的时间太长了。

阿巴告诉云丹移民村的事情，自己在家具厂打工锯木板的事情。

云丹告诉他女儿出嫁和当旅游专业户的情形，前两年生意不好，游客怕地震。不过，现在是一天天好起来了。那些城里人把车停在村里，骑马上山，看风景，看地震遗迹，看新打造的寨子，还到种植专业户的果园里采摘樱桃。

云丹说：她们母女俩，在屋外绣花，老房子四面的墙都向着里面倒下。要往外倒就砸着她们了。

阿巴说：唉，嫁妆都砸在老房子里了?

云丹说：最大的珊瑚珠碎了，没有那颗定心珠，算什么珊瑚项链啊。蜜蜡也碎了。偏偏，掉下来的房梁，就砸在那些东西上。

阿巴说：象牙镯子就别弄了，如今买卖象牙犯法。

这又是一个新的话头。两个人又扯到了环保话题：禁猎，禁止野生动物制品买卖。

云丹突然问了一个问题：阿巴你说我们怎么这么稀罕自己土地上没有的东西？

这真是一个问题。珊瑚是大海里来的。他们两个都没有见过大海。瓦约乡其他乡民也没有见过大海。蜜蜡是从俄罗斯地下岩层中挖出来的。他们也不知道俄罗斯究竟在哪里。象牙更要从黑人国家的草原上来。他们也不知道怎么去找到那些大象。

阿巴做了总结：这些事，再说三天也弄不明白，就到这里吧。我要回云中村去了。

云丹下山，走出几步，又回过头来，用老派的典雅的祝福语道别：祝你面前的道路是笔直的。

阿巴站在曲折陡峭且破碎的山路上：也祝你面前的道路是笔直的。

阿巴随着两匹马走在山道上。一步一步慢慢向上攀爬。

太阳移到天顶的正中了。他身上流着汗。马也出汗了。汗水让它们的皮毛显得光滑而明亮。汗水使它们散发出强烈的属于马的味道。除了马蹄叩击在石头上的声音，周围实在是太安静。风拂过树和草的声音不算，鸟在枝头的叫声不算。阿巴觉得除了这些声音，还得弄出些声响。

他对马说：停下。

两匹马继续耸着肩胛，奋力向上。

他想，多说几次，马才能听懂新主人的话。

又走了一段路，道路从庞大的山体上往左斜升，短短的影子在自己前面。拐一个弯，回头，道路往右斜升，短短的影子拖在了

26

后面。

他对马说：前面有眼泉水，我们都喝一点。

马走在前面，经过有泉水的地方，并没有停留。他只好紧走几步，牵住缰绳，让马停下。

泉水就在面前这片柳林中间。荒草已经把进入柳树丛的路径掩没了。阿巴扒开大丛的接骨草和牛耳大黄，进到柳树的阴凉里，发现泉水已经干涸了。泉眼处，留下一个凝结着灰白色钙华的小坑。阿巴其实应该想到，要是这里还有水，马就会闻到水的味道，它们自己都会停下脚步，呼呼地掀动着鼻翼，来饮清泉。

那匹棕色马用脑袋蹭了蹭他。

这匹马额头上有块好看的白斑。他说：你以后就叫白额了。

白额没有任何表示。没有以咴咴的嘶鸣表示兴奋，也没有用大鼻孔呼呼喷气表示同意。

阿巴走向另一匹马。

这匹马通身灰白，鬃毛油光闪亮，四蹄乌黑。

阿巴说：那么你就叫黑蹄吧。

黑蹄也沉默着。

四周也太寂静了。阿巴还是一个人喋喋不休，说：那我们就弄出些声响来吧。

他打开马背上的褡裢，取出了两只铜铃铛。那本不是用来挂在马脖上的。而是祭山时，作法用的法器。铜铃有细长的把手，中间悬着铁舌。摇晃把手时饮舌晃动，铃铛就发出清脆的声响。地震后，当他从废墟里把祭师用的法器扒出来时，鼓破了，铃铛的把手断了，下面的铁舌也不知去向。当他打定主意要回云中村来，首先琢磨的就是如何修复那两只铜铃。他在修车店央人用汽车上拆下来的旧铜管做成把手，细细焊上。但那铁舌却让他犯了难。他用过截成小段的钢筋，也试过用铁丝挂上两只钢珠。但这些金属太坚硬强烈，撞击铜铃发出的声音太过刺耳，太过响亮。

阿巴这才在家具厂用香樟木做成了两条木舌。

阿巴把这两只铜铃取出来，系在了两匹马的脖子上。他拍拍马的肩胛：走两步试试。

马走出两步，声音响起：叮，当！

马停下，竖起耳朵，捕捉这声音。

马又走出两步，声音再次响起：叮，当！

马停下，声音又消失在空气中。

两匹马再次起步，脖间的铃铛又响起来。这回，它们没有停步，继续向前。铃声连续响起。两匹马都同时加快了步伐。

云中村已经很近了。

云中村坐落在半山腰的一块台地上。这块平地从山下看不见。即便像现在这样近在咫尺也还是看不见它。村子靠着山脚。前面是一个微微下陷的台地。一千多年前，这个村子的先人们发动过一场战争，把原先生活在这里的矮脚人消灭了。祖先们在大地上奔走，用石英石取火，青铜作箭镞，鹿筋作弓弦……

正陷于遐想的阿巴突然听到了鸟叫声。

好多声音啊！

鸟在叫！不是一只鸟而是一群鸟，不是一小群，而是一大群。阿巴听出来是村前高碉上的红嘴鸦群在鸣叫。

他知道，马上就到云中村了。但山腰平地上的云中村还是不可望见。

一千多年前，一个生气勃勃的部落来到这里，部落首领对众子民说，我要带着你们停留在这里了，我要让我的子民不再四处漂泊。这些话，都是包含在山神颂词里的。云中村山神就是村后那座戴着冰雪帽子的山。山神就是当年率领部落来到此地的头领。他的名字叫作阿吾塔毗。

不论这个村子在这个世界上存在了一千年还是两千年，反正在四年前，这个村子就被八级地震瞬间毁灭了。地质隐患调查队的专家说，那其实比一个瞬间要长一些，比刹那也长一些，比一眨眼也长一些。那个时间由地震台网的仪器记录在案，一分二十八秒。

阿巴望见那块磐石了。

他对两匹马说：看见磐石了吗？云中村就要到了。

磐石依然稳稳当当地卧在山坡边上。磐石的一边，长着一棵松树，磐石的另一边，长着一棵野樱桃树。松树不高，几辈人前，被雷电拦腰劈断。之后，这棵树就停止了向上生长。只是把剩下的横枝长粗长壮，长得枝叶茂密，长成了一把巨伞。野樱桃树已经开过花了。松树绿得发黑，野樱桃树绿得鲜亮。

道路在野樱桃树下绕个小弯，再上去几步，就可以看见村前高高的石碉了。

石碉顶出现了。

石碉在视线里一点点升高。

石碉顶上原本有一株小树。地震时，那棵小树抱着一团泥土从顶上摔下来，死了。石碉也曾在大地震荡时剧烈摇晃。但地震过后，它还站在那里。在移民村，乡亲们聚在一起时，常常争论一个问题：古老的石碉在地震时有没有摇晃。乡亲们分成两派。一派人说，摇晃了，摇晃来着，像喝醉了一样摇晃。另一派人说，没有摇晃，碉爷爷就那样挺直腰板一动不动地站着。大家争论这个问题比一百次还多。再争论一百次还是同样的结果。摇晃了，像喝醉了一样摇晃来着。没有摇晃，一摇晃不就倒下了吗？碉爷爷就那样挺直腰板稳稳站着。云中村人祖祖辈辈，就把这座碉称为爷爷。讨论继续深入。深入到地震科普。恰恰相反，摇晃了才不会倒下，应力，懂不懂？说出"应力"这个科学名词的人自己也不懂什么是应力。但懂得不摇晃的才会倒下。讲科学的人也不能说服另一派的人的原因是，那么多房子都倒了，手机信号站的钢塔都倒了，那些东西都摇晃了，也都倒下了，碉爷爷没有倒，说明它一点都没有摇晃。反问：那么多树都没有倒，是树没有摇晃吗？

石碉在阿巴眼中节节升高，石头的身体严丝合缝棱角鲜明。

当阿巴看到开在碉身上那道门时，腿一软，再也迈不动步子了。石碉上那道门，不开在底部，而是在碉身上九米高的地方。从山下上来。当石碉的那道门出现在视线里，再走两三步，整个云中村就要在视野里出现了。

阿巴感到气力正在从身上流失。身子发软，心脏震颤。好像是害怕，又好像不是害怕。他伸手拉住了马的尾巴，被马拖着继续向前。

云中村出现了。

离开了四年多时间的云中村出现在眼前。残墙连着残墙。石墙，土墙，参差错落，连接成片。原先，墙的两面是不同颜色。向外的一面浅，风吹日晒成浅灰色。向里的一面深，烟熏火燎的深褐色。如今都变成了一个颜色。雪和雨，风和时间改变了残墙颜色。不但是残墙，连每户人家的柴垛都变成了和墙一样的颜色。一种泛着微光的灰色。很多时候，梦就是这个颜色。石碉站在这片废墟侧面，沉默无声。村子的废墟沉默无声。

阿巴眼望着云中村的废墟，一松开马尾就跌坐在地上。

在他和村子之间，隔着原来的田地和果园。地面缓缓地在他面前降下去，又从村子跟前缓缓升起来。除了这片平地，就再无平地。祖先把村子建在靠山的坡脚，就是为了腾出这片平地种植庄稼。那时候应该没有果园。果园是以后有的。没人打理的果园一片碧绿。荒芜了的田地也一片碧绿，杂乱而蓬勃地生长着野草。两匹马走到地里，专挑油菜顶着花苞的嫩薹吃。马猛烈地打着响鼻。它们被油菜里的芥辣呛着了。

阿巴坐在那里，望着村子，几次想起身都不能站起来。

阿巴想，至少应该把褡裢从马背上取下来。但他就是动不了身子。他也没有试着动一动身子。他是心里没有那个劲，从心里就觉得自己此时动不了自己的身体。

阳光从他背后照过来，让他的身影朝向村子的方向。

枯死的老柏树还站立在村前小广场上。脱尽了树皮的树干和粗大的枝杈闪着光，仿佛一尊金属雕塑。阿巴看到自己的影子更长了。他知道，那是太阳正在西沉。风从背后的峡谷中升上来，吹在他背上。太阳正在收起它的光线。从山下开始，一点点往上。将河流，峡谷，还有下方的村庄留在阴影里。让风吹凉荒芜的山坡。阳光漫过了他的头顶，阿巴已经在阴影里了。

走远的马回来，翕动着鼻翼碰碰他的身子。见他没有反应，又走开。

马脖子上的铃铛叮当作响。铃声那么清脆。云中村还是在那里，在这一天最后的阳光下面。像个睡去就不再醒来的巨人一样。像一座分崩离析了的山的遗迹一样。那些残墙在最后的阳光下投下许多奇怪的阴影，像在挣扎，谁还在苦痛中挣扎？像要呼喊，谁的嗓子还能呼喊？

阳光漫过了田地，漫过了果园，漫过了村子，慢慢往村后的山上爬去。只有石碉和那株死柏树还亮着。石碉身上反射出阳光的一点点红。而那棵金属一样光滑的枯树，反射着阳光，就像是在燃烧，抖动着银白色的火焰。

阳光拉出一条明亮的线，一点点移动。阿巴的眼睛被这条线牵引，眼中的寸寸移动，都在心中深深铭刻。阿巴只用一个下午，就往心里重新装进了整个村庄。阳光继续往上，此时枯树和石碉也站立在阴影里了。

阿巴一动不动，眼睛终于离开了村子，跟随着阳光，往上，看到了森林，草地，更往上，看到了阿吾塔毗雪山。当阳光凝聚到雪山之巅，雪峰变成了红色，掺了金的红色。然后，光消失。暗影从峡谷里升上来。世界变成了灰色。以石碉为巢的红嘴鸦，它们进行每天例行的归巢仪式，绕着云中村，绕着石碉盘旋鸣叫。这群红嘴鸦还跟几年前一样，没有增加，也没有减少。不只是几年前，而是几十年来，这群红嘴鸦就是这样，永远在石碉上栖息，永远不多也不少。阿巴想，生命以鸟的方式存在，真好。

深蓝的天空变成了灰色。黄昏降临了。

阿巴终于挣扎着站起身来。他用嘶哑的声音呼唤马：白额，黑蹄!

马来到身边，他从马背上取下了褡裢。卸下了马身上的鞍具。卸下了马脖子上的两只铃铛。两匹马找到一块裸露的地方，在泥土里打了几个滚，又到荒芜的田野里吃草去了。

这个晚上，阿巴没有进村。

阿巴很累。他觉得浑身每一个关节，每一块肌肉都松开了，像是要自动分解成一块块肉，一块块骨头一样。他躺在地上，就像这些分解开来的东西，都一样样地摆在青草上，摆在石头上。他听见有声音说：那是阿巴，那是阿巴。

阿巴终于把所有东西都归置到磐石边的松树下。把自己快要散架了的身体也移动到了松树下。

他背靠树身坐下，树干挡住了峡谷里升上来的风。他望着渐渐被夜色笼罩的寂静村庄。

阿巴很累。

他好像不是花了三天时间从移民村归来。一天到县城，再一天到乡政府。又花了一天时间，弄了两匹马，慢慢爬上山来。从离开这里的那一天起，他就一直在回来，在回来的路上。天天行走，走了一年，走了两年，走了三年……

地震发生在五月，然后过了一个夏天，一个秋天，又一个冬天。又一个春天。先是住蓝色的救灾帐篷，解放军和村里人一起，把救灾板房构件一块块背上山来。平了一块庄稼地，全村人搬进蓝色顶子的救灾板房。救灾的解放军走了。知道解放军要走，好多人都哭了。一个救灾干部带来了电视台记者，记者要云中村的老百姓为解放军唱歌。唱一首云中村人不会唱的歌，叫《感恩的心》，还要加上哑巴比画的动作。老百姓不干。不是不感恩解放军和救灾的志愿者。他们只是不好意思专门排着队，比画着哑巴的动作唱歌。他们只是不会也不愿意唱不会唱的歌。彭措家断了腿的孩子是两个战士背下山去的。孩子的父亲去替这两个战士补磨破了的鞋。去替所有的解放军补鞋。带着最结实的牛筋线，最柔软的小羊皮。琼吉家的死人在废墟下埋得最深，解放军用三天时间才刨出来。他家的老奶奶看到解放军，就说菩萨，菩萨。老奶奶一见到解放军就拉着那些刨过泥的手，搬过石头的手，把发臭的尸体从废墟底下刨出来的手，一个劲亲吻。老奶奶在解放军官兵那里得到一个称号，"吻手阿妈"。解放军不肯吃灾民的东西，不肯喝灾民的茶，老百姓只能吻他们的手。一群孩子从山坡上摘了野草莓，捧在脏手上，举在战士面前：叔叔，草莓！叔叔，草莓！战士不拿，看着连长。连长说：这个可以有！战士们就从那些小脏手上取草莓吃，一颗，又一颗。全村活着没有受伤的孩子都上山去，捧下来野草莓，跟在那些战士后面：这个可以有！这个可以有！

云中村的人不喜欢那个要他们唱《感恩的心》的干部。

那个干部以为感恩就是唱《感恩的心》。他搬来一台电视，用一台发电机发电，让云中村人集合，看录像。那是电视台的募捐晚会，歌星们在台上穿着画着红心的白衣服，摇晃着身子，齐声歌唱，双手在胸前比画出一个心的形状。很多云中村人都哭了。

灾后最悲伤，最忙乱的一个星期过去，救灾的干部走了一些，留下来一些。仁钦是本村人，自己要求留下的。

仁钦升任了云中村救灾工作组组长兼瓦约乡救灾指挥部副指挥长。

仁钦开始为恢复重建而忙碌。等待重建的项目很多。村民的房屋，断了的水渠，特别是上山的道路。仁钦确定这条路为优先工程。没有汽车和拖拉机可以行驶的路，重建的材料弄不上山来。他和全村人商量，盘算好了一切。云中村人没想到这个年轻人上了个大学回来就变得这么有主意。

他们说：哦，祖祖辈辈都是老年人做主。他们指指村子背后的雪山，称念山神之名，阿吾塔毗，他是白髯飘飘的智者。现在，是阿巴的外甥，二十多岁的娃娃带我们重建村庄。

仁钦说：不是我，是国家。

仁钦离开村子去县上。他去请求县里调配挖掘机。损毁的机耕道要从山下往上修。他带回来的不是修路的机器，而是地质隐患调查队的专家。专家们山上山下，村里村外跑了几天。得出一个结论。地震在后山上造成的那道裂缝非常致命。山体的重力作用会造成一个巨大的滑坡体，云中村就在这个滑坡体上，唯一的解决方案就是移民搬迁。云中村的人怎么会相信这样的话！

整整半座山滑下去？谁见过半座山滑到岷江里去？！

云中村存在一千多年了，阿吾塔毗带着祖先们来此地一千多年了。一千多年的云中村会滑到江里去？！

大家的责难之声都对着仁钦：看看你请来的是什么人？！

仁钦哭丧着脸：是政府派来的人！

搬迁。搬迁。光是动员搬迁的会就开了一个月。地震造成的恐惧与伤痛刚刚减轻一些。云中村的乡亲们心中又充满了惶恐。

仁钦跑到把母亲也把整座磨坊都压到地下的巨石前，哭了一场。

仁钦又跑到县里，请示派出得力的干部。县长虎着脸：得力干部？你不是得力干部？回去！人命关天！理解要执行，不理解也要执行！

书记和颜悦色一点：基层干部，什么是能力？嘴皮磨薄，腿杆跑细。心要好，脸要厚。

仁钦不开会了。一家一家走访。一家一家说服。相信国家，相信党，相信科学。

村民回他的话是：国家好我们知道，党好我们知道。你那个科学我们不知道。

阿巴悄悄上山去，后山上确实有条裂缝，横向蜿蜒了两公里长。裂缝真有力量。把云杉和桦树深扎在地下的根都扯断了。但他什么都没说。这样的话经他的口说出来，等于是向乡亲们宣布，山神可能看顾不了云中村了。又或者，山神也死了，在这么大的地震中。

他只是对那些不相信地质学家的话、不相信云中村会毁灭的人说：你们上山去看看吧。

大家都心情不好，没好气地对他说：阿巴，今年祭神山的日子已经过去了。

地震发生的日子是5月12日。之前，阿巴已经和村里各家各户商量好这一年祭神山的日子。5月15日。那时，地里的小麦已经锄过了二遍草，又施了一道帮助小麦抽穗扬花的化肥。玉米出苗后，也锄过了头遍草。果园里近年引种的叫车厘子的樱桃已经泛红。祭神山的日子就定在了开摘樱桃之前。男人们坐在村前的石碉前，讨论要不要把村里在外面打工的人、在外面上学的人都召回村来。结果是不了了之。祭山神也是祭祖宗，但打工的人请了假，再回去工作就没有了。上学的人会落下课程。当了干部的也不能随便离开工作岗位。最后结论：阿巴选一个日子。他们自己决定要不要回来。

阿巴当场定下了一个日子。5月15日。

大家抬头往山上望去，神山的雪帽子闪闪发光。

结果，没等到祭山神的日子到来，地震爆发了。

到了该祭山的那天，愁云惨淡，神山不见。道路断了，电线断了，建在山前的手机信号塔也歪着身子，余震每来一次，就摇晃着身子发出瘆人的吱嘎声。震后第一天，从乡政府冲上山来一个副乡长。他居然没有被满山滚石砸死，也算是个奇迹。当天夜里，又从县政府来了一个干部。他的头上包扎着绷带，那是一个胡乱缠上的急救包。有人扑上去抓住县里来的干部拼命摇晃：怎么就只来了你一个人？！

干部说：县城也一样遭灾了啊，县里要优先恢复通信，抢通道路啊！

县里来的干部就是仁钦。他脑袋上缠着绷带，浮肿的脸上满是泥土。他的两只鞋都破了，乌黑的脚指头露在外面，走路一瘸一拐。云中村惊魂未定的乡亲没有人认出他来。他的亲舅舅阿巴也没有认出他来。

到底是县里来的干部，他把一窝蜂扑在废墟上的人员分了组，身体壮的挖掘，其他人传递那些挖掘出来的石头和木料。三个小组在有人呼救的废墟上同时展开救助。速度果真加快了一些。先他到达却六神无主的副乡长也镇定下来。几年后，这些事会变成玩笑话。当年的副乡长洛伍对仁钦说：妈的，你一个县里的毛头副科员，刚参加工作，就敢指挥我堂堂副乡长！

仁钦确实毫不客气地指挥了他。当时副乡长真是乱了方寸。

仁钦让他休息一下。他瞪着血红的眼睛喊：这种情况，我怎么能休息？！

那我请你去把挖出来的粮食和肉集中起来，组织人做饭！让大家吃顿热的！

那是震后第三天，全云中村幸存的人才集中起来吃了一顿热腾腾的饱饭。大家的情绪稍稍稳定下来。

县里来的干部，还从背包里拿出酒精、消炎药粉、绷带，好歹把伤员们的伤简单处理一下。这对大家也是一种安抚。

断了胳膊和腿的人，是阿巴处理的。他的办法在云中村，在瓦约乡，还有邻近的乡世代相传。阿巴从山上找到碗口粗的柳树。把一段树皮完整地剥下来。他把错位的骨头复了位。用湿润的柳树皮把断胳膊断腿包裹起来。柳树皮干枯收缩，人疼得大呼小叫。阿巴就流着泪骂人。阿巴心里有火，因为他拿那些骨头碎成了渣的人没有办法。他拿断骨都戳破了皮肉，白生生露在外面的人没有办法。

县里的干部说：会有办法的，我相信救援就要来了。

那天，大家吃了一顿饱饭。即便是废墟下还有人，还有活着的人。但两天没有合眼的人们，端着饭碗就睡着了。全村人东倒西歪坐了一地，手里还端着饭碗，嘴里还含着没有吞下的食物就睡着了。他们的脸松弛了，露出近乎幸福的表情。几乎就是幸福的表情。

他们的头顶上，阴云正在急急地散开，好像有神在驱赶一样。天空现出了明亮的蓝色。阳光重新照亮大地。

云中村的人都睡着了。

太阳照亮的这个伤痕累累的世界寂静无声。没有人看见重现的蓝天，没有人看见阳光把整个世界重新照亮。甚至地底下的伤员也停止了呼喊。

是直升机声把云中村的人惊醒的。直升机引擎发出巨大的轰鸣。

有人惊呼：余震来了！

直升机声那么响，人的惊叫声那么撕心裂肺，也只有一半人被惊醒。其余的人还是沉沉地睡着。

直到直升机降落下来，剩下的人才陆续醒来。

直升机降落了。云中村人脸容悲戚，衣衫破碎，像是一群刚从地狱走出来的鬼魂，向着直升机奔跑而去。

两个干部流着泪水，奔向从飞机上下来的解放军：云中村有救了！乡亲们，云中村得救了！

直升机运来了解放军，运走了伤势最重的伤员。直升机运来了药品、罐头、方便面、瓶装水，运来了衣服和毯子，运来了装尸体的口袋和消毒药水。运来了帐篷。那么多东西，用都用不完。直升机运来了医生，运来了拿着喷雾器到处喷洒药水的防疫人员。

云中村历史上，从来没有这样子热闹，从来没有让人这样子心潮澎湃，这样子极度悲伤又极度欣喜。悲伤夹着欣喜，欣喜中夹缠着悲伤。

解放军马上在废墟上有序展开救援，挖出伤员，直升机把伤员运走。直升机回来，载着更多的救援物资，志愿者也源源来到。解放军把死人也挖出来了。一个个失去生命的尸体消过毒，装进尸袋。统计数字也出来了。倒塌房屋多少，伤员多少，死人多少，失踪多少，失踪的人不是死在房里，有些消失在山上。放羊的人。

采药的人。还有下山去乡里县里办事的人。十天了，他们还没有回来。那多半是被滑坡埋了，被滚石砸到江里去了。

直到直升机来时，阿巴才认出那个县里来的干部是自己外甥仁钦。

解放军到来，仁钦又带解放军寻找一个个被废墟掩埋的人，直到昏倒。因为疲惫，因为悲伤，因为在从县城奔赴云中村的路上被飞石击伤头部，伤口发炎化脓而在废墟上昏倒。他才被人抬进了帐篷医院。在那里处理了伤口，在那里被清洗干净了脸上的血污与尘土。这时，云中村的人才认出他来：是我们的仁钦！

阿巴抓住外甥的手，只会重复三个字：好小子！好小子……

仁钦这才开口问阿巴：妈妈呢？妈妈她去哪里了？

阿巴有埋怨仁钦的意思：你想起来了。

仁钦哭了：死的人太多了。

阿巴觉得自己不应该对外甥这样说话。阿巴说：她去打扫磨坊，准备新麦下来的时候，好去磨面。

两个人和几个解放军去村子西边那条沟里的磨坊。

那是一条横斜着往西穿过树林的道路。到了沟里，磨坊不见了。他们见到的是一块把整座磨坊砸进地里的巨石。巨石是从山上滚下来的，一路上砸倒了那么多树，留下了令人心惊的痕迹。

仁钦浑身颤抖，站在那里没有说话。就这样站了很久，仁钦一句话也没有说，一滴泪也没流。后来，他嘶哑着嗓子说：舅舅，我们回吧。

统计伤亡的表格是仁钦亲手制作填写的。表格就画在一本从废墟里挖出来的笔记本上。他亲手把妈妈填在了失踪人员那一栏里。

云中村三百三十七口人，死亡七十余人，伤一百余人，还有二十多名失踪人员。那天晚上，阿巴一直待在救灾工作组的帐篷里。一直守在仁钦身边。他开会的时候，填各种表格的时候，阿巴就在他身后站着。他在行军床上躺下的时候，阿巴就和衣在他床前的地上坐着。他在睡梦中哭泣的时候，阿巴也跟着流下了泪水。

吃完早饭，仁钦对阿巴说：舅舅，忙您的事去吧，我没有什么。

直升机运来的志愿者中，有两个在帐篷里给孩子们上课。

他们教孩子们念诵：我们都是汶川人！全中国人都是汶川人！今天，我们都是中国人！

有云中村人不干了，特别是年轻人不干了，他们把石头扔到帐篷学校顶上，孩子们吓得从房子里跑出来，志愿者委屈流泪，不感恩也就罢了，这些人怎么还对来帮助他们的人爆发出这样的怒气。

那几个年轻人愤怒地呼喊：我们不是汶川。我们是云中村。我们是瓦约乡云中村！

还有几个志愿者，心理学系的研究生，专来给灾民做心理疏导的。他们说，受了这么大的灾，每个人心里都会有负面情绪，需要释放出来。他们找愤怒的村民谈话，让他们把最悲伤的痛说出来，以后就不会那么脆弱了。

村民说：我哭哭就好了，事情这么多，我不能坐下来谈话。

他们找那个铁青着脸一言不发的人谈话：老乡，我们聊一聊吧，说说话，你心里会好过一些，你就会觉得生活还有希望，世界并不那么灰暗。

志愿者没当过心理医生，他们说的道理也许是对的，但人家不爱听从书本上学来的话。铁青脸的人是云中村村长，他用布满血丝的眼瞪他们一眼，指指自己的嗓子，直升机没来，解放军没来，云中村自救的两天一夜，他把嗓子喊破，已经发不出声音来了。

记者把志愿者为云中村学生开课的情形拍了下来。那是震后第五天。

当夜，这镜头就上了电视。云中村人自己没有看到，但全中国没有地震的那些地方都看到了那间灾后复课的帐篷，看到了震后余生的孩子们跟着志愿者老师大声念：我们都是汶川人！全中国人都是汶川人！今天，我们都是中国人！

好多人都感动得热泪盈眶，马上往电视台的捐款热线打电话，掀起了一个捐款高潮。从捐一只书包，到要为这个云中村捐一所希望小学。

地震的打击，让云中村的一些人有了坏脾气。那么多来救灾的人也愿意惯着这些人的坏脾气。

愤怒过后的年轻人自己也有些惭愧。地震又不是志愿者老师在云中村下面埋了炸药。

和颜悦色的志愿者告诉他们，这次地震很强烈，波及的范围很大。几个地级市，一个自治州，几十个县。但这次地震需要一个名字。地震是最先从汶川爆发的，所以，国家就把这次地震命名为汶川地震。

道理不难懂，愤怒的年轻人都低下了头。

志愿者还在仁钦家院门做成的黑板上画了图。地震从这里开始，汶川县映秀镇。几千人死亡，那么多工厂和房子啊，还有水电站，一分多钟时间就没有了。地震从这里，波浪一样扩展，向着四面八方，连北川县城整个都没有了。还有一些村子，整个都被塌下来的山埋掉了，一个人，一座房子，都没有剩下。有一个被埋掉的村子，只剩下一个在山上割草的人。

这让几个愤怒的年轻人惭愧得无以复加。

他们垂着头走出帐篷。他们听到身后的帐篷里又传来孩子们的整齐诵读声。

2008年5月15日，原本是云中村祭祀山神，过一年一度朝山节的日子。

阿巴没有上山。

他一个人在下山路口的磐石那里，熏了炷烟，撒了些祭食和酒在柏树枝燃成的火堆上。没有敲鼓，没有摇晃他的法铃，也没有穿上祭师的衣裳。这些东西，都还埋在他家的废墟底下。他望着黄昏中的雪山说：阿吾塔毗，您老人家看见了吗？

后来就天黑了。

直升机停止飞行。世界又安静下来了。废墟上还一片忙碌，被探照灯光照得雪亮。但夜一降临，直升机巨大的轰鸣声消失，世界就安静下来了。那是震后第三天，阿巴一个人站在祭火堆前，第一次感到世界安静下来了。

天黑尽了。

阿巴坐在松树下，望着比那时候更安静百倍千倍的村庄。

他想睡着。但睡不着。当年的情景在脑海中一幕幕闪过。他念了咒语，让自己摄定心神，让自己凝神息虑，但没有一点效果。他只是坐着的样子像是入定了一样。松树正在长出新叶。新叶长出，旧叶落下。那些细细的针叶轻轻落下，簌然有声。落在阿巴肩上，落在阿巴怀里，落在阿巴头顶。但他脑子里面，心里面还像大海一样翻沸。

要不要搬迁，使空前团结了几个月的云中村人陷入争吵。

要不要搬迁，使得空前亲密的干群关系又有了裂隙。

直到又发生了一场余震。

五级。

大震后，余震不断。乡亲们都能自己判断震级了。那个晚上，大地深处又轰轰作响，山体破裂，下滑，满山滚石扑向峡谷底部。天空暗黑了，白盔白甲的山神没有出现。没有用石英石发火造出光亮，没有盘马弯弓，像传说中那样，飞行在村子上方。天空暗黑了，闪着青灰色的微光。

一夜惊恐。

早上，人们发现，刚修复的水渠干了。水渠里没有水了。

水到哪里去了？

一直找到水渠的取水口。一座十几年前建成的蓄水池。从上方柏树林下涌出的泉水流到那个蓄水池，满了，就溢出来自动流到灌渠里。地震中，蓄水池塌了一角。只能蓄小半池水了，但泉水依然能像过去一样自动流到村里。村里已经把蓄水池列入优先修复计划。不蓄水，就没有足够的水浇灌庄稼。蓄水池还有一个好处。泉水从地底涌出的时候，是冰凉的，流在蓄水池里，被太阳晒上几天，水会变得温暖。女人们清洗东西时，手不会变得冰凉。更重要的是，庄稼，无论是麦子、玉米、土豆还是果树，都喜欢温暖的水，不喜欢冰凉的水。

找水的人们找到源头，发现泉水干了。泉水翻涌而出鸽子叫一样好听的咕咕声消失了。

人们突然明白了什么。一群男人站在泉眼边上，神情肃穆，一言不发。

泉水是从神山冰川上下来的。泉水渗进土里，渗进岩石缝里，然后在云中村边，重新露出地表。

地震使人脆弱到极点，地震使得云中村这些常常故作坚强的人也会在人前轻易流泪了。有人哭出声来：山神把我们抛弃了！

阿吾塔毗不要我们了！

这等于云中村人承认了地质专家的话是对的。

山体真的裂开了，山神真的打算不要身上这巨大的一块了。过去，山神一直把这个地方抱在怀里，现在，山神累了，要放手了。昨晚的余震让那个裂口往深里走，把从神山下来的泉水之路也断掉了。

仁钦松了一口气，他想，这下乡亲们认识到问题的严重性，会同意搬迁了。但他马上又陷入了自责。他看见舅舅目光炯炯看着自己。那一刻，他真是万分自责。看见泉水干了，他的第一个念头是，乡亲们会同意搬迁了，而不是作为一个喝这眼泉水长大的人，感到心痛，感到悲伤。

于是，他说：也许泉水还会回来。

这话就像他动员搬迁的车轱辘话，没有激起任何反响。作为一个干部，他在抗震时树立的威信正在迅速下降。

他说：我们去磨坊那边看看，可以修一条渠，把沟里的溪水从那里引过来。

大家站在柏树的阴凉里，没有说话。泉水干了。四周的空气中却还氤氲着泉水沁凉的气息。

有人抹抹眼泪，哑着嗓子对仁钦说：我们真的要搬迁了吗？

政府要把我们搬去哪里？

全村人都搬走了。

阿巴也去了移民村。

去了四年多时间，阿巴又一个人回来了。

他对移民村的乡亲们说：你们在这里好好过活。我是云中村的祭师，我要回去敬奉祖先，我要回去照顾鬼魂。我不要任他们在田野里飘来飘去，却找不到一个活人给他们安慰。

在异乡落脚，重新生根的乡亲们说：阿巴，你要回来。

阿巴想，以后我就不跟你们这些活人说话了，我去和死去的人说话。

阿巴回来了，却没有力气进村。

一晚上，阿巴都坐在村前磐石边的松树下。

一晚上，脑子里翻沸着当年的情景，直到天亮。

第二天和第三天

阿巴进村去。

时间是盘算过的。5月9日，地震前三天。

他把自己打扮停当。翘鼻子的软皮靴，白氆氇长袍，山羊皮坎肩，熟牛皮的盔形帽子，上面插着血雉的彩羽。法鼓，法铃。铃上还带着马的气息。当年把鼓从废墟下挖出来时，羊皮鼓面已经破了，他在移民村修复了它。当年把铃从废墟下挖出来时，铃也坏了。阿巴也在移民村修复了它。

阿巴吃了一只有些发酸的饼。他慢慢咀嚼，等着正在上升的太阳把村子照亮。

没有水，他从石缝中揪下来一些酸模草的茎，咀嚼，吮吸。酸酸的汁液充满了他的口腔。

太阳升起，把云中村照亮。

他对着村子，对着石碉，对着死去的老柏树，同时也是对着神山，磕了三个头，又磕了三个头。他听到自己身体里的关节嘎巴作响。

阿巴起身，穿过荒芜了的田野向着云中村走去。

以前，乡亲们珍惜这片肥沃平整的土地，路从平地边缘绕了好大一圈。现在，没有这个必要了。阿巴从荒芜了的田地中间直接穿过。

他摇铃击鼓穿过田野。

两匹马从远处望着他。

田野里的鸟惊飞起来。

石碉上的红嘴鸦惊飞起来，斜着身子盘旋，在风中震颤着翅膀呱呱啼叫。

田野里还有自生自灭的稀疏的油菜、麦子和玉米。更多的是野草。甚至有柳树和村里人叫作筷子树的绣线菊在以前的麦地里生长起来。这些树很蠢，它们不该长到这块最终会消失的地方来。树应该站在山上，不应该跑到田地里来。他往前走，摇铃击鼓。他听到自己用祭师的声音和腔调在喊：回了！回来了！回来！

村子安安静静，残墙站在那里，柴垛子蹲在那里，不发出一点声响。

阿巴顺着废弃的水渠走向枯死的老柏树。他绕着树转着圈，他喊：回来了！回来。

他懂得祭山。不懂得招魂。但他就是回来招魂的。跟人学招魂的时候，学的是仪式，却没有真正的鬼魂。现在，他回来照顾云中村里真正的鬼魂了。他用手抚摸老柏树光溜溜的坚硬树干：您老倒好，先死了，没有看见云中村遭难。

他穿过老柏树下的村前广场。广场前也有一个蓄水池。池底下还有一些水。上面浮满了绿藻。他绕着池子击鼓摇铃。水池平平静静，绿藻们都没动一下小小的身子。

阿巴进村了。他注意不要让脚踩踏墙壁和柴垛投下的阴影，说不定，某人的亡魂就躲在中间。走家串户的镶着石板的小巷还在。墙倒了，院门还在。院门上供着的石英石还在。雍中家。罗伍家。改了汉姓的张家。改了汉姓的高家。觉珠丹巴家。他把每家人带回来的东西，放在门前，摇铃击鼓：回来了，回来了！

第七家，一儿一女上了中专上了大学，毕业后把父母接到城里的泽旺家。

泽旺家搬走后，他家门口挂起了村幼儿园的牌子。那个刚分配来大半年胖乎乎的幼儿园老师就死在里面。还有三个孩子陪着她。孩子和老师被挖出来时，那个胖姑娘还一手牵着一个孩子。抓得那么紧，怎么都掰不开。弄得全村人伤心，大哭一场。还是侍弄过死人的老年人懂。他们端来热水，把姑娘的手和孩子的手浸在里面。妇人流着泪，对死人说话，把脸贴在死人的脸上说话，才把老师和两个孩子的手慢慢分开。姑娘的家里人来了。村里人请求他们把姑娘留下来。让她留在云中村，和她教他们认字唱歌画画的孩子留在一起。

阿巴在残存的门框边蹲下来：老师姑娘，我不能跪你啊！我年纪比你大。姑娘，我给你带东西来了。

他伸手在裆裤里翻找。找到了。那是移民村一个母亲交给他的一张简笔画。红圆圈代表太阳，弯曲的长线代表渠水和道路，弯曲的短线代表飞鸟。还有房子，还有石碾，还有几朵花。上面应该是老师写下的字：云中村。阿巴用一块没有沾土的石头，把那张画压在另一块干净的石头上：孩子的母亲叫我带来的，是你教孩子画的。

有风来，那画微微动了几下。

阿巴仰起脸，望着石碉：碉爷爷，孩子也画了您呀！

他走过自己的家。他一个人的家。他没有说话。他从柴垛上取了几块干透了的柴，装进褡裢，今天晚上，他要用这几块柴生一堆火。

来到了妹妹家。妹妹没有死在家里。妹妹在磨坊里被巨石砸在了地下。村里通电后，人们已经很少使用隔村三里地的水磨坊了。那天妹妹说，她要去把磨坊打扫干净，再过一个月，新麦下来，她要让儿子吃到水磨坊磨出来的新麦面。妹妹喜欢说，可怜见的。她说，可怜见的，仁钦肯定想吃家里的新麦面了。可怜见的，新麦子的香气都被电磨盘吃光了。她去打扫磨坊就再没有回来，可怜见的。阿巴在妹妹房门前的石头台阶上坐了很久。石头被妹妹进进出出的脚磨得那么光滑。加上这些年的风雨，更使得它一尘不染。

阿巴说：好妹妹，我回来了呀！

门框上的残墙上有一个四方的洞。院门关着。妹妹煮了好吃的，在外上学的儿子来了信，妹妹就站在楼顶上向阿巴房子的方向喊：哥哥！阿巴！

阿巴就过来。院门关着。阿巴把手伸进这个洞，反手扒拉门闩，门就开了。

仁钦问过一个问题：门既然可以从外面打开，为什么还要从里面闩着？

妹妹用近乎崇拜的眼神看着儿子，转而又用近乎崇拜的眼神看着阿巴，对孩子说：你妈妈什么都不懂得，问你舅舅吧。

舅舅也不懂怎么回答这个问题。只能说：老祖宗阿吾塔毗他们建这个村子时，就这样了。

阿巴把手伸进门洞，里面已经没有那根栎木做成的光滑门闩，也没有了那扇门。地震时，那门倒在了地上。仁钦带领大家抗震救灾的时候，把它刷黑，给开办了帐篷学校的志愿者做了黑板。

阿巴用一天时间拖着越来越没有力气的身子走遍了全村。

他把从移民村带回来表示念想的物件一样样放在一户户人家的废墟上。新家的照片。新朋友的照片。新生孩子的照片。其中两个孩子的照片，要放在四家人的废墟上。那是两个新组合的家庭。两个新生的孩子是四个人家的后人。

除了照片，还有一些旧东西。属于死人的东西。拿走时是要个念想。又担心死人要用的时候，这些东西不在手边。一把牛角梳子。一个麂皮针线包，里面是锥子、顶针、大小不一的针、麻线、丝线、牛筋线。一件旧衣裳。一枚边缘泛紫的旧铜钱。一把钥匙。一朵褪色的红丝绒簪花。一盒头痛粉。一把小刀。半盒火柴……

阿巴又回到自己家门口。

他要在这里找一样东西。老柏树死去时收集的枯叶与树皮。

地震后，他打算在原址上重建自己的房子。他用了两个月的时间清理废墟，把掺着麻皮和麦草的泥块清理出来，背出村外，倒掉。这些当年用来黏合石料的泥浆，都变成了石头一样的硬块。还有木板、檩条、柱子。他把破裂不堪的堆在柴垛上，用来取暖烧茶做饭，把完整一些的码放在那个还算完整的墙角。有用的石料也码放整齐。石头上、木头上有些淡淡的白色，那是防疫人员喷洒消毒水留下的痕迹。一天两次，几个白衣白帽白口罩的防疫员背着喷雾器把整个村子都要喷过一遍。阿巴在废墟里翻找，每搬开一块石头，都会闻到一股消毒水刺鼻的味道。他翻出来的东西上全是这种味道。他翻出了粮食，从砸烂的柜子里翻出了祭师的穿戴与法器。鼓皮破了。铃砸坏了。他从枕头底下翻出了几千块钱。那是政府发放的非物质文化传承人补贴。钱就夹在红皮的传承人证书中间。一个月几百，领到手，他就夹在本子中间。他没有花过这钱。他是云中村人说的死脑筋，他不明白政府为什么要为一个祭自己村子山神的祭师付钱。

他一个人过活，花不了这么些钱。

这些钱后来派上了用场。地震后，村里的幼儿园没了，乡里的小学没了，县上的中学也没了。孩子们要送到远处去上学。送别的那天，他挨着个，一人几张，塞到村子里那些要离家远行的孩子手上。家里富裕的少一两张。家里困难的，多一两张。他说：托山神爷爷的福，你们都是他的子孙。

非物质文化遗产传承人把补助金全部捐给了云中村出去寄读的孩子，叫村民唱《感恩的心》的那个干部觉得这是一个宣传点。他带来了记者。他们架好摄像机，打开录音机。要阿巴说话。他说，我就是觉得我不该花那笔钱。但娃娃们可以花。那是政府给山神的钱。

干部说：阿巴你不要说山神，你要说感谢领导关心。你要说，你是在传递爱心。

阿巴就闭了嘴不再说话。

他们把仁钦找来，这也没用。

阿巴说：没有山神，政府不会给我钱。给了我就是山神的钱。娃娃们都是阿吾塔毗的子孙。

村里人都说：唉，阿巴你要是不提山神，就成了典型，到处演讲去了，能去好多地方！

阿巴不说话。

阿巴只对仁钦说：自己地方成了这个样子，还到那么多地方去干什么？

争取全国人民的同情和支援，仁钦说，这是他作为干部的话。唉，不去就不去吧。仁钦又说，这是他作为外甥的话。不去也好，反正你也说不出什么道道来。仁钦还说。

阿巴翻掘废墟，人家找值钱的东西，他把两只口袋翻出来，里面是老柏树的枯叶和树皮。他把口袋搬到板房中。板房不隔音。隔壁那家人在用捐助来的机器看电视剧。孩子在哭，吵着要用这机器玩电子游戏。

阿巴一声不响。

他把口袋敞开。他闻到了老柏树的树叶和树皮散发出的馨香。杜鹃花开的七月，阿巴上山去，采来杜鹃花，与柏树叶和柏树皮混在一起。

搬迁的时候，他把这两袋香料又放回废墟里，和准备用来重建房子的木料放在一起。他在下面垫了五层木板，又在上面盖了三层木板。等于是为这些香料盖了一个小房子。

阿巴发现那些木料已经开始腐朽了。

盖在香料上的三层木板已经腐坏到了第二层。香料口袋像人一样袖手拱肩坐在小庇护所里。

阿巴笑了。看来他回来得正是时候。

54

对他来说，好事情不多，这也算是少数几件好事中的一件。他取出些依然散发着馨香的香料，把口袋放回原处，盖好，起身离开。

阿巴再一次摇铃击鼓，走出村子。他击鼓摇铃，绕着石碉转了三圈。石碉无言。他想问石碉一句话。但他知道石碉不会有什么话。石碉是石头。石头不会说话。

他穿过田野，经过两匹马的时候，他说：我去告诉他们我回来了。

他继续往前走，两匹马跟在身后。

众鸟正在归巢。红嘴鸦、野鸽子、画眉、噪鹛，还有云雀。云雀与别的鸟不同。它们的巢不在树上，在地上的草棵里。穿过田野的阿巴惊动了它们。回到巢中的它们惊飞起来，在天上翻飞。它们都叽叽喳喳地发出抗议的鸣叫。

阿巴不晓得该对这些把他当成入侵者的云雀说个什么。

天空中，西边的晚霞绯红，东边的蓝空变灰变暗。

阿巴打开另外两只褡裢，取出一个紧卷着的圆筒。那是一张毡子。他把毡子打开，铺在靠近松树根的干燥地面上。山里，每一株大的针叶树，不管是柏树、杉树、松树下都有这么一块雨水雪水淋不到的干燥的地方。从一千多年前有这个村子时起，云中村人上山采药打猎，都不带帐篷，也不住山洞，晚上都是露宿在这样的避雨树下。只是现在年轻人已经不肯这么干了。

阿巴又从褡裢里拿出一张熊皮，铺在隔潮的毡子上面。他还拿过一具马鞍来，放在熊皮的头部。这具鞍子，他睡在熊皮上时，是枕头，他坐起身时，就是靠背。今晚，也许还有明晚，他都要睡在这里。

褡裢的另一边有一只平底锅，一只茶壶，一只碗。阿巴在磐石边的松树下烧了一堆火，木柴燃烧起来。

这时，他才想起没有水。

人不能不喝水。他去打水，他一直走到蓄水池那里。

磐石下方的山坡上原来有一眼小泉水，但那泉水干了。村子背后原来有一眼大的泉水，可以供全村人畜饮用，还有富余用来浇灌果园和地里的麦子、玉米。那眼泉水也干了。不然，云中村人也不会答应搬迁。

夜已经黑了，但他就是闭着眼睛也不会走错这些走了五十多个年头的路。何况，还有天上星星的光芒。他好久没有见过这么多又大又亮的星星在头顶上闪烁了。

两匹马悄然无声，跟在他后面。

震塌了小半边的蓄水池还在。缺口那里长了几棵小树，还有一些草。池子底部还有些水。应该是积存的雪水和雨水。水有气味。水草的气味，绿藻的气味，不新鲜的气味。但是，没有办法。清甜的泉水干了。他只有靠这些水了。至少今天就这样了。明天，他可以走远一些。多走三里路，到水磨坊那里去取干净的溪水。他灌了一壶水，对两匹马说：你们也喝一点。马闻了闻气味不好的水，抬头走开了。

阿巴又在星光下慢慢走回来。他对跟在身边的马说：明天，我带你们去溪边，那里有干净的甜水。

茶壶煨在火边，水在壶里发出嗞嗞声。阿巴把壶盖揭开，让水里不好的气味随着蒸汽散开。水咕咕地开了。他往滚水翻沸的壶里放了盐、茶叶和干姜片。放干姜片是祖传的对付不干净水的办法。人要往各处去，有的地方水好，有的地方水不好。放上干姜片，把水煮开，这就是对付坏水的好办法。

水在壶里咕咕作响。那些不好闻的气味都消失了，还流溢出茶香。

他继续掏他的褡裢。糌粑、酥油、干酪。东西不多，最多够一个月吃的。

他摸到了更多的东西。有瓶装白酒、罐头。那天晚上，在乡政府，仁钦问他：您在山上吃什么？

他用老辈人的话回答外甥：上山的人只需带着火和盐。

尽管如此，仁钦还是悄悄地往他褡裢里塞进了这些东西。不只是酒和罐头。还有几束牛肉干、几只苹果。

天气热。从移民村带出来的饼和熟牛肉已经馊了。他站起身来，把这些东西抛撒向下面的山坡。地震的时候，不只是死了人。还有山里的野兽：野猪，狼，狐狸，熊。如果这些野物也有鬼魂，它们可以享用这些东西。

要是村里的死人变成了鬼魂，他们就应该看见这堆火了，知道有活人回来陪伴他们了。

在有没有鬼魂这件事情上，他并不十分肯定。

阿巴已经不是以前那些相信世界上绝对有鬼魂存在的祭师了。他是生活在飞速变化的世界里的阿巴。据说，过去的时代，鬼魂是常常要出来现身的。但他没有见到过鬼魂。据说是有电以后，鬼魂就不再现身了。也是据说，鬼魂不现身的日子比这还要早，是山下峡谷里修沿江公路，整天用大量的炸药爆破的时候，鬼魂就不再现身了。不管是什么时候吧，这都说明，起码这三五十年来，云中村就没有人见到过鬼魂了。

离开移民村的时候，阿巴对云中村的乡亲们说，他也但愿这个世界上没有鬼魂。但是，他想的是，如果，万一有的话，云中村的鬼魂就真是太可怜了。活人可以移民，鬼魂能移去哪里？阿巴真的反反复复地想过，万一真有鬼魂呢？要是有，那云中村的鬼魂就真是太可怜了。作为一个祭师，他本是应该相信有鬼魂的。他说，那么我就必须回去了。你们要在这里好好生活。我要去照顾云中村的鬼魂。

阿巴你什么时候回来？

他知道自己不会回来了，但他说：我可能要多待些时间。

一个月，还是两个月？

阿巴笑了：那不够，可能是两年？三年？我也不知道，可能要那么长时间。

我们什么时候去看您？

阿巴摇头：我不允许你们去看我。

阿巴一家一家告别，跟乡亲们说了那么多的话。阿巴还要求乡亲们不能把这个消息报告政府。他说，政府操了那么多心，这个心就不要叫政府操了。要是分管移民村的政府干部事先知道阿巴要回到一片废墟的云中村，而没有阻止，那干部会被处分，被撤职。阿巴说：你们要可怜那些担着责任的干部。

阿巴坐在火堆旁，身上披着夜色，嘴里念念有词，世世代代传下来的，祭师们嘴里都有一套说给鬼魂的话。他说着这些话，把第一碗茶泼在地上，把一把糌粑撒在空中，又把干酪也撒向空中。他最后说：要是你们在，就请用吧。

但没有一点动静。

两匹马站在他身后，他往它们面前的地上撒了一些盐。

阿巴抓一把干酪放在碗里，用热茶泡软，然后，撒上糌粑，搅拌成糊糊，端起碗喝了一口。他的嘴里充满了茶香，以及糌粑香和干酪香。

他一直坐到面前的火堆暗下去，几乎都变成了灰烬，才躺下来，睡在了熊皮上。

睡前，他又对着荒芜了的田野，对着村子那一堆废墟说：如果你们真的在，就出来让我看见。

然后，他就睡着了。

这是阿巴回到云中村的第二天。

第三天，鸟叫声把他吵醒。

他回想了一下自己有没有做梦，有没有人或鬼魂在梦中来和他说话。他什么也想不起来。他自己对自己说：嘻，那就是什么都没有嘛。

他还对自己说：好了，这下像个真正的祭师了。

县里组织非物质文化遗产传承人培训的时候，就有人嘲笑他是个半吊子祭师。

他也不自卑，他说：是的，连鬼魂有没有都不能确定的人，肯定是个半吊了嘛。

地震前，县里正规划把云中村开发成一个旅游点。因为云中村的历史，因为云中村保存完好的那座石碉和古老民居。因为云中村那片平整肥沃的土地在崎岖大山上出现像是个奇迹。因为云中村历史悠久的灌溉系统——虽然取水处用水泥建了一个蓄水池，渠道也用水泥硬化了。大学毕业考上县里公务员的仁钦回村里来说，县旅游局还挂着一张打造云中村旅游点的规划图。他说，上山的机耕道要全面加宽，铺上柏油。入村的磐石旁那棵松树要命名为迎客松。旁边要建游客接待中心。里头卖茶和咖啡。田间小路要加宽，要硬化，要方便游客到果园里去采摘，去体验。仁钦说到这里，马上就有人反对。我们进村的路绕那么大个圈，就是为了不占用土地，为了多种一些庄稼。仁钦可以解释，但他懒得解释。乡亲们想把县里的规划听全。仁钦不想讲了。他说：那还只是个规划，项目真要上马，县里会派人来讲。我不讲了。

回到家里，妈妈要他对乡亲们耐烦一点。

仁钦说：刚说到要修路，他们就反对。现在的村民，什么都反对，怎么对他们耐烦？

阿巴说：乡亲们就是心疼田地嘛。

仁钦说：他们不高兴，我还烦着呢。

妈妈说：你都是干部了，你有什么好烦的？

仁钦说：我回来看妈妈和舅舅，倒先让他们搞烦了。好了，我不烦了，妈妈给我做最爱吃的！

妈妈就和面，妈妈就从木桶里捞酸菜，切牛肉丁，仁钦自己去地里摘来刚泛红的辣椒，做成一锅酸酸辣辣的汤，把擀好的面片下到汤里。一碗下肚，就把仁钦吃得满头大汗。

仁钦烦心的事是，他听说县领导有意让他回云中村来，做大学生村官。

阿巴瞪大了眼睛：那你就是云中村最大的官了！村支书，村长，会计，他们都要听你的！

仁钦说：舅舅您不懂！

阿巴转脸对妹妹说：如今世道变化快，我连自己的外甥都不懂得了！

妈妈急忙对儿子说：看看，回来就惹舅舅不高兴。

仁钦却不管这个：他就是不懂我嘛。仁钦在大学学的文秘专业，他想给领导当秘书。这样进步才快。毕业时，同学们分别时说，你们这些学文秘的，将来跟着领导，提个包包，写个讲话，嘀嘀，十年后都不敢见你们了！可工作了几个月，县领导还连话都没对他说过一句。虽然分配在政府办公室，每次有县长副县长在的场合，人们前呼后拥，他都站在十米开外。没有随领导开过会，没有随领导下过乡，更没替领导写过讲稿。他主动跟办公室主任表示过愿意做些事情。主任说，不着急嘛，先熟悉熟悉情况，多学习学习，来日方长嘛。

地震了，仁钦的进步比天天给县长写讲话的人还快。

地震中走了的妹妹，还不知道仁钦已经是瓦约乡的乡长了。

今天，阿巴要专门去看妹妹。

昨天去了她家。他知道妹妹不在家里。他只是在被她的双脚磨得光光生生的门前石阶上坐了一会儿。但他知道，妹妹不在家里。那天，她在水磨坊里。五月，小麦抽穗扬花。村子里的孩子们从麦田里穿过时，会碰到一棵棵麦子。会把麦子上细细的嫩黄色的花粉碰落下来，掉到自己身上，掉到自己头发上。

阿巴叫马。前天上山时，他给两匹马起了名字。两匹马都站在

61

齐膝深的草里，在听得到他声音的地方。

他叫：白额！

白额没有反应。

他叫：黑蹄！

黑蹄也没有反应。

阿巴不急不恼。他肩起褡裢，蹚开纠缠着双脚的草，走到两匹马跟前。两匹马都用嘴来碰他的手。他说：都不明白自己有了新名字呀！他把两只铜铃再次系在了马脖子上。

两匹马跟在他身后上路了。

他沿着云中村这个半山小平地临着峡谷的边缘行走。

走过昨晚来过的蓄水池，上一个小坡，就是干涸了的泉眼。泉眼四周的泥土像被人翻掘了一遍。阿巴知道，是找水的野猪，还有獾干的。野猪有能够翻掘泥土的长嘴筒，獾有能挖土的一双利爪。它们肯定是渴了的时候，熟门熟路地来到泉边。而泉水已经不见。它们用嘴，用爪子在这里搜寻来着。几年过去，被它们翻刨过的土也已经干了，石头露在外面，断了的树根也露在外面。

过了泉眼，就是从山腰横过去的路。当年去磨坊的人要走这条路，去沟里砍柴和采药的人要走这条路，把牛羊赶到沟对面草坡上放牧也要走这条路。这条路一多半被柳树、桦树遮住了阳光。潮润的路面上总是布满了脚印。人的，牛羊的。有时候，还会有大型走兽的。鹿，还有熊。虽不是随时都能见到。但它们想被人见到时云中村人就能见到。现在，这条路上什么脚印也没有。草从两边往路中央蔓延。草不慌不忙。草先让柳树的叶子，桦树的叶子落满路面，去年的压着前年的，今年的压着去年的。草等这些层层叠叠的落叶腐烂，让被云中村人踩了上千年的坚硬路面变得松软，然后，才把根伸过去，才把种子落在上面。最多再过两年，草就能把这条路完全掩没了。阿巴踩着那些落叶往前走。两匹马跟在后面。铃声叮当，在树影四合的路上回响。

这片树林中还有些别的树。

阿巴记得，首先会是一株花楸树。

花楸树出现了。花楸长着羽状的叶子。春天开白色的花，秋天结白色的果。传说花楸枝头繁密的浆果是熊酿制果酒的好材料。熊攀到树上，用这些浆果把胃塞得满满当当。熊的胃就是浆果发酵的酒缸。熊吃饱了浆果，就一动不动待在树上，睡在树杈中间。等肚子里的浆果发酵，变成酒。等酒劲冲上头，它们就快乐地拍打胸脯，摇晃树枝。最后，从树上掉下来，在树下昏睡，呕吐。那都是老辈人传下来的故事。阿巴没有见过。但他相信这样的故事。再后来的年轻人，到了仁钦他们这一辈，都不爱听这样的故事了，说这是胡说八道。

再走一阵，转一个弯，还有一棵丁香。

丁香花是山上最香的花。香到可以让人头晕的花。

就在这时，阿巴看到了那道裂缝。地震发生那年，就出现在村后山上，使得泉水干涸。现在，这条巨蛇还在缓慢蠕动身体。在这里，它转身向下。巨蛇在划出界限。

云中村重生的希望四年多前就已破灭。为此，他爬到山上的祭坛前，仰望着雪山，责问过山神阿吾塔毗，怎么忍心把云中村从他怀抱中推开。雪山却一动不动，阿吾塔毗没有说话。

现在的阿巴只感到安慰。根据巨蛇划出的界限。云中村消失的时候，曾经推动云中村水磨的溪水不会消失，压在巨石下的水磨坊也不会消失，妹妹可以永远留在山上，就在曾经的云中村旁。

那棵丁香还在。再过十多天，就要开花了。

阿巴穿过树林，来到阳光下。脚下的草地松软，溪水发出响亮的喧哗，水分充足的草地上开满野花。

两匹马饮水。阿巴蹲在溪边捧水洗脸。

移民村家家户户墙上都贴着标语：移风易俗，养成卫生好习惯。新居的水龙头一开，热水器呼呼喷吐天然气幽蓝的火苗。平原边上的移民村气候湿热，这种气候中，什么东西稍不注意，马上就腐烂。手上脸上沾了点什么，不马上洗掉，就叫人恶心。爱出汗，不洗，不到两天就觉得自己像个，像个什么呢？——从云中村来的人终于找到了比方——像村口那个臭豆腐坊。这个比方逐渐扩展，像镇上垃圾处理站，像邻村养鸡场的排污口。就这样，云中村来的人在移民村学会了天天洗澡。脱光了衣服站在淋浴花洒下冲洗自己。一头一身洗浴液的泡泡。学这些东西，姑娘们最快，她们一天洗两次三次。刚开始，大家都不好意思。明明站在卫生间，却像在人前脱光了衣裳。出了卫生间，也不敢看人，穿上了衣裳也像没穿衣裳一样。

阿巴捧起溪水洗脸，又把口漱了。这才想，从离开移民村那天，就没有洗澡。云中村没有地方。变成移民村的新村民难，变回云中村的阿巴却是多么容易啊。

他折下一段柳枝，蘸上溪水，把自己浑身上下抽打一遍。这倒是云中村老辈人的习惯。用这种方法抽打掉尘土，抽打掉的还有眼睛看不见的不干不净的邪祟。

他只要转过身，就能看见那块巨石。

他闭上眼睛，念诵了几句祷文，才转过身来。

阿巴向着巨石走去。

他走到磨坊的引水口。湍急的溪水冲激出一个深潭。引水口就在潭边。两根粗大的杉木柱子中间，是可以升降的闸门。厚厚的闸门关着。因为泡在水中，闸门才没有腐烂。阿巴想提起闸门，但淤积的沙石把闸门下半部埋住了。

阿巴终于走到了巨石跟前。

他围着巨石转了一圈。除了引水到磨坊的木头水槽，磨坊一点痕迹没有留下。阿巴还记得，和云中村所有建筑一样，磨坊的矮墙是石头砌成的。门朝东开，北面一个窗户，南面一个窗户。顶子的几道横梁上，铺一层树枝，铺一层苔藓，再盖一层泥土。屋顶上长满了瓦松和茅草。阿巴扶着巨石，走到磨坊门口的方向。岩石已经被太阳晒热了，有些烫手。他心头一热，轻轻地叫了一声：妹妹，我看你来了。

没有声音。只有溪水在几十米外飞珠溅玉，奔腾喧哗。

他把额头抵在岩石上，泪水流出眼眶，滑下脸腮。手摸着的岩石热乎乎的，额头抵着的岩石也热乎乎的。阿巴说：妹妹，这是你吗？这是你吗？

其实他知道，这只是太阳把岩石晒热了。

妹妹在世的时候，妹妹悲伤难受的时候，就会把手放在阿巴手里，让他握着。妹妹的手总是凉的。那冰凉本身就叫哥哥心伤。哥哥也说不出什么话来。哥哥自己就对生活中的不如意无可奈何。要是心肠不好的人伤了妹妹的心，哥哥对别人的坏心肠也无可奈何。

要是妹妹使自己心伤，他也对妹妹的心无可奈何。他不说话，他就用自己手上的热气把妹妹的手暖和过来。仁钦在县城上中学那几年，他会对妹妹说：要不，我替你去看看仁钦吧。

妹妹就会落泪，说：仁钦听话，仁钦上进，就让他好好念书吧。

后来，仁钦去念大学了。

阿巴就不再说这样的话了。仁钦上学的地方太远。坐一天汽车去省城，再坐火车去外省的省城。阿巴不想去那么远的地方。

阿巴平静一下自己。

草地有些潮湿。他铺一块毡垫，坐下。然后把褡裢打开。他在原来磨坊开门的方向，摆上了苹果和罐头。他说：这是仁钦给妈妈的。

他又摆上茶叶、盐和糌粑。他说：这是我带给你的。

他说：我想喝一口酒，你也用一点吧。他把碗里的酒浇在石头上，把剩下的留给自己。

他把从仁钦那里拿来的照片靠在岩石上。镜框里的妹妹，就是云中村妇女普通的样子，是瓦约乡妇女普通的样子。她刚用梳子蘸着清水梳理过头发。梳好后，还抹了头油。不是商店里卖的头油，带着隐约的香气。她抹的是用动物油脂自制的头油。散发着动物身上的某种气味。在云中村人的鼻子闻来，这是好闻的气味。但这种气味到了移民村就不行了。现在云中村下去的女人用头油时，都到超市去买。她们都不用这种头油了，免得自己身上散发出跟别人不同的味道。照片上的妹妹对着镜头露出了笑容，但她眼里还是有哀戚的味道。

阿巴对着照片说了那么多话，但照片默默不语，睡在地下的人也没有反应。他说了云中村会消失，说了云中村人全体移民到远处去的情况。他说：只有四家人没去。你知道的，觉珠丹巴家，和咱们的仁钦一样，两个娃娃争气，好好念书，地震还没有来，两口子就到城里去了。还有裁缝家，还有祥巴家。还有卓嘎家，一家人都死了，就留下那个爱跳舞的央金姑娘，断了一条腿，可怜的姑娘，看来得政府养着她了，可怜的央金姑娘。我们其余人，都到移民村去了。我也去了。都有四个多年头了。有些人家都在那里生了娃娃了，一共五个啊。都满地跑着，开口说的都是新地方的话了。

阿巴注意到面前有一丛鸢尾。飘带一样的叶片，停在花葶上小鸟一样的花朵。开了几朵，没开的，也有几朵。年轻时的妹妹，喜欢簪鸢尾花在头上。但照片里的她头上没有簪着这种蓝色花，花瓣上带着金色纹路的蓝色鸢尾花。

阿巴喝了一口酒，继续说话：我来告诉你仁钦的事情吧。

这时，他听到了一点声音。像是蝴蝶起飞时扇了一下翅膀，像是一只小鸟从里向外，啄破了蛋壳。一朵鸢尾突然绽放。

阿巴的热泪一下盈满了眼眶：是不是你听见了？你真的听见了吗？

花瓣还在继续舒展，包裹花朵的苞片落在了地上。

阿巴说：仁钦出息了，是瓦约乡的乡长了。我碰到云丹了，江边村的云丹，他说咱们家的仁钦是个好乡长。

又一朵鸢尾倏忽有声，开了。

阿巴哭了：我知道你听得见，我知道你听见了！妹妹你放心，我回来了，我回来陪你们了！我在这里陪着你们，你们这些先走的人。我把你的照片从仁钦那里带回来了。我让他忘记你。我不要让他天天看见你。你也让他忘记你吧。

阿巴高兴起来。他想那两朵花应声而开不是偶然的。世界上有哪个人在说话时见过一朵花应声而开？他相信谁都没有过。也许云中村以前的某一任祭师见过。但现在的人没有谁见过。他觉得这就是鬼魂存在的证明。

如此看来，这个世界大概是有鬼魂的，他因此高兴起来。要真是这样的话，他就不是一个半吊子的阿巴了。

阿巴相信这是妹妹的鬼魂通过花和他说话。告诉哥哥，他的话她都听见了。

两兄妹小时候，像仁钦刚上小学那么大的时候，父亲来磨坊守夜磨面，他和妹妹央求父亲带他们到磨坊去。对于那时不知道有县城，有省城的云中村孩子来说，磨坊就是很远的地方，就是云中村世界的边缘了。

父亲总是不肯答应，小孩子去那里干什么？磨坊那边有鬼！

两个孩子就不言声了。

下次，父亲又要去磨坊了。两个孩子又提出要跟他到磨坊去。父亲还是拿这个理由恐吓他们。那是农业集体化的时候，生产队每月分一次粮食。分到粮就要赶紧到磨坊去，家里的面粉已经没有了，已经吃过好几顿煮豌豆煮土豆了。

父亲还是说：磨坊那里有鬼！

母亲说话了：他们不会害怕。只要你不吓着他们，他们就不会害怕。父亲就答应带上他们了。

父亲挥着一支柳条鞭子，马背上驮着两袋粮食。一袋是炒熟的青稞，磨成糌粑。一袋是麦子，磨成面粉。

两个孩子跟在父亲身后来到磨坊。

白天，他们在溪水边玩耍，帮着父亲把磨好的面粉装进口袋。父亲会用白面在男孩额头上画个太阳，女孩额头上画个月亮。晚上，天气晴朗。父亲在磨坊前的草地上打一个地铺，让兄妹两个并头睡在星空下面。

这时，妹妹就悄悄问哥哥：鬼怎么还没有出来？

儿子就问父亲：鬼怎么还没有出来？

父亲指指天空中：别乱说，鬼都出来了。

妹妹放轻松了，她说：哦，鬼变成星星了。她还悄声对哥哥说，鬼好好看。

然后，他们就睡着了。

少年阿巴又醒来了。他是被父亲投在他身上的影子惊醒的。月亮出来了。父亲来来去去忙乎着什么，影子不时从两个睡着了的孩子身上滑过。

少年阿巴醒来，看见父亲在月光下无声舞蹈。

击鼓，但不让鼓发出声响。

摇铃，但不让铃发出声响。

父亲揉了一小盆新麦面，捏成些动物形状，把它们整齐地排列在岩石上。他再次无声地击鼓摇铃。后来，他才知道，父亲是村里的祭师，他这是在安抚鬼魂。那些动物形状的面偶是给鬼的施食。

父亲又捏了一些糌粑团子。这回，他脱下了盆状的帽子，解开了长发。嘴里念念有词，他把糌粑团子投掷到有阴影的地方。磨坊的阴影里，树丛的阴影里，岩石的阴影里。这些投掷出去的糌粑团，也是给鬼魂的施食。

父亲是村里的祭师。父亲的父亲也是祭师。祭师是祖祖辈辈传袭的。后来，反封建迷信，祭师的活动就只能在夜间，在磨坊悄悄进行。不让鼓发出声响，不让铃铛发出声响。

父亲继续作法，他含混的声音越来越大。

父亲这声音把妹妹也惊醒了。

这让两个孩子感到害怕。父亲在搞封建迷信。那个年代，这是不被允许的，要批判的东西。村里的小庙，殿上供奉的苯教大神辛饶弥沃塑像被推倒了。寺庙改建成小学校。那时阿巴已经上小学了。二年级。认识好多个汉字了。晚上，学生们愿意跑到老师那里去。老师有收音机，有《人民画报》。画报里有好多云中村没有的新鲜事物。耕地的拖拉机，收粮食的收割机。老师说，这些机器，在不远的将来，都会在云中村出现。而他的这些学生中间，就有人会成为云中村将来的拖拉机手和收割机手。

老师还有一本书，叫《不怕鬼的故事》。

有一个故事说，一个书生在晚上读书。一个披着头发的鬼进来了，这个鬼把脸涂得很黑。但这个书生并不害怕，也用墨把自己的脸涂成了黑色。还对着鬼笑。鬼看吓不倒读书的书生，很扫兴，自己走了。

还有一个鬼，是吊死鬼，头发披得很长，舌头也伸得很长。那个书生也不害怕。说，我不害怕你呀，不就是头发长一点，舌头也有点长吗？那个鬼就把脑袋取下来，放在桌子上。说，我看你怕不怕。胆大的书生说，你有脑袋我都不怕你，你把脑袋取下来，就更不怕了。鬼问他为什么？他说，你取下脑袋就死了呀！鬼就拿起脑袋，哭着走了。

那时的云中村还没有修水电站。晚上照亮都是油灯。油灯在原先寺庙的大殿里只照得出一团小小的光亮，四周都是空旷的黑影，听鬼故事的小学生们拼命挤在一起。好像长头发的，穿着白衣的，脑袋提在手里的鬼就站在身后阴影里。讲故事的老师也害怕，紧紧地和学生挤在一起。

老师说：大家不要害怕。

学生们说：我们害怕，有鬼呀！

老师提高了声音：不怕它就没有！

可是我们害怕，害怕就会有。

老师说：不讲了，不讲了！我们唱歌吧。

刚开始唱歌的时候，大家的声音都颤颤巍巍的。后来，胆子就大起来，声音也变得齐整雄壮了。夜深了。一家家开始呼儿唤女。老师打着手电筒，送这些孩子回家。路上，他们大声唱歌，大声说话。送到最后一家，老师不肯独自回去，往往就留宿在最后一户村民家里。

即便这样，晚上，学生们又会聚到小学校里去。要老师讲不怕鬼的故事。

有一天晚上，那个故事特别吓人，阿巴打开自己家院门，觉得鬼在院门的阴影里。穿过院子，觉得鬼在核桃树下。上楼，觉得自己踩响楼梯的声音是鬼跟在后面。来到火塘边，少年阿巴一下扎进了父亲怀里。

父亲看母亲一眼：鬼把你吓着了？

孩子不承认：老师讲的是不怕鬼的故事。

不怕鬼？那就是有鬼。

不怕就没有！

那等于说有。

磨坊那边有吗？他们披着头发，可以把脑袋取下来放在桌子上吗？

父亲说：只要好好安慰他们就不会，不会出来吓人，不会把脑袋放在桌子上。

后来，父亲就答应带他和妹妹去磨坊了。

不知为什么，看见父亲往那些阴影里抛掷施食的时候，少年阿巴就知道，那是父亲在安慰鬼魂。

又过了好些年，政府不再管人信不信鬼神的时候，父亲已经死了。当祭师的父亲没有等到那个时候，他在政府还号召不信鬼神，禁止祭师活动的时候就死了。

父亲是修机耕道时死的。修机耕道是为了把拖拉机开到半山上的云中村来。

阿巴的父亲分配在爆破组，任务就是把拦在路上的巨石，把挖土的锄头啃不动的山岩，用炸药轰开。他们在石头上打洞，装进炸药，安上雷管和导火索。大家避到很远的地方。生产队长吹响哨子，提醒大家躲避。阿巴的父亲负责点火。他点燃导火索，奔跑到安全地带。炸药轰然爆炸。一条新路，一条宽阔的叫作机耕道的大路从江边向着云中村蜿蜒。崭新的拖拉机已经运到县城，只等机耕道一通，就要开进云中村。那条路修了两年，阿巴的父亲，已经是一个熟练的爆破手了。那一天，埋下的炸药没有爆炸。大家等了半个小时炸药还是没有爆炸。阿巴父亲去看炸药为什么没有爆炸。他刚走到炮眼跟前，炸药就爆炸了。父亲和那些炸碎的石头一起飞到天上，又掉到了江里，从这个世界上消失了。

拖拉机进村的时候，父亲已经不在了。

云中村机耕道通车那天，参加通车仪式的县领导来阿巴家看望。

领导摸着少年阿巴的头，说：这个娃娃，将来要叫他学个技术啊！

村干部说：要不是他小，就叫他当拖拉机手了！

那时，少年阿巴已经十三岁了。

阿巴和村里的孩子跟在犁地的拖拉机后面。之前是两头牛拉着一张犁，现在一台拖拉机拖着并排的三张犁。肥沃的黑土在犁头下波浪一样翻卷。拖拉机声响巨大。石碉发出巨大的回声，红嘴鸦群惊飞起来，惊惶地叫唤。和后来家家户户都有了拖拉机不一样，和后来拖拉机落伍成寻常的农机具不一样，那时的拖拉机手神气得要命。只准人摸一摸拖拉机拖着的犁，摸一摸拖拉机的轮子，不准人摸拖拉机的操纵杆，不准摸拖拉机的灯。

拖拉机进村的时候，云中村欢声四起。此前的云中村都没有过带轮子的运输工具。在整个瓦约乡，就云中村没有带轮子的运输工具。山下那几个村子至少有马车。去乡政府，去县城的时候，他们都赶着马车。马车上载着货，马车上坐着人。云中村人也要去乡政府，也要去县城。得走很长的路。下山走路，到了平坦的公路上也得走路。在公路上走得疲惫时，会被其他村子的马车超过。三匹马拉着一辆车，蹄声嗒嗒，马车的橡胶轮子轻快地旋转，轮胎和车轴摩擦发出好听的声音。坐在马车上的人嘲笑没有马车的云中村人。那是个新东西陆续进入，并改变人们古老生活的时代。一个认为凡是新的就是好的时代。在那个时代，云中村是个落后的象征，落在时代后面跟不上趟的象征。

直到机耕道开通，拖拉机进村，这样的情形才得到了改观。但阿巴的父亲看不见了。

小学毕业，阿巴就被送去上农业中学了。农业中学不在城里。在另一个乡下。那里有比云中村大十倍的田地。阿巴在那里学了好多东西。嫁接果树。制作堆肥。配制农药。修理拖拉机。阿巴十七岁时，云中村开始建水电站了。他被召回村里。跟着勘探设计人员选择地址。勘探队的人整天让阿巴扛着一根测量标尺。他们说，往前去，把标尺立在那里。再往前去，往左一点，往右一点。阿巴就和标尺站在指定的地方。工程师从测量仪的镜头中往他这里看。阿巴知道，工程师不是在看他，是在看标尺上的红色和黑色刻线。最后，他们把水电站的地址选在了村里磨坊的下方一点。

一道水坝拦住溪水，溪水顺着水渠横着往山腰的一处小平台流去，在电站厂房里冲转机器，发出电力。云中村年纪很大，一千多岁，暮气深重，但在那些年里又变得年轻。小学校里传出琅琅书声。修通机耕道，拖拉机开进了村子。春天，在平整的田野里翻耕土地。秋天，拖拉机开到打麦场上，带动了脱粒机。以前要打半个月的麦子，脱粒机只用三天就把活干完了。男男女女围着飞速旋转的机器，捶自己的肩，揉自己的腰。有了机器，人的肩和腰都不用吃那么多苦了。解脱了繁重体力劳动的男女，有更多力量和心思相亲相爱。云中村的人口迅速增加。还是有人小声嘀咕：机器好是好，就是声音太大，太快，跟机器一起耕地打麦时，就不能悠悠歌唱了。

阿巴父亲生前嘀咕过，什么都好，要是不禁止祭祀山神，安慰鬼魂就更好了。人的日子好过了，神鬼的日子也应该一样好过。

水电站勘探队工作的时候，总有很多人跟在后面：学校里的小学生，村里的年轻人。那时的阿巴可神气了。他不是跟着看热闹的，他是勘探队的一员。他神气地扛着一根比自己还高一米多的标尺。标尺上刻着红色的横线和黑色的横线。小学生们都明白标尺上那些刻线的意思。阿巴休息的时候，他们就围拢过来，小指头在黑色线上划动：1厘米，2厘米。手指头滑向红线。1米！2米！3米！那时，阿巴的父亲已经不在好几年了。上岁数的村里人遇到阿巴，会说：唉，这么体面，你爸爸看不到了。

他们还会叹息说：你爸爸不在了，没人奉祭山神了，什么都好，阿吾塔毗不要怪罪就好。

抬头看看村后的雪山，阿吾塔毗坐在那里，头上戴着冰雪的帽子银光闪闪，背后的天空一片湛蓝。阿吾塔毗好像并没有显出不高兴的样子。

第一年测量，第二年，溪上的冰刚融化，冻硬的地刚变松软，水电站就动工了。木料从山上砍下来，水泥、钢材用拖拉机从山下运上来。发电机、水轮机太重了，拖拉机拉不动，是村里的男人们从山下抬上来的。很重很珍贵的机器，云中村全村的青壮年男人，轮流着，用了三天才抬到村前。机器在村子里停留一天。人们像敬神一样绕着走了一圈又一圈。机器身子很沉，坐在那里，接受人们称奇，赞叹。有人想伸手抚摸，警卫一样站在机器旁的阿巴警告：

不要摸！不要摸！只许看，不许摸！

这个话后来就在村里传开了，年轻人拿这句话四处嚷嚷：不要摸！不要摸！只许看，不许摸！

后来，阿巴这些话的使用场合发生了转换。村子里为庆祝什么大事集中起来喝酒跳舞，在一年一度的看花节聚集起来唱歌跳舞，有小伙和姑娘相好了，悄悄离开热闹的人群的时候，他们就拿这句话起哄。

还是有人伸手摸了机器，结果摸到手上是黏糊糊的黄油。

男人们又用了一天，才把机器抬进了厂房。

水渠修好了。厂房也盖得差不多了。只有大门还没装上。要是装上了大门，机器就抬不进去。机器抬进厂房。工程师打开图纸，把一大团棉纱扔到阿巴手里：把机器擦干净！

阿巴把机器身上的黄油擦干净，用了很长时间。

妹妹奔回家去，告诉妈妈：只有哥哥才能擦发电的机器！

妈妈哭了。妈妈说：你爸爸就那样走了，也不知道他看得见看不见。

阿巴父亲坠入江中后，村里人和妈妈沿着江水找了好几天。他们走出了瓦约乡的地界，他们走出了县的地界，都没有找到。到处都在修路，开矿。那么多泥土和石头坠入江中，江水浑黄，水里什么东西都看不见。

多年后，妈妈还叹息：唉，要是水干净些就好了。

村子旁边的溪水是干净的，那条溪流到今天依然干干净净。电站试机那天，闸门一开，渠道里的水翻卷着浪花，奔腾向前。渠水在厂房前顺着渠道猛然下跌，坠入一个水泥深坑，巨大的冲击力使得水轮机的钢铁叶片开始旋转。水轮机旋转起来，通过皮带轮带动发电机旋转。机器越转越快，仪表盘上的电压表和电流表指针震颤，抬升。工程师给阿巴进行现场讲解。两个仪表盘上的指针都到了红线那里。工程师对阿巴说：合上，合上！

预先演练过好多次，阿巴还是紧张了，不知道该把什么东西合上。

工程师喊：叫你把总开关合上！

阿巴明白过来，把总开关推上去。总开关上几张铜片与线路的接口合上。电灯亮了。厂房里的电灯，厂房门口的电灯都亮了！十八岁的阿巴，云中村有史以来的第一个发电员的身体触了电一样震颤不已。之前，村里已经有了第一个拖拉机手，第一个脱粒机手，第一个赤脚医生。这是留在云中村的。还有不在云中村的第一个解放军。第一个中专生。第一个干部。那些年头，云中村的历史就像重新开始一样，好多个第一个啊！

还有另外的第一个。第一个不肯再到庙里主持法事的喇嘛。

云中村信奉苯教。村里一座小庙。平常，喇嘛和大家过一样的日子，生儿育女，侍弄牛羊庄稼，只在一些特殊的日子，才打开庙门，供奉神灵，诵经祈祷。宗教气氛不像信仰佛教的村子那般浓重。新事物越来越多，政府反对封建迷信，来庙里的人越来越少。喇嘛说，世道变了。我就在自己家里诵经祈祷吧。他只搬了些经书到自己家里，就把庙门钥匙交给了生产队。庙空了。后来，大殿漏雨，泥塑的神像都倒塌了。两三年后，寺庙变成了小学校。小学开学，老师去喇嘛家动员他的孙子入学。喇嘛儿子有情绪，说，我家的孩子不去，脑子旧，装不进去新东西。

喇嘛笑眯眯拉着年轻老师的手，说：呀，新喇嘛这么年轻！让孙子跟着你学新东西去。喇嘛到小学校去，看孩子们上课。喇嘛翻看孙子的课本。

喇嘛看孙子把毛主席像贴在屋子里，仔细端详，说：呀，真是一个大活佛的福相。

阿巴的父亲也是村里的第一个。第一个爆破手，第一个停止祭祀山神的祭师。

喇嘛和阿巴的祭师父亲，是云中村仅有的两个宗教执业者。

喇嘛不再去庙里了，是主动选择。阿巴的父亲不再祭祀山神，安慰鬼魂，却是被迫。

所以他在磨坊磨面的时候，就偷偷地举行祭礼，用无声的铃鼓，用麦面做成的新鲜施食。后来，他死了。这个爆破手把自己炸死了。他当上爆破手，是因为云中村人认为祭师这种能通鬼神的人，才能摆弄那些瞬息之间就爆发出巨大力量的爆炸物。山神力量是大的，能佑护一方平安。炸药的力量也是大的，可以粉碎岩石，开辟出宽阔的道路。

阿巴是在当上发电员后开始试着祭祀山神安慰鬼魂的。这不是他的意思，是妈妈的意思。妈妈说，电站机器声音这么大，光这么亮，山神会不安，鬼魂会害怕的。

的确，水电站冲击水轮机，使之飞速转动的水声比磨坊的声音大三倍都不止。还有那么亮的光，照得好多本该有影子的东西都没有了影子。阿巴记得，父亲在磨坊投掷给鬼魂的食子都是投向阴影里的。这说明如果有鬼魂的话，他们就在那里。现在，电灯照射之下，阴影没有了，稀薄了。

阿巴和工程师穿上专门用来爬电杆的带铁弯钩的鞋，架设通向村里的电线。电线引到了村里，又要把电线从电杆上接下来，接进打麦场，接进小学校，接进广播站，接进每一户人家，接在电灯上，接在机器上。那年国庆节，云中村水电站正式竣工发电。村子里的男孩子和男青年全体集合，聚集到电站前。他们要和电流比赛，看谁先到达村里。那时，十八岁的阿巴多么荣耀。他神情庄重，打开水闸门，溪水进入水渠，阿巴跟着奔涌的水流奔跑。身后，是云中村的少年和青年在跟着奔跑。渠水进入厂房，从渠口垂落向深深的基坑，冲激水轮机钢铁的叶片。水轮机开始旋转，越来越快，越来越快。水轮机通过皮带轮带动了发电机。发电机发出嗡嗡声。发电机像是一只蜂巢，像是有一万只十万只蜜蜂在里面歌唱。

云中村的发电站是全瓦约乡的第一座发电站。乡政府都还点着油灯的时候，云中村家家户户都点起了电灯。

云中村成了全瓦约乡的先进村。

阿巴和妹妹说了那么多的话，又沉默很久，准备起身离开了。这时，他才想起当年的水电站，想起当年自己在水电站当过发电员。

呀！阿巴磕磕牙，都像是上辈子的事情了。远得就像他自己并没有当过那个水电站的发电员。

呀！怎么可能！一个人听过《不怕鬼的故事》那本书里的全部故事，上过农业中学，当过云中村有史以来的第一个发电员，现在怎么成了一个祭师？

阿巴起身从磨坊旁边往下走。走了一段，才想起来，电站早就没有了。电站厂房所在的那个小平台早就不存在了。那里发生了一次滑坡。那个小平台，平台上的水电站，连同引水渠全部滑到江里去了。现在，那里成了一片陡峭的山坡。山坡大部分都赤裸着，石缝里稀稀拉拉长着些矮小多刺的灌木。阿巴作为一个发电员的生涯，也在那一天终止了。

　　现在想来，那次滑坡的发生，水电站的消失，正是即将发生的云中村大滑坡的预演。一个提醒，一个来自大地的警告。

　　滑坡是天快亮时发生的。

　　先是一阵轻微的地震。

　　阿巴白天睡觉，晚上守着发电机发电。地震来时，他正坐在椅子上，在发电机的嗡嗡声中昏昏欲睡。他之所以没有睡着，是因为当发电员这几年，他已经习惯了在这种状态中不时抬头看看电压表和电流表。他要确定两只表上的指针都处在相当于时钟十点钟的位置，电压表上的红线在那里，电流表上的红线也在那里。地震发生时，他看见悬在屋子中央的电灯前后左右摇晃。对此，他并不感到惊奇。云中村，瓦约乡，甚至瓦约乡所属的这个县，全都在一条地震带上，时不时来个三四级地震，摇晃一下悬着的电灯，让房子发出吱吱嘎嘎的声响。但这天不一样，地震的晃动过去了一阵子，他感到屋顶在歪斜，椅子在歪斜，身子也在倾斜。

　　阿巴露出笑容，以为自己是做梦了。

　　然后，什么都从眼前消失了。他自己也消失了。

　　醒来的时候，他身陷在一摊正在凝固的泥石流中间。水，还有泥。黏稠的，在流动中搅拌得十分均匀的水和泥。这些深灰色的泥水漫开在江边滩涂上。阿巴从这片黏稠的泥水里站起来。浑身的衣服已经不知去向。这时，衣服就是均匀地裹在身上的一层灰色泥浆。四周也是这种颜色的泥浆。还有嶙峋的岩石。就像是世界刚刚诞生时的情景一样。

江水在身后大声喧哗。

阿巴不记得什么了。他像一个初生的婴儿一样，从那团泥浆中站起身来。

那是很超现实的场景，周遭一片荒凉，仿佛世界刚刚诞生时一样。

后来，记忆恢复，阿巴想起这个场景时就会微笑。他只是觉得这一切如此不可思议，他从来没有为此感到恐惧与悲伤。

水电站是第一个滑坡体。

云中村是第二个滑坡体。

仁钦告诉阿巴新编县志上记录了这次地质灾害。

云中村建水电站时没有进行地质灾害调查。电站引水渠渗漏严重，等于给本来就存在的山体裂缝加入了润滑剂，使得滑坡体提前爆发。阿巴知道这些，都是恢复记忆以后了。

那时的阿巴不知道这些。

云中村人也不知道这些。

没有人想到过有一天云中村也要重蹈水电站的覆辙。

倒是有一种说法在云中村暗地里流传。看吧，一个祭师家族，父亲不好好祭祀山神，被扔到了江里。儿子不懂得祭祀山神，山神原谅他是无心之失，所以只把他变成了一个傻子。这些话不是事情发生的当时说的。反封建迷信很厉害的时候，没人敢说这样的话。

反封建迷信的时候，大多数人说的都是反封建迷信的话。云中村有人还提出了拆掉寺庙的要求。那时，小学校的校舍已经盖起来了。那是云中村第一座汉式平房。土夯的墙。墙里墙外都用加了麻丝的白石灰抹了三遍。有地板和天花板，可以开关的玻璃窗户。红瓦的两面斜坡的顶。一层排过去五间教室。两头转个弯，又有四间小点的房子，是老师的宿舍和办公室。

云中村纪年的方式也因此改变：修机耕道那年；拖拉机来那年；修小学校那年。

跟过去真是不一样了。过去的房子都是村里人自己盖的。

修小学校时就不一样了。前一年，村里组织人上山采伐通体笔直的云杉，置备盖小学校的木料。第二年开春，男人们按着县里下来的图纸开挖地基，夯筑土墙。女人们从村子后面的山根处背来黏性十足的黄土。很少金属器具的时候，云中村人的祖先曾用那些黄土烧制陶器。到建小学校的那年，制陶的手艺已经失传多年。接下来的事情，除了把红瓦从山下用拖拉机运进村来，云中村人都插不上手了。来了一高一矮的两个解木匠。高的那个背着一匹比他还高的大锯。矮的那个背着一卷被褥。把木头推上高架，矮个的解木匠在上面，高个的那个在下面，矮个把锯子提上去，高个的把锯子拉下来。锯齿一点点啃噬木头，顺着预先打好的墨线。木头变成四方的梁柱，变成厚薄不一的木板。解木匠用解出来的边角余料搭建了低矮的房子，住在里面。做完这些事，这两个人消失了一段时间。然后，他们又出现了。这回，他们带来了木匠工具。把木板刨光，做门，做窗。云中村也有木匠。但他们不会看图纸。不会从那些纸上的线条看出来那是一张桌子，还是一块黑板。这两个解木匠，一个姓龚，一个姓张。他们说得好那个"张"字，却总把"龚"念成"炯"。这两个人来了就不走了。后来，他们的女人来了，他们的孩子来了。他们说，在老家吃不饱饭。云中村人不太相信，天下竟然还会有吃不饱饭的地方。由此，云中村有了两个汉族人家。云中村移民，这两家人没有去移民村，他们迁回了老家。他们不去移民村，在大家心目中，他们就不再是云中村人了。

还来了油漆匠。把教室里的桌子漆成白色，窗户和门漆成蓝色。

小学校建好了。

相当多的村民提议，应该把小庙拆掉。他们说，反正喇嘛也不去庙里做法事了。他们还说，就算老喇嘛再去做法事我们也不会跟随了。没有人动员，也没有人批准，云中村人自己把那座祖传的小庙拆掉。小庙屋顶的铜构件出现在县城的废品收购站。门板消失，雕花的窗户消失。藏经的柜子消失。两年时间，小庙除了墙壁，就没剩下什么了。如果说此前的东西是悄悄消失的，后来，大家去取那些残墙上的石料时，取石料里头包裹着的柏香木的柱子时，就不再遮遮掩掩。再后来，小庙只剩下些泥土。那些染有颜色，绘有图案的泥土经过几场雨，颜色与图案溶解，就只是普通的泥土了。再过一年，泥土上长出牛蒡，长出开白花的曼陀罗，长出了蜇人的荨麻。喇嘛说，对的，对的，这座小庙本就是以前的人一手一脚建起来的，现在都还给他们了。

这话，是喇嘛对阿巴的父亲说的。

喇嘛对阿巴的父亲说：我要送你两件庙里的东西。

阿巴父亲说：我不能要庙里的东西。

喇嘛要给阿巴父亲的是两幅卷轴画。

喇嘛说：你收着吧，这是山神阿吾塔毗的像。

喇嘛决定不再去庙里做法事的时候，把一些神像，一些卷轴画，一些法器，一些供神的器具带回了家里。他说：庙没有了，乡亲们会来向我讨要这些东西。

阿巴的父亲还是不要，他说：您老打开画，让我看一眼山神就行了。

喇嘛把卷轴画慢慢打开。

专门祭祀山神的阿巴的父亲看到了山神阿吾塔毗的形象。

山神像喇嘛一样戴着一顶黑色金边的尖顶帽，白色的胡须，白色的眉毛。披风上有展翅的飞鸟。在这幅画中，阿吾塔毗完全是个隐士的形象。

在另一幅画中，阿吾塔毗则是武士的形象：银色的头盔，灰黑的铠甲，手持长矛跨在一匹肩胛宽阔的白马背上。

喇嘛说：我要把这些东西还给大家。这是你该得的。

阿巴的父亲把画卷起来，用丝带缠好，他把画奉还给老喇嘛：我记得山神的样子了。

过了些日子，村里人向县里反映，喇嘛私自占用了很多庙里的财物。

县里派来了一个干部。

一个有错误的下放干部。他来了，不像别的干部马上组织村民开会，或者亲自登门访问那些提意见的人。他拿着本子画画。画石碯。画铜枝铁干，枝叶苍翠的老柏树。画整个云中村。他说，好漂亮的一个村子！云中村人都知道，下放就是犯了错误的意思。惦记着庙里最后那点东西的那些人说，犯了错误的人胆子小，不敢召集群众大会。

这个见人就微笑，把云中村全部画了一遍，连沟里的磨坊都画了一遍的干部还是召集大家开了会。会场上摆着喇嘛交出来的所有东西：黄绸包裹的经卷、卷轴画、铜铸的神像、供油灯、鼓、铃、镲、号。这些物件一一摆开。一共是一百二十一件。下放干部当着全村人的面把这些东西一一登记在册。他表扬了那些向上级反映有人私占公共财物的云中村人。他说，公共的财物就是国家财产。他来，就是要把这些财物运回县里，上交给国家。

云中村人向上反映喇嘛私藏庙里的东西，并不是想要把这些东西上交给国家。但是，既然下放干部说，这些东西是国家财产，他们也就没有什么好说的了。

下放干部让村里派拖拉机把这些东西都运走了。

拖拉机手回来，村里人都问：国家收到这些东西了吗？国家高兴了吗？

拖拉机手嘲笑这些人无知：国家又不是一个人，我怎么知道他高兴还是不高兴？

拖拉机手还说：干部就是国家。

大家就想起下放干部见了这些宝物兴奋的样子：国家肯定是高兴的。

这是阿巴回到云中村的第二天。关于云中村的回忆就这样毫无章法地纷至沓来。

阿巴想，它们也不肯分个先后，就这样乱哄哄地塞满了我的脑袋。对此情形，他其实是高兴的。在移民村几年，他的脑子只想正在发生的事情，很多地方都空着。从来没有像现在这样被塞得满满当当。但他还是叹息说：唉，不要这么着急，我不走了，你们一个一个一样一样地来。

都是回忆，回忆来干什么，阿巴不知道。

云中村都要消失了，就像当年的水电站一样，作为一个滑坡体的一部分，就要消失了。但他还是喜欢云中村过去的情景，一幕一幕的电影画面一样，在脑子里纷至沓来。不像在移民村，脑子就只用来想眼前的事情，其他地方都空空荡荡。

有乡亲对他说过，移民村好是好，就是心里总有一块地方空着，脑子里也有好多地方都空着。

在家具厂上班，脑子里就只有电锯飞转。

有几户云中村人由当地人教种茶。阿巴也会到茶园里转转。那时脑子里就只有一丛丛碧绿的茶树。春天，他们采摘茶叶的嫩芽。夏天，茶树开着白瓣黄蕊的花。有三家人合伙开了一家山菜馆。他们回到山里采购山货。春天是蕨苔、核桃花和荠菜。秋天，是各种蘑菇。采购来的东西都是干货，在移民村温软的水里浸泡舒展，阿巴脑子里就长出这些山间植物。其他地方都空空荡荡。

阿巴的脑子还有更空的时候。

那是他经历了第一次滑坡，从泥石流黏稠的泥浆里站起身来时，脑子里连记忆都没有，空空荡荡。看水，水就在脑子里轰轰作响。看天，云彩就在脑子里飘飘荡荡。看一株树，树就立在他眼前，像是鼻梁的影子。树上停满了鸟，他大吼一声，鸟惊飞，脑子里就什么都没有了。

等到后来，他以祭师的身份在县里接受非物质文化遗产传承人培训时，好多东西他都记不住。非物质文化遗产的重要性，他记不住。规范的山神赞词他记不住。祭祀山神时的特殊舞步，他也记不住。因此，他被一同参加培训班的人嘲笑，说他是冒牌的半吊子。

讲课的大学教授专门为他辅导。教授说，你为什么记不住，说说原因。阿巴摇头，我不知道。教授说，你脑子里有些什么东西？阿巴说，云中村的东西。教授很有耐心。他说，不可能的，人的脑子装得下整个世界。国家领导人的脑子里装着整个中国，联合国秘书长脑子里装着全世界，你一个云中村算得了什么？

教授说：我这么说吧，你们家有没有柜子，抽屉很多的那种。

阿巴家里有这样的柜子。

教授说，这就对了。你闭着眼睛想象自己的脑子就是一个柜子。云中村的事情不过是塞满了其中的一个抽屉。现在，你把别的抽屉打开，看到没有，里头空空如也，什么都没有，连个鬼的影子都没有。现在，你把讲课的内容装进空抽屉里。

这个法子真管用，真的是装进去一些东西。因此，培训结束时，他和大家一样拿到了非物质文化遗产传承人的证书。

正是因为这种柜子理论，他知道自己的脑子有很多空着的地方。

有一个姑娘，地震中死去的妈妈教给她很好的刺绣手艺。到移民村后，每天，她都骑着电动自行车到十公里外的刺绣坊上班。姑娘心灵手巧，每个月都从刺绣坊领到最多的工钱。她不喜欢和工友说话。她不想和她们去歌厅唱歌。工友们互相称呼名字，却一直叫她老乡。她告诉姑娘们自己的名字，她们还是叫她老乡。这些她都不喜欢。后来，巧手姑娘被刺绣坊解雇了。因为她给一件高档旗袍绣上云中村女人头巾上的传统图样。旗袍上要绣一枝梅花，她绣上去的是有宗教意味的图案。

移民村的几个体面人物去刺绣坊为姑娘说情。阿巴也是其中之一。

他们对老板说，这个姑娘不容易，一家子就剩她一个大人了。她的父母都埋在了房子里，她上山采蕨菜的嫂子不知去向，开拖拉机进城的哥哥不知葬身何处，留下一对侄子侄女要她抚养。老板说，她不容易我知道，我的生意也不容易呀！她心里不顺不能把气撒在我身上！老板把她绣坏了的东西丢在他们面前。确实，这个犟姑娘在旗袍上绣上了了不该绣的图样。

老板说：看看，还绣个什么吉祥莲花！

有人说：莲花也是花呀！

老板说：老乡，老乡，订单上是梅花就得是梅花。

后来，老板还是心软了：好吧，叫她休息两三天再来上班吧。

出了刺绣坊，有人埋怨阿巴：这种时候，您也该说句话呀！您不能一句话都不说呀！

阿巴从当年水电站滑到江中的地方往回走。脑子里满是过去的回忆。

回到妹妹葬身其下的巨石跟前，他看到，所有鸢尾都开了。阿巴高兴起来。地震以后，云中村的情感底色就是哀伤，平静的深不见底的哀伤。现在，既然妹妹用花开来表示她知道哥哥回来看她了，感谢哥哥还带来了儿子一切顺遂的消息，那阿巴也应该高兴起来。悲哀的苦海上也能泛起欣喜的浪花。

阿巴不急着走，他口渴了。他生了一堆火，打来干净清冽的溪水烧了一壶茶。他把头一碗茶浇在巨石旁边给妹妹。然后一碗又一碗，自己喝了个饱。溪水烧的茶，比蓄水池里的水烧的好喝多了。也比移民村的水好喝多了。在移民村，阿巴喝的是自来水。水龙头一拧开，水就哗哗地流出来。但从自来水厂来的水，总是有一股药品的味道。这顿茶把阿巴喝得心满意足。他把茶叶倒在草地上，凉一阵，撒上一点盐，叫两匹马吃了。他对两匹马说：我不知道你俩从哪里来，不知道你俩的老家在哪里，现在，我们要一起在云中村过日子了。

阿巴肩上褡裢，对着巨石说：我走了，我要回村里去了。你好好的。以后，我可以常常来看你了。

他满满地灌了一壶溪水，对两匹马说：我们回去了。

两匹马有点不想离开这片水草丰美的溪边草地，最后还是跟了上来。

那天晚上，阿巴梦见了他的回忆。他在梦中回到童年。他和妹妹睡在磨坊前的草地上，头顶上星星闪耀。父亲摇铃击鼓，向鬼魂抛撒食子。

妹妹醒了，看见这情景有些害怕，他就用毯子遮住了妹妹的脸，不让她看见。

阿巴睡觉时，看着头顶的星空，说，哦，明天，哦明天。

明天是五年前地动山摇的那一天，一切都不再是从前的那一天。

第
四
天

这天早上的天气，和五年前的那天一模一样。

晴天，但不是最晴的晴天。天上有风，云彩被天上的风拉成了薄薄的长条，自东向西，布满了大半个天空。

薄云的遮挡使阳光稀薄而又温暖。

阿巴起身，去了一趟村里。只寻了三家，就寻出一副手工石磨。石磨埋得不深。阿巴太熟悉这个村子了。每家人都会在院子里搭一个小木房子。把一些日常用具放在里面。斧子、镰刀、锄头、犁铧、连枷，还有差不多每家人都会有的手工石磨。后来这工具棚日渐扩大，有了电线、拖拉机轮胎、油桶。阿巴都不用去扒拉，只是在走过每一户人家长满荒草的院子时，向里张望一番。走到第三家人的院子里，他就发现倒塌的木板房下，现出两只旧拖拉机轮胎，那盘手磨就在爆出了白线的轮胎旁边。这是白玛家。他蹚过院里齐膝的荒草时，还说了一声：主人家，我进来了。

搬起石磨时，下面几只虫子急忙跑开，钻进了草丛。

白玛一家死了一个人。儿子砸死在屋子里。老夫妇在移民村，出嫁的女儿也在移民村，她在云中村生了个孩子，到移民村又生了一个。

地震来的那天下午，云中村人正在午间休息或者刚结束了午间休息。

五月，天气一天比一天热。劳动了一上午的人们从地里回来，在家里午饭，在饭后喝茶，有一搭没一搭地说话，或闭着眼睛打盹。地里的草都锄得差不多了。休息时间就比通常长了一些。活路多的时候，他们两点钟又下到地里。这几天，大家不着急了。就在家里多休息一些时候。要等到挂在墙上的钟，或者手机上显示的时间到了两点半，大家才会起身。都说，再过两天，就该敬神山了。后来，国家发布的地震爆发时间是下午2时28分04秒。云中村人感觉地震没有来得那么早。后来得救的人说，他们都看了墙上的钟，或者手机，说两点半了，刚刚站起身，或正在站起身来的时候，地震就来了。地震是从东边来的。各种计时器的出现，已经让云中村人有了准确的时间观念。

这时候，性急些的人刚走出家门。白玛家儿子脾气好，性子慢，不爱麻烦别人，所以落在后面，被倒塌的房子压在了下面。他死了也没给活着的人添麻烦。没有让人挖个三天三夜。他们家房子塌了大半边。从外面就可以看到他还在二楼上坐着。身上压着石头和房梁。脸上带着惊讶的神情。当时救伤员要紧。只好让他继续坐在那里。只有阿巴一个人上去看过他。阿巴扛来一架梯子，上去看了一眼，那也只是看看他到底是活着还是死了。阿巴看到他脸上蒙着那么多的尘土。这人真是不麻烦人。他坐在那么高的危楼上。村里活着的人在想怎么把他弄下来。结果，第二天余震，他自己就和剩下的半边危楼一起掉下来了。

见了那么多死得惨伤得惨的人都没哭。搬运这人尸体的时候，村长哭了。

村长说，活着不麻烦人，死了也都怕麻烦我们一下，如今哪里去找这么纯善的乡亲啊。

白玛那满是尘土的脸已经开始肿胀了，脸上的表情还像是挂着歉意的笑容。

把他送往火葬地的路上，村长还一直在对阿巴说：好歹给他洗把脸，好歹给他洗把脸。

阿巴跨进这个荒草丛生的院子，恍然还看见他死在自己家里的样子。砸死自己的石头是自己垒砌到墙上去的，压在身上的房梁是自己从山上砍倒树运下来的。

阿巴大声说：白玛家有人在吧，借你们家石磨一用啊。大后天就是祭神山，祭阿吾塔毗的日子了。

阿巴发现自己不能同时搬动上下两扇石磨。他发现自己一到这废墟里，身上的力气就小了。阿巴只好先搬起一盘，走出院子的时候。他回头说：我还得再来一趟啊！

他又来了一趟。

来第二趟时，他看见，这家人的犁头和木耙还好好地靠墙根放着，镰刀还挂在残墙上。

阿巴把石磨上的尘土用柏树枝扫干净了。淋了些水，因干燥而松动的木把手又在石磨里膨胀起来，一点也不摇晃了。阿巴一手转动石磨，一手把干燥的柏树皮和柏树叶投进去，把一朵朵干枯的杜鹃花瓣投进去。他转动石磨，看到棕褐色的粉末从石磨的缝隙间吐出来。阿巴看着手表，他是从上午9点开始的。两个小时后，那些粉末已经装满了一只可以装五公斤面粉的口袋。刚到移民村的时候，没有存粮。头一年的口粮都由政府发放。头两个月是民政局派人直接送到家里。后来改成票证，就在村里超市拿了票证去换。十公斤一袋的大米，五公斤一袋的白面。这次回来，阿巴带了三条这样的口袋。一只袋子装了盐，一只袋子装了茶。剩下这只空着，他早就盘算好了这只袋子要派这个用场。

阿巴把石磨还了回去。

11点40分，他去下一个人家借一样东西。

他需要一只熏香炉。走到第九家，他借到了。那真是一个精美的香炉。圆鼓鼓的肚子，底下有带栅的进风口，只是三只炉耳上的系绳已经腐烂了。

这难不倒阿巴。

11点55分，他在第十二家找到了替代品。废墟里的电线。作为一个曾经的发电员，他太熟悉这些电线了。一层薄纤维，一层胶皮，里头才是柔软的一束细铜丝。他取一段悬垂在空荡荡的屋子中，没有淋到雨水，也没有晒到太阳的电线，做成了半米多长的系绳。想到这家的主人是个斤斤计较的吝啬鬼，他对塌去了多半，剩下一个角落还能遮风避雨的空房子说：我就要这一点点，我就要这么一点点，我这也是替大家办事，不要舍不得啊！

当年，水电站刚建成时，县里来的工程师带着他给每家每户接上这样的电线。两股拧为一根，一条火线，一条零线。当然，这些电线不是那时候的了。这些电线是地震前些年，农村电网改造时电力公司重新安装的。

12点半，他回到了磐石边的老柏树下。

这是地震来的那一天，乡亲们从玉米地里回到家里午饭的时间。

他和那些回到家里的乡亲一样，扒开火塘中的冷灰，俯下身子轻吹几口，暗淡的火种泛出了红光。他把干柴架在火种上，鼓着腮帮再吹几口。火塘上升起蓝色的烟。如果是在家里生火，就不用这么费劲地用嘴直接吹火。女人们会用吹火筒，端直地坐着就把火吹旺了。男人们用鼓风皮袋。有人甚至买了理发店用的电吹风回来吹火，那效果也相当不错。阿巴没有这些用具。他只能像以前云中村人在野外放羊，采药，采蘑菇时一样，俯下身子，直接用嘴把火吹燃。

他俯下身子吹了几口，烟消失，变成了火苗。阿巴往火堆里添上几块木柴。那是他往返村里的时候，从自己家的柴垛上取回来的。

火噼噼啪啪燃烧。

这时是下午1点钟了。

他开始穿戴那一身祭师行头。衣料窸窣作响，衣服上的金属挂件叮叮当当。阿巴有些紧张，有些手忙脚乱。听着这些声音，他身上有被电流穿过的感觉。阿巴当发电员时触过电。他在心里说，过电可以，可不能短路，可不能短路啊。电在身体里短了路，就会噼啪一声，看不见的电流就把一个大活人击倒在地上。他看见过有祭师作法时，像触了电一样，浑身颤抖，然后翻着白眼直挺挺倒在地上。他们说，那是神灵或鬼魂附体。还好，阿巴身体里只是有着微弱的过电的感觉。他穿戴好了祭师的衣服，祭师的盔形帽子。他还没忘记整理一下插在盔形帽顶上的羽毛和小旗幡。他把那对摇铃别在腰带上，把鼓也拴在腰上。再把熏香炉摆在火堆边。

阿巴开始等待。

木柴还在燃烧，多半都变成了通红的木炭。

还有五十分钟。地震就要来了。

他听见了自己的心跳声。心跳声渐渐加快，越来越响。好像一面鼓，不擂自响。

他站起，坐下，又站起。

左边的松树颜色沉郁，就像一个男人严肃地阴沉着脸。右边的野樱桃树叶子鲜绿，一点点风，只有一点点风，就晃动每一片叶子，晃动每一颗未成熟的果实，哗哗作响，像一个神经质的爱笑的姑娘。

还有二十分钟。现在，除了心跳声，阿巴还听到手表的指针嚓嚓作响。

十分钟。阿巴的身子开始震颤摇晃。他望了望天空。天蓝汪汪的，没有一丝云彩。这跟那天不一样。那天此时，天上满是被风吹薄了的，拉成了鱼鳞状的云彩，从东向西飘拂。汗水从阿巴的额头上，后背上，甚至是大腿根上沁出来。虽说空气有些发闷，也不至于把一个人弄得如此大汗淋漓。阿巴的心里充满了前所未有的恐惧。因为他知道，地震就要来了。

五年前的此刻，云中村一片祥和宁谧的景象。幼儿园老师坐在睡着的孩子身边发呆。下午要劳动的人们正从火塘边起身。从乡里县里回来的人正在村子下方的山道上，坐在拖拉机里，坐在长安牌面包车里。有人在植被稀疏的半山上放羊。上山采蕨菜的人正在下山，身上的热气正把被露水打湿的鞋和裤腿烘干。阿巴的妹妹正在打扫磨坊。阿巴正在村后的上山路上。

没有人知道地震正从大地深处发动。大地深处潜伏的巨兽正咯咯地错动参差错落的岩层的牙齿。巨兽觉得身上压着的黑暗、时间，以及岩石之上的岩石是那么沉重，以至要咬碎自己的牙齿。

五年后的此时，阿巴把一切都知道了。知道了五年前的此时，大地将要制造巨大的人间悲剧。几十年上百年来，大地一直在准备。

阿巴跌坐到地上。

火堆上柴已经烧尽了，一堆木炭继续燃烧，颜色忽明忽暗。

阿巴看一眼石碉，上面，永远有几只红嘴鸦在盘绕。

阿巴看了一眼老柏树。老柏树在地震来之前，在云中村被毁灭之前就已经死去了。

手表咔嚓一声，似乎就再没有了响动。那个写在书上的时间，那个在广播里电视上被重复了很多次的时间，14时28分04秒。潜伏的巨兽咬断了岩层的牙齿，剧痛产生力量，闪电一般蹿过层层叠叠的岩层，在云中村东边几十公里，蹿出了地表。一股洪流把破碎的岩石，入睡时间各不相同的岩石喷出了地表。那一刻，地震发生！大地从自身黑暗力量感到恐惧的快意，浑身颤抖，隆隆咆哮。应该就是此时，云中村人听到了大地轰轰作响。世界停顿了一下。鸟没有惊叫，渠水没有翻腾，风停在麦田和果园中间，人仿佛陷入了梦魇。世界，和推动世界的时间都在那一瞬间停了下来。

地震到来时，人们感受到的力量是不一样的。

幸存者们总要频繁地回忆起那个瞬间。聚在一起时，他们当笑话一样说。独自回味时，心中却充满恐惧与哀伤。

共同的回忆中，有一刻，那越来越大的，像是有无数辆拖拉机齐齐开进的轰隆声突然静止了。世界静止。接着，大地猛然下沉，一下，又一下，好像要把自己变成地球上最深的深渊。而另一些人感到的不是下沉，而是上升。大地上蹿一下，又猛地上蹿一下，好像要把自己变成比阿吾塔毗还高的雪山。

大地失控了！上下跳动，左右摇摆。轰隆作响，尘土弥漫！

大地在哭泣，为自己造成的一切破坏和毁灭。

大地控制不住自己，它在喊，逃呀！逃呀！可是，大地早就同意人住在大地上，而不是天空中，所以人们无处可逃。

大地喊：让开！让开！可是人哪里让得开。让到路边，路基塌陷！让到山前，所有坚硬的东西都像水向下流淌，把一切掩埋！

大地喊：躲起来！躲起来！人无处躲藏！躲在房子里，房子倾倒。躲在大树下，大树倾倒。躲进岩洞里，岩洞崩塌！

那天，那一刻，阿巴正带着两匹马，走在山道上。

此时，阿巴却产生了一个幻觉，地震发生时，他不是在山道上，而是坐在自己家院子里，正在研磨祭神的香料。大地开始抖动。他捧着香料的手变成了一个沙漏。世界上从来没有过这么快的一只沙漏，一瞬之间，他的手掌里就空空如也。这样快的流逝，使得时间也失去了意义。只剩下空间本身猛烈地颠簸摇晃。他看见那些香料的粉末变成了一股烟尘。院子里的石板地裂开，合拢，裂开，合拢，喷吐出来的也是大股的烟尘。院墙像是变软了，像一匹帆布一样晃荡。背后的整座房子抽风一样扭曲了身子，挣扎几下之后，像用光了力气一样，瘫坐下来。先是屋顶塌向中央。然后，四周的墙壁也向塌陷下去的屋顶扑了过去。阿巴想站起身来，但他站不起来。房子倒塌了，把他淹没在呛人的尘土里。这些尘土，把一座老房子所有的气味都释放出来。燃烧了上百年的火塘的烟火，年年归来的雨燕的泥巢，停歇在房梁上猫头鹰的梦境，存粮的香气，盐和茶，肉和菜，病人的痛苦，新婚的欢愉，怀念，梦想，石头，粘连石头的泥巴，木头，连接木头的木头，原来都深藏在一座老房子的某个地方，现在都变成了尘土，混合在一起，把坐在那里的阿巴淹没了。

当阿巴终于站起身来时，他浑身上下都是尘土。

四周平静下来，他摇摇晃晃走出了只剩一个豁口的院门。村子正渐渐从浓重的尘土中显现出来。几个人鬼影一般，无声地站在尘土中，或者像他一样失了魂魄一样在尘土中行走。每一个人身上、脸上都扑满了尘土。

寂静无声。

突然，尘烟中传来一声惊悸的尖叫。

然后，声音就起来了。撕心裂肺的哭叫声响成了一片。当尘土散开，哭叫声笼罩住了整个村庄。

真实的情形是，地震过去，大地停止摇晃，他从灌木丛中爬起身来，一身尘土，一身忍冬花瓣。跌跌撞撞，哭喊着向着蒙难的村子奔跑。阿巴往村后山上望了一眼。现在，阿巴仿佛看见自己惊慌的身影，连滚带爬，从山上下来。

"大地不用手，把所有尘土扬起，

大地不用手，把所有的石头砸下。

大地没有嘴，用众生的嘴巴哭喊，

大地没有眼睛，不想看见，不想看见！"

阿巴坐在那里一动不动，脑子里轰响着云中村古老史诗中的唱段。

他睁开眼，云中村就是五年前地震刚过，人们刚刚清醒过来时看到的样子，房倒屋塌。只不过，大地没有摇晃，尘土没有弥漫，没有惊惧而绝望的哭喊。两匹那时不在这里的马正在荒芜了的云中村田野里啃食青草。

马上就3点钟了。

又冷又热的电流在身体里窜动，地动山摇的回声在脑子里回荡。

阿巴吹吹火堆，那些静静燃烧的木炭立即从灰白变得通红。

时间紧迫！

阿巴徒手把一块块通红的木炭抓起来，投入香炉。木炭烧灼着阿巴的手指，阿巴还是不管不顾，徒手把一块块燃烧的木炭投入了香炉。此时此刻，他需要这种烧灼带来的痛苦。他站起身来，提着系绳晃动香炉，炉子里的木炭烧得更旺，炉口蹿出蓝旺旺的火苗。阿巴投入一把刚研磨好的香料。一股浓浓的青烟升起，柏树的香气也随之四散开来。

阿巴起身向村子走去，手里舞动着那个青烟腾腾的香炉。

这时是下午2点50分。五年前这个时候，大地停止了摇晃。蒙难的人们刚刚开始明白是什么样的灾难降临了人间。

寂静，连一声鸟叫都没有的寂静。连草都吓呆了一动不动的寂静。

全副祭师穿戴的阿巴起身了，他摇晃着青烟阵阵的香炉，穿过寂静的田野向云中村走去。他走得很快。他知道，这瘆人的寂静在感觉中很漫长，其实很短暂。就在这样的寂静中，一些人的灵魂正在离开自己的身体。灵魂升到半空，看见自己刚刚离开的那个身体。灵魂会很惊讶，这种死亡跟他们预先知道的死亡太不一样。一个人躺在床上，奄奄一息，用留恋的目光看着尘世，家人围在身边，喇嘛在诵经，鼓声低沉。现在不一样。身体上压着那么多石头，胳膊被屋顶落下的电视天线的圆盘切了下来。那孩子脸上满是尘土，他的眼睛盯着那只离开了身体的胳膊，露出了惊讶的神色。旁边那个人更奇怪。他双手抱着那段贯穿了身体的房梁，嘴里冒出来一串串红色的气泡。气泡越来越多，把那张惊恐的脸淹没了。身体很痛，灵魂一点都不痛，只是从身体中飘出来，停在半空里，惊讶地看着被损毁得奇形怪状的身体。灵魂不痛，只是讶异。灵魂也发不出声音，就飘在那里，讶异地看着自己刚刚离开的那个破碎的身体。

再等一下，活着的人就要发出声音来了。

现在，他们都大张着嘴，还没有发出声音。有人茫然地看着自己的腿在墙的另外一边。有人惊讶地看到自己怀抱着一块沉重的石头，血从胸腔里涌出，像是想要淹没那块石头。没有受伤的人，从地上爬起来，脑子嗡嗡作响。有人发现自己好好活着，旁边人已经死了。所有这些人，他们就要发出撕心裂肺的声音了。但现在，他们的嗓子发干，声带僵直，即便把嘴巴张得再大，也发不出声来。

阿巴知道，要抓紧时间。等他们一叫出声来，那些刚刚离开身体的灵魂就会被那些声音惊散。阿巴几乎是跑了起来。作为一个招魂的祭师，他应该从容一些。但他要抓紧时间，要抢在那些悲惨凄厉的叫声响起之前，赶到村口。

他赶到了。

他往香炉里添加了更多的香料。

他开始呼喊：回来！回来！后来，他会想，这回来是什么意思。是让那些无依无靠的灵魂回来接受安慰，还是告诉那些鬼魂自己回来了？

香炉里的香烟升起来，他呼喊：回来！回来！

他击鼓摇铃，声声呼喊：回来！回来！

他要安抚灵魂，安抚云中村，不让悲声再起。

村子里确实没有悲声四起。阿巴心安了，随即放慢了脚步。他在每一家的房子前停下。为每一家熏一道香，为每一家摇铃击鼓。他还从口袋里掏出一把把粮食撒向一个个长满荒草的院落。

第一家，罗洪家。震前四代七口人。活了三口。死了四口。一个八十岁的老人和小重孙子死在房子里。两个大人被滚石砸死在山路上。罗洪家是村里有名的勤快人家。他们只用别人家一半的时间就把地里的草锄完了。多出来的时间上山采药。山上，刺五加正抽出两三尺长的嫩枝，嫩枝上还没老化的带刺的皮是追风除湿的药材。一家人白天上山，晚上就在灯下剥刺五加皮，晾晒，打捆。等着某一天收购药材的商人在村中出现。他们辛苦挣钱，却绝不乱花一分。日子过得朴素而殷实。村里人家里缺点什么，就会说：罗洪家有，去罗洪家。但凡山野里有的，罗洪家应有尽有。草药。野菜。各种蘑菇。春天里，山羊换毛的季节，罗洪家的人会上山去，搜集那些挂在树枝上的羊毛。洗干净，梳蓬松，纺成毛线，两年下来，就能做成一件防雨的披风。这家人祖祖辈辈，勤俭持家。村里人来讨要个什么，但凡是山里有的，他们家应有尽有，有求必应。讨东西的人都出了门，他们家的人还会跟在后面，说：没有了再来。

接着又说：省着点用，省着点用。

云中村的人也都知道，不能跟罗洪家借钱。那时候，罗洪会皱起眉头，他们一家人都会皱起眉头：哎哟哟，去年采的药都还没变成钱。明年来吧。明年来吧。

阿巴把香炉放在罗洪家院子的残墙上。添了一把香。摇铃击鼓：回来！回来！

他们家那些没有售出的药材已经腐烂。

那天，罗洪夫妇和儿子儿媳都上山去了。罗洪夫妇去采土名叫作刺笼苞的楤树嫩芽，供给县城专以山野菜为号召的饭店。祖奶奶带着两个重孙子。地震来之前，奶奶对大重孙说，去村口望望，你爸爸妈妈该回来了，你爷爷奶奶该回来了。大重孙子走到老柏树前，地震来了。爸爸妈妈没有回来。祖奶奶和弟弟被砸在了房子里。

阿巴摇铃击鼓，走到第二家。他说：哦，可怜的阿介。

阿介是一个孤独的人。阿巴小时候，这就是村里最寂静的房子。现在，这座房子屋顶上长满了茅草。窗口上长着一丛灌木，那是一株丁香。六月，会开满香气袭人的白花。这家人遗传着不好的病，羊角风。这家人每个人的结局都是倒在地上口吐白沫，抽搐而死。阿介是这家人剩下的最后一个。阿介活着的时候，在村子里就是一个孤独的游魂。村里人送他菜蔬、肉食，都不会踏进他的家门。阿介的眼睛是灰色的，像山羊的眼睛，那是悲伤的色彩。算起来，他也五十多岁了。他走路的样子，却像是七十多岁。有个志愿者组织，阿介是他们的援助对象。他们想说服一个女人和他建立家庭，都没有成功。

阿介是自己要死的。

地震快来的时候，他本来在屋里，他听到有人喊了一声：阿介!

他知道是村里有人送东西给他。果然，院子门口放着一把刚摘来的野荠菜，还有一块猪膘肉。他看见，曲折的巷子中，一个孩子的背影。这时，轰隆声正从东边传来。他反身往屋里走。在院子中间，他跌倒了。那时，大地已经开始摇晃。他撑起身子，摇摇晃晃走到门前，就看见墙像是变软了一样弯曲，门框变形。他走进门，先是被变形的门框挤住了身体。然后，墙，门框和他自己一起倒下。断裂的门框刺进了他的腰部，一大半身子被压在沉重的废墟底下。阿介是这个家唯一一个死时没有口吐白沫，没有浑身抽搐的人。

村里人很久才想起他。

发现他时，他上半身还靠着扭曲破裂的门框。他还能说话。他对来救他的人说：我不要紧，先去救别的人吧。他的脸上没有惊恐，他甚至对着来施救的人微笑。阿巴记得，自己也是在场的施救者之一。阿介说：先去救孩子，救年轻人吧。

施救者不忍离去。

阿介说：给我留些水，给我留些吃的。我等你们回来。

他们给他留下了从小卖部挖出来的饼干和红牛饮料。他们再回来时，阿介已经死了。阿介没有喝饮料，没有动饼干。他嘴里含着野荠菜的叶子。那叶子在他嘴里和血一起干掉了。

阿介只是在变成了一具死尸的时候，才和村里人混为一体，回归了社会。他和村里死去的人并排躺在柴堆上，在熊熊的大火中变成了白生生的灰烬。

阿巴喊道：回来！回来！

第三家。两个死人。

第四家，一个。

第五家，没有死人。他们家的儿子失去了双腿。那天，他爬到三楼的顶上去修卫星电视接收器。地震前，村里人就不叫他名字，叫他"电视的孩子"。这孩子太爱看电视了。他爱看电视里的一切节目。因为这个，上了高中的他没考上民族学院，没考上本地的师范学校和兽医学校。回村来，他对农活也不上心。他看电视。他在电视机面前把自己养得白白胖胖。他头上永远戴着一顶有NBA公牛队队标的帽子。那时，云中村已经有些名气了，因为村里完整的民居建筑。云中村来过几次拍电影和电视的人。"电视的孩子"在一个剧组里扮演过一个群众角色：穿着国民党保安队的服装，打着呵欠从镜头前走过。他一共走了三遍。后来，那部电视剧播放的时候，云中村的人都看见了他那个呵欠。地震来的那一天，他家的电视没有了信号。他爬上屋顶，发现接收器的电线接头松开了。地震来了。他和卫星接收器的大锅一起摔下来，双腿就是被那大锅切断的。被救时，他一声不吭。送他上直升机时，他也一声不吭。坐在轮椅上回村时，他说，我要找我的帽子。那顶有公牛队队标的帽子没有找到。只是在半夜，在睡梦中，他会发出惊悸的呼喊。到了移民村，那里的有线电视网有一百多个频道。"电视的孩子"整天坐在轮椅上，坐在电视机前。阿巴离开移民村时，他父亲对阿巴说：请您在我家喊喊他的魂，他的魂在地震没来时就已经丢了。被电视这个妖怪摄走了。是的，这家人把电视机视为摄人魂魄的妖魔。他们家的电视，整天都开着。

阿巴喊：回来！孩子，从电视那里回来！从电视机那里回来！

第六家，有土司的时代，是土司家的裁缝。解放后成了农夫。农业集体化的年代，没有人缝制漂亮体面的新衣服了，农业集体化的年代，云中村进入了仿军装时代。妇女们不戴头巾了，她们把辫子盘在头顶，扣上一顶草绿色的军帽。男人们也不穿靴子了，每人脚上一双胶底的解放鞋。后来，这些人老去，身体才又重新回到藏袍里，脚回到了软底的靴子里。年轻人穿T恤，戴棒球帽，穿正牌或冒牌的旅游鞋和冲锋衣。但在节日里，比如新年或祭山神的日子，还是会穿上面料做工都考究的藏袍。到了这时，这家人把土地让给亲戚家耕种，一门心思拾起传承了好几代人的裁缝手艺，为云中村和瓦约乡人缝制盛装。后来，他们给要去省里开会的乡长缝制了藏袍，就把裁缝铺子搬到了乡政府旁。再后来，又给要去北京参加全国人大会的县长缝制了藏袍，裁缝铺子就搬到县城去了。这已经是十多年前的事了，他们家的裁缝店，生意兴旺。在县城，他们住在钢筋水泥房子里，楼下是裁缝铺，楼上是他们的住家。地震来时，钢筋水泥楼只是裂开了几道口子，没有倒下。他们全家毫发无伤。地震前，他家的老房子塌了一个角，他们也没有回来看上一眼。他们只是捎了信回来，说村里要是有什么用途，就给村里使用吧。看来，这家人没有回来的打算了。

村里把他们家改造成了幼儿园，地震来时，把三个孩子和刚从幼师毕业的老师压在了下面。他在这里熏了一炉香，摇铃击鼓，想着那三个年幼的孩子和那个脸孔红彤彤的老师姑娘，阿巴心痛，心里呼喊了，嘴里却没有发出声音。

第七家。阿麦家。

这家人一直人丁不旺。跟阿巴同年的，只有一个女儿。地震前，云中村人以为，这家人的香火就要断掉了。这样的人家通常是招一个上门女婿延续香火。可是，在云中村，没有人家愿意把儿子送入这个生命力衰微的家门。直到有一天，一老一少两个男人骑着毛驴出现在云中村。毛驴的蹄声嘚嘚嗒嗒。云中村人说，看哪，毛驴村的人来了。没有拖拉机和汽车的时候，瓦约乡几个村的人出行，一半靠马，一半靠毛驴。用马的村子有些轻视用毛驴的村子。养马的村子要的是体面。养毛驴的村子更会精打细算。因为养一匹马的饲料足够养两头个子矮小的毛驴。马村和驴村的人在路上遇见，马村的人弯下腰和骑在驴背上的人说话。马村人脱下帽子，带着骄傲的表情，从马背上微微弯下腰，夸赞驴村的毛驴体肥膘满。驴村人不在乎这些。他们抽一鞭子，让驴轻快地跑到马的前面。的确，在弯曲狭窄的山道上，毛驴小跑起来，比马轻快平稳多了。驴村的人是来阿麦家提亲的。这家人有七个儿子。大儿子留在家里。从第二个儿子开始，每娶一个媳妇就要盖一座新房。盖到第五座时，老父亲已经佝腰驼背了。到第六个儿子，这一家子实在是折腾不起了。父子两个各骑着一头驴来到了云中村。老头直接进了村长家。小伙子和两头驴怯生生站在村长家门前。村长直接就带着父子两个去了阿麦家。喝了一顿酒，两个人又骑着驴回去了。又过了些日子，那小子自己一个人来了。

阿麦和他生了一个，又生了一个，又生了一个，五年多时间，一口气生下来三个儿子。计划生育干部来了，告诉他们够指标了，不可以再生了。但阿麦又生了一个。又生了一个。一口气又生了两个女儿。计划生育干部再来。阿麦显得心满意足，说：你们把心放在肚子里回去吧。我累了，不生了。

果然就不再生了。孩子生得多，日子不好过。但阿麦从不悲苦。她父母去世的时候，也心满意足。他们对阿麦说：喔，有这么多娃娃，可以放心死了，可以把眼闭得紧紧地死了。

阿麦家的两个女儿都嫁去了外村。三个儿子一个去了另一个县的寺院里出家。两个儿子结了婚。没有分家。阿麦说：我们家房子大，以前也是人丁兴旺，祖宗喜欢房子里人多，阳气充足。

这座大房子很老。地震后，只剩下大儿媳妇和二儿子，还有两家在城里上中学的四个孩子。在移民村，他们还是一家子。大儿媳和二儿子做了四个孩子的爸爸妈妈。在移民村，假期里，四个孩子都回来时，他们家总是欢声笑语。这使得大家都有些羡慕。嘴上却说，驴村的根子，没心没肝。

阿巴为埋在房子里再没有起来的人熏了一大炉香。这家人爱这座房子，阿巴相信，要是有鬼魂，那鬼魂肯定都在，不需要喊他们回来。他往院子多撒了一把粮食。麦子和青稞落地时，声音像是下雨一样。

阿巴在村中按照以前祭师的规矩召唤亡魂。

他离开移民村的时候，村里人挽留他。他说：我是个半吊子的祭师，我也不确定人死了是不是真有鬼魂。可是，要是真有怎么办？移民村的人有政府照顾，要是真的有鬼魂，难道不该我这个祭师去照顾他们吗？我是政府认定的非物质文化。

你不是了，从我们移民到这里来，你就不是了。离开云中村后，政府还给你发过补助金吗？

反正以前是过，那就一直都是了。

他辞工的时候，家具厂李老板说：你是政府安置的地震灾民，这一走，该说我对你们太苛刻了。

阿巴说：我会对政府说李老板你是个好人。

阿巴回来了，在五年前地震爆发的这一天，走村串户，替亡人招魂。

他摇铃击鼓，在熏香炉中撒一把柏香，燃起腾腾的青烟，把死寂的云中村巡游一遍。他是云中村祭师的儿子，却只在磨坊的夜晚见过两三次父亲如何悄悄给鬼魂施食，并没有受过真正的言传身教，因为那是在禁止封建迷信活动的时代。眼下这套程式，是他从非物质文化传承人培训班上学来的。阿巴想，只要不害怕死人，不害怕鬼魂，就这样在云中村废墟里穿行一遭，如果真有鬼魂的话，他们应该会得到安慰了。但是，当他穿戴上一个祭师全身的行头，开始声声呼喊，回来，回来！回来了，回来了！情形就完全不一样了。每一个死去的人，都活生生地来到了他的眼前。他们以前活在云中村的样子，大灾之后尸首的样子。肿胀变色的、残缺不全的尸首在火葬时的烈焰中燃烧的样子。这些死者和已经去往别处谋生的生者混合构成的每一户人家的历史都活生生浮现在眼前。这使得他行进的速度变慢了。他一步也没有停下。但他前进得很慢，在每一户人家，他都停留了太长时间。他进入了过去，那些消逝的时间把他包围，他以为正在往前行走，其实他是停留在过往止步不前。虽然他不能确定，恍然看见的一张张脸，一个个身影，是鬼魂现身，还是记忆重演。

下午3点进入村子，两个多小时后，夕阳已经靠近峡谷对面的山头了，他才去到了七户人家。云中村一共有三十六户人家。他停下来休息一下。此时，他的身体中充满了奇异的能量和巨大的热情。这能量和热情都是他不熟悉的，从来没有体验过的。这就是一个祭师作法时该有的状态。他想，从这一天起，自己是一个真正的祭师了。

现在，熏香炉里的木炭也要燃尽了。

阿巴起身，又走了两户人家，太阳就已收起了光线，离开了云中村，向村后的山上爬去。

他又走了两家。太阳就只剩下这一天最后的光亮，凝聚在阿吾塔毗的雪峰上，先是一片金光，然后变红，然后渐渐黯淡。夜色降临了。熏香炉中木炭也燃尽了。

这时，他刚刚来到第十二家门前。

呷格家。这一家是种植大麻，纺织大麻的人家。六十年前，七十年前，云中村人还不穿短衣服的时代，他们家就在种植和纺织大麻。那时，云中村人在春天和夏天穿凉爽的麻衣，天冷的季节，穿羊毛纺织的暖和衣裳。春天，他们种植大麻。秋天，大麻成熟了，他们先收获麻籽。然后，用刀斩下麻秆，一捆捆浸泡在老柏树前的水塘里一些时候。然后，把大麻皮剥下来。他们家人的手，指头和虎口上都布满老茧。他们家从不上山砍柴。他们把一捆捆剥了皮的大麻秆运回家中，就是一年的燃料。他们把大麻皮上的纤维抽成丝，纺成线，织成布。他们家里整天都传来织布梭子的咔嗒声。冬天，雪下来，盖住了田野。云中村进入闲适的季节。呷格家的人就出动了，他们去拜访村里的每一户人家。男主人手端着一只木斗，里面是香气扑鼻的大麻籽。香脆的麻籽是云中村的休闲食品。大家坐下来，就着酒或者茶，品尝他们送来的麻籽。其间，主人会告诉他们，今年自己家需要多少匹麻布。主人还会回赠他们两斗或三斗粮食。后来，云中村人不穿这种织物的衣服了。但他们家的麻布又有了新的市场。城里人喜欢这个东西。地震前几年，织机又在他们家作坊里响起来。城里人用这些麻布做衣服、桌布。他们家有钱了。但他们不肯搬家。他们和裁缝家不一样，他们要世世代代守在这里，自己种植大麻。他们家其实可以视为三户人家。中间窗户宽大的大房子是作坊，三座相互独立的楼房由中间的作坊连接在一起。而且，三座房子都被同一道院墙围着，所以，他们一直被看成是一个人家。作坊是手工操作，他们家的孩子上了小学就不上中学了。回家来学习种麻和纺麻的手艺。他们院门口也曾挂着一块非物质文化的牌子。

阿巴发现，门口那块牌子已经不知去向。

他们也是反对云中村搬迁最强烈的人家。最终，他们还是去了移民村。从云中村带去的大麻种子在移民村种茶的小山上也栽种成功了。移民村气候湿润温和，光照没有云中村强烈。收获的大麻纤维比云中村纤薄，反而更适合市场对麻布更轻柔、更绡薄的需要。政府动员他们家扩大生产，他们说人手不够。政府说，正好呀，吸收一些云中村来的乡亲，大家一起在新的落脚点共同致富呀！呷格家人就不说话了。这让他们家在移民村有些抬不起头来。但他们有自己家的麻田，自己家的麻作坊，也不给别人添什么麻烦。每年，还会一户一户把新收的麻籽送去，只是不会再收到乡亲们回赠的粮食了。

地震来的那天，这家人除了老人留在楼上，一家人都在作坊里劳作。房子矮，顶子轻，在作坊里的十一个人，只有三个人被破碎的玻璃扎破手脸，那是很轻的伤。只是留在楼上的三个老人不在了。两个老人是这家的。另一个老人是从外村来看女儿的。

在移民村，因为他们家不肯响应政府号召，不肯让云中村的乡亲去他们家作坊里工作，大家都对他家产生了怨恨。村长出来说话了，不要忘记，解放军没来的时候，呷格家有十一个人，他们家是云中村救人最多的！

黄昏的余光中，他走进了呷格家的院子。他摇铃击鼓：回来了！主人家，我要跟你家借些东西啊！

他喊着的时候，一对已经在他们家废墟里筑巢的鸽子在天上盘旋，不敢降落。阿巴说：我马上就好，马上就好！

阿巴在呷格家取了干透的麻秆。还没有走近那些码放整齐的麻秆，阿巴就闻到了有些发甜的腐烂的味道。好在，腐烂的只是表层被雨淋到的那些。包裹在中间的并没有腐烂。他抱出好大一捆，在纺车破碎的木架前，把它们做成十多支火把。他点燃了一支火把，离开了这个院子，对着夜空里那对惊惶的野鸽子喊：回来吧，回来吧。

阿巴举着火把，往村子深处行走。

他苍老浑厚的声音在夜空中，在云中村的废墟中间回荡：回来吧！回来吧！

阿巴走到了自己家。

那是村里体量最小的房子。只有两层楼，向着院子的墙面上只开得了一个窗户。他年纪还小的时候，父亲就死了。他还没有从农业中学毕业，就成了村里水电站的发电员。那时，不止一个姑娘在夜里潜入发电站，和阿巴两相欢好。按云中村的规矩，这其中的一个有一天会成为他的妻子。但是，滑坡发生了。死里逃生的阿巴失去记忆好多年。就连和他欢好过的姑娘的面容和她们热烈的身体都记不起来了。只有母亲和妹妹陪伴着他。等他重新清醒的时候，那些姑娘早就出嫁了。那时，他都快四十岁了。他就这么一个人过下去。那时，母亲已经死了。那时，妹妹也有了相好，并怀上了仁钦，妹妹不准他问孩子的父亲是谁。阿巴说：好吧，我会帮着你把这个孩子养大。

妹妹说，我不嫁人了，我害怕哥哥你哪天又什么都不记得了。

阿巴自己把原来的院子辟出一块，傍着老屋旁盖了一座小房子。他走过那座小房子。没有摇铃，没有击鼓。只是往那个黑洞洞的地方张望了一下。那座房子因为小，才没有被地震完全晃倒。旁边三层高的老屋却倒了。妹妹死了，但不是死在房子里面。他已经去看过妹妹了。但他还是喊了两声：回来了，回来了！

第十五家，时间又慢了下来。

火把在燃烧，阿巴仿佛看见了村子中人影幢幢。有人赶着羊群回家。从山上背柴回来的人影在眼前晃动。姑娘们总是在身上抹了点什么带香味的东西，没来由地咪咪笑着在巷子里奔跑。喇叭声，油门轰到最大的发动机声，那是摩托车来了。祥巴家最小的儿子，穿着一件花格子夹克衫，用这种方式向村里人宣告他来了。他骑着摩托车在狭窄的曲巷中穿过，人们避让不及。老辈人会咒骂。小孩子们发出羡慕的尖叫。是的，祥巴家到了。

祥巴，祥巴！不走正道的祥巴。

祥巴小时候是个老实人。却喜欢些残酷的游戏方式。他抓住一只猎物并不立即结束它的生命。不论是一只鸟，还是一只兔子，他都喜欢延长它们死去前的痛苦。祥巴的母亲为此悄悄地请喇嘛对儿子作禳解。让他把一卷经书顶在头上，试图使他心中生起善良，祛除他胆边生起的恶。却都没什么效果。喇嘛说，他可能是某个魔王附体或转生的吧。

后来，祥巴被抓进了监狱。祥巴十九岁的时候，偷筑路工程队的炸药，被判处了三年有期徒刑。三年后，他回到村里。云中村人都说祥巴变成了好人，他身体里的魔性完全消除了。他身体强壮高大，遇到喇嘛，就躬下身子，恭顺地让他抚摸自己的脑袋。

但是，当祥巴的儿子长到四五岁，村里人就说，唉，恶魔祥巴又回来了。那小子尾随搬运小虫子回巢的蚂蚁，把树洞里蚁巢翻掘出来，自己被那些愤怒的蚂蚁咬得双手红肿，但他不哭不闹。他把蚁后从巢中翻出来，在石板上晒死。把娇嫩的蚁蛹也作同样的处置。之后，二儿子如此，三儿子同样如此。一个传说在云中村流传，说山神阿吾塔毗手下有一个偏将，作战勇猛，杀人无数。因血债太多，无法超度，就成了阿吾塔毗手下的一个恶神。村里人说，这明明白白是那个恶神又出世到人间来了。这三个儿子都各有其

115

名，但云中村懒得分辨他们。就叫三兄弟大祥巴，中祥巴，小祥巴。他们和村里差不多大的男孩都打过架，他们把猴子、野猪的脑袋掏空，戴在头上，怪叫着从路边蹿出来吓唬爱尖叫的姑娘。三个祥巴都上学了，村里人松了一口气，却弄得老师万分紧张。这时，他们家居然又生了一个儿子，就是骑着摩托车在村道上横行无忌的这一个。村里人问祥巴，新来的儿子叫什么名字。祥巴带着几分无奈，也带着几分怨气，说，反正你们也不肯叫他们的名字，我给儿子起个名字有什么用。你们爱怎么叫就怎么叫吧。我就是给他起了名字也懒得告诉你们。于是这个孩子在云中村口里就叫"真正小祥巴"。

真正小祥巴的三个哥哥在县城上中学上到一半就离开了学校。他们再没有回云中村来。

祥巴说：反正全村人都不待见他们，就让他们死在外面吧！

七八年后，祥巴三兄弟一起回来了。他们开回来一辆丰田越野汽车。三兄弟在磐石边停下车，手叉着腰向村子瞭望，好让村里人认出他们。

村里人都围上来。三兄弟跪在祥巴面前，喊了爸爸，又跪在母亲面前喊了妈妈。他们给村里所有男人点了纸烟，给村里的每个女人和孩子手里都塞进一把糖果。喔，走了好多年，消失了好多年的祥巴家的三个儿子回来了。

祥巴把小儿子领到三兄弟面前：说，你们的小弟弟。

大祥巴问小弟弟叫什么名字。

得到的回答是：我是真正小祥巴。

父亲对儿子们说：反正村里人都叫你们我的名字，那你们就都叫祥巴好了!

　　他们回来,把一个云中村人不熟悉的词也带来了:黑社会。传说他们在外面替大老板看护金矿。传说他们替人收债,剁逃债人的手,割逃债人的耳朵。这样的话,要是他们暗中不对人说,云中村人肯定是不知道的。三个祥巴跟以前好勇斗狠的他们不一样了。他们看见村里人都笑容满脸。给大人散烟,给小孩子和女人五花八门的糖果。他们扛着漂亮的双筒猎枪,腰上缠着子弹带上山打猎。满山都响着枪声。真正小祥巴整天跟在大中小三个祥巴后面,神气极了。三个祥巴在村子里待一阵子就会消失很久,然后又突然出现。他们带回家来各色妖艳的女子。汉族的女子,藏族女子,邻近云中村地方的羌族女子。那些女子穿着薄薄的纱衣,在村子里,在山上拍摄照片。她们唱起流行歌来让云中村的年轻人如痴如醉。他们只从录音机里听过这些歌,只从电视里看人唱过这些歌。现在,他们听见了真人演唱。三个祥巴带回来的女人一多半是城市酒吧里的歌手。三兄弟一回来,除了"真正小祥巴",还有"电视的孩子"整天跟在他们后面。

　　传说,他们都在城里安了家,都有了自己的孩子,但他们从来没有带孩子回来过,他们只是每次都带回来各个不同的妖艳女子。

　　每天清晨,三兄弟就在他们家屋顶平台上练习格斗。他们互相击打时毫不留情,口鼻流血,表情凶狠。

　　三兄弟每次回城,"真正小祥巴"都闹着要跟三个哥哥走。每次,都是大哥一巴掌把他拍坐在地上,说:回去,你不是吃这碗饭的。

　　哥哥们每次回来,都给他带回特别礼物。电子游戏机里头的人可以随便杀人，用刀，用枪，还可以用轰天雷，用霹雳火。"真正小祥巴"玩腻了，他把游戏机送给"电视的孩子"。后来，他就在云中村曲曲折折的巷子里玩起了滑板，然后是山地自行车，最后是摩托车。地震前一年，祥巴家开始造房子了。他们本打算把老屋拆掉盖一所豪华的大房子，但云中村已经列入县里的旅游开发方案了。方案规定村民建房不能改变村落的原始面貌。他们另要一块宅基地的申请也没有被批准。祥巴家放出话来，就算不能造一座最大的房子，他们也要在云中村造一所最高的房子。就是在原来的三层楼上再加盖两层。云中村所有建筑除了石碉爷爷，没有一座是超过三层的。但他们家就是在三层楼上加盖了两层。工程进行得很快，一个月时间，加盖的两层楼封顶，又一个月装修完成。村里人不高兴，但没有人敢于出面去阻止。村长没有，村支书也没有。也没有人向乡里县里反映。

那时，仁钦刚刚参加工作，回村时看到这情形就对村支书和村长说，祥巴家加盖的楼层破坏了云中村老民居的和谐感，破坏了县里保护传统村落的规划，应该拆除。

仁钦的话传到了三兄弟耳朵里。先是"真正小祥巴"的摩托车在他家门口咆哮了小半夜。第二天就有人传话，问仁钦这辈子还上不上省城去，如果去，还想不想回云中村来。要想全手全脚回来，最好闭嘴不要说话。祥巴家那高出全村所有房子的两层楼确实唐突而傲慢。云中村所有房屋都是就地取材的青灰色的石头建成的。祥巴家多出来的两层却是用外地运来的，打磨得方方正正的白色花岗石建成的。

仁钦有点无所畏惧的意思，指着在太阳下有着强烈反光的墙体对三兄弟说：你们就是想用这种方式显得与众不同吗？

三兄弟都是见过世面的人，说：你们这些政府干部不是常常说这个亮点那个亮点，我们家的房子，就是云中村的亮点！

来云中村调研旅游村打造的副县长见了这突兀的建筑起初也非常愤怒，后来却变了调子，说，旅游村打造也要照顾群众的利益与情绪，既然没有制止在先，建议把墙面做些处理，和村子的整体色调融合起来就好了。

祥巴家就传出话来：说副县长去省城开会的时候，得到了三兄弟很好的招待。

仁钦不服气，犹豫着要不要继续向上反映。

就在这时，地震来了。云中村好些幸存的人都看见了，祥巴家多了两层的房子是最先倒塌的。三层楼的老屋基背个五层楼的大身子，哪有不率先倒下的道理。结果，要不是三兄弟中的老二，也就是中祥巴一个人有急事，在前一天急急忙忙离开，这一家人就全部砸在那些沉重的花岗石底下了。

走了的中祥巴没有回来看埋在废墟下的亲人。有人说，他因为势单力孤被仇家杀了。也有人说，他养着三兄弟生在城里的几个孩子从此改邪归正，拜了个宁玛派喇嘛为师，天天在家坐在莲花生大师像前，带发修行了。但无论如何，他是没有再回云中村来了。

地震伤亡人口统计时，他被列入失踪人员名单。也就是说，在云中村灾情报告中，这个人和他家里人一样，死了。

在这家人的房屋废墟前，阿巴心情复杂。但他还是摇铃击鼓。人一死，以前的好与不好，都一笔勾销了。火把的光芒下，那些切割整齐，打磨平整的白色花岗石还在闪闪发光。但人，已经没有了。死了。死了。阿巴拨亮了火把，舞动着，长声呼喊：回来！回来吧！

废墟里没有一点声音，这一家好勇斗狠的人哪，地震来了，他们被全部埋葬，无声无息了。

回来！回来！阿巴听见自己的喊声带着哭腔。

他高兴自己没有幸灾乐祸，但他也不满意自己动了这么大的恻隐之心。他是祭师，他现在要做的就是超越恩怨替他们招魂。如果世间真有鬼魂。他就要使他们感到心安，让他们感到自己还在云中村，还在自己的村庄。虽然，说不一定哪一天，云中村也要从这个世界上消失掉。但那时，就大家一起消失好了。

一支火把烧完了，灭了。

阿巴又点燃了一支火把。

又点燃了一支火把。

天快要亮了。

阿巴没有看到一个鬼魂。其实，他也不知道鬼魂该是个什么样子。一个具体的形象？还是一阵吹得他背心发凉的风？还是一段残墙下颤抖的阴影。但他确实看到了每一个消失的人，他们活着时候的样子，他们死去后的样子。全村三百多口人，一共死了九十三口，失踪的还不算在其中。这九十三口人都是集中火葬的。不是一次，一共是五次。第一天，挖出来的，集中放置一处，还能给他们擦一擦脸，然后用一块布盖住。第二天的人也和他们挨在一起，也都洗去了脸上的血污与尘土，也都有一块布覆盖在脸上。虽然接连两天云中村上空都乌云笼罩，天还是又闷又热，尸体很快开始肿胀，开始改变颜色。村支书在哭，村长也在哭，还是二十多岁的仁钦做了决定，赶快给这些人下葬。

仁钦的母亲不在了，但他不哭。他铁青着脸做了决定：把这些人集体火葬。

他对舅舅说：您是祭师，葬礼就由您来主持吧。

他还说：简短，仪式尽量简短，还有活人埋在废墟里。

阿巴把祭师行头从废墟里弄出来，鼓砸破了，铃也坏了。死人都一个个摆在干柴堆上了。送葬的事，阿巴是做过的。他念诵了祈祷文和祝颂文，点燃了焚尸的柴堆，在天将黎明的时候。他不断往柴堆上抛撒麦子和柏香。火堆还没有焚烧殆尽，天亮了。刚刚送别了亲人的人们又走上了废墟，寻找新的死难者和幸存者。留下阿巴和几个上岁数的人等待火熄灰凉，等待那些骨殖冷却，好收殓它们。

这天下午，云开雾散。直升机来了，解放军来了。

两天两夜啊！云中村那些累坏了的活人倒在地上就睡着了。

解放军一来，救援的进度就加快了。当天晚上，阿巴和乡亲们一起火葬了一批新的尸体。那些几天前还活着的人，身上散发着各自气味的人都开始散发出一样难闻的味道。直升机不断飞来。运来了那么多东西。送葬的人们都戴上了蓝色口罩。有了一桶桶汽油，就不用费那么多柴火，等着尸体慢慢焚化了。阿巴一边往火堆上浇汽油，一边念念有词：没办法呀，对不起了，对不起了。

最后一次的尸体只有两具。他们从废墟里挖掘出来的时候，高度腐烂的尸体把两个战士都熏晕过去了。严格地说，那是一些人身体的碎块，装在蓝色的尸袋里，抬来火化时，已经洒了好几遍消毒水，还是难掩腐烂的味道。阿巴戴上了重重叠叠的三层口罩。但无论这两具尸体多么恶臭难闻，无论这个人生前是恶，还是善；是坦荡，还是虚伪；是正直，还是怯懦；是勤劳，还是懒惰，经过了烈火焚化，骨殖都变得干干净净，灰白色的，像是要散为灰烬的固体，又像是刚刚凝聚的灰烬。

这些骨殖，最后都集中埋在了村后专为地震遇难者开辟的集体墓地。埋入泥土，掩上草皮。在云中村人的观念中，死亡就是从世界上消失，所以，骨殖埋入地下，地面上不会留下坟头。过了几天，阿巴去插招魂幡时，青草猛然生长，都有些看不出埋葬过什么的痕迹了。

阿巴再点燃一支火把。

这时，天边的曙色正在夺去火把的光亮。黎明的光色中，阿巴不再那么深地陷入回忆了。他脑子里不再闪过每一张活人和死人的面容。半个白天，以及整整一个晚上，他走到云中村每一幢房子跟前，曾经居住其中的那些人的善恶长短都在他脑海中一一浮现。他回来，只是想万一真有鬼魂怎么办？所以他来安抚他们，让他们知道自己不是无家可归的野鬼，却不想对他们作什么评判。那么大的地震，在制造死亡和伤残时，似乎也没有依据善恶的标准进行挑选。又过了这么些年，时间自己进行了评判。时间通过他的回忆作出了评判。最后，阿巴举着将要燃尽的火把，摇铃击鼓，来到了枯死的老柏树面前。地方足够宽敞，他在这里迈出了祭师的步伐，前进三步，退后一步，腾挪身子，转圈。脚落地时，他对着老柏树：回来了！我回来了！

他摇铃击鼓，走向石碉，用围绕老柏树一样的步子围着石碉旋转：回来了！我回来了！

　　阿巴的父亲是村里的祭师，父亲的父亲也是，父亲的父亲的父亲也是。但在那个年代，父亲不能教他怎么招魂，怎么祭祀山神。他只是在黑夜里看到过父亲怎么悄悄祭告山神，怎么给鬼魂施食。他的这种舞步也是在非物质文化传承人学习班上，从邻村的祭师那里学来的。那个教会他这种舞步的祭师来自瓦约乡西边。西边那些村庄的人看不起云中村人。他们认为云中村人信奉的苯教不是真正的宗教。只有如他们一样供奉莲花生大师和宗喀巴大师的才算是信仰着真正的宗教。

　　那个因此而骄傲的祭师把祭神时的金刚舞步教给了阿巴。

　　阿巴也不全是照他的舞步来的。阿巴把云中村圆圈舞的步伐融进了自己的步伐。比如转圈时那个小幅的弹腿，腾挪身体时那个小小的跃起。

　　天亮了，太阳从天际线上抛洒出万道金光。

　　阿巴又在石碉下熏了一炉香。他脱下了头上的祭师帽，头顶着石碉上一块光滑的石头，说：碉爷爷，我回来了！我回来了！

第五天和第六天

已经是他回来的第五天了。

第五天整整一个白天和晚上，几乎累瘫了的阿巴都在磐石旁的松树下睡觉。

晚上，他醒过来一次。迷迷糊糊中，他发现有黑影立在身边。他想，这是鬼魂出现了吗？那么，这是谁的鬼魂现身了呢?

他没有意识到这是马的影子，是松树和野樱桃树的影子。

但马上，他就清醒过来。是马发出的声音让他清醒过来。

先是白额咴咴地叫了一声。然后是黑蹄垂下头，喷着热烘烘的鼻息拱他。阿巴这才清醒过来。黑影不是鬼魂，是马，是马背后的树。他掀开盖在身上的毯子，坐起身来。他对两匹马说：我没有死，我只是累了。

他还对两匹马说：我死不了，我是祭师，我是非物质遗产。

两匹马又用喷着热烘烘气息的鼻子碰了碰他的身子，就走开了。

阿巴对着两匹马说：不要急着走开，我要喝水，给我水喝。

但两匹马像是什么都没有听见，走入了夜色。

阿巴自己爬起来，在熄尽了的火塘边摸索到了茶壶，对着壶嘴把里面的残茶喝了个一干二净。

他重新躺下时，手里还抓着一把从壶中掏出来的湿漉漉的茶叶。他把茶叶捂在额头上，又很快睡着了。

第六天早晨，阿巴一直睡到太阳升起才醒了过来。

他起身走那么长的路去溪上取水的时候，两匹马又跟了上来。

他在溪边洗了把脸。他对睡在巨石下面的妹妹说：我跟村里每个没有走的人都打过招呼了，我告诉他们阿巴回来了。

巨石边上的蓝色鸢尾上挂着亮晶晶的露水。

两匹马垂头饮水。

阿巴把壶装满，走在了回村的路上。

阿巴看着路上清晰的蹄印，回头对马说：我们天天走，这路就不会消失吗？这路会消失的。

吃完早餐，阿巴穿着寻常衣服，往村里去了。

陪他走到村边，两匹马回头自己吃草去了。

阿巴进村，回到自己曾经的家。

全村人都住防震板房的时候，他就不听劝阻，回到这房子里住过一段时间。

他的房子小，两层楼，楼下是一大一小两个房间。楼上是两个一样大的房间。房子小，就经得住摇晃。他的房子只塌掉一部分。楼上塌了一个房间，楼下塌了半个房间。塌掉了的房间是两个储藏室。楼上那间，收藏祭师的法衣、法帽、法器和加工好的熏香。碾碎的柏树叶、柏树皮、杜鹃花瓣合拌的熏香。楼下的储藏室和云中

127

村每个家庭一样：粮食、肉、油、茶叶和盐巴，以及衣服被褥。云中村的人和东西，包括食物在内，总是带着特殊的气味。衣服上有陈年油脂的味道。茶水和食物中，有着动物皮毛的味道。云中村人带着这些味道走到县城里去的时候，人们会说，哦，蛮子的味道。那是以前，国民党的县政府在的时候。后来，县政府是共产党的了，讲民族平等了，不准叫蛮子了。县城里的人就说，哦，山上的味道，或者山上老乡的味道。

仁钦要去县城上中学的时候，他的母亲，阿巴的妹妹就担心说：人家说我们什么时，孩子啊，你不要跟人打架。

仁钦问：我为什么要跟人打架？

妈妈说，以前，云中村人进城，人家就会说我们身上的味道。我们云中村人就会说，这是看不起人。吵吧，吵不过城里人。自己身上确实有味道。也是奇怪，在云中村很自然的味道，到了城里就成了奇怪的味道。于是就跟人打架，把人家打得头破血流，自己也头破血流。云中村的大人都怕孩子进城去跟人打架。

妈妈说：我什么都不担心，不担心你吃不饱，不担心你不好好读书，就怕你去跟人打架。

仁钦听明白了，他说：我进城去的时候不穿云中村的衣服啊。

从在乡里上小学开始，仁钦回家从来不把换下的校服放在储藏室里。他把校服挂在二楼平台上。

仁钦还说：我在学校里天天洗澡啊！我打完篮球马上就去换衣服洗澡啊！

阿巴到移民村不久，身上就没有味道了。因为食物。粮食在超市里买，肉和菜从市场上买，粮食一周买一次，肉和菜都放在冰箱里。当然，还因为，洗澡。

有一天，村长突然对阿巴说：阿巴，我们是不是不是云中村的人了啊！

阿巴想，这不是个问题啊，大家都是移民村的人了嘛。要是还能当云中村人，就不用离开老家来一个新地方啊。但他还是耐住性子问：村长你怎么觉得自己不是云中村人了？

村长说：请你叫我的名字，我不是村长了。

阿巴知道他不是村长了。他现在是村容维持队队长。这是好听的名字。其实就是清洁队队长。移民村是个大村子，以前就有百十户人家。这些人家以前都是茶农。但很多人都去镇上、市上做生意，开工厂，以至于几座小山上茶园都荒芜了。所以，政府才把云中村幸存的人安置到这里。让他们学习种茶，到工厂打工。不会种茶也不能在厂里学技术的人，就在村容维持队上班。村长就做了他们的队长。村容维持队的人，不论男女，都穿着一样的蓝色工装。村长六十多岁了，村长自己说：学什么都晚了，扫地这样的事情，就让我来干吧。村长没什么本事，还怕得罪人，正是因为这个，他才做了二十多年将近三十年的村长。

村长看看自己一身蓝色工装，抬起手闻闻自己的腋下，对阿巴说：我身上没有一点云中村的味道了。

阿巴穿着家具厂的工装。工装的样式和村长的几乎一模一样，只是颜色不同罢了。阿巴也抬起手，闻了闻自己的腋窝。他说：我也没有一点云中村人的味道了呀！

阿巴想起来，就是因为村长的那句话，他开始想回云中村了。

他这么想了一年，终于下定了决心。

他对劝阻他的村长和云中村的人说：活着的人有政府管，可是死去的人谁来管？万一真有鬼魂，这些鬼魂谁来管？当然是我，我是祭师，我要是不管，一个村子要一个祭师干什么？

现在，他回来了，来做一个祭师，一个非物质文化该做的事情。他对云中村的鬼魂们宣告：我回来了！

他也向他们发出了召唤：回来！回来！

阿巴回到曾经的家里。

打扫房间的时候，他突然想起了村长的话，我已经没有云中村的味道了。这时，他正拿着一把长扫帚，拂去墙上的浮尘。才几天时间，他已经浑身都是云中村的味道了。马匹的味道，他枕着睡觉的鞍子的味道。一身祭师行头的味道。熏香的味道。木柴燃烧的味道。以及现在就包裹着他的云中村尘土的味道。

他的床还在，火塘还在。好多东西都在。只要打扫干净，就可以搬回来住了。但偏偏在这时，他想起了村长说过的话，我没有云中村的味道了。现在，他明白了一个道理，只要回到云中村，身上马上就都是云中村的味道了。他又站在自己只倒塌了一小半的房子中想起了祥巴家完全倒塌，把一家人全部埋在里面的大房子。

阿巴很奇怪，在移民村的时候，他的脑子通常只能想一件事情。做什么事情就想什么事情。现在，回到云中村，乱七八糟的想法就纷至沓来，涌入脑海。本来，他是想让自己想想明天祭山的事情的。但他脑子里的念头却一个接着一个。

他责备自己不该在这时想起祥巴家的大房子，他和仁钦一样，他和云中村很多人一样，不喜欢他们家耀武扬威的大房子。但那都是以前的事情了。在地震面前，大家都是可怜人，都是无助的人。等到那个睡着了的滑坡体醒过来，倒得彻底的房子，倒得不彻底的房子都会和当年的水电站一样，滑向峡谷底下的江水里。

滑向江水，他想起云中村的发电员从泥石流中浑身赤裸站立起来时惊慌无助的样子。

滑向江水，他想起了他的父亲。

他想起自己曾经被吓成了一个什么都记不起来的傻子。

他想起母亲怎么试着要把自己唤醒过来。

母亲把他领到楼上最小的那间密室一样的储藏室里。轻轻敲击父亲留下来的法鼓。轻轻摇晃铮铮作声的法铃。母亲把父亲留下的熏香炉点燃，要以柏树的香气使他陷入混沌的脑子清醒过来。

母亲哭泣着：儿子，你醒来吧。请你在我死去之前醒来。母亲害怕阿巴在她死去后成为妹妹的拖累。

母亲说：阿巴你醒来，在我死去前醒来。

阿巴确实拖累到了妹妹。妹妹不肯出嫁，不肯把傻了的哥哥丢给妈妈一个人。妹妹也不愿找一个家境不好的入赘女婿。妹妹生下了没有父亲的仁钦。大家都在猜，仁钦是村里哪个男人的孩子。仁钦的眉眼使人们无法联想到村里任何一个男人。云中村不是东边那些沾染汉人习气更多的村子，仁钦也不是村里第一个没有父亲的孩子。仁钦这个孩子，是神送给他们家的宝贝，从小到大，他都让家里人心里安慰温暖。

打扫完毕，阿巴看到，窗户上筑了一个鸟巢。他不知道是什么鸟筑的，只希望晚上它们不要太吵。天快亮的时候吵是可以的，天快亮的时候，大多数鸟总是吵的。阿巴只是希望它们不要在半夜里吵。鸟巢看起来不大，说明筑巢的不是太大的鸟。阿巴就放心了。他不希望巢中有两只大鸟。阿巴不是不喜欢大鸟本身。而是大鸟在喂养巢中的小鸟的时候，会叼回来一些他不喜欢的东西，蛤蟆或者蜥蜴，甚至可能是一条蛇，阿巴不爱看这样的东西。他希望大鸟叼回来的只是些小小的虫子：毛虫，或者飞蛾。

阿巴站在屋子里，还想了一阵，要不要把楼上剩下的那间房也打扫出来。后来他想，自己一个人，也没有客人来，住在楼下这里就够宽敞了。反正也不是要住十年二十年，那个命定的时刻到来的时候，地轻轻一动，就什么都没有了。那时，当年云中村在的地方，会变成岷江江岸边一面寸草不生的陡峭山坡。山坡上砾石混合着泥沙，峡谷里定时而起的午后风会在山坡上扬起阵阵尘土。有些地方裸露出青色的岩石，里面的铁质氧化了，变成红色，使得山崖显得锈迹斑斑。过往的人们当然什么都不知道，他们会以为这个地方从来如此。只有瓦约乡的当地人偶尔会说，那是以前云中村在的地方。爱伤感的人还会加上一句，那可是个漂亮的村庄。如果有游人从此经过，他们还会加快脚步，以防被山上的落石击伤。

阿巴这次回村，就经过了这样一个地方。那是地震滑坡后还没有稳定下来的山坡。公路上有人放安全哨。山坡上尘烟滚滚。大家都从大巴上下来。汽车加大油门冲过这片滑坡体，然后，是人。路边的安全哨一直观察着坡上的动静。上面稍稍安静一点的时候，安全哨就挥动红旗，乘客们就加快脚步，从这个地震产生的危险地带通过。阿巴想，幸好云中村在公路对岸，不存在以后，还不至于让东来西去的人们如此担惊受怕。

冲过这个滑坡体，阿巴就想，这上面以前也有一个村庄。云中村的将来就是这样。这样的滑坡体要十年二十年才会安定下来，直到一切可以滑动的东西都滑向了江中。这时才开始长草，长灌木，又要好多年，才会长起枫树，长起柳树，长起丁香树。那时就好了，那时就会显得这山从来就是这样一般，就像是这山上一万年前就只生长着这些树木一样。

　　阿巴还想了一阵，要不要把塌掉的墙重新砌起来。但他摇摇头，把这个念头从脑子中赶了出去。他对自己说，还砌什么墙啊！

　　阿巴从屋子里出来，使劲拍打身上的尘土。每一下拍击，都在四周的残墙上激起回声。地震以前，除了在石碉跟前，村子里这些石墙不会发出回声。云中村孩子们的一个游戏，就是站在石碉前，大声说话。石碉会学人说话。站在石碉前拍手，碉爷爷会以掌声回应。孩子们围着石碉奔跑，互相高喊彼此的名字，碉爷爷会跟着呼喊他们的名字。村里有广播站的时候，碉爷爷也会学着干部的腔调在那里讲话。

　　干部在广播里喊：开会了！开会了！

　　石碉就跟着说：会了！——会了！

　　干部在广播里喊：重要通知！重要通知！

　　石碉就拉长了声：通知！——通知！

　　现在，每一段残墙都在回应阿巴拍打袍子上尘土的声音。原来石头也是怕寂寞的呀。那时，每座房子里都住着人，这些石墙就不说话。石碉里没有人住，只在顶层住了许多红嘴鸦。石碉不学红嘴鸦的叫声，就只学村里人说话。

　　阿巴清醒过来后，就在院子里另起了一座自己的小房子。不久，母亲就死了。母亲说：我放心了。我是放下心走的，你们不要伤心。

那时村子里已经没有广播喇叭的喧闹声，生产队的地又分到了各家各户。分地到户的时候，云中村人没有那么欢欣鼓舞，就说那些五十岁上下的人吧，他们是村子里的顶梁柱。他们十多岁二十岁刚开始下地的时候，云中村就已经集体化，就是全村人一起劳动了。分地到户的时候，大家都有些失落，说：以后单家独户，干起活来多不热闹啊！

又过了两年，村里停了几年的电灯又亮起来。岷江干流上修起了巨大的水电站。高压线塔翻山越岭，把电输往省城，输往比省城更远的地方。大家问电是不是去了北京。说不是，电去了上海。路过这里的高压线路，也把电带回了云中村。

阿巴不是被母亲用祭师父亲留下的铃鼓唤醒的。

阿巴是被电唤醒的。

村子重新通电前半个月，电力公司的电工来到村里。他们运来了变压器。变压器悬空架在八根木柱支撑的架子上。四周还建起了不让人靠近的围栏。电工进村入户，把以前阿巴他们安装的旧电线拆掉，换上新的电线。他们还为每一家人都装上了电表。说这是为了让村里人养成节约用电的好习惯，不能一天到晚都让电灯白白开着。以前云中村的电只通到家里，通到打麦场上。这一回，电力公司的工人还在云中村那些曲曲折折，高高低低的村巷里装上了路灯。那些日子，阿巴就稀里糊涂地跟在那些电工后面。好像明白了什么，又好像什么都没有明白。但他那副若有所思的样子，让他妈妈和妹妹流下了泪水。

妈妈和妹妹都说：这是我们家阿巴要醒过来了吗？是电要叫他醒过来了吗？

村里举行通电仪式那一天，来了好多人。从山下开上山来的小汽车把所有空地都停满了。村前老柏树下搭起了唱歌跳舞的台子。供领导讲话的台子。但那天，阿巴却不见了。阿巴怕热闹。阿巴躲起来了。不是躲在家里，他躲到山上去了。仪式从下午四点开始。一直到黄昏降临。一个领导登上台，宣布云中村二度通电，永远通电！

电灯重新亮起来的时候，阿巴不在，弄得妈妈和妹妹又哭了一场。

妈妈坐在明晃晃的电灯下哭泣：让我死，让我死吧，反正我也看不到他醒过来了。

妹妹也坐在明晃晃的电灯光下：妈妈不能死，你留下我一个人怎么办啊。妹妹哭几声，又忍住泪安慰母亲：天一亮，我就去把他找回来。我知道他藏在哪里。

阿巴常常在雷雨天上山，藏身在一个岩洞里，生一堆火，看天边蜿蜒的闪电。

阿巴是在那天醒来的。

阿巴听到山下村子里通电仪式的喧闹声停止了。才慢慢摸黑走下山来。哇！远远地，阿巴就看见了云中村在巨大浓重的山影里显得那么亮堂！

他在亮亮堂堂的灯光照耀下回到家里。母亲和妹妹已经睡了。他在自家院门口站住。屋子里灯已经关了。路灯的光芒比满月时的月光还明亮。那样的路灯，以前村子里没有，但以前的水电站有过几盏。从电站厂房沿着渠道直到取水口的闸门前。晴天的晚上，绕着灯的是成群的虫子和飞蛾。冬天，一片片雪飘进灯光里，被照亮片刻，又飘向黑暗。

阿巴站在门口，回头望着新装的路灯，脸上露出了笑容。他脑子里有一种安静的声音在振动，就像是法铃的声音。不是铃舌刚刚撞上铃壁时的声音，而是此后震颤不已的袅袅余音，像是蜜蜂飞翔。那声音在他昏暗的脑海亮起一团微光。不是电灯刚发出的光，而是电灯照出的那团光亮边缘的微光。

呀！阿巴伸出手，像是要捧着那团微光，像是要捧着一小团火苗，他嘴里发出了赞叹！

阿巴说：呀！

他轻轻地推开家门。他听见村子里什么地方传来欢笑声。

呀！阿巴说。

他走进房子，他把双脚都迈进了门槛。家里人都睡了。屋里没有亮灯。倒是屋外的路灯照进来，把屋子里面照亮，比满月时的月光还要明亮一点。他听到身上脑子里有什么声音在响，那是什么东西在崩裂。他看到一个人，赤裸着身体在行走，裹着一身黏稠的灰黑色泥浆。这个人不知这样走了多少时候，他身上的泥浆都干透了，随着他的行走，正在一点点迸裂开来。他看到的是刚从滑坡体的泥沙里挣扎出来的自己。

阿巴扶着门框的手摸到了新装的电灯开关。以前的电灯开关是拉线的。现在成了一个按钮。他下意识按一下那只按钮，挂在屋子中央的电灯唰一下亮了。就这么一下，阿巴醒过来了。这灯把他里里外外都照亮了。那些裹在头上身上的泥浆壳瞬间迸散。

阿巴看着电灯，看着被灯光照亮的熟悉老屋，说：呀，我回家来了。

这时，他还不知道清醒的意识离开自己已经十多年时间了。

阿巴听见自己说：呀，妈妈和妹妹都睡了。

他坐下来，把火塘里的冷灰拨开，露出下面埋着的火种，添上了柴，煨上壶，把茶烧开。

当茶水在壶中嗞嗞作响时，他的心被一种强烈的思念之情所贯穿。那是一种很痛的痛。他想要见到妈妈和妹妹。好像并不是昨天才离开她们去水电站。阿巴甚至没有如此强烈地思念过死去的父亲。

他起身，悄悄走到楼上。推开一道门，灯光随着他的身影进到了屋子里，和他的目光一起，落到了床头上。他看见了母亲：爬满皱纹的脸，灰白蓬乱的头发。阿巴的眼眶有些湿润，但看到母亲，他就心安了。他退出房间，掩上门。推开另一扇门，他看到了妹妹。使他惊讶的是，妹妹身旁还躺着一个娃娃。那是他不认识的仁钦。外甥仁钦是他失忆之后才降临到这个家里来的。现在，这个娃娃都快有他和妹妹随父亲去磨坊时那么大了。

他想，呀，这么好的娃娃！

这下，他心里安定了。

他下楼回到火塘边，给自己倒上了一碗茶。他发现家里有些东西有点不一样了。屋子正面墙上毛主席像不见了。那里新修了一个神龛，披拂着白色的哈达，里面供着苯教祖师的画像。神像面前有小香炉，还有油灯供盏。另一面墙上有一个镜框，里面镶满了照片。母亲的，妹妹的。她们俩在微笑，像是怀着什么心事一样在微笑。这是叫阿巴感到心痛的微笑。镜框里更多的是床上那个孩子的照片。从婴儿开始，一点点长大。阿巴认出来，这个孩子现在就熟睡在妹妹身边。

阿巴回到火塘边坐下，泪水奔涌而出。他尽量不要让自己哭出声来。他端起茶碗，把茶水和哭声一起咽进肚子里，泪水从脸腮上滑下来，滑向嘴角，阿巴从茶水中尝到了咸咸的泪水的味道。

整个晚上，阿巴都在自己家里悄然走动。

后来，妹妹责怪他，在他魂魄归来，意识到自己重新归来时居然没有把家人叫醒。妹妹说：这些年你够吓人了，要是我半夜起来看见你在屋里到处游走，像个鬼魂一样，还不把我吓死！

阿巴说：我想让你和妈妈好好睡着，我就想在家里到处看看，不然我都认不出来了。

妈妈不说话，妈妈只是看着清醒过来的儿子，心满意足地笑着。

云中村重新通电的那个夜晚。阿巴清醒过来了。一整夜，他都在屋子里四处走动。看房子里新增加了些什么，又有什么东西不见了。

第二天，他就问妈妈：毛主席去哪里了？他是指墙上那张毛主席像去哪里了。

妈妈说：毛主席不在了，毛主席升天了。

这时，他什么都想起来了。他的意识从电站崩塌处开始。他想起自己看到屋顶怎么渐渐歪斜，听见哗哗的渠水怎么倾泻到了渠道的外面。飞转的水轮泵坠向落水口，发出巨大的轰响。一片黑暗。所有东西都在下坠。他也随着这些东西一起下坠。有一阵子，他在水电站滑动的房顶上，在泥石流的波浪上漂荡。后来，房顶散架了。他就身陷在那些泥水和沙石中间了。他现在记起来，那天晚上星星很亮。之前，接着下了几夜的雨，但那天晚上天放晴了，天上的星星又大又亮。他还记得很多高大的树，都歪倒了身子，从他身边呼呼滑过。所有的一切都向谷底的江边滑去。他下滑得慢。而许多大东西，一棵一棵的大树，一块一块像村前磐石那么大的岩石都超过他，赶到前面去了。树发出枝干断裂的嘎吱声，一路上呻吟不止。巨石一声不吭，沉静地下坠，直到砸进江中时，才发出一声巨大的轰响。山鸣谷应。比起那声音来，裹挟着他向前流动的那股泥石流不过是一条溪水的流淌罢了。

后来，他就完全掉在后面了。软稠的泥石流包裹着，撕扯着他的身体，他觉得自己像一条泥鳅，又湿，又冷，又滑。后来，他就晕过去了。

后来，天亮了。

阿巴醒过来，他想自己是不是死了。

熹微的晨光是灰色的，周遭的一切也都是灰色的。突然之间从山体深处涌出来的破碎的岩石是灰色的。泥土是灰色的。站立着时一派苍翠的树，此时四分五裂地支棱在滑坡体中，也是灰色的。这是晨光的颜色。也是大山深处的岩石和泥土的颜色。

裹挟着阿巴的泥石流在江边停了下来。

巨大的滑坡体堵塞了江流。停止了奔流的江水慢慢上涨。阿巴是被波浪轻轻拍醒的。他头朝卜，脚朝上躺在泥浆里。泥浆流慢下来，渐渐凝固，要是他再不醒来，就凝固在铁灰色的泥浆中间了。是慢慢上涨的江水轻轻的拍打让他醒来。江水也稀释了那些黏稠的泥浆，使得他能够挣脱那身紧密的包裹，站起身来。他吃惊地看到自己身体上除了灰色细腻的泥浆，就什么都没有了。穿在身上的衣服不知到哪里去了。四周那么安静，风不吹，鸟不叫，江水不再奔腾咆哮。

阿巴赤条条地站在那里，身上居然没有一道伤口。

更加奇怪的是，他手里居然拿着一把接线钳。滑坡开始的时候，他手里什么都没有。他记得身体和厂房和机器开始下坠时手里什么都没有。他一直伸出手想抓住点什么，但什么都抓不住。抓住泥，泥从手里流走。抓住厂房基座崩裂开的混凝土块、抓住机器、抓住石头，那些东西力量巨大，只能带着他更快地下坠，他只好放弃，把手松开。

他看着手里的那把接线钳，感到奇怪。一个发电员，有好几把大小不一的钳子，拧螺丝的钳子，铰铁丝的钳子，还有就是这种方便剥掉电线外面的胶皮，把里面的铜芯连接起来的钳子。平常，这些钳子都整齐地插在一个专用的皮套里，挂在厂房的墙上。只有工作的时候，才把这些钳子系在腰上，就像一个军人挎着手枪。他不明白，这把本来挂在墙上的钳子怎么就到了他的手里。

这时，阿巴听到了人的呼喊声。然后，他看到了远处的人影。

一些人在对岸的公路上，还有一些人在下游的桥上。就是从公路上过江，去往云中村的那座水泥桥上。那些人发现了他。都在向他呼喊。呼喊声很远，比那些人和他的实际距离还要遥远。他们从对岸的公路上，从下游的桥上向他呼喊。他和公路上的人隔着宽阔的江面。他和桥上的人隔着巨大的堵塞了江流的滑坡体。他的耳朵里塞满了泥浆，脑子里充满了流淌了半个晚上的泥浆的声响。

他无法发出声音。他孤零零地站在江水和滑坡体的接合部上。

晚上，巨石，树木，都超过他往前赶。现在，他发现，这些东西大多都堆积在他身后，反倒是细腻的泥浆和他到达了江边。他拿着那把钳子茫然地挪动脚步。那些拼命向他挥手的人的呼喊声显得那么遥远。隔着几个世界那么遥远。在他四周，都是泥土和石头。不是他平常熟悉的泥土和石头。它们从不见天日的大地深处翻涌出来，显现出一种惨淡的灰色。这些石头和泥土还散发着刺鼻的硝石味道。

云中村再次通电，被电灯光唤醒的这天晚上，阿巴张开手，发现那把钳子不在自己的手里。

有一天，他终于忍不住问了妈妈：那把钳子呢？他们送我回家时我有没有拿着那把钳子？

妈妈又哭了。

她捧着阿巴的脸，用额头顶着儿子的额头：好啊，好啊，你什么都记得，什么都没有忘记。我的儿子真的回来了呀！

阿巴打断了回忆。

他对自己说，以后再想这些吧，以后有的是时间。明天就要祭山神了。还是为祭山神做些准备吧。

祭山神最重要的，是给山神献马献箭。马是备下了的，回来在县城停留的那天晚上，他在以前买过东西的那家宗教用品商店买的。

他问了老板：真的有一千匹吗？

老板沉下了脸：我做的是什么生意，都是敬神的东西，我能弄虚作假?

阿巴笑着说:我是怕万一走丢了两匹呢?马是长着腿的东西。

老板也笑了:我这里的马都知道自己是给山神骑的,难道还会跑到大街上去和电动自行车比个快慢?

他还问老板:有箭吗?

老板说:你见过献给山神的箭有从商店里买来的吗?我这里只有箭上的幡。

阿巴说:我就是要箭上的幡。

老板给他拿了九张彩色的幡。

阿巴说:我不要佛教的幡,我是苯波,我要苯教的幡。

佛教的幡和苯教的幡,样子是一样的,上面的经文却不一样。

老板说:如今信苯教的人越来越少了。地震后的人啊,要么什么都不信了,要么就去信佛教了。老板说,人家佛教会传教,你们苯教不会传教。

阿巴拍拍脑袋,怎么又想起这个来了。

阿巴这才想起来,自己进村不是来打扫房间,也不是来回忆水电站的事情的。他是来找一把刀。他找到了那把刀。找那把制箭的刀。刀还在,插在木鞘里,挂在墙上。他把刀斜插在腰带上,出了村往山上走。

阿巴走过了村后干涸的泉眼。

从那里,山路盘旋而上。

阿巴走到了将使云中村变成一个巨大滑坡体的那道裂缝前。他梦到过这道裂缝。在梦中,裂缝像一个人笑着张开了嘴巴一样。什么东西都往里头掉,阿巴自己也往里头掉。现在,过了四年多时间，这道要命的裂缝又显现在他眼前。裂缝更宽，也更深了。负载着云中村的这一边，还下滑了一些，形成了一个台阶。树和草的根茎在台阶上暴露出来。看来，云中村真的要变成一个滑坡体了。

阿巴拽住柳树的枝条才迈上了那个台阶。这是一个界限。台阶上方的，将继续存在。而台阶下方的，在某个时候，就会滑向峡谷底部，永远消失。

阿巴继续往上走。四周的树木越来越多，越来越高大。松树、柏树、桦树、杉树。大树中间还长出了那么多的小树。云中村的人一走，这些树就欢欢实实地长满了山坡。

山路穿过阴坡上的一片白桦林，以前，这段因为树木荫蔽而显得潮湿的泥路上总是印满了脚迹。人的，牛的，羊的。现在，却只有两头鹿留下的脚印。一头母鹿带着一头小鹿的脚印。阿巴记得，小时候，鹿会到村子附近来。后来，鹿就离人越来越远，去到越来越高的山上，难得一见了。现在，它们又往山下来了。阿巴想，鹿下到这个地方，就不要再往下面去了。也许山神会警告它们，不要下到云中村去，不要越过山体上那道危险的裂缝。阿巴又想，也许山神不会对鹿发出警告，就像山神没有对云中村人发出地震警报。

鹿看见了阿巴。

阿巴对鹿举起双手，示意它们自己两手空空，没有拿着夺命的猎枪。阿巴心里没有杀机，阿巴身上也没有火药和铅弹的味道。鹿顺着山路往前跑了。它们的身影在路的尽头，化入了一片灿烂的阳光。鹿从那片投射在树林边缘上的阳光中消失了。阿巴加快了步伐，很快，那片明亮的光芒也笼罩在了他的身上。

阿巴站在了熟悉的山脊上。这是一道明晰的分界线。背后，是山的阴坡，空气潮润，树林葱茏。前面，是山朝阳的一面。是大片倾斜的草甸。草地上百花盛开。成片的明黄的金莲花。成片的红色的马先蒿。成片的粉色的报春花。草地中间，这里一团那里一团，是颜色沉郁的栎树丛。风的吹拂，使得颜色深重的栎树丛紧密而浑圆。

这些都和几年前一模一样。也有不一样的地方。那就是草地上出现了那么多的旱獭。阿巴的出现惊动了它们。它们扭动着浑圆的屁股快速钻进了洞穴。然后，好奇的它们又从洞里探出头来，小心翼翼地观察着这个身形高大的家伙的一举一动。旱獭们向阿巴张望的时候，不是趴在地上，它们竖起上身，短促的前肢抱在胸前。它们这样做，是为了视野更开阔一点。阿巴不想惊动它们。阿巴发现，穿过草地的路，已经快要被草掩没，将要消失了。也许到明年，草地上就再也没有以前云中村人留下的痕迹了。

此情此景，阿巴弄不清自己到底是什么心情。是高兴，还是悲伤。如果高兴是为谁高兴。如果悲伤是为谁悲伤。

在这个地方，阿吾塔毗雪山的身形完全显现出来。那是一座金字塔形的山峰。山体上，积存的冰雪闪闪发光，裸露的铁灰色岩壁也在太阳照耀下闪闪发光。

阿巴对着雪山跪了下来。他说：我回来了。阿吾塔毗，你的子孙去了看不见你的地方，我回来了。

他拐进了阴坡的云杉林中间。阳光斑斑驳驳，落在林下的空地上。阿巴进入林中，他要寻找到九棵小云杉。胳膊粗细的，三四米高的，七八岁的小云杉。他找到了一棵，又找到一棵。很快，就找齐了九棵。他把哈达披挂在这九棵小树上。他赞颂了这些小树的修

144

长笔直，他赞颂了这些小树的纯洁无瑕，他赞颂了这些小树的坚固质地。他对小树们说，正因为这些优良的特质，才被选中，让一个祭师把它们制成山神射向妖魔的利箭。

"山神拉开强弓，

射出笔直的箭，

射出嗖嗖作响的箭，

犹如疾风，犹如闪电！"

阿巴从木鞘里抽出了长刀，把这些小树放倒，一棵棵拖出树林。他把剔下的青枝绿叶放在一起。把从小树身上剥下的树皮放在一起。那个地方，几年前制作新箭时剥下的树皮已经干透了。这些干树皮，明天将成为引燃祭火的材料。新鲜的树皮，要堆积到那里，等到明年再派同样的用场。阿巴不知道，明年自己是随滑坡体上的云中村一道消失，还是能再回到这里，面对着神山点燃祭火。

阿巴想忍住泪水，但泪水还是模糊了他的视线。

他终于完成了准备工作。他把九棵小杉树都修削成了箭杆的模样。他把九根箭都靠在了一棵老杉树粗大的树干上，这才转身下山。山风吹在他的背后，惊散的旱獭们，站立在他身后，好奇地向着这个陌生的身影张望。鹿又出现了。在他身后的山脊上，向他张望。

晚上，阿巴又去溪边取水，他对两匹马说：你俩知道我是一个人，可是鹿不知道，旱獭也不知道。以前的鹿知道村里有很多人，以前的旱獭也知道。但今天我遇见的这些鹿和旱獭，它们不知道村子里只有我一个人了。

晚上睡下的时候，他又对自己说：以后，它们就不必害怕了。

阿巴闻到了自己身上有草地的清香，更有那九棵小杉树的青枝绿叶和新鲜树皮的清香。

他想，人死后，可以变成一棵树吗？要是可以变成一棵树，那他就变成一棵树好了。变成一棵云杉，冬天的针叶坚硬，春天的针叶柔软。就那样和山上那些树站在一起。变成一株在风中喧哗的树。变成一株画眉和噪鹛愿意停在上面啼叫不休的树。变成冬天里，一群血雉挤在茂密枝条间躲避风雪的树。变成一株如果得了病，啄木鸟愿意飞来医治的树。

阿巴睡着了。

他没有梦见自己变成一棵云杉。

第
七
天

阿巴醒来的时候，天还没有亮。

他醒这么早，是因为临睡时就告诉了自己，今天要醒早一点。

阿巴起身。看到天上还满是星星。空气清洌，草棵上露水点点，也如星光一般。阿巴生火，烧茶。吃东西。他告诉自己今天要多吃一点。

天亮了。

他感到晨光照亮了自己的脸。他望了望云中村那一片参差错落的废墟。村子安安静静。石碉也安安静静。就像是什么事情都未发生过一样。就像世界从来就是如此一样。但五年前不是这样。五年前的今天，本是商定好的云中村祭祀山神的日子。之前，副县长挂帅，县里和乡里都来了干部，正式给云中村山神节挂了非物质文化遗产的牌子。节日自己不能接这个牌子。这个闪闪发光的铜牌就交到了阿巴手上。村长从阿巴手里把牌子拿走，挂在了村委会墙上。村长是个好人，但不是一个心胸宽广的人。村长说，你已经有一个传承人的牌子了，这个牌子是给节日，而不是给个人的。所以，村长才把牌子拿走挂在村委会里。

副县长还在村委会开了一个会。

他建议云中村最好把山神节的日子固定下来，每年如期举行。

村长不说话，看着阿巴。

阿巴说这个不行，山神节的日子每年都是临时决定的。

副县长问定这个日子的依据是什么。

阿巴答：农时，也就是看地里庄稼的生长情况。那时，追过肥的冬小麦开始抽穗，玉米刚锄过头遍草。也就是这个时候，云中村的人会有几天闲暇。老天爷照顾庄稼人，也照顾地里的庄稼，这几天时间，只在夜里下点小雨，白天都是阳光普照。老天爷知道，这时地里庄稼需要雨水，更需要阳光。对于地里的庄稼来说，这个时候需要土质疏松，更需要雨水，更需要阳光。只有在湿润而温暖的土地中，庄稼才能够快速生长。在这样的日子里，玉米拔节展叶，使得茎秆强壮。小麦抽穗扬花，饱吸能量。

这样的日子到来的时候，云中村人才有时间和心情从容地准备祭祀山神。

副县长说，要改变观念。等旅游业发展起来，庄稼上的收入就不算什么了。那时的农业是观光农业。山神节，对，另外你们还有个什么节？观花节。对，还有个观花节。打造云中村这个旅游目的地，这两个节日就是重头戏。看看，观花节也没有固定时间？明白了，观花节也要等到农闲时间。

阿巴说，是的，那是七月间，冬小麦已经收割，玉米早锄过了二遍草，又追了肥，正是抽穗扬花的时间。

副县长把这些话都记在本子上，他说：看看，你们这个云中村，农业吃的是靠天饭，过两个节也靠老天爷赏脸。以前这么约定俗成，自然有它的道理。但搞旅游业，这样子就不行了。移风易俗吧，时间不固定，不利于旅游推广。

阿巴还想再说什么，乡干部示意他不要再说了。

副县长说：就说今年吧，今年的日子是哪一天？

村长说：5月15号。

副县长把这个日子记在本子上：满打满算还有十天时间。到时候，我要亲自来，还要邀请报社和电视台的记者来全程报道，也要邀请一些旅行社，让他们亲身体验我们的旅游产品。副县长合上本子，站起身来，算是结束了这个短暂的会议，他最后说：固定两个节日时间这个事，不在今年，我知道，改变习惯首先是改变观念。这有个过程，不急在今年。

副县长离开时，说要先到地里走走。

他们一行人穿过村前的庄稼地。玉米植株绿油油的。副县长还带来了一个教授，旅游专家。专家说，等旅游搞起来，地里就不用种这么多玉米了，种植的作物也要改变。要种游客觉得好看的，这叫观光农业。要种游客想下地亲手采摘的，让他们带回城去，这叫参与，叫体验。

专家指着分散在地里劳动的人说：劳动也是美的，但目前这样太分散，观赏性不强。

副县长说：真到旅游搞起来，单家独户的方式恐怕也得改变。要成立专业合作社。那时候，劳动也是一种表演。

这是五年前的事了。

五年前确定了云中村的山神节就是今天，5月15日。

可是，之前三天，地震来了。

地震后天都阴着，还不时来一阵雨。人在哭，天也在哭。

第三天，也就是五年前的今天，天才放晴了。当时，阿巴一边照顾从废墟里挖出来的死人，一边望着裂开的云隙，望着云隙间露出的一线蓝天，在心里哭喊：山神啊，云中村遭了大难了。

山神藏在阴云背后，沉默不言。

这天，天上风吹开了层层阴云。天空中的云像汹涌的波浪翻滚。

一个被救出来的人躺在阿巴身边，他望着天空问阿巴：地为什么要这样，天为什么要这样？

阿巴看着他的眼睛，知道这个人就要死了。阿巴的心里悲哀而又愤怒。他想，云中村的山神阿吾塔毗，原来反封建迷信的时候，那么多年没有人去祭祀，去献马献箭，也就那样过去了。那时他就是一座雪山，无言地耸立在云中村后面。现在，云中村人又像祖先一样每年祭祀，念好听的祷文，供丰富的祭品。他非但没有阻止地下的魔鬼摇晃身体，现在，他居然还一连几天遮住脸，不肯看见云中村在如何遭受前所未有的苦难。

阿巴在心里说：山神阿吾塔毗，我要怪您！我要怪您！您要是不高兴，就叫我也死吧。我不怕死，那么多乡亲都死了。您让我也死吧！

山神没有回应，神山还躲在阴云后面。风把吹散的云都驱赶向神山所在的西北方向。这时，天空中传来巨大的轰鸣声。轰轰隆隆，和地震来的那天的声音一模一样。只不过，这声音不是从地底，而是从头顶的天空传来。那个垂死的人躺在地上，喃喃自语：

老天还要往云中村降下什么样的灾难?

他吐了口血,他都没有力气把血全部吐到身体的外面。血汪在他自己的口中,堵住了他的呼吸。他张大了嘴,死了。

阿巴记得,就是在这一天,仁钦让副乡长给全村人弄了一顿热饭。疲惫已极,悲伤已极的人们都躺在地上起不来,睡着了。这时,云缝裂开,露出了蓝天,太阳光照亮了大地。

直升机出现了。一架,两架,三架。倾斜着身子朝着云中村降落下来。

从来没有见过直升机的云中村人没有人认为是山神显灵了。连阿巴这个专门侍奉山神的人也没有觉得这是山神显灵了。

他们知道,是直升机来了。

云中村人在电视里见过这种东西。知道这种隆隆作响,背上的翅膀旋转不休的大东西是直升机。他们在电视里见过这种飞机,盘旋着飞过城市,飞过村庄。用机关枪向地面上扫射。看见过这种飞机向地面发射火箭弹的时候,如何喷吐着硝烟与火焰。现在,直升机来了。没有喷雾吐火,不像是钢铁鬼怪。它们倾斜着身子在已经成为废墟的云中村上面盘旋一圈。

睡着的人们醒来,他们满是尘垢与血污的脸都朝向天空。躺在地上呻吟不止的伤员痛苦的脸上浮现出微笑。连埋在废墟下声音渐渐虚弱的人也停止了呼救。他们也听到了天上传来的巨大声响。

刚有电视的时候,云中村刚恢复通电的时候,就有人家开了一个录像厅。云中村人最喜欢的就是那种有直升机的战争片。那些从直升机里跳出来的大兵,脸上涂着油彩,手里端着机关枪,这些人都是不怕死的英雄。即便被地雷炸翻在地,快要断气了,也要挣扎着说句玩笑话。云中村人喜欢这样的风格。那家录像厅是云中村最早的生意之一。一人一座。一部录像，一罐健力宝饮料，十元。后来，录像厅还放另一种片子。战争片录像散场了，那家人的儿子就低声对一些年轻人说，还有片子，还有片子，不穿衣服的战争片……后来，村里人会说，村里几个不务正业的年轻人都是在那里学坏的。祥巴家的大儿子就是在那里学坏的，然后又带坏了自己下面的兄弟。后来，那个生意红火的录像厅关闭了。据说是村里几个有声望的妇女，把那家的女人找来开了个会，那个录像厅就关闭了。

直升机突然升高。云中村人发出一片绝望的哭喊。升高的直升机又往下降，刚才升高是为了规避横过村前的高压线。

直升机降落在了麦田里。

云中村得救了！

当年的麦田早已荒芜，长满茂盛的青草。白额和黑蹄吃草的那个地方就是当年直升机降落的那片麦田。阿巴唤来两匹马，给它们装上鞍子，把祭祀山神的物品放在它们背上，眼前恍然看见的还是当年的景象。

直升机降落的时候，刮起大风，把地里的麦子都吹倒在地上。飞机还没有停稳，机上的人就推开舱门，跳出了机舱。医生护士扛着担架，抱着药箱，奔向受伤的人。穿迷彩服的士兵们登上了废墟。救援降临了。云中村活着的人挣扎着站起来。他们引领着士兵们登上废墟。他们看着伤员被抬上飞机，看着直升机重新起飞。

三架飞机一次就运走了十三个重伤的人。"电视的孩子"被一个士兵抱上飞机。背后还有两个人抱着他已经与身体分离的两条腿。成年人就罢了，那些刚刚展开人生的年轻人叫人心伤。那个央金姑娘，脸色白净，长手长腿，刚上了一年舞蹈学校，请假回来过祭山节，地震就发生了。她被一根房梁砸断了腿。人们救不出她来。要救出她就必须切断那条腿，没有人下得了手。是她自己切掉了腿和连接着她身体的一点筋脉和皮肉。当她从废墟底下爬出来，直升机来了，解放军来了。

飞机一飞走，阿巴再也撑不住，要睡过去了。那位头缠绷带一直在组织云中村人救灾的县里干部坐在了他的身边。

阿巴想对他说句感谢的话。正是他的坚强，他的镇定，才让云中村人的自救有了章法。

阿巴还没有开口，就听这人嗓音嘶哑地叫了他一声舅舅。

阿巴这才认出，原来是自己的外甥仁钦。

仁钦没有问母亲在哪里，他说：舅舅，我实在撑不住了，帮我去找医生。

阿巴也撑不住。是两个解放军战士把仁钦扶到医生面前，在刚搭起来的医疗帐篷里，医生为他清洗缝合伤口，替他包扎。

当他走出帐篷，对一直守着他的舅舅说：我要睡一小会儿。而且，他马上就睡过去了。

后来才知道，那天，地震发生两小时后，仁钦就从县城出发了。地震一来，电话线断了，手机基站也倒塌了。十里八乡的情况不明，县政府的大楼裂开了几道口子，在余震中摇摇晃晃。一群干部从政府大楼前的广场出发。带着几个急救包，一瓶水，一包饼干。他们接到的任务是，把十里八乡的灾情带回县里，或者就地带领老百姓抗灾自救。

书记举着一只喇叭：同志们，我不敢保证你们都会平安回来。但此时此刻，我要求你们出现在老百姓面前！

仁钦选了山高路远的云中村。上路三个小时，天就黑了。一个晚上，他都在雨中摸索前进，越过公路上一个又一个巨大的滑坡体。余震来时，山坡上滚石声响成一片。他就这样闯过来了。他的头是在上云中村的路上被飞石砸中的。那时候天已经亮了。仁钦说，那块石头像一只收起翅膀向下俯冲的鸟。仁钦被砸晕过去，倒在了通往云中村的山路上。仁钦后来总是说，本来是可以早点到的，要不是昏迷那么久，他本可以早点到的。他醒过来，把急救包掏出来，缠在头上，浑身都是泥浆，他在路上一声不吭，但张嘴的时候已经声音嘶哑。整个云中村没有一个人认出他来。

倒是有人对着他哭喊：政府怎么只派你这么个人来？！

直到直升机来了，运来了医生和解放军，仁钦才倒在舅舅身边。他要是不叫声舅舅，阿巴也不会认出他来。

早上8点钟。阿巴穿上了祭师的全套行头，动身上山了。两匹马驮着祭山的用品跟在他后面。

他先来到村口，站在死去的老柏树前，朝着村子摇铃击鼓：祭山了！祭山了！

村子里那些残墙发出了回声：祭山了！祭山了！

俯瞰着村子的石碉发出回声：祭山了！祭山了！

阿巴恍然看见，云中村的人走出了家门，向着村口会聚而来。村里人都在，他们都穿上了节日的盛装。男人们的锦缎的长袍闪闪发光，女人们的银饰叮当作响。阿巴向着村后的山道走去，他感到全村人都跟在身后，鱼贯而行。

越过那道将使云中村随滑坡体一起消失的裂缝时，他说：小心！

那道裂缝有些地方已经变得如此宽大，足以吞噬一个孩子的身体。

走进森林后，他折下一根柳树枝，一路挥舞。为的是扫掉树枝和草棵上的露水。今天，全村人都穿上了新皮靴。他们的靴子全都是小牛皮的帮，老牛皮的底，被露水浸湿后，脚会在靴子里翻滚打滑。云中村人平常都不穿这样的靴子了。全村人都穿着传统服装的场面只有这样的节日才会出现了。阿巴一下又一下挥舞着带叶的柳枝，把拦路的树和草上的露水都扫落下来。

他领唱一首老歌：

"什么样的水珠带着草木的香？"

他听到身后的女人们曼声应答：

"露水带着草木的香！"

他再唱一句：

"什么样的水珠闪着彩虹的光？"

男人们齐声应答：

"太阳照着露水闪着彩虹的光！"

其实只有他阿巴一个人在唱。他模仿着妇人的嗓音，唱出回答。又用男人的粗嗓门唱出问句。跟在后面的云中村人，或者说云中村的鬼魂肯定都听到了。那么多双脚穿着新皮靴，跟在他后面，去祭祀神山。五年前就该上山的云中村人来了。

鹿又在前方的道路上出现了。阿巴停止了歌唱，说：看啊，鹿！

身后的人群悄无声息。

鹿蹦蹦跳跳，消失在昨天消失的那个路口。消失在照进林中的那片阳光中间。阿巴继续往前走。走到那个路口，那个阴坡与阳坡，森林与草甸的分界线上。他说：我们到了！

阿巴说：我们到了。

回过身去时，发现身后空空荡荡。那条斜升着穿过白桦林的道路上空空荡荡。

他站在阳光下，看见了昨天就见过的那些花，那些草地上圆圆的栎树丛。看见金字塔形的雪山在面前升起来，显露出整个雄伟的躯体。

要是五年前，没有地震，这时整个云中村穿着节日盛装的人们就站满这片草地了。全村人都聚集在最平坦的那片草地上开始歌唱了。

"谁人戴着水晶冠?

阿吾塔毗戴着水晶冠!

什么样的水晶冠?

龙宫里来的水晶冠!

山神骑着什么马?

山神骑着追风马!

山神拿着什么箭?

山神拿着霹雳箭!

什么色的追风马?

赤焰色的追风马!

什么样的霹雳箭?

金光夺目的霹雳箭!"

阿巴耳边回荡着歌声的时候,他知道,那都是记忆中的歌唱。眼下只有那些旱獭把前肢举在胸前,半立着身子警惕地看着他布置祭祀的火堆。他把昨天就归置过一遍的干树皮运到草地中央一块裸露的岩石上。草比前几年茂密了许多,把以前一些显明的地标都掩没了。祭祀的火堆要点在一块裸露的平整岩石上。但现在,绿色把一切都掩没了。最后,他是靠着比周围草地稍高一点的隆起找到了那块岩石。他发现,岩石已经被一株匍枝栒子完全包裹起来。这种植物喜欢岩石,网状的坚韧枝条紧贴着岩石蔓延生长。它扎根在岩石底部的泥土里,密集的枝条沿着岩石边缘攀缘而上,然后,就在岩石平展的表面铺散开来。七月,匍枝栒子的枝上会开出密集的小花。十月,这些花朵变成一串串红色的小果实。这是一种果肉很少的果实,里面塞满了黑色的坚硬的种子。

阿巴说:我可不想待会儿烫着了你。

他费了很大的劲,才把毯子一样包裹着岩石的这株栒子网状的枝条从岩石上揭起来,移到另外一边。他说:放心,等火熄了,等风把岩石变凉了,我再把你移回来。

阿巴移动这些枝条时十分小心,不要伤到它扎在岩石下的根。

阿巴发现自己变成了一个饶舌的人,情不自禁就自己说话。和自己都不能确定有还是没有的鬼魂说话。和从来不跟人说话的草木说话。现在,他对着说话的就是一棵山上寻常的灌木。阿巴从来就不是一个多话的人。阿巴本来就不爱说话。但才几天时间,来到了

158

无人的云中村，他反倒喋喋不休起来了。

阿巴把干树皮在岩石上堆成一个中空的尖塔的形状。

他去到林边，砍来一些柏树的新枝，又把昨天从九棵小云杉上剔下的针叶密集的枝条也搬了过来。

我要点火了，他说。

可他不确定是对谁在说。是对岩石说，对枸子说，还是对跟随他前来祭祀山神的云中村人说。他们在身后的草地上歌唱。本来，这时候他应该正在摇铃击鼓，本来，他应该正在朗声念诵献给山神的赞词。而且村里的男人们一边准备祭火的材料，一边用歌声应答女人们的歌唱。但今天只有他独自一人。他一个人就是全体云中村人。全部在地震中死去的人，和地震后还活着的人。还活在世上的身体健全的人和身体残缺的人。他一个人不能同时做几个人的事情，他只能一样一样认真来过。

他身边没有一个人。只有花茎修长的金莲花在风中的身姿像是那些摇摆着身体歌唱的女人。女人们歌唱的时候，开始的时候故意把声音压低，像轻风刮过草梢和树冠。然后突然一下，拔得又尖又高，像是一飞冲天的隼，乘风直上，刺破云霄。

祭火堆堆积好了。下面是干透了的云杉皮，上面盖了一层新鲜的柏树枝和云杉树枝。

阿巴要点火了。

他腰间悬挂着一只麂皮的点火包。这是父亲的遗物。在没有火柴和打火机的时代，云中村的人，瓦约乡的人，岷江两岸山地里的人都用这个包里的工具取火。

阿巴打开包。

他拿出一块石英石。他用一块弯月状的铁片使劲划擦那块石英石。他闻到了火的味道，但没有看到火星迸射。那是阳光过于强烈的缘故。阿巴转过身，用自己的身体挡住阳光，再次用铁片划擦石英石的表面。这次，他看到火星飞溅起来。倏忽亮起，又倏忽消逝。

阿巴把一撮毛茸茸的火绒草摁在石英石上，他再次举起那片弯月状的铁片，不知道是对自己还是山神还是别的什么说：我要点火了。

嚓！铁片划擦过石英石表面，火星飞起来。他用劲太大，火星飞得太高，没有落在火绒草上。

嚓！

嚓嚓！

阿巴连续用力几次划擦，火星在铁片和石英石碰触处闪亮，飞溅。一粒粒火星落在火绒草上。火绒草冒出了一缕淡淡的青烟。阿巴赶紧再添上一些火绒。一股微风吹来，手上那团青烟中呼一声腾起了一团小小的火苗。火苗幽幽地燃烧，灼痛了阿巴的手。他小心地把这团火苗移向祭火堆。把燃烧的火绒草塞到祭火堆的干树皮下面。他又添上了一些易于燃烧的松萝。松萝燃烧，满含松脂的树皮也开始燃烧。这时的阿巴有些手忙脚乱。一个人祭祀，没有人帮忙，但流程中每一个环节都不能落下。他从火堆前退开。围绕祭火迈动祭师特别的舞步，击鼓摇铃。他恍然看见云中村的人都在。

火燃烧起来。

燃烧的火招来了风。火更旺盛地燃烧。阿巴把青翠的杉树和柏树枝压在火堆上。火苗立即变成了烟柱，冲天而起。当火苗从浓重的青烟中蹿起，他又投入一些新鲜的枝条，压住火苗。这时，烟柱已经升得很高了，他要用这种方法使得青烟源源不断，变成一根烟柱直达上天。

阿巴摇铃击鼓。围绕着火堆跳出祭师的舞步。阿巴围着烟柱直上云天的祭火堆，随着咚咚鼓声的节奏转圈舞蹈。

"呜嗬嗬——

东行千里绵延百代的云中村民在不在！

我们！我们在！

呜嗬嗬——

马跨三界的阿吾塔毗的子孙在不在！

我们在！我们在！

呜嗬嗬——

弦如疾风的阿吾塔毗的子孙在不在！

我们在！我们在！"

阿巴一边舞蹈，一边往火堆里投入更新鲜的柏枝。烟柱升上天空，在适时而来的风中微微弯了腰。风从通往东南的峡谷中起来，烟柱便向西北方微微偏转。那是闪烁着纯净水晶光芒的阿吾塔毗雪山的方向。阿吾塔毗闻到桑烟里柏树和杉树的香气了。阿巴且歌且舞，往火堆里投入糌粑，青稞。云中村的成年男丁们，也往祭火里投入糌粑和麦子。女人们在祭火的下方，曼声歌唱。现在，烟雾里又携带了云中村庄稼的香气，飘到了天上。阿吾塔毗闻到云中村糌粑和麦子的香气了。

烟柱扶摇直上，连接了天与地，连接了神与人，阿吾塔毗和他的子孙可以互相感知了。阿吾塔毗应该下界来了，此刻应该在他后

161

世的子孙们中间了。

阿巴吟诵阿吾塔毗的故事，其实也是云中村来历的故事。

这个故事说，在西边很远的地方，有三个兄弟，他们驯服了野马成为家马。他们发明了水渠浇灌庄稼。部落因此人丁兴旺，子民多到如映在湖中的星星一样。三兄弟决定分开，把多如星星的子民如播撒青稞种子一般播撒到广阔大地。"犹如撒播星星一般，犹如撒播青稞种子一般！"大哥留在原处，二哥向南，三弟阿吾塔毗向东。东来的道路最是漫长。当他们到达这群山耸峙森林地带时，路上出生的男孩都可以弯弓搭箭参加战斗了。这里差不多已是群山的尽头。再往前，是人烟稠密的平原。为了视野开阔，他们总是沿着高高的山脊行进。到达云中村的时候，就在今天燃起祭火的地方。阿吾塔毗离开部众，睡在星星最密集的那片天空下面。那天，他梦见了辛饶弥沃祖师。告诉他要停止往前，应该向下转入森林。此前，迁移中的部落一直避免进入森林。他们是在规避森林中的矮脚人。这些矮脚人攀爬树木的本领高强。这些矮脚人每个人都手持精巧的弓箭，只是他们的箭镞是石头做的，并不能对西边的来人造成致命伤害。这些矮脚人，他们穿着树皮和兽皮衣裳。矮脚人的语言仿佛尖厉的鸟鸣。他们人数众多。到处都有他们的墓地。死去的人躺在石板镶成的墓穴里，身边放着他们的投石器和小巧的弓箭。这些东西就放在死人手边。他们身边还放着发火的石英石和一两只陶罐。很多很多年前的那一天，阿吾塔毗号令部众进入森林。阿吾塔毗宣布对说鸟语的矮脚人正式开战。因为神指点说，这里就是东进的终点，这里就是部落新的家园。

矮脚人前来，矮脚人前来！阿巴抛撒面团捏成的食子。

他们转入森林，熊对侵入它们领地的部落发动了攻击。阿吾塔毗弯弓搭箭，射死了熊的首领。阿吾塔毗挥动铁剑，刺死了熊的武士。还有豹子，还有许多林中的精怪。夜里宿营的时候，树精所化的独脚鬼合围而来。独脚鬼用朽木化成的磷火照明，用成群的萤火虫照明。

"独脚鬼来了，独脚鬼来了！他们举着蓝色的火把。萤火虫的云朵照亮了森林。"

驱散他们太容易了。只需要向他们投掷一支真正的火把。

"吱吱叫的独脚鬼，吱吱叫的独脚鬼，不要记恨，不要记恨啊！"

独脚鬼被火烧到时，发出朽木甘甜的气味。

说鸟语的矮脚人躲在树上目睹了这场战斗。

他们哭泣着逃回自己的村庄。这等于给阿吾塔毗的部落指出了行进路线。部落以年轻武士为前驱，妇孺老弱随之跟进。就在今天云中村所在的地方。矮脚人的村庄出现在他们的视线里。矮小的半地下房屋密布在台地上。还有他们养羊的畜栏，挖掘金子的洞穴都出现在视线里。阿吾塔毗说，这是神灵指给我们的地方。矮脚人的村庄哭声震天。他们派来戴着鸟羽冠的长老，奉献黄金和取火的石英石。阿吾塔毗不要金子，也不要石英石。阿吾塔毗要的是这个新的生存之地。那是矮脚人的末日，尽管他们所有人都投入了战斗，尽管他们召集了那么多山妖水怪和森林里的毒虫都来参战。但他们的村庄，还是被战马踏平。阿吾塔毗用霹雳火驱散了成阵的毒虫，阿吾塔毗挥舞闪电之鞭夺去了山妖水怪的魂魄。阿吾塔毗得神之助，挥舞一片乌云，收集矮脚人的哭声和密如飞蝗的石头箭镞。阿吾塔毗一抖乌云的披风，矮脚人都被自己的箭镞杀伤。即便用硫黄火烧过几遍，很长的时间里，一到阴雨天气，矮脚人的鬼魂还是吱吱地哭叫。一到阴雨天，矮脚人的鬼魂就聚集在逼近村子的树林边缘。他们悲伤的声音把林子的边缘弄得湿漉漉，冷冰冰的。阿吾塔毗上天向神灵借了好几次霹雳火，才使森林变得干燥疏朗，才使阳光可以穿过树林，把地面照亮。阿吾塔毗还独身进入森林去安抚那些鬼魂。答应永远不破坏他们的墓地，答应鬼节到来的时候，施食给他们，就像对待自己部落的亡灵一样。认命的矮脚人才终于平静下来。云中村人刚建起的房屋才不会在夜里无故倾倒，新开垦的庄稼地才不会生出那么多害虫。

带领部落从西边横穿高原，来到高原东部的阿吾塔毗，征服了矮脚人，荡尽了森林中的妖魔鬼怪的阿吾塔毗后来升了天。灵魂化入云中村后的终年积雪的山峰，成为了山神。

以前祭山神，阿巴重述这个故事，心里满是云中村人的骄傲，和对山神阿吾塔毗的崇敬。今天阿巴心里却横生哀怜之情。云中村要消失了。而在消失之前，云中村人也遭遇了当年那些矮脚人那样的无妄之灾。悲怆之情充满了阿巴的心。他奋力地击鼓摇铃。他一遍遍往祭火里投进糌粑、麦粒，添上新鲜的柏枝。此时，阿吾塔毗已经降灵到祭火旁，和云中村的子孙在一起了。除了地震后永远离开了云中村的幸存者，该在的云中村人都来了。阿巴看不见他们，但他相信阿吾塔毗能够看见。阿巴想，如果鬼魂来得多，阿吾塔毗就不会发现还有一些云中村人不在这里。他想，也许在阿吾塔毗眼中，鬼魂和活人是一个样子。

阿巴喊：向山神献马了！

他掏出了从市场上买来的一千匹马。那是一扎扎四方形的纸片。上面印着献给山神的骏马。一扎一百匹。阿巴把这些纸片奋力向上抛，纸片飞上天空，在高处散开，在风中飘飘荡荡。那些纸马像鸟一样在风中轻盈地飞翔。阿巴动作敏捷，接连不断把风马抛向天空。一边高声呼喊：胜利了！胜利了！

阿巴高呼：胜利了！胜利了！

女人们留在原地，老人和孩子们留在原地，在祭火前歌唱舞蹈。少年男子，青年男子，壮年男子，上山去献箭。他们举着箭向山上奔跑，箭杆前端五彩的旗幡迎风招展。他们嘴里发出尖厉的啸叫，那是古代迎敌冲锋时的震天呼喊。阿巴一人扛着九支箭，气喘吁吁，不能像一人举一支箭那样轻松地奔跑啸叫。但他知道自己不能半途停下。全村人的箭都在他的肩上，他仿佛听到身后脚步杂沓。阿巴想要第一个到达。青草，青草间的各色花朵在他眼前摇晃。平缓的山坡在他脚下起伏。山脊上，站着白桦、云杉，一丛丛栎树挤成一团。他经过了它们，让它们落在自己身后。然后，他看到祭坛了。那个高高的石堆。石堆上插着往年献上的箭杆。箭杆已经被山风吹得东倒西歪，旗幡上的色彩已经被雨雪褪尽，旗幡被风撕破，丝丝缕缕的白色依然在风中飘扬。

阿巴的眼里涌出了泪水。他说：我该早点回来，我不该这么晚才回来。

他来到了祭坛前。

他跪在那里，大喘了几口气，这才开口诵念刻在石头上的八字真言：

"嗡——嘛——智——牟——耶——萨——列——德——"

165

祭坛的石头上横刻着那八个字母：嗡嘛智牟耶萨列德！

这块石头上这八个字母刻在一朵莲花的八个花瓣上，花瓣环绕辛饶弥沃祖师的浅浮雕像：嗡嘛智牟耶萨列德！

这八个字母刻在祖师的莲花冠上：嗡嘛智牟耶萨列德！

阿巴大声念诵着八字真言，阿吾塔毗率领族人东来之前，他们的故乡就在祖师诞生的地方，在祖师成神的地方。云中村人远离故土，来到云中村已经一千多年。云中村也是祖师托梦给阿吾塔毗让他在这里率领族人扎下根子的地方。森林地带土地肥沃，气候温润，云中村很快人丁兴旺。有很多族人进入更深的河谷，变成了瓦约乡的七个村庄。只是那些村庄的人后来改变了信仰。他们信仰释迦佛，信仰莲花生大师，云中村人就不认为和他们同为一族了。现今的瓦约乡有七个村子。本该有八个村子的，但几百年前，一个村子消失了。云中村人说，这个村子消失是因为他们轻易改变了信仰。另外六个村的人却说，因为他们不肯改变信仰而受到了山神的惩罚。他们的山神和云中村的山神是同一座雪山。只是他们不称这座雪山为阿吾塔毗。他们称这座雪山为金刚手菩萨。金刚手菩萨头戴骷髅冠，蓝色身体周围缠绕着团团火焰。面对世界，这个菩萨采取了一种威吓的姿态。那六个村子的人也祭祀这座雪山。他们的祭坛在峡谷对面山上的一个小湖边。云中村移民的时候，一些佛教徒说，如果信仰佛教，信仰金刚手菩萨，云中村就不会和那个消失的村庄一样的命运。

云中村人说，地质灾害面前，信什么教都是一样。这次地震，消失的不只是云中村一个村庄。这些消失的村庄有汉族的村子，有羌族的村子，也有藏族的村子。这些村庄的信仰各式各样。的确有人暗地里散播云中村的消失是与信仰有关的说法。云中村即将消失，但活着的人已经星散四方。

嗡嘛智牟耶萨列德！

地震后，云中村人就没来祭祀过山神。祭台上的箭杆已经朽腐。箭杆上的旗幡也褪尽了颜色。云中村的山神是多么可怜！没有人来献马。先前的马肯定都已羸弱不堪，箭也朽腐如此，稍一碰触就拦腰折断。阿巴把朽烂的箭从祭台上拔下来，插上了新的九支箭杆。新箭杆笔直、坚韧，散发着杉木的香气，紧缚在上方的彩旗迎风招展。阿巴高声吟诵新箭的赞词。

再把最后一百匹风马抛向天空。

阿巴向雪山望去。那金字塔形的雪峰稳稳坐在那里，头上冰雪的水晶冠闪闪发光，青灰色的岩石身体也闪烁着铁的光芒。

阿巴再一次高呼：啊嗦嗦！胜利了！啊嗦嗦！胜利了！

要是在以前，云中村所有男丁此时都会和他一样振臂高呼，真是山鸣谷应啊！现在，他一个人，在这空旷的大山上，声音刚喊出口，就被风带走，没有一座山岩给予回应，没有一朵云为之震颤，没有一个海子为之激起波澜。神山也没有回应。神山回应的方式是在山顶张开一片旗云——一片展开的旗帜一样的云彩。有几只鹰，平展开宽阔的翅膀，在山前盘旋。上升，使蓝天成为深沉的背景。下降，沉入深深的峡谷。

接下来的时间，筋疲力尽的阿巴就坐在祭台边的草地上。

风吹动新箭上的旗幡。一只鸟飞过头顶。那是一只隼，快得像箭一样。阳光越来越强烈，草和花都散发出强烈的香气。

一个人的祭山仪式就这样结束了。

以往可不是这样。以往，祭山仪式结束意味着节日的开始。献完箭的男人们回到下方的草地。这时，祭火已经熄灭。山神已经领受了祝祷与祈求，得到了新的战马和锋利坚韧的新箭。降灵于人间的他，又回到天上，骑着追风马在云中巡行时，又显得威风凛凛了。

继续留在人间的云中村的人围坐在草地上享用美酒与美食，他们穿着不常穿戴的传统华服纵情歌舞。男人们摔跤，比赛枪法。姑娘们展示笑声与美貌。全村人都不会下山，他们在草甸上搭起帐篷。晚上，山风强劲，帐篷摇晃着像是海上的船。云中村人重新体味祖辈们从西向东的迁徙之路。他们就这样在风雨飘摇中，走走停停，战斗，或者停在某处等待收获足够的口粮，再继续向前，一直走了几十年，这才走到他们东进的终止处。就是在这个地方，首领阿吾塔毗梦见了祖师。祖师说，不能再往东去了。再东去地会变得很低，马会失去斗志，牦牛和山羊都会被热死。再东去人烟稠密，没有你们的容身之地。这个部落是从高旷的荒野里来的，他们不喜欢森林。他们东进的路上一直避免深入森林。但祖师在梦中对首领说，你们要往森林里去。祭山的地方，正是他们当年转入森林的地方。每年，云中村人都会回到这个地方，睡在帐篷里，半夜里，气流从峡谷里猛烈上升，帐篷在鼓荡，群山仿佛波涛，星光亮在天上，云中村人以此体味祖先们当年的漂泊与动荡。

阿巴坐在那里，回想着以前的热烈与喧闹，眼前的寂静让他倍感凄凉与哀伤。

他是希望有鬼魂的，他希望云中村的鬼魂都在这里。但他们没有用任何方式显示出他们的存在。在云中村的传说中，那些亲切的鬼魂有很多显示存在的方式。让一只火钳像人一样迈开腿走路。让碗自己盛满茶水。让发酵的酸奶变得能酸掉牙齿。让一只牛突然说话。让成熟的苹果不断砸中同一个人。让一个穿了新衣服的人跌进水渠。在这些传说中，云中村人变成鬼以后，都成了孩子气的家伙。传说中那些鬼魂也会显示他们的悲哀。他们会在暗夜里，让人看见很多眼睛，像蛤蟆卵一样密集地挤在一起，像布谷鸟叫声一样悲伤，这些眼睛显示悲伤的时候也是孩子气的，那时必然伴着草丛里蚱蜢的歌唱。那时就该祭师出现了，往那些暗影处抛撒食子。祭师要说，不能让鬼魂饿着了啊！鬼魂也是各家各户都有，都要管的啊！后来，反封建迷信以后，鬼魂就也不再出现，用那些奇特的方式向人显现他们的悲哀与饥饿了。

阿巴一个人制造的热闹结束了。

祭火已经燃尽，变成了一堆浅白色的灰烬。他撒播到空中的一千匹风马，大多都降落到了草地上。微风使它们微微抖动身体。风再大一些，就会有几匹重新腾空而起，在天上飞旋几圈，又降落在地上。阿巴突然大声说：有鬼魂在的话，你们就让风马起舞吧！

风马一动不动。

阿巴也不失望。因为他对鬼魂的有无也在信与不信之间。虽然他更倾向于世间是有鬼魂的，云中村是有鬼魂的。有鬼魂，那神也是有的。现在，山神会对只有一个人的祭山节感到惊讶吗？他不会以为云中村只剩下他这个祭师了吧。阿巴起身下山时，还在心里对山神说：云中村的子孙还有很多，只是他们离开这里去了别的地方。他们都往东边去了。去了以前祖师不让去的地方。

阿巴想起来，祖师在梦中对阿吾塔毗说过：不能再往东边去了。大地在东边低下去。气候炎热，牦牛和山羊都不能成活。

　　阿巴对着雪山说：阿吾塔毗，祖师说得对，大地真的在东边低下去，低到山都没有了。那里果然很热，牦牛和山羊真的不能存活。不过，那里用不着喂养这些东西。云中村的人在那里种茶，他们没有学种大米，云中村人不爱在水中种植庄稼。还有人什么都不种，就是打工，村长带着人打扫街道，还有人在家具厂锯木头。他们最争气的儿子女子上了大学。他说，阿吾塔毗，云中村人想接您过去的，可您是这么大一座雪山，如果您不肯起身，谁有本事让您挪一下屁股？那里没有庙了，也没有喇嘛。他们把祖师像供在我家里。政府给了我三间屋的房子，我一个人，就用一间来供奉祖师辛饶弥沃。不是塑像，是一张画像。

　　在移民村，阿巴把祖师的唐卡像挂在多出来的那间屋子里。在画像前摆上一张案子。上面摆上油灯和香炉。开始，画像前是点着长明灯的。阿巴会一家一家去讨供油。云中村的移民都感谢他。那张祖师像已经成了他们对云中村最后的系念。后来，点长明灯被制止了，因为有火灾隐患。政府干部拿来了用电的长明供灯。还有诵念器，一通上电，一个人就在带个小喇叭的仪器里不停地诵念经咒。阿巴只用长明灯，关了诵念器的开关。因为其中念诵的是佛教的东西。政府干部说，原来你们藏族人信仰也有不一样啊。干部让阿巴进城去挑合适的诵念器，记得要发票，可以报销。不用油灯供祖师像，也见不着阿吾塔毗神山，这些移民敬神的心也就渐渐淡了。他们的皮肤一天天白净，身上的云中村气味渐渐消散。到某一天，他们其实就不是云中村人了。以后移民村的

170

人，会像云中村人传说遥远西方的故土一样，把云中村也变成一个传说吗？

在移民村，阿巴和人讨论过这个问题。大家的结论是：要不了一百年，人们就会把云中村彻底忘记。为什么？世界变了。以前是整个部族几千里的迁徙，一路与敌对的部族争战。现在不一样了，即便地震不来，想想云中村已经失去了多少户人家。像裁缝家，靠手艺举家去了县城。像祥巴家，靠了三个儿子的蛮勇，虽然那么招摇地在村里盖了大房子，但那只是为了显摆一下，他们并不是真的要回去。大家聚在移民村算有多少年轻人离开了村庄就再没有回来。参军的，考上大学的，还有那些在城里酒吧餐馆当服务员还兼表演歌舞的小伙子和漂亮姑娘。到了移民村后，上了年纪的人安顿下来，年轻人继续出走。两个小时汽车就到了省城。从那里坐上火车，坐上飞机就去了北京或广州。桑木丹家的儿子在村里人看来，除了嘴巴乖巧，什么都不会，但他回来过年时声称，居然还去了一趟美国。大家得出结论，现在是单打独斗的时代，不需要跟整个部族生死相依了，当然也就不再需要像阿吾塔毗那样的首领了。有人还想出了一个比喻，世界上所有的水流开始的时候，都是一小股一小股聚在一起。越往前，就要汇入更大的水流，最后，流入到大海，就分不出这些水是从哪里来的了。

阿巴想，以后，没有了云中村，也就没有人来祭祀阿吾塔毗了。他回来，是要把云中村的亡魂聚集起来。如果云中村没有消失，阿巴和他们就跟云中村在一起。如果云中村消失，他也要把这些亡魂召集到一起，和云中村一起消失。

但对阿吾塔毗雪山他就没有什么办法了。

他只能保证，当云中村在的时候，他会每年都来，为山神送马献箭。云中村消失的时候，他也会随之消失。那时，恐怕连阿吾塔毗的名字也要消失了。因为改宗了佛教的瓦约乡的其他村子已经不叫这座神圣的雪山阿吾塔毗，他们给了他一个佛教神灵的名字。阿巴想，要是阿吾塔毗能同时是金刚手菩萨就好了，那样，他不过就是换了一个名字，每年山神节都能接受同样是他子孙的瓦约乡其余六个村子的祭献。

在非物质文化传习班的时候，阿巴和江边村的祭师讨论过这个问题。这个祭师是一个喇嘛。喇嘛说，你们的阿吾塔毗不可能同时是金刚手菩萨。他必须被金刚手菩萨或更厉害的佛教神灵收服，变成佛教的护法。即便那样，他也只能做旁边那座小一点雪山的山神，作为金刚手菩萨的陪侍。那个喇嘛很骄傲。他说其实那也是不可能的。因为你们云中村的人很顽固，你们不改，阿吾塔毗也改不了。听他的口气，反倒是云中村人连累了阿吾塔毗。

阿巴坐在已变成一堆冷灰的祭火堆前。山风正在起来。该是回去的时候了。

五年前的今天，是云中村祭山的日子。但在祭山前三天，地动山摇，日月无光。地震毁掉了一切。云中村房屋全部倒塌，还死了差不多一百个人。等到惊惧过去，悲哀稍息，住在蓝色板房里的人们开始和政府干部一起商量重建计划。就有人说，明年，要好好地祭祀山神。但是，他们没有等到这个日子，云中村就集体搬迁了。

云中村是春天来时搬迁的。

一队卡车停在山下的公路上，云中村人背着震后剩下的不多一点东西，坐上卡车，去了远方的移民村。这个时间也是政府反复考量过的。不在冬天搬迁，是给云中村人留足了在心理上接受无情事实的缓冲时间。三月，风转了方向，大地解冻，雨水一来，滑坡体说不定会在某天就突然爆发。再说，三月一过，移民村就要一天天炎热起来，这时候去，云中村这些高原人还有适应气候的时间。

阿巴起身收拾他的两只褡裢。现在，两只褡裢都空了。一千匹风马抛向了天空。五彩的旗幡扎在了箭上。香料投进了祭火。

他喊：回去了！

他面对山下的峡谷站着，阳坡的草地在他右手边，阴坡的森林在他左手边。他喊：回去了！

草地寂静无声。树林寂静无声。只有风，摇晃着那些树和草。阳光在上面跳荡。

雪山高踞在那里，没有表情也没有声响。那些鬼魂也没有声响。本来，阿巴想看到鬼魂们应声而来，即便看不见身形，他们也该弄出点什么迹象。比如，青草在他们无声无形的脚前倒下。比如，让风发出尖厉的啸叫。但什么都没有。

只有两匹马应声走过来，用湿漉漉的鼻翼碰一碰他。

阿巴给马上好鞍子，他说：很久都没有吃到这么好的草了吧。

阿巴把空了的褡裢放在了马鞍上。

马走在前面，人跟在后面，慢慢地下山去了。

满坡开着的鲜花落在了后面。阿吾塔毗雪山也落在了后面。越往下走，高峻的雪山就一点点矮下去。阿巴不断回头。先是看见一片桦树遮去了那金字塔宽大的岩石基座。然后，是蜿蜒的山脊遮去了山峰的腰身，最后，就只剩下一顶冰雪帽子在时起时伏了。

阿巴声声呼喊：回去了，回去了！

他不确定云中村的鬼魂是不是跟在他的身后。但他希望他们就在他身后。他想，这些家伙，是故意不让他看见。也许，他们还在背后对他做着鬼脸。

太阳落山之前，阿巴就回到了村子里，他再次把各家各户都走到了。在每家人门口，他都说一声：我们给阿吾塔毗献过马和箭了！

废墟上的荒草甚至小树还是按原先的样子在微风中晃动，似乎什么都没有听见。

甚至在两户汉人家门前，阿巴也说了同样的话。两户汉人家原先也随云中村人上山祭祀。但后来就不乐意了。他们愿意去祭一个神，但当他们知道这个神是云中村人的祖先时，就不再上山了。因为阿吾塔毗不是他们的祖先。他们有自己的故乡，有自己的祖先。龚家和张家说，不知道就罢了，知道了还去，我们自己的祖先就不保佑我们了。即便如此，阿巴还是去了龚家和张家门前，把对其他家房子说过的话也对着他们两家的房子说了一遍。这两家也死了人，他们的鬼魂也一样在村子里飘荡。这两家死了的娃娃，都是在云中村出生的。震后，他们没有去移民村，他们向政府提出申请，两家人回到了老家。此时，距他们两家在云中村落户已经三十多年了。

走完了村子每一户人家，阿巴在落日的余晖中落座在喇嘛家门前。

他想要跟喇嘛说话。

村里唯一的喇嘛在地震前好多年就死了。阿巴记得，那是他恢复了记忆的第五个年头。

阿巴恢复记忆的时候，喇嘛已经很老了。他不大跟人说话。每天，太阳出来，他就出门来，坐在院子里苹果树下面一张羊皮垫子上。冬天，苹果树落光了叶子，他就坐在阳光里。苹果树枝杈的影子，落在他脸上仿佛粗大的皱纹。春天，苹果树开花，他就坐在花香中间。夏天，他的头顶上就是一片浓重的阴凉。秋天，当有人经过门前，他就举起拐杖，指向树上的某一只苹果。那是他在邀请人去采摘品尝。有人会开玩笑说，喇嘛你自己吃吧。他还是不说话。他会张开嘴，让人看他一颗牙齿都没有了的口腔。

云中村的男人老去的时候，会变成两种样子。一种，脸上的皱纹刀削斧劈一般，喝酒吃肉，越来越像个男人。这样的人会用这种方式毁坏掉身上的某个器官，会经受死亡的痛苦。还有一种，像喇嘛这样，身子变得矮小，远看，脸上的皮肤紧致光洁，像是一把擦亮了的铜壶，近看，则是布满细密到不可胜数的皱纹，像是岁月的冰面被巨力震动，均匀地破碎到了看不出破碎的程度。这种破碎使得他们的面容带上了女性的柔美。这种破碎看上去像是一直在微笑。喇嘛变成了后一种人。他每天只喝一些泉水，吃很少一点粮食。那食量不超过一只画眉。每天，他都会坐在阳光下，像是能从阳光中直接吸收能量。这种人会无疾而终，某天坐在树下，再不起来，脸上的笑意固定住了，好像临终之前，看见了天堂。

阿巴醒的那一年，喇嘛就那样坐在院子中央的苹果树下了。

阿巴清醒过来第三次经过他家门口时，喇嘛对他招手。叫他进到院子里来。

阿巴说，你是要请我吃一只苹果吗？那是阿巴最不想吃东西的时候，他总觉得像是刚从泥石流里脱身出来一样，他对喇嘛说，我不想吃东西，我觉得嘴里塞满了泥沙。而且，那些泥沙还有硝石的味道。

喇嘛掉光了牙齿的嘴里发出些含混的声音。

阿巴实在听不清楚他在说些什么。

阿巴大声对喇嘛说：脑子里乱哄哄的，听不懂您在说什么。

喇嘛笑了，又含混不清地说了句什么。喇嘛的孙女对他说：爷爷说，你走，他叫你过两天再来看他。

第二天，阿巴看见喇嘛坐上家里的拖拉机去了县城。村里人说，一个只吃画眉那么少食物的老人，让拖拉机这么颠着，回来不就是一具死尸了吗？他们说，他毕竟是个喇嘛，才能想出这样新鲜的死法。家里人也怕把老人颠坏了。他们把家里新添的沙发垫子拆下来，垫在他身下，又用两条被子把他包裹起来。让他像一个娃娃一样坐在车斗里，摇摇晃晃地往县城去了。第二天，又摇摇晃晃地回来了。喇嘛没死，他坐在车斗里笑得像个孩子一样。

过两天，阿巴又去了他们家。喇嘛依然坐在苹果树下。他又含混不清地说了句什么。还是他孙女来做的翻译，爷爷说：还要再过两天。其实，起码又过了七八个两天。这时，邮递员开着小面包车上山来时，送来了一个包裹，那是喇嘛去县城定做的假牙。

大家都说：喇嘛想要说话了！

喇嘛要说什么话？莫不是他想让我们重建寺庙，供养辛饶弥沃祖师吧。

这件事，有人家愿意，有人家不大愿意。不大愿意的人家说，这么多年没有庙，云中村的日子不是照样越过越好了吗？也有人家说，要修，就修个佛教的庙，供个释迦牟尼，供个莲花生大师，说不定还加灵验呢？都是阿吾塔毗的子孙，都是从祖师故乡来的，那六个村不都信仰佛教了吗？这些人家的人进出村子，都故意绕过喇嘛家。

其实，喇嘛只想跟一个人说话。这个人就是阿巴。

阿巴来了，喇嘛把身旁泡在杯子里的假牙塞进嘴里装好，他口齿清楚的第一句话是：呀，药水的味道，我不喜欢。

阿巴也坐在了苹果树下。头顶上，成熟的苹果一个个浑圆饱满。

喇嘛清了清嗓子：孩子，我想对你讲些事情。

阿巴挺直了腰板。

但是，在对你讲事情之前，我想让你的脑子清凉下来。

阿巴说：好吧，我的脑子里总是嗡嗡作响，我嘴里全是硝石的味道。

喇嘛把一切都准备好了。他从身后拿出一个浅浅的铜盆。他往盆里倒上清净的泉水。他笑了，说：你以为我要念什么咒语吗？孩子，我不念什么咒语。我只要你看着水。两只眼睛都看着水。

阿巴就用一双眼睛紧盯着铜盆中的水。

喇嘛用手来回搓铜盆的边缘。在云中村，这种动作是要让什么东西暖和起来。两只手互相搓磨，是让手暖和起来。用一只手去搓一个人的某一个部位，是要让那个部位暖和过来。搓一个东西，是要让这个东西暖和过来。一个酒鬼搓热一只杯子，他会说：我不准你把我的酒变凉。冬天，大人把一只钥匙搓热，他会说：我不准你把孩子的手冻伤。古代的时候，人们搓一块石英石，是为了让他和铁刀相碰擦时能发出火花。喇嘛搓这只铜盆干什么？

阿巴问他：您是要让盆子热起来，您想把水烧开吗？

闭嘴，孩子，用你的眼睛和心盯住水！

铜盆在喇嘛的手底下发出蜜蜂飞舞一样的嗡嗡声，盆里的水也荡起了细密的波纹。然后，那声音低下去，震荡的波纹也渐趋平静。在这声音中，在这波纹的激荡下，阿巴迷糊一阵，又清醒过来。还不等他开口，喇嘛说：去吧，明天再来。

他站起身来，想再说什么，喇嘛把假牙取出来，对着他晃动，意思是不想再说话了。

阿巴晚上做了梦。梦见铜盆振动着嗡嗡作响。盆里的水荡起细密的波纹，很多气泡从盆底升起。那些气泡钻进他的脑子里，一颗一颗，亮晶晶的，质地清凉。早上起来，阿巴沉甸甸的脑袋松快多了，嘴里的硝石味道也淡了许多，代之而起的是新鲜泉水的味道。

他急急出门，奔喇嘛家而去。

阿巴去得早了。太阳还没有照进院子，喇嘛还没有从屋里出来。

阿巴没有接受主人进屋喝茶的邀请，他满脸笑容站在院子里等。他看着苹果树上那些浑圆的果实上面结满了晶亮的露水。村背后的山林里，画眉鸟在啼叫。村旁石碉上，鸽群在聚集。这些野鸽子，春天成双成对地离群，秋天，它们带着刚刚长大能展翅飞翔的小鸽子回来，重新聚集成群。它们要么停在石碾上咕咕叫唤，要么展开翅膀，在云中村上空呼呼地飞翔。太阳正在升起来，斜射的阳光形成了一道光幕。鸽群飞进光幕，被阳光照亮，鸽群飞出光幕，灰色的剪影融入浓重的山影中消失不见。

阿巴满脸笑容，仿佛这样的景象是第一次在他面前展开一样，就像这个世界刚刚在他眼前诞生一样。

喇嘛从屋子里出来了。他笑眯眯地坐在苹果树下。

这回是阿巴自己把铜盆摆好，把壶中的泉水倒进盆中。他盘腿坐在喇嘛面前，弯下腰，把脸对着铜盆。他说：我看着水了。

喇嘛的双手动作起来，使得铜盆嗡嗡作响，使得盆中的水轻轻振荡。完了，喇嘛长舒了一口气，说：好了，明天再来吧。

第二天早上，阿巴自己去泉眼取了泉水。秋天的早晨，天气有些凉意了。泉眼上罩着雾气。阿巴用漂在泉水上的桦皮瓢把那些氤氲的雾气荡开。他往妈妈亲手用香烟熏过的壶中舀满泉水。往喇嘛家去的路上，壶中水荡漾的声音让他感到神清气爽。路上碰到他的人都惊讶地说：呀，今天阿巴的眼睛这么明亮！

阿巴笑着，他觉得自己心里比眼睛还要明亮！

他到的时候，喇嘛已经等在苹果树下了。阿巴往铜盆中注入自己取来的泉水的时候，喇嘛说，呀！阿巴。呀！阿巴。喇嘛突然口气严厉地说，跪下！

阿巴刚刚跪下，喇嘛就端起铜盆，把一盆水倾倒在他头上。一股沁凉，从头顶蹿下背脊，直到屁股沟那里，一瞬之间，那股沁凉就把他贯穿。阿巴跪在那里哭了起来。他没有哭出声来。只是泪水夺眶而出，和着头上滴下的泉水挂满了脸腮。

好了，好了。喇嘛张开袍袖，擦去他脸上的泪水和泉水，这下好了，你可以听我交代些事情了。

喇嘛说：要不是为了等你醒来，我早就死了。孩子，为了等你醒来，我多活了好几年了。云中村的事，我得交代给你了。不是村长管的事，不是乡政府县政府管的事，是我们两个的事情，喇嘛故意压低了声音，是鬼神的事！

阿巴说：为什么要等我？

你是祭师的儿子嘛。

喇嘛您也有儿子啊！

喇嘛说：我儿子不相信鬼神了，而且，我儿子怕鬼。

不相信鬼神还怕什么鬼？

不相信的人才害怕，相信了就不会害怕。

那些日子，云中村的人都惊讶地看见，阿巴背着行走不便的喇嘛村里村外走动。

喇嘛把拐杖指向哪里，阿巴就把他背到哪里。

然后，两个人坐下来，不知说了些什么话。

大家问阿巴：喇嘛对你说了些什么？

阿巴不说话。

大家问喇嘛是不是想重建寺庙，阿巴还是不说话。

大家又去问喇嘛：您对阿巴说了什么？

喇嘛指指自己的嘴：我没有牙齿了，你们听不清我说的话。

大家就笑起来：喇嘛您安了假牙，口齿可清楚了。

有一天，两人去了当年把阿巴弄成了一个傻子的滑坡体那里，阿巴让喇嘛坐在一块大石头的阴凉里，自己暴露在阳光下被晒得满头大汗。太阳落山的时候，喇嘛说：这下，我可以死了。喇嘛把假牙取下来，交到阿巴手里，示意他扔到山下。阿巴拿着假牙，不知道该不该扔。喇嘛表情坚定，示意他扔下去。阿巴就奋力把假牙扔下山去了。

　　喇嘛呜噜呜噜又说了句什么。

　　这回阿巴猜中了：您是说不再说话了吗？

　　喇嘛点点头，张开双臂，阿巴蹲下身子，背上他回到村子里。喇嘛这一回家，真的就不再说话，他还是每天都出来坐在苹果树下。城里的水果贩子来了，一家人手忙脚乱地采摘苹果。他也一动不动地坐在苹果树下。苹果树的叶子变红了，掉光了，他还是每天坐在那里。等到第一场雪下来，喇嘛不再出来，他死了。他死在那个下雪的夜晚。

　　喇嘛死前，要阿巴背着他去了云中村的三个地方。消失了的水电站、下山路口的大磐石旁，以及石碉下面。

　　好些人来问阿巴：喇嘛真的没说要重建寺庙吗？喇嘛没有说要找那个干部把寺庙的东西要回来吗？别的村子重建寺庙都把以前没收的东西从政府那里要回来了。

　　阿巴摇头。

　　那他对你说了些什么？

　　阿巴笑笑，不肯回答。

　　其实，喇嘛讲的也就是些老年间的事情。喇嘛交代的事情也没有那么复杂。他是告诉阿巴，将来慰鬼施食时最不能漏掉这三个地方。

比如石碉下面吧。喇嘛说，石碉不是人自己建成的。建立云中村的时候，人们就想建这么一座高高的碉楼。足够高的碉楼才可以镇住地下的妖魔鬼怪，才能防御敌对部落的侵袭。但人自己就是建不成。建到一半时，碉楼就会倒塌下来。没有神的帮助与指点，石碉建不起来。有了神的帮助与指点，云中村人才建起了这座高高的碉楼。阿巴不明白，喇嘛告诉他这个有什么意思。以为石碉是人独立建造，和知道没有神帮助就建不成，这中间没有什么太大的区别。喇嘛的意思是要云中村人更加敬神吗？

　　喇嘛说，不是这个意思。喇嘛说，野蛮时代，这里是云中村的战守之地，我只是要你知道，这里鬼多！

　　原先水电站那个地方，还有磐石那里，也是鬼多。

　　祭完了山神的阿巴，一直坐在喇嘛家门前，看着太阳落山。为的是让喇嘛知道，他今天上山去，代表云中村所有的幸存者，带领着云中村的鬼魂上山去向山神阿吾塔毗献祭了。阿巴其实不知道喇嘛自己会不会也有鬼魂，如果有的话，是不是也像他活着的时候，需要人背着上山。如果有鬼魂，如果没有人背他，那他一定坐在苹果树下。所以，阿巴要来告诉他一声。

　　阿巴说：喇嘛啊，不只是您让我祭祀山神，政府也让我这么做呢。我是非物质文化。

　　阿巴一直坐到太阳落了山，风凉起来，他屁股下被太阳晒暖和了的石阶也渐渐变凉。院子里，被倒塌的墙体压得歪斜着身子的苹果树上已经挂上了拇指大小的果子。

　　阿巴说：苹果熟了的时候，我要来吃啊！

第一月

阿巴搬回了自己只垮塌了一个墙角的屋子。

　　他原本是不打算修复那倒掉的石墙的，并且，他也不会石匠手艺。但日子实在是太空闲了。无事可干的他也不能天天跟鬼魂说话。何况，回来这么些日子了，也没见任何有鬼魂存在的迹象。扫帚没有自己行走。残墙下的阴影也没有哭泣着化身为一只狐狸。雨燕没有倒着飞翔。没有人半夜里站在枯死的老柏树下歌唱。没有一件衣服在空中飘荡，当你猜出他是哪个死鬼，叫一声他的名字，这件衣服就从空中跌落下来。当你把这件衣服提起来，里面会掉出来几声窃笑或一声叹息。云中村有过很多鬼魂如何现身的传说。一头奶牛会突然说出人话。诸如此类，很多很多。但这些情形，在阿巴回到云中村来的这些日子，都没有出现。

　　阿巴以为，阴雨天，鬼魂们会在地上留下湿漉漉的脚迹。鬼魂们会在夜晚的月亮底下围在一起互相询问：云中村的活人都去哪里了？那样，他就有事可干。他回来唯一的目的就是为了安抚他们。但他们就像不存在一样，使他无事可干。

　　他开始修整自己的房子。

他用了好几天时间，清理垮塌的石墙。他把石头和其他乱七八糟的东西分开。从这些石头缝里，阿巴找到了很多以前找不到的东西。当时，他一定是把这些东西随手塞到石墙缝里就忘记了。一张纸片，上面抄写着山神赞颂词的片段。两包头痛粉。刚恢复记忆的那些年里，他总是头痛。这些药粉是村里一个老人给他的。老人年轻时代吸食鸦片，戒断后靠这种药粉安慰自己。还有那副总也找不到的水晶眼镜。看着被石头挤碎的镜片，阿巴对自己说：看来你的记忆还是没有全部恢复啊！

　　等等，等等吧。最离奇的是一绺头发，用一片红绸子包着。那是女人的头发，好像阿巴也有过一段风流韵事似的。在云中村，情人们之间会互相交换身上的东西。他有一绺女人的头发，那他又给了别人什么？那个人是谁？她在地震中死去了吗？阿巴怎么也想不起来了。因为这个，阿巴差点就放弃他的修复工程了。他怕再翻出什么来历不明的东西。后来，他又从墙缝里翻出了一枚家族徽章。以前云中村人家家都有这样一枚徽章。云中村人都是普通农家，没有重要文书需要签署，他们的徽章用樱桃木雕成，用途也寻常。做好一只馍，就在馍的正中盖上纹样。就像在村委会，在一张纸上盖上公章。馍在铁鏊片上两面烙过，再埋进火塘里的热灰里慢慢烘熟。云中村没有人能说出为什么要在馍上盖家族徽章。一件事物，当人们都说不出个道理来，那就意味着它将要在生活中消失了。后来，云中村人也懒得再在馍上盖章，这些家家都有的木刻徽章就从云中村消失了。

　　他只停了一天工。重新开工也是因为无事可干。

　　石墙清理完毕。石头整整齐齐地码在一边。剩下一堆变成硬块的泥土，里面混合着麦草和大麻纤维，这些都是黏合石头的材料。他把这些泥土背到院子里，均匀地铺开。等到下了一场雨，这些硬泥块吸饱了雨水，没有那么坚硬了，他就用一只木槌，把这些恢复了黏性的泥块捶平。他要让长满荒草的院子重新变成光洁的地面。他捶击泥土的声音在那些残墙中间砰砰回荡。

捶击这些泥土时，突然看到一个人影投射在他的面前。

鬼！阿巴从地上跳了起来。

他舒了一口气，想，鬼终于出现了。一个鬼出现在他面前。他还没有鼓足勇气抬起头来，那个影子就叫他了：舅舅！

那是外甥仁钦的声音。

仁钦推开院门走了进来。

仁钦擦去额头上的汗水：要不是您弄出这么大的声音，我一个人都不敢走进村里来。

阿巴笑了：你看舅舅来了？

阿巴眼里流出了泪水：你怎么过了这么久才来看我啊！再过三天就一个月了！

仁钦像乡长一样说话：看来祭师要改行干泥水匠了？

我这是没事找事呢。

厌烦了？那就好，收拾东西，随本乡长下山。

阿巴想，这小子想用乡长的名头压他舅舅呢。阿巴说：来都来了，乡长还是请进屋喝碗茶吧。

两个人进了屋子。屋子打扫得干干净净。劈柴在火塘里静静燃烧，煨在火旁的茶壶发出嗞嗞的声响。火塘边摆着干净的坐垫。仁钦还是拉着乡长的腔调：这日子过得不坏嘛。

阿巴说：得了，你能不能好好说话。

仁钦突然激动起来：好好说话，好好说话，您叫我怎么好好说话。上山时就说好的，祭完山神就回来。祭完山神多少天了？您回来了吗？都快一个月了！

你小子也知道都快一个月了，那怎么今天才来？喇嘛家院子里的苹果都从拇指那么大长到鸡蛋大了！

您想我了？想我了，怎么不下山来？！

阿巴脸上的表情变得严肃了：我不会下山去了。

这怎么可能？！当年云中村搬迁，不留一人一户，我向县领导立过军令状的！

我知道，我知道，那是你作为云中村救灾领导小组组长，瓦约乡灾后重建副指挥长的话。如今你是瓦约乡乡长，我知道，这也是乡长该说的话。我知道这么做，要给我当乡长的外甥添麻烦了。阿巴在外甥身边坐下来：可你也是云中村的孩子，阿吾塔毗的子孙，以这个身份想想，你就明白你舅舅了。

仁钦低下头，他的眼里噙满了泪水：您上山那天，我就想过，舅舅上山可能不会下来了。

舅舅摸着仁钦的头：你从来都是个好孩子，明白舅舅的心思。阿巴说，我们云中村不能光顾活人，死了的人也要人照顾啊。这些天，我把他们每个人都问候到了。村后泉水断了，我每天都去溪边取水，每天都去看你妈妈。

仁钦仰起脸，听舅舅说，他认为妈妈寄魂在蓝色的鸢尾花上，就忍不住哭了。

舅舅说：我喊她名字的时候，那花就开了。我告诉她你领着乡亲们救灾的故事,我告诉她你当了瓦约乡乡长。你妈妈用开花来表示她听见了。仁钦,那是多么漂亮的花呀!

仁钦站起身来,哭着说:我要看妈妈!这么多年,我只去看过一次妈妈。

阿巴坚决地阻止了他:你们干部是怎么说的,对,分工不同。现在,我也要跟你分个工。乡长管活着的乡亲,我是祭师,死去的人我管。我不要你有那么多牵挂。

仁钦放声大哭。

阿巴抚着他的背:今天我就让你放声哭一场,哭妈妈,哭云中村。地震一来,你就是干部,副组长,组长,副指挥长,乡长,好一条云中村的男子汉!经过了这么多艰难,你都没有好好哭过一场,今天就好好哭一场吧。

仁钦收了声,虚弱地把头倚在舅舅肩上抽泣不已。

阿巴告诉仁钦:你妈妈选了个好地方死,我看过好多次了,磨坊的位置不在滑坡体上。阿巴说,现在,你不用去看她,等哪一天,云中村和舅舅都不在了,你还可以去看她。你不能一个人去,你要带上个心善的女人,带着你们的儿子去看你的妈妈。

这一天,阿巴对仁钦说了许多话。一直说到太阳快要落山的时候。他告诉仁钦:你不要劝舅舅,我肯定是不回移民村了。我都跟移民村的全体乡亲告过别了。

他说:你是干部,你是共产党,不信鬼神,但你也是云中村人。活人都走了,死人的鬼魂怎么办?你不要试着劝我,你现在没有嘴巴,只带着耳朵来听我说话。

喔,阿巴那天说了好多话。他一边给仁钦做吃的一边说话。他烩了一锅野菜汤，还把一个猪肉罐头加在里面。阿巴把铁鏊片放在火上，开始和面做馍。他突然想起什么，他拿出从墙缝里找出来的家族徽章，对仁钦说：这个东西，你认不认得？

仁钦还认得这个东西，他说：小时候见过，后来就不见了。

阿巴高兴起来，他把徽章压在馍的正中。徽章上的图案就清晰地显现出来。他说：你看，是一枚法铃呢，法铃四周还缠绕着祥云呢。

等待馍馍在火塘里烤熟的时候，仁钦一直在抚摸那枚樱桃木徽章。

这顿饭，仁钦和阿巴都吃得满头大汗。

吃完饭，阿巴说：乡长该回乡政府去了呢。

仁钦说：我想在村子里住一个晚上。

阿巴说：鬼魂出来会吓着你。

我是云中村人，要是真有鬼魂我也想见一见，我不会害怕。仁钦说，要是真有鬼魂，肯定不会比他们从废墟下挖出来时更难看吧。

阿巴抬手闻了闻自己的腋下：我全身都是云中村的味道了。你不需要沾染这些味道，你还是回乡政府去吧。

仁钦穿着红色冲锋衣，登山鞋，云中村的味道压不过他身上洗衣粉的淡淡香味。阿巴从移民村回来，仁钦看他一身干净衣裳，身上是天天都会洗澡的人才有的味道。现在，他又是长时间不清洗身体的那些味道了。火塘的味道。马匹的味道。泥土的味道。草的味道。

阿巴说：你身上只要有一点点云中村的味道就够了。好孩子，回去吧。

仁钦说：趁现在还有太阳，舅舅带我在村子里转转吧。

阿巴说：我看你是真不想走，那就等月亮出来吧。

仁钦说：现在就去，月亮出来我会害怕。

阿巴起身，走到院子里，对着就在隔壁的自己家的老房子说：仁钦回来了！

那座房子，塌掉了大半，还有一面墙立着。在二楼和三楼，还有两个小房间斜挂在墙上。二楼的那间，地板塌陷了，只有摇摇欲坠的天花板还斜挂在半空里，天花板上悬垂着电线在轻轻摇晃。三楼那个房间完全敞开。一个被压坏了半边的矮柜子，倒在墙边，打开的门没有关上。阿巴对仁钦说：还记得柜子里装的是什么吗？

仁钦当然记得：外公留下的衣服和法器。仁钦没有见过外公，却见过外公留下的法器。

阿巴说：地震时人太慌张了，我爬上去取了法器，却忘了把柜子门关上。我都不知道那时是怎么上去的。现在上去，那堵墙和房间恐怕会一起倒下来。

仁钦说：我记得妈妈说过，舅舅还糊涂着的那些年，常常一个人去那个房间，敲鼓，摇铃。

仁钦隐约记得，那时的阿巴叫他好奇又害怕。阿巴从火塘边起身，上楼，外婆会看一眼妈妈，眼睛里的意思是，唉，他又要去摆弄那几样东西了。妈妈叹口气，眼睛里的意思是，让哥哥去吧。他什么都不知道，他就是去听听那些声响。

阿巴上楼去，不一会儿，楼上就传来鼓声和铃声。失忆的阿巴把鼓敲响。随即把耳朵贴在鼓面上，倾听里面回荡的余音。他把铃摇响，又迅即把铃举在耳边，听金属振荡的余音慢慢消散。那时，他呆滞的目光会有变化，他的眼睛里闪烁着亮光，表达他的讶异与惊奇。有时，仁钦会跟在舅舅后面。傻舅舅会把余音袅袅的铜铃贴在他耳边，嘴里还模仿着金属的振荡：嗡——汪——汪——

家里人把这个看成阿巴有一天可能苏醒的征兆。

舅甥两个说好要去村里走走，但站在院子里，看着悬挂在半空里的那两个残破的房间就陷入回忆，迈不开步子了。

仁钦脸上神情迷惘又悲伤，他好像突然没了力气，坐在了院门前的石阶上。

跟云中村的所有人家一样。他们家的院门前也有三级石阶。从三级石阶上去，是门，出了门，下三级石阶，就是铺着石板的小巷了。进门也是一样。从外面上三级石阶，到门口，开门，下三级石阶，就站在自己家的院子里了。小时候仁钦回家时，总要把门弄出很大的声响。二楼的窗口上就会应声出现一张脸。外婆、妈妈，或者是舅舅。现在，那些窗户和窗户后外婆和妈妈的脸都消失不见。

仁钦坐在石阶上：有时我从学校回来，刚走到门口，就听到舅舅在楼上击鼓。

舅舅也在外甥身边坐下：你妈妈说，我打鼓时，你会害怕。

起初不怕。后来就害怕了。

那时，仁钦还小，没有上学，却喜欢整天往小学校跑，站在窗子下听学生们的朗读和歌唱。小学校的章老师来他们家坐过，只为了来告诉他们家的人人，这是个聪明的娃娃。

章老师第一次来，外婆和妈妈都上山采药去了。县供销社在云中村建了一个药材收购点。大黄两毛一公斤，羌活五毛一公斤，赤术六毛一公斤。收购点一开，全村的大人都上山去，挣茶叶盐巴钱。大黄和羌活长得高，要到靠近阿吾塔毗顶峰的雪线附近才能采到。家里有青壮男子的人家才挣得到这份钱。他们家的壮年男子丢了魂，整天在村子里四处游荡。只有外婆和妈妈在低山上挖赤术。白天采挖，晚上在火塘边用碎玻璃片刮去赤术根上的外皮。他们家房间里就充满了新鲜药材的味道。赤术闻起来很香，却能熏得人不停流泪。章老师来家里时，外婆和妈妈在山上，院子里晒着上个休息日采来的赤术。阿巴守在赤术边上。妈妈和妹妹叮嘱过他，要是天下雨，就赶紧把赤术收回屋里。阿巴就在那里一步不离地守着。章老师来家访的时候，他也不招呼人进屋。

章老师说：我来就是想告诉你们，你们家养了个聪明又有心气的娃娃！

阿巴指指天上：可不能下雨，不能把这些药材淋坏了。

都说章老师本是个大学老师，犯了错误才到云中村来的。章老师爱喝酒，喝醉了酒就满村子游走，一声声喊：归去来兮，归去来！

好多年后，上了中学的仁钦才明白章老师喊的话是什么意思。章老师喊着酒话，在村子里游荡的时候，村子里的人就议论章老师犯的错误。章老师的错误是他叔叔跟着蒋介石跑到台湾去了。

章老师第一次来他们家，好久才明白过来：哦，原来你就是那个吓傻了的发电员嘛。

后来章老师又来了一次。这次，他把话说给这个家里的两个明白人听。章老师对两个女人说，以后叫这个娃娃好好上学，一直上学，一定要啊！

国家拨乱反正后，章老师接到回省城的调令了。但章老师不走。章老师说，以前在云中村，那是发配，不算。现在，他要自觉自愿在云中村再待两年，好好教这里的孩子。结果，他在云中村整整多待了十年。章老师在云中村的最后一年，仁钦还没到上学的年纪。章老师离开云中村时，他叫仁钦把手洗干净。为的是让仁钦从他手中接过一本《新华字典》。章老师说，我等不到你上学了。再不回去，我就做不成学问了。好好读书，会好起来的，我相信一切都会好起来的。其实，那时一切都开始好起来了。

仁钦问章老师：我舅舅会醒过来吗？我外婆说，他的魂魄丢了。丢了的魂魄会回来吗？

章老师摸摸他的脑袋，没有说话，他坐上拖拉机，离开云中村了。

阿巴对外甥说：我记不起有过那个章老师。

仁钦吃了一惊：您怎么知道我想到了他。

舅舅笑笑：我是祭师啊！

仁钦也笑了：我想起舅舅清醒过来的那天的样子了。

舅舅说：吹牛吧？那时你才多大？四岁？五岁？怎么记得那时候的事。倒是那天晚上，我看见你睡在你妈妈旁边，还想，这是谁家的娃娃呀。

仁钦说：云中村再次通电那天，哎呀，外婆和妈妈说了多少次了，听得我就像亲眼见过的一样。

舅甥两个说话的时候，山坡上立着弯了腰身的高压线塔，变电器歪斜在村口的水泥基座上，三支高压套管支棱着，有只褐红胸脯的山雀站在上面。

阿巴又想起,那天他走进房间,打开电灯,灯光把他脑子里面照亮了。他看见了母亲和妹妹,不知道妹妹身旁睡着的娃娃是从哪里来的。他轻手轻脚地掩上房门。他上楼去。去到眼前那个悬在半空的房间。那个房间如今只剩下了一小半。但父亲装法器的柜子还在,悬空横着的晾衣竿还在。阿巴走进这间屋子。晾衣竿上挂着父亲的衣裳。锦缎面的长袍。红色的腰带。白府绸衬衫。软皮帮靴子。父亲刚走的时候,母亲常常对着这身衣裳哭泣。父亲被炸死的时候,穿的是胶底的解放鞋,蓝布的裤子,化肥口袋改成的衬衫。母亲总是哭着对这些漂亮的衣裳说,你留个尸首也好啊,好让你穿上这身衣裳啊。唉,死都不能死得体面一点。父亲走的时候,嘴上还叼着一支月月红牌纸烟。烟是点导火索用的。烟燃到一半,炸药就会爆炸。但那天,烟燃掉了一半,炸药还没有爆炸。父亲抽完了烟,还是没有爆炸。他只好一跺脚,说,我去看看。他重新点了一支烟,他叼着大半支烟卷走向了死亡。

阿巴记得,那晚上他上楼,想起了父亲死时家里的悲伤气氛。他抚摸那些衣裳。第二根晾衣竿上是父亲的祭师服装。阿巴没有看见父亲穿戴过这套行头。在山神崇拜被当作封建迷信的时代,那些衣服就一直挂在这里。阿巴站在灯光下抚摸这些衣裳。这时,天快要亮了。山林里的鸟开始啼叫。石碉上的红嘴鸦也在啼叫。家里的两个女人醒来了。阿巴的母亲和妹妹都来到了楼上,她俩悄无声息地站在门口,看阿巴抚摸这些衣裳时,眼里泪光亮亮。她们知道,阿巴醒过来了。阿巴打开柜子,拿起鼓,轻轻敲击。他拿起法铃,轻轻摇晃。他听着铃铛中的袅袅余音,脸上露出惊喜的表情。

母亲和妹妹没有惊动他。她们流着喜悦的泪水。母亲对女儿说：给阿巴做一顿好吃的，我们的阿巴这次是真的回来了！

天大亮的时候，阿巴才从楼上下来。他来到二楼起居室的火塘边上。他笑着，迎着两双泪眼一直在微笑。他在火塘边一家之主的位置上坐下来，他说：妈妈，我回来了。

他对妹妹说：我饿了。

妈妈哭着：你是真正回来了吗？

阿巴点头：我回来了，妈妈。

妹妹跪在他身旁，摇晃他的身体：你走了多少年！多少年呀！

仁钦被哭声惊醒了，他光着脚从卧房里出来，怔怔地看着眼前的一切。妈妈转身紧抱着儿子：仁钦，你舅舅回来了！

阿巴把外甥的手握住：你记得你当时说的是什么话吗？

仁钦说：我说舅舅一直都在家里呀！

阿巴说：我要是一直都在，怎么会让妈妈和妹妹吃那么多苦？

地震前，云中村人不会这么直白地表达感情。地震后，人们学会要直接地把对亲人的爱意表达出来。地震前，阿巴不会拉着已经长成大人的外甥的手。现在，他已经学会不要只把爱意留在心里了。

阿巴记得，自从仁钦上了中学，两个人就没有真正地亲近过了。地震时，仁钦一直和云中村乡亲在一起，没有人认出他来。直到直升机飞来，那个头缠绷带，大半张脸肿得变了形的干部，嘶哑着嗓子叫了他一声舅舅，他才认出这个勇敢忘我的干部是仁钦，是自己的外甥。阿巴把他抱在了胸前，用自己的额头顶着他的额头。解放军医生替仁钦处理了头上的伤口，然后，外甥对舅舅说，我实在撑不住了，我想睡一会儿。于是，两个悲痛和疲劳都到达极限的人就睡过去了。醒来的时候，仁钦的头还扎在阿巴胸前。

仁钦对舅舅说：你那时候为什么不抱着外婆和妈妈？

阿巴流泪了，他说：孩子，那时候我们都不会相亲相爱。

那天晚上，仁钦没有下山。

吃过晚饭，舅舅把熊皮铺在地上，打了个地铺。把床让给仁钦。

仁钦要睡在地铺上，他说：舅舅睡床，外甥睡地上。

舅舅说：乡长睡床，村民睡地上。

仁钦说：您说村民该不该听乡长的话。

那得看乡长说的是什么话。

两个人躺下来。火塘里火渐渐灭了。屋子沉入了黑暗。

仁钦说：社会在进步，可是舅舅您却心甘情愿回到石器时代。

舅舅不说话。舅舅知道这小子在打什么主意，他还是想让自己跟他下山去。

仁钦又说：舅舅你就没想到过要弄盏灯吗？你曾经是云中村的发电员啊！

舅舅心里亮堂得很。

仁钦叹口气：我这个乡长要遇到多少您这样难缠的村民啊！

舅舅问：什么是石器……

石器时代。

什么是石器时代？

就是武器和工具都是石头，没有铁器，没有机器的时代。

那就是阿吾塔毗的时代。阿巴的话多了起来，对啊，石器时代，你们这些人真会起名字。是啊，阿吾塔毗带着部落从西边过来的时候，他们的箭镞是石头磨成的。但那是刚刚出发的时候，路上，他们打败了会炼铜的人，情形就不一样了。他们有了铜的箭头，他们有了铜的长剑。到达云中村的时候，他们用铜的箭镞对付这里的矮脚人，矮脚人却只有石头箭镞。

仁钦说：那时他们会点灯吧？至少会打一个火把。

阿巴笑了：小子在这里等着我呢。

您是云中村历史上第一个发电员，云中村第一个懂得电的人。现在倒要把自己弄回石器时代了。我看您还是应该回到有电的世界。

阿巴说：那你当时为什么要同意。

我同意了什么？

他们找我当非物质文化的时候，我叫你妈妈问过你的意见。你同意了的。

那时情况不同，不知道要地震呀！现在的问题是，村子都没有了，还有什么非物质文化遗产。

你不要这个村子，这个村子的。这是云中村！

哪一天，滑坡体会想，反正要滑下去，那我还挂在这半山上干什么？我要下到江里去了。那时，云中村就没有了。其实，从乡亲们搬到移民村那天起，云中村就已经没有了。我们县的新版地图上，就没有云中村了。即使滑坡体还没有爆发。舅舅，自从2009年3月，云中村的乡亲们搬迁到移民村，这里再没有活人那一天，这个世界上就没有云中村了！

现在有活人了，我是一个大活人。

您是偷跑回来的！

我跟移民村的人都告过别了，他们知道我为什么要回来。我还跟那里的政府请了假。

我们调查过了，您向移民村村长和镇政府都撒了谎，您说您回来走亲戚。

你不是我的亲戚吗？我在乡里先看望了你。我又回到云中村来。我看望你妈妈，我替村里的亡灵招魂，他们不都是我的亲戚吗？

仁钦叹口气，不说话了。黑暗中只传来他在床上辗转反侧的吱嘎声。

阿巴叹口气，说：好吧，点一盏灯吧。

他起身，点亮了一盏灯。这是一只陶制的油灯。形状像一只鸟。灯油在鸟腹中，灯芯从鸟嘴中伸出来，那只昂头的鸟衔着一团给人世带来光明的火苗。

阿巴对仁钦说：你不要伤心，舅舅有灯。这是你外婆用过的灯，我怕你看见这盏灯会伤心。

仁钦流泪了：妈妈说过，我小时候生了病，外婆就一直把这盏灯放在我身边。外婆说，有了灯火，脏东西就不能靠近。

舅舅掌着灯，坐在外甥床头：其实你说得对，云中村就要消失了。我老了，做不了什么大事了，我很高兴我能回来看顾死了的乡亲。

仁钦说：您一回来，我就知道要发生什么事了。舅舅，您是个什么都明白的老糊涂！

我上过农业中学，我是云中村第一任发电员，我父亲为修云中村的机耕道牺牲。我当然什么都知道。我重操祖业，政府让我当非物质文化，你是我们家最有主意的人，也是同意了的。

舅舅，是非物质文化遗产传承人。

这么长的名字，太啰唆了。

好吧，就非物质文化吧。

这个名字很洋气呢。

仁钦哑着嗓子说：舅舅，我知道我拿您没有办法。

这是仁钦说出口的话，他没有说出口的话是，他擅自回到地质灾害随时会爆发的云中村，将成为他这个乡长的巨大麻烦。他这个乡长是签了责任状的，保证移民村的人安居乐业，不发生回流现象。保证全乡境内不因为震后次生地质灾害造成新的人员伤亡。现在，云中村有一个人从移民村回流了。而且这个人还是他的亲舅舅。

阿巴掌着灯对外甥说：仁钦，你不要怪我。是你们让我当回祭师的。当我穿上祖辈人穿过的法衣，敲了他们敲过的鼓，摇了他们摇过的铃，不管政府有没有让我当这个非物质文化，我就是云中村的祭师了。政府把活人管得很好，但死人埋在土里就没人管了。祭师就是管这个的。我从上小学开始，受的都是无神论教育，说没有神，没有鬼。可是现今政府却让我当了这个非物质文化，阿巴伸出手，我不要你帮我把这个名字说全，政府让我当了，我就要好好履职。

仁钦听阿巴说出"履职"这个干部常用的词，禁不住笑了：好吧，祭师也要履职。

阿巴不高兴了：你说，不是履职那又是什么？

我不对，我检讨。就是履职。

你们让我当了，我履职就是照顾亡灵，敬奉山神。

仁钦说：舅舅，这世界上真的有亡灵吗？

阿巴摇摇头：我不知道。但你们让我当了祭师不是吗？祭师的工作就是敬神，就是照顾亡魂。我在移民村的时候，就常常想，要是有鬼。那云中村活人都走光了，留下了那些亡魂，没人安慰，没有施食怎么办？没有人作法，他们被恶鬼欺负怎么办？孩子，我不能天天问自己这个问题，天天问自己这个问题，而不行动，一个人会疯掉的。

唉——仁钦长声叹气，云丹叔叔找我，说您牵走了他的马，还让他每个月送东西上山，我就知道您打的是什么主意了。听天由命吧。

我牵走他的马？我不付钱他肯让我把他的马牵走？

仁钦说：您给的钱够他买两匹成年马外加一匹小马。

那几个村子的人啊，我们都是同一个祖先啊！阿巴又好奇，地震前，县里规划瓦约乡不是只有云中村搞旅游吗？他们怎么也搞起旅游来了？

春天樱桃园开花，夏天樱桃花结果，秋天还有苹果和核桃，观光农业。

这个还用骑马？

地震后，山上的小湖变大了，湖心里还倒映着阿吾塔毗雪山。沿途还有些地震废墟。这些都是看点。

说到这个，仁钦想起来都是一大堆麻烦事。自从有拖拉机以后，瓦约乡全乡都没有马了。为了搞乡村旅游，乡里帮各家各户争取小额贷款，又帮他们从外县购置马匹。村民们观望不前。不愿意贷款。动员，说服。说服，动员。把嘴皮子磨薄，把腿跑细，把脸皮变厚。终于接受了。马来了。瓦约乡人不会养马了。马病了，马死了，都要找乡政府解决。会养马了，不会侍候游客，认为服务就是低人一等，不情不愿。游客找政府投诉，地震时，我们来当过志愿者，我们捐过款，今天来旅游，也有支持灾后重建的意思，可这些老乡，忘恩负义啊！等看到有利可图，也有了服务游客的意识，家家户户都养马了，又恶性竞争，游客一来，抢游客，互相杀价，最后无钱可赚。又是说服，又是动员，成立驮马合作社。轮流出马，统一价格，年底分红。还是乡村干部的十二字诀，腿杆跑细，嘴皮磨薄，脸皮变厚。唉，千辛万苦啊！

阿巴听着，头都大了：难为你们这些干部了。

仁钦说累了，睡着了。

阿巴吹灭了灯。他说：我知道，我回来，要给政府给你添麻烦了。可是，我真是不能回去了。

阿巴起身，在村子里转了一圈。

星光下，夜色灰蒙蒙的。走到每家门口，阿巴都说：乡长回来看大家了。乡长就是我们云中村的仁钦啊！

村子静悄悄的。只在墙根下有虫子鸣叫。

回到院子里，阿巴看见启明星已经升起来了。

天快要亮了。

他坐在院子里，等外甥醒来。黎明时分，是一天气温最低的时刻。他看见草叶上慢慢凝结起露水，露水变成了地上一颗又一颗亮晶晶的星星。阿吾塔毗雪山背后的云彩镶上了亮闪闪的金边，然后变成了一片绯红。天亮了。太阳升起来了。阿巴听见仁钦起床，穿衣，打开门走出来，站在他的身后。他把手放在了舅舅的肩上。地震以前，他们不会这样亲近，那时，云中村人只会把爱深埋在心底。但爱这个东西，在心里藏得太深，别人也就感觉不到了。阿巴反手抓住仁钦的手。年轻人的手火热，自己的手冰凉。

仁钦说：舅舅。

阿巴说：唉，往回走容易，往前走，难，带着瓦约乡的乡亲们一齐往前走，更难。我老了，只能干容易的事了。

仁钦说：我要去看妈妈。

阿巴说：你等等。我要收拾一下。他回到屋里，肩上了他的褡裢。这才和外甥一起往村外走。到了村口，他招呼两匹马：白额！黑蹄！

两匹马就迎着阳光，向着村口跑来。

阿巴把褡裢放在马背上，把两只法铃挂在了马脖子上。清脆的铃声就在早晨清冽的空气中振荡起来。铃声一起，石碉上的红嘴鸦群就惊飞起来，在村子上空盘旋。阿巴击掌，石碉也回应以掌声。阿巴说：仁钦回来了！

石碉应声：回来了！回来了！

仁钦对着石碉愣愣站着，不知该如何回应。

阿巴对他说：你什么都不用做，你是共产党员！只是我得告诉碉爷爷一声。

仁钦说：小时候，外婆也教我叫他碉爷爷。

阿巴说：地震来了，也拿他没有办法！

阿巴和仁钦围着石碉转了一圈，就往村子西边的溪流处去。走过干涸了的泉眼，越过将使云中村彻底消失的裂隙。

仁钦告诉舅舅，过一阵子，省里下来的地质专家要来安装一些监测仪器，采集滑坡体内部的应力数据。

阿巴又听到了不是用云中村语言讲的新词："应力数据"。他笨嘴笨舌地重复这个词的发音：应力数据，应力数据，应力数据是什么东西？

仁钦明白应力数据是什么东西，但他没办法用云中村的语言把这个意思准确地告诉阿巴。他只好说：就是应力数据。

阿巴发出感叹：以前我当发电员的时候就爱一个人想，我们自己的语言怎么说不出全部世界了，我们云中村的语言怎么说不出新出现的事物了。

是的，时代变迁，云中村人的语言中加入了很多不属于自己语言的新字与新词。"主义"。"电"。"低压和高压"。"直流和交流"。云中村人把这些新词都按汉语的发音方法混入自己的语言中间。他们用改变声调的方法来处理这些新词，使之与云中村古老的语言协调起来。他们把两三个字之间清晰的间隔模糊化，加重弹音和喉音。这些新的表达不断加入，他们好像说着自己的语言，其实已经不全是自己的语言。云中村人自嘲说：我们现在有两条喉咙，一条吐出旧话，一条吐出新词，然后用舌头在嘴里搅拌在一起。

这使得他们的思维不能快速前进，他们的思维像走路不稳的人一样磕磕绊绊。但无论怎样，他们还是往自己脑子里塞满了世界送来的新鲜东西。

回到云中村的阿巴，觉得轻松无比，就是因为他身处在一个终将消失的地方，逃离了这个新东西层出不穷的世界。但这个滑坡体还是一个新东西。应力数据又是一个新东西。他说：咦，应力数据！

仁钦说：有了这个数据，地质专家会知道滑坡会在什么时候发生，到时候，您就不得不跟我下山去了。

地震后刚发现这道蜿蜒的裂隙的时候，它只是一道微微张开的缝，现在，它错开了，下坠了，形成一个要高抬腿才迈得上去的台阶。

仁钦说：说不定哪天，它就绷不住了。

阿巴说：几年了，它才下来这么一点，照这样下去，等我死了，它还在半道上呢。

仁钦说：说一千道一万，您就是不想下山去呗。

两个人说话的时候，已经在横穿过树林的道路上了。阿巴每天去溪边取一次水，这路上全是他的脚印和两匹马的蹄印。他说：这两匹马，每天都跟着我走一趟这条路呢。

仁钦不说话。他的表情变得严肃又悲伤。

两匹马脖子上铃铛摇晃，清脆的声音在安静的林间回荡。

树上的露水落在他们身上。草上的露水落在他们脚上。

阿巴说：那时候还没有你呢。我和你妈妈总缠着父亲要他带我们去磨坊。要是天气好，父亲就替我们在磨坊外打一个地铺，你妈妈喜欢睡在星星下面。现在她天天都睡在星星下面。

仁钦不说话，他加快了步伐。

还没看到溪流，就听到了桦树和柳树混交的林子外传来溪水的喧哗。在这里，他们又遇到了滑坡体的裂缝。裂缝在这里突然转折，阿巴说：你看，磨坊不在滑坡体上。

终于，两个人站在了那块把整座磨坊砸到地下的巨石跟前。阿巴说：滑坡体会带走云中村，但不会带走你妈妈。

仁钦把头抵在石头上，很久没有说话，阿巴看到他的泪水打湿了石头上的苔藓。当他抬起头来时，脸上已经没有了泪水，他说：舅舅，妈妈已经死去五年了。她是云中村死去的差不多一百人里的一个。她是全瓦约乡死去的七百多人里的一个。她是这次地震中死去的八万多人里的一个。所以，我没有整天想着她，我也不能整天想着她。舅舅你记得吧？我从县城跑回云中村，我没有问一句妈妈在哪里，直到解放军来了，我和你倒在地上，睡过去，我也没有问你一句妈妈在哪里。

这时，阿巴才知道，那天他沉沉睡去时，仁钦并没有睡去。仁钦等舅舅睡着了才起身回到自己家里去找妈妈。但他没有在自己家的房子废墟里找到她。仁钦一个人翻掘那座废墟。墙倒掉后的乱石堆里没有。乱七八糟的房梁与柱子下面也没有。他甚至还打开了院子里的菜窖，说不定妈妈会在惊恐中躲到地窖里去。妈妈对仁钦说她曾经躲在地窖里过。那是舅舅和水电站一起滑下河谷的时候，为了躲避外婆绝望的哭声，她曾经躲在地窖里，不想听见。菜窖被地震荡平了。仁钦没有哭泣，他像一个游魂一样，精疲力竭的他回到舅舅身边，倒在地上就睡着了。

仁钦说：我想妈妈是到林子里采蕨菜了，我想说不定什么时候，她就背着蕨菜在村口出现了。

舅舅说：地里的小麦刚刚成熟，你妈妈就张罗着要推一些新麦面。那天上午，她告诉我她去打扫磨坊去了。你知道的，磨坊磨过秋天的玉米之后，就闲在那里，直到五月的新麦下来，才重新启动，你妈妈要去把闲了一冬，满是尘土的磨坊打扫一番。她要让你吃到云中村第一口新麦面。

仁钦没有说话。

阿巴拍打巨石：妹妹，仁钦看你来了！

仁钦眼里含着泪花，但他阻止了舅舅：不要说了，人死了，就什么都听不见了。我们还是为活着的人好好打算吧。

舅舅的口吻中显出了怨气，他说：我也不知道死了的人是不是能够听见。但要是能够听见，却没有人来和他们说话，那怎么办？活人可以哭天抹泪地自己可怜自己，活人还有政府照顾，志愿者帮助，活人还互相帮忙，互相安慰。可是死人呢？都说人死了就死了，就什么都没有了，什么都不知道了。唉，要真是这样的话，倒是好了。

仁钦倚着巨石坐下来，面前的草地上鸢尾还在开花。是这一年最后的几枝了。早开的花朵已经枯萎。前些日子在阿巴面前应声而开的那两枝已经结出了成熟的蒴果。蒴果微微开裂，露出了果荚中细细的黑色种子。

阿巴说：前阵子，我来看你妈妈，一叫你妈妈的名字，这两朵花就开了呀。就是这两朵花。

仁钦轻轻晃动顶着蒴果的花茎，成熟的鸢尾种子就沙沙地落在了他的掌心。他对舅舅说：我要播种它们，让它们年年开花。

仁钦上山，本是来做舅舅的劝返工作。地震后这些年，他已经是一个做各种劝说工作的高手了。但他一看舅舅那样子，就知道他已经让自己置身于一个非现实的世界，认真地扮演着自己的角色。在仁钦看来，眼前的舅舅像是一个电影里的人，在一只看不见的镜头前认真扮演自己角色的人，入戏很深，不能自拔。别人不可能使他从自己设定的情景中抽离出来。对这样的人，一切劝说都是没用的。他索性也就不开口了。

瓦约乡的乡长下山时想，移民村的人员回流，这是个严重的问题。

一个人回流到一个不知道什么时候就会突然消失的村子里，这问题就不是一般的严重了。而且，这个人是乡长的舅舅，那就比不是一般化严重的问题更加严重了。他想，会是个什么样的处分呢？撤职还是降职？他想，这下子有人要高兴了。一个大学生毕业没几年，三十出头的人就当了乡长，当然是有人不高兴的。现在他们可以高兴了。他想，那些喜欢把话说得很恶毒的人会说，那个私生子要倒大霉了。仁钦心里想着这件事情的时候，并不沮丧。有这样一个舅舅，是他的命运，就像在地震中失去母亲，也是他的命运一样。

这样的思绪只是使他的脚步慢了下来。

他甚至注意到路边的委陵菜开着细小的黄花。

在机耕道上那个大转弯的地方，他还停留了一阵子。那是他外公殒命的地方。那个被禁止做法事，被禁止代表全村人向山神向祖宗祈祷的祭师，在这里，被炸到了天上。仁钦想，外公那时候就是一副倒霉模样：软耷耷的帽檐，和舅舅一样瘦长的身子摇摇晃晃。他想因此之故，不论接下来会遇到什么样的情形，他都要挺直腰板。在这一点上，他倒是喜欢舅舅安然笃定，成竹在胸的模样。

将近中午的时候，他走进乡政府的院子，副乡长洛伍问他这一上午去了哪里。他说：我上云中村看了看。

他还补充一句：我昨天上去的。

洛伍副乡长瞪大了眼睛：你在村子里过了一夜？！

仁钦说：这两天没发生什么事吧？

樱桃成熟季，那么多游客来送票子，村民们高兴，人一高兴就平安无事。

我们还是分头到各村走走，这个时候，旅游点上卫生和服务不能出问题，价格更不能出问题。

在食堂午饭时，仁钦把乡干部分了组，然后，端着饭碗站在路边看自驾旅游的车络绎不绝，心情就好了起来。

吃完饭，他把从云中村采来的鸢尾种子仔细包好，放进他抗震救灾的奖章盒子里，似乎看见来年春天一片蓝色的花朵绽放的样子。然后就出发往江边村去了。

仁钦离开的时候，阿巴心里为他感到难过。

阿巴知道，自己会成为瓦约乡乡长的麻烦。尤其是，瓦约乡乡长是自己的亲外甥，那就更是一个大麻烦。

移民村村民回流是乡长工作失职，尤其是回流到一个大自然注定要将其毁弃的村子，那是更大的失职。何况，这个人还是乡长的亲舅舅。阿巴知道，政府有一个规矩，叫作问责，自己回村这件事情肯定会问责到仁钦头上。

仁钦是云中村人，他懂得自己的心思。所以，虽然他的目的是来劝他下山，回移民村去，但一看他的样子，并没有真正开口劝他。昨天晚上，两个人都睡不着，躺在床上说话，仁钦说：我看舅舅现在是真像一个祭师了。

阿巴说：是啊，这一回来，我真觉得自己是一个真正的祭师了。

仁钦还以开玩笑的口吻说：以后呢？您不会想着把这位子传给我吧。

阿巴轻叹一口气，没有再说话。也就是在这个时候，他清楚地看见了结局。他看见未来某一天，云中村这个巨大的滑坡体动起来，坠向深谷的时候，自己也一起滑下去了。阿巴仿佛听见泥土、岩石以及上面附载的一切向下滑动的轰隆声，尘雾升腾，他看不见自己，但他知道，自己正和整个崩塌的山体，和整个云中村一起，向下滑动。阿巴已经乘坐过一次下坠的滑坡体了，和云中村曾经有过的那座水电站一起。那一次，他从泥石流中挣脱出来，用了那么多年的时间，重返人间。但这一回，整个云中村都消失的时候，阿巴知道自己再也不会回到人间了。云中村消失，祭师也就随着消失，不必再向后传承了。

阿巴说：要是云中村还在，那是当然，谁让我的父亲，我的爷爷，我的爷爷的爷爷都是祭师。不过，云中村要消失了，以后就不需要一个祭师了。

当初乡里寻找非物质文化遗产传人，找到他的头上。

阿巴那时并不愿意，他说：我不是什么非物质文化。

带着县里的工作组找到他的是瓦约乡的副乡长，江边村人，云丹的堂弟，名叫洛伍。

那些日子，人们都说，等老乡长退休，瓦约乡的乡长就该是他了。副乡长洛伍说：你说不当就不当？政府给你脸你不想要啊！不当可不行，这是政治任务。

这个副乡长喜欢把什么都说成政治任务。动员老百姓把果粒小产量低的本地樱桃品种替换成产量高口味好的美国品种，本来很好的事情，他偏偏要硬邦邦地说：这是政治任务。地震后，动员云中村人去移民村，这是救民于水火的好事情，他也是硬邦邦地说：这是政治任务。

政治任务，政治任务。这样的话，干部对干部讲起来灵，对老百姓讲这个，效果就要大打折扣。

阿巴牛劲上来了：我为什么要当你这个什么非物质文化？

咦，我这是给你送钱来了！当了非物质文化传承人，国家一个月要给好几百块钱补贴。

副乡长越是摆出要施舍什么的样子，一根筋的阿巴偏不买账：我穷了一辈子，几百块钱也不会让我富起来，我不当。

不当？送钱给你不要？我让别人当了你可不要后悔。

阿巴转身走了。

三天后，洛伍副乡长又来找阿巴了。这回，他满脸笑容，放下了他政府干部的臭架子。

阿巴知道，副乡长在村里找了好几个人，都得到一致回答：祭师是随便哪个人都能做的？除了阿巴，谁都不能！他们家是云中村正宗的祭师家族！

副乡长说：不是让你当祭师，是让你当非物质文化遗产传承人。

云中村人回答说：洛伍乡长您不是瓦约乡人？怎么像个外乡人

一样不懂规矩？

所以，副乡长又回来了。他说：阿巴，你不当祭师谁当呢？阿巴，你不带着云中村人祭祀阿吾塔毗山神谁又能带领呢？你爷爷是村里的祭师，你爷爷的爷爷也是村里的祭师。

阿巴说：我爷爷把祭礼传给了我的父亲。我父亲死得早，没有把祭礼传给我。

所以啊，中断的文化传统要接续起来！祭礼嘛，不用担心，县里要办非物质文化遗产传承人培训班。

阿巴真的就去县里上了非物质文化遗产传承人培训班。培训班里什么人都有。有两个吹笛子的人。不是吹竹笛，而是鹰笛。用鹰腿骨做的笛子。两个人会吹这种身量短小声音尖锐的乐器。但光会吹不行，还要会做这种笛子。两个人在培训班上学做骨笛。鹰是保护动物了。不知他们用什么东西的腿骨，什么鸟的还是鸡的腿骨，钻孔，抛光，学做鹰笛。当然，还有阿巴这个祭师家族出身的人学做祭师。他穿上祭师的法衣，摇铃击鼓。这个他会。还在他处于呆傻状态时，他就在自己家楼上那个隐秘的房间里穿上祖传的祭师的法衣，做这种事情。他不会的是山神的颂词，对付妖魔鬼怪的咒语，以及召唤鬼魂的口号。他在培训班里学到了这些东西。培训班结业典礼上，阿巴领到了一纸非物质文化遗产传承人证书。每个月还能领到几百元的国家补贴。

阿巴成了祭师，并没有真正进入角色，他还是觉得自己不是一个真正的祭师，而是在表演当一个祭师。他想，也许是因为那笔钱的缘故。

地震后，阿巴还拿了几个月的补贴。自从云中村被地质专家判了死刑，补贴就断了。为这事，阿巴问过副乡长洛伍：是你让我当非物质文化的，这意思是又不要我当了？

地震前，就传说在瓦约乡当了十几年副乡长的洛伍就要当乡长了。但地震来了，表现优异的年轻人仁钦破格当了乡长，这让洛伍难过也难堪。他没好气地对阿巴说：这个事，去问你的亲外甥吧，他是乡长！

阿巴说：是你让我当了非物质文化，又不是他。

洛伍乡长说：好吧，那我就来回答你的问题吧。你们云中村人要去的那个地方，人家是不信山神的，再说，政府也不能帮你们把阿吾塔毗山搬到移民村去，那里用不着什么祭师了。到了移民村，入乡随俗，就要照着那里人的规矩过日子了。

有了这一段过节，阿巴知道，这个洛伍副乡长，肯定要以自己回云中村这件事为难仁钦了。

第二月

阿巴陷入了困惑之中，难道世界上真的没有鬼魂吗？

刚回到云中村的日子里，他让自己相信，某一天，某一个时刻，他会在村子里某个地方碰见一个鬼魂。

这个鬼魂应该是地震中死去的人中的某一个。他还想过，要是当真遇到一个鬼魂，自己会不会害怕？他一个人在村落的废墟中，在荒芜的田野上行走。先是在白天，后来改成有月光的夜晚，就是为了遇到一个真正的鬼魂。白天没有遇到，晚上，月光稀薄，他在村子中游走，心里希望的，也是遇见一个真正的鬼魂。但他依然没有遇见。

这使得他对祭师的使命发生了动摇。

上非物质文化遗产培训班的时候，大学来的人类学的教授讲得很清楚，祭师担负着两个任务，祭礼神灵和安抚鬼魂。教授说，礼拜山神是原始的自然崇拜，与尊重与保护大自然的时代精神相契合，值得发扬光大。至于安慰鬼魂这个方面，还是扬弃为好。阿巴听不懂"扬弃"这个词。后来，他是问仁钦才知道的。仁钦说，想想打麦子时是怎么去掉草屑留下麦粒您就明白了。这一说，阿巴就明白了。每年麦子收割下来，一捆捆的麦子先放在晾架上晾干。然后，才堆到打麦场上，用脱粒机脱粒。合上电闸，齿轮飞转，大胃口的脱粒机一个小时就能脱出来五亩地的麦子。但那些麦粒里还混有很多麦芒和草屑。除掉这些杂物的方式也很简单。等待一个有风的天，在晒场上用木锨把麦子高高地抛向天空，让风把草屑与麦芒吹走，沉甸甸的麦粒落回到地面。阿巴说，扬弃，这话说得好机巧好漂亮！我们这些人就会说个不要，人家却会说扬弃。那时阿巴也没觉得这个扬弃有什么问题。

地震发生前，云中村已经有很多年没有人谈论鬼魂了。人在现世的需要变得越来越重要，缥缈的鬼魂就变得不重要了。对鬼魂的谈论是地震后才出现的。

地震刚过的那些日子，悲伤的人们总是说，昨天夜间梦见某个死去的亲人了，或者直接就在废墟上，在泉水旁，在大白天的村道上，看见了某个死于地震的人。这种情形发展到后来，有人在白天坐着打个盹，张开眼睛就说刚才某个死人托梦给了他，张开眼睛就说，看呀，谁谁的鬼魂正从屋顶上看着我们！那些日子，云中村简直成了一个鬼世界。在那些人的描述中，云中村的鬼魂都是一脸惊愕的表情，好像到死都没明白是什么样的灾难降临在了云中村，什么样的变故降临到了自己身上。

那时，全云中村人都住在蓝色板房里，屋顶的蓝色加重了凄迷悲伤的气氛。

地震还改变了天气，或者说，面对夺去几万人生命的灾难，老天也觉得悲伤不已，整夜下着凄怆的冷雨。那些寂静漫长的夜晚，多少人悲伤无眠的夜晚，雨水就在铁皮屋顶上不停敲打。那些鬼魂不但在晚上出现，他们也在雨中出现，也在雨后的雾中出现。有些人衣衫整齐，有些人简直就是一具行走的尸体。看见鬼的人说，他们身上满是地震时那些老房子里飞起的尘土，尘土下面是血淋淋的伤口。还有人手里拿着自己与身体分离的断肢。据说，这样的雨夜，村里那个还在坐月子就和她的双胞胎一起死去的年轻母亲的鬼魂就会出现。她的脸纸一样脆薄苍白，一到雨夜，她那脸就贴着窗玻璃向棚屋里张望，她在寻找，她不知道刚生下一星期的双胞胎去了哪里。她就这样一家一家看过去，沿着窗玻璃流淌的雨水像是她的泪水，雨水落在屋顶上的声音像是她在打着寒战。

村里人都来找阿巴，告诉他那些鬼魂出现的情景。

阿巴小心翼翼地说：我怎么没有看见一个鬼魂？

那些声称看见了鬼魂的人就开始哭泣，你是我们云中村的祭师，鬼魂的事你不管谁管？

阿巴说：可是政府让我当非物质文化，只管祭山神不管鬼魂的事情。

有人甚至哭倒在地上：完了，鬼魂没人管了，鬼魂没人管了。连祭师也不肯管鬼魂了。

阿巴掐住昏过去人的人中，含一大口冷水喷在他脸上。这个人好像忘了刚才正在为鬼魂鸣冤叫屈，自己从地上爬起来，也像一个鬼魂一样飘飘荡荡走开了。

对这样的情形，阿巴开始并不十分在意。

但是后来，声称看见了鬼魂，来阿巴跟前请他作法安抚鬼魂的人，在他面前晕倒的人越来越多。使他都感到害怕了。地震后，近百个死人经他的手火化埋葬，他没有害怕。后来这阵仗，却让他感到害怕了。阿巴并不是个遇事特别能拿主意的人，地震时出乎意料的勇敢是没有办法逼出来的。那情景想起来都害怕是后来的事情了，当时却连害怕都来不及。那些面目全非的死人，地震前都好生生地活着，大地抽风般激荡一阵后，他们的生命就消失了。留下面目全非的尸体，在那里膨胀、发臭、腐烂。不及时处理，云中村真的就成为地狱中的地狱了。

人火化了，埋葬了，阿巴又去了一趟县城。

宗教用品商店搬到了广场上的地震棚里，生意火爆。店老板问候他的第一句话是：你还活着。

阿巴说：可是村子里好多人都死了。

老板说出了这次地震死亡的官方统计人数：说是一共死了八万多人呢！啧啧，我们这个县城，这么多房子，才两万多人。啧啧，八万多人啊！老板牙痛一样重复着那个巨大的数字。

阿巴说：我差不多埋了一百个人。

可怜，可怜见的。

阿巴说：当时忙，什么都顾不上，现在才有空来买经幡插在他们坟头上。

老板回身端来一个大玻璃瓶子，里面装满了糖果：阿巴你吃糖，这个时候人的舌头该品尝一点甜的味道。

阿巴吃了一颗糖。

老板问：你要什么样的经幡?

阿巴有些不好意思：我也不知道。总之，我们瓦约乡云中村是苯教，不是佛教，经幡上的经文得是苯教的。

老板说：好。

阿巴又说：是插在坟地上的。

老板说：我知道。

阿巴松了一口气：说，那就行了。

老板说：什么规格？

规格？！

老板把一卷经幡摆在柜台上：这一卷，是六米长的。还有十米的，十二米的。

阿巴想起那一大片坟地，说：要最长的。

老板说：最长的是二十米。要是不够长，可以接起来。

阿巴说：好吧，我要十个二十米。

回到云中村，村里好多人都来了。

大家把阿巴带回来的经幡在坟地里张挂起来。

他们把经幡在坟地里张挂好。没有人记得张挂经幡的时候有没有吹风。经幡张挂好，就感觉到风来了。风吹动那一面面系在长长绳索上的经幡，发出旗帜振动般的噼啪声响。有人流泪，有人哭出声来，更多的人脸上毫无表情。那时，村里正流行着关于鬼魂的传说。人们住进了浅蓝色墙深蓝色顶的板房。每一个房间都散发着新鲜的油漆味道。这令闻了很久废墟里腐烂味道的云中村人精神振奋。来了找碴的志愿者，说这些新板房有害气体超标，他们钻进人家里，拿着空瓶子在空气中晃动，村民问这些人是不是在搜集鬼魂。他们说不，我们是在采集有害气体。后来，这几个人作为不受欢迎的人，被驱逐出了云中村。云中村人喜欢这些房子，他们把那些拿着空瓶子采集有害气体的人从房子里赶出去，集中在广场上。村民们把他们手中的空瓶子夺下来，扔到垃圾堆里：这样的房子不好，那你们会送给我们更好的房子吗？

那些人惊慌地摇头。

那你们从这里滚开，我们不需要拿着一个空瓶子在那里晃来晃去，像是在搜集鬼魂的人。这句话是阿巴说出来的，却在村子里迅速传开了。那时，云中村幸存下来的人都精神亢奋。他们常常能从电视里看见自己。县电视台的节目，州电视台的节目，省电视台的节目，甚至中央电视台的节目。各种各样的救援人员来来去去。但高潮终究是过去了。板房搭好后，各路救灾人员，各种各样的志愿者，以及随之而来的新闻记者都相继从云中村消失了。云中村又安静下来。村民们却不习惯这突如其来的安静了。加上雨季到来。阴雨连绵，雾气冰凉，人们陷入巨大的悲伤与失落之中。

鬼魂的传说一时甚嚣尘上。

阿巴一辈子老老实实，从来没有说过一句叫村里人竞相重复的话。但他说那几个用空瓶子采集有害气体的人像是在搜集鬼魂，这句话却一下子在村子里传开了。对此，阿巴有些后悔。"鬼魂"这个字眼从云中村人口中消失了起码有十几年了。是他让人在震后的凄风苦雨中，因为悲伤难抑而重新把这个字眼捡拾起来。

我家爷爷一直在废墟上转悠，好像是乱中出错，忘了带走什么东西，阿巴，他要找的是什么呀？

我家女儿一直在说，她找不到书包。雨把她的头发都打湿了呀！阿巴，难道她不冷，难道变成鬼就不知道冷了吗？

他们甚至把活着的人也说成是鬼。

他们说，被直升机运到省城大医院的央金姑娘回来了，说她每天晚上都回来，在找她的那条腿。央金姑娘人漂亮，腿修长，天天看着电视学跳舞，终于考上了舞蹈学校。可是，地震来时，她丢掉了左腿。她的腿被一根横梁砸断，村里人很早就发现了她。但他们奈何不了那根被更多沉重的木头与石头压着的房梁。只能派人轮流在那里守护着她，给她喝水，陪她说话。后来，央金姑娘趁守护他的人瞌睡，自己切掉断腿爬出了废墟。那是黎明时分，她爬出废墟时没人知道。她在爬出废墟的过程中昏迷了好几次。最后一次，她觉得自己要死了。那时，她有点后悔，要是早些横下心来，切掉断腿，她就不会死去了。就在那天，直升机载着救援队伍来到了。央金是被直升机声惊醒的，那时，她知道自己不会死了。她断腿求生的故事占据过地震期间相当多的报纸版面。直升机把央金姑娘运走了。她也是那座房子四口人中唯一活下来的。仁钦去省城代表乡里村里看望过她。她在省里最好的康复中心接受治疗，每星期三次去艺术馆练习舞蹈。仁钦说她很阳光。她很坚强。再后来，村里就没有她的消息了。报纸上也没有了她的消息。就在这时，有人声称，看见央金姑娘了，说她单腿站在那里，脸上挂满了晶莹的水珠，不知是雨水还是泪水，她在自己家的废墟上徘徊，像是在寻找她的断腿。

　　阿巴看见过那条腿。震后第六天，才从废墟里挖出来，虽然喷洒了很多消毒药水，还是臭味难当。最后，是用一把火烧掉了。用一堆柴和解放军送来的汽油。

　　云中村村民都搬到了活动板房中。除了仁钦带领几名县里乡里的干部留在村里开始做重建规划，解放军和各路人员都陆续撤离。云中村在忙乱喧闹中沉寂下来。于是，鬼魂的传说开始流传。直到活人都变成了鬼魂，在村中出现。

村里人都找到阿巴，说你是村里的祭师，不能不管他们。

就是这些人，在阿巴被县里选定为非物质文化传承人的时候，还说了那么多风凉话。他们说，一个连自己都照顾不好的人，什么老规矩都不懂的人怎么可以带领全村人祭祀山神？阿巴不想翻这笔旧账。但他坚持说，非物质文化遗产只管祭祀山神，没有说要安抚鬼魂。他也不忍心说，非物质文化传承人培训班上，人类学教授的话，祭山要传承，事鬼要扬弃。在地震之前，阿巴一直在一丝不苟地准备，要在山神节带领云中村去隆重祭祀阿吾塔毗神山。

只是在山神节前三天，地震发生了。

仁钦找到阿巴，这个年轻人在地震发生后的两个月时间里老成了许多。他表情严肃，说：我不是作为外甥，而是作为云中村抗震救灾领导小组长和你谈话。

阿巴嘀咕说：只要你不谈鬼魂。

我就是要和您谈这个事情。我外公，我外公的父亲他们都要管鬼魂的事情，要不是因为他们，您也当不上非物质文化遗产传承人。妈妈说过，您也说过，外公悄悄在磨坊做法事安抚鬼魂。村里人再这么下去，再这么顾影自怜，心志都散了，云中村还怎么搞恢复重建？您得做些安抚鬼魂的事情，也就是安抚人心。

阿巴说：就算我愿意，也不知道该怎么做。

仁钦说：这个好办，我给您写一个条子，去找这个人，向他请教。

仁钦掏出一个小本子，在本子上三下两下就写好了字条。他把那页纸撕下来，交到舅舅手上，你去找卓列乡乡长，他们有三个村和我们云中村一样的信仰，请他们乡的祭师教你怎么安抚鬼魂。

阿巴也觉得，从村里的情形看，也不得不如此了。他没有想到，自己竟然在此时，要以这样的方式，负起让云中村村民重振意志的责任。和云中村一样，那也是三个与传统日渐疏离的村庄。与云中村不同的是，至少其中一个村子还有一个真正的祭师。这位祭师七十多岁了。他的白内障越来越严重，已经到了失明的边缘。为了这个，他正在和他的孙子辈们进行执拗的斗争。

阿巴上门去向他讨教。

阿巴刚开口表达了问候，还没说到正题，老祭师就开口了：远来的客人你看，这几个娃娃非要把我送到医院去。

祭师的长孙对阿巴说：白内障，再不治就要失明了。

祭师安安稳稳地坐着，他笑着，摇着手，说：人老了，眼睛看不见了，这是老天爷的安排。我不去医院，我去过医院，我不喜欢那些药水的味道。我不去，我不喜欢一个地方有那么重的死亡和痛苦的味道。你们让这位远来的客人说说看，我，一个老人该不该去医院。他转过脸来，努力转动着被白翳蒙去了多半的眼珠子，他说：哦，客人是个高个子嘛，我还看得见。

阿巴不便于介入这家人的争执，就说：我从云中村来，我来向您请教怎么安抚鬼魂。

鬼魂？！他们出现了吗？你看见他们了？你们村子里的那些鬼魂？

阿巴老老实实说：我没有看见，但村子里很多人都看见了。

老人拍拍身边的坐垫：来，坐到我身边来。

阿巴就在老人身边坐下。

老祭师提高了声音：你是说你们瓦约乡的乡长写了条子让你来找我？！

我来请教怎么安抚那些鬼魂。

老祭师高兴起来，他对几个孙子说：去，去，把汽车的机器停掉！我有要紧事，至少今天我是没空去医院了。

有人对阿巴嘀咕：你来得可真是时候。

阿巴深感歉意，他说：我也是没有办法。他们说村子里到处都是鬼魂。

鬼是有的，但不可能一个村子里到处都是。

他们确实是这么说的。

哦，那是你们云中村的人伤心又害怕。

老祭师告诉他，人死后，鬼会存在一段时间，少则几个月，多则几年。先是不知道自己已经死了。但这些鬼会惊讶于自己的身体怎么变得如此轻盈，他们飘来飘去，又高兴又惶惑。习惯了沉重的肉身么，有人还想找回那只皮囊么！再后来，鬼就会明白自己已经死了，脱离了那个肉身了。慢慢地，他们就会被光化掉，被空气里的种种气味腐蚀掉，变成泥土。

鬼也会化成泥土？

祭师很肯定地说：一种很细很细的灰白的泥土。也可以化成磷火，化成风。总而言之，一旦化作了这些东西，一个鬼就消失了。

鬼不会一直都在吗？

祭师把视线模糊的眼睛朝向阳光明亮的窗户，他提高了声音：咦，你这是什么话。要是鬼一直都在，我们生活的世界还能叫作人间吗？从古到今死了那么多人，这个世界上不就都是鬼了？！

阿巴知道，祭师提高声音不是为他如此缺乏关于鬼魂世界的常识而真的生气了。他提高声音是因为还有人专程来听他讲述传统中关于鬼魂的知识。还因为这恰恰可以证明，他的眼睛因为白内障日益严重而快要瞎掉了，但他不以为意，他不需要眼睛看见，也知道这个世界的一些巨大秘密。

阿巴说了一句不该说的话：鬼不是会转生吗？

这句话说出来，祭师沉默了很久。他的呼吸变得粗重起来，他像一匹爬坡的牲口一样喘着粗气。祭师生气了。阿巴想，不好，祭师生气了。

很久，老祭师才开口，他的声音很低，很伤心的那种低，他说：你是一个佛教徒，你为什么来找我？佛教的鬼才转生，转生为人，转生为牛，我们的鬼不转生，他们只是存在一阵子，然后消失。除了伟大的山神，这个世界上什么都会消失。

精灵呢？阿巴问。这些依然信奉苯教的村庄相信村庄的树林里，田地边的灌木丛中还有一些快乐的有时甚至会搞些恶作剧的小精灵。

那是一些孩子的鬼魂所化。只有快乐的孩子的鬼魂会化成这样的小精灵。

你见过他们吗？

谁都不会见过这些精灵。精灵是可以感觉到的，但谁都看不到他们。我们是从惊飞的鸟，从无故晃动的树枝和花朵，突然鼓荡的泉水感觉到他们，但看不到他们。

他们会留下脚印。

老祭师笑了，说：这个你算说对了。

他们会留下脚迹。在新鲜的草地上和潮湿的泥地里。

阿巴确实见到过精灵的脚印。圆圆的、小小的一串，在潮湿的泥土上，在初秋草地结成的白霜上。单腿蹦蹦跳跳留下的没有分趾的圆圆印迹。村里人会笑着说，调皮的独脚鬼，调皮的独脚小鬼啊！

祭师说：怎么安抚鬼魂？就是告诉他们人死了，就死了。成鬼了，鬼也要消失。变成鬼了还老不消失，老是飘飘荡荡，自己辛苦，还闹得活人不得安生嘛。告诉他们不要有那么多牵挂，那么多散不开的怨气，对活人不好嘛。

阿巴出门的时候，一个喇嘛从信佛教的邻村到云中村来了。

他在村子里四处转悠了一圈，在村子的废墟上，在坟地，在田边地头，甚至每户人家的柴垛也没有放过。他证实了村里的传言，他说，的确有许多鬼魂，未得超度不得往生转世。这些鬼魂惊惶不已，又冷又饿，吱吱哀叫。悲伤而沮丧的人们给那位喇嘛上了供养，请他作法超度亲人的鬼魂。喇嘛却拒绝了。他说，鬼魂太多，简单的法事解决不了问题。解决方案是全村人集资建一座佛塔，塔里要供奉整套的佛经，这样，那些鬼魂才能得到超度。修建佛塔和在塔中供奉全套佛经的费用要好几十万。

仁钦对喇嘛说：抗震救灾，老百姓的房屋都还没有恢复重建，就先集资修塔恐怕不合适吧？

喇嘛不愿意直接跟仁钦说话，他问那些相信云中村满是鬼魂的村民：这个年轻人是谁？

得到的答复是：他是县里派来的云中村救灾领导小组组长。还有多嘴的村民告诉喇嘛，他外公是我们云中村的祭师。如今，他舅舅是我们村里的祭师。

仁钦纠正说：我舅舅是县里认定的非物质文化遗产传承人。

喇嘛说：哦，我忘了云中村人还没有信奉佛教，在这个没有信奉佛祖的村子，即便是建了佛塔也没有什么用处呀！呀，只可怜那些不得转生的鬼魂了！

喇嘛离开两天后，阿巴回来了。

阿巴从卓列乡的祭师那里学会了如何安抚鬼魂。他记熟了仪轨和祝祷词。他还学会了用麦面或糌粑制作施给鬼魂的食子。

他花了半天时间，一边口里念念有词一边用面团捏出各种动物。他还去各家搜罗了各种粮食。太阳落山的时候，阿巴穿上了祭师的法衣，站在云中村废墟前击鼓摇铃，西坠的夕阳把他长长的影子投射在废墟之上。他高声祝祷，并向废墟抛撒那些面团捏成的动物，抛撒麦子、青稞、玉米。他用力地向着残墙下和柴垛下的阴影抛撒粮食，他的动作是那么有力，粮食的颗粒触地时发出强劲的雨水降临时一样的唰唰声响。

村里人都聚集起来看阿巴作法安抚村里的亡魂。

当石碉顶上的太阳光渐渐变暗，天就黑下来了。

阿巴击鼓摇铃，在夜色中走向那片死寂黑暗的废墟深处。村里人看不见他了。但能听见他走过每一家的废墟，抛撒着动物形状的食子和粮食。怨怼与惊恐之气，使那些亡灵之气聚而成形，不肯随风消散，祭师所做就是化解这些怨怼与惊惶。阿巴转遍了废墟，又击鼓摇铃去往了同时埋葬了云中村死难者的坟地。

那天晚上，天放晴了。等到月亮升起的时候，活动板房里的乡亲们都静静地睡去了。这是一个多月来，云中村第一个没有悲伤哭泣的夜晚。

阿巴做完法事，感觉还有一身的力量。他又踏着月光去了村子西边的磨坊。他喊出了妹妹的名字，他想起小时候，父亲带着他和妹妹一起在磨坊守夜。想起妹妹和他一起睡在露天的星空下面，听见父亲悄悄为鬼魂抛撒食子。他把手里的粮食一把把撒出去。粮食碰到岩石碰到草棵的唰唰声和记忆中的声音交织在一起。他似乎看见了父亲，似乎看见了妹妹，他说：我父亲的孙子，我妹妹的儿子出息了，是我们云中村人的头领了！我也是云中村真正的祭师了！

阿巴回到村里的活动板房已经是下半夜了。

月光沁凉。整个村子都已安静地入睡。

仁钦还在屋子里等他。

仁钦准备了一瓶酒，开了两只罐头。

仁钦连举了三杯酒。

第一杯，他哑着嗓子说：为了死去的人们。

第二杯，他说：为了妈妈。

第三杯，仁钦擦去差点就要溢出眼眶的泪水，笑着说：敬我们云中村的祭师。

舅甥俩三杯酒下肚，仁钦歪在床上睡着了。

阿巴觉得身体很疲惫，脑子却又十分兴奋。于是，他一边喝瓶中剩下的酒，一边大声念诵着刚学来的安抚鬼魂的祝祷之词。这是阿巴一生中少有的自觉伟大的时刻。第一次，是他年轻时候，作为云中村水电站的发电员合上电闸，用一种前所未有的光把整个云中村照亮的时候。现在是第二次，他用刚学来的仪轨与祝祷词安抚了村中那些不肯消散于无形的鬼魂。阿巴摇铃击鼓，抛撒着食子在村子的废墟和震后的新坟地里穿行。好几次，他都以为看到了某个鬼魂。但其实不是，那只是某段残墙浓重的阴影，一根兀立的柱子，甚至是一阵风摇动了草丛，一只夜鸟被惊起。这一刻起，他觉得自己成了一个重要的人。

第二天，人们刚起床，阿巴又出现在他们面前。他挨家挨户搜集糖果，每一家人都对他笑脸相迎。阿巴说他还要去安抚森林边的独脚蹦跳的精灵们。乡亲们拿出糖果，同时还拿出许多炒得喷香的大麻籽。他们告诉阿巴，这才是精灵们喜欢的东西。就这样，阿巴又穿上法衣去到了晨露浓重的森林边上，清丽的鸟鸣也像露珠一样闪闪发光。大把大把的糖果和大麻籽落在草丛里，那唰唰的声音像是精灵们在欢快地奔跑。

阿巴从山上下来的时候，浓重的露水打湿了他脚上的靴子，初升的太阳使得他的脸闪闪发光。

从这一天起，他无论走到村里什么地方，遇见什么人，人们都会叫他：阿巴。阿巴。

重建规划专家组从县上下来，村里人自动聚集到村口去迎接，人们发现阿巴不在，都说：快去叫阿巴。

仁钦把村支部书记、村长等重要人物向规划组一一介绍，没有介绍阿巴。就有乡亲提醒仁钦：还有你舅舅，我们村的祭师。

仁钦就说：好吧，好吧，我再介绍一位。这位是阿巴，云中村的非物质文化遗产传承人。

专家就来跟阿巴握手。

阿巴表情严肃，说：我是村里的祭师，专管山神和鬼魂的事情。

专家说：好，好。我们的重建规划也要充分考虑展示藏民族的地域文化特色。我们要规划打造的是一个旅游新村。文化是旅游之魂。这个很好，这个很好。

地震前，全县旅游业规划中云中村就是一个重点。旅游局局长、分管副县长、瓦约乡的乡长副乡长，不止一次来到村里。他们把规划中的电脑效果图做成活动展板：日本大樱桃等应季水果采摘园、传统农耕体验式示范区、活形态生态水循环系统、非物质文化遗产传承展示、传统村落保护区、游客中心等等。

那时云中村村民却不上劲。

因为这一切都意味着变化。变化的前提条件是村里土地使用要打破眼下一家一户的格局集中起来，归村集体或引进的开发商使用，传统村落保护区则意味着有些人家在传统建筑上附加出来的一些建筑要进行拆除，特别是祥巴家那突兀的盛气凌人新垒的两层必须整体拆除。而非物质文化遗产传承，只给阿巴这样的少数人带来好处。

但这回不一样了。

云中村除了土地，什么都没有了。村民都急于看到政府规划的新云中村是什么模样。村民们还知道，国家制订了一个宏大的援建计划。由东中部发达地区的一个省援建灾区一个县。每个省都为此准备了几十亿援建资金。这样的消息，当然振奋人心。专家组一到，村民们都集中到广场上，以为会像以前　样看到显示云中村新貌的展板。但是，专家组没有带来他们期望的东西。

他们只是带来了一些测量仪器。

专家说，他们这次先来进行地质情况的摸底调查。云中村的重建规划必须建立在彻底排除地质隐患的基础上。

就是这次地质调查判处了云中村死刑。

专家们带着仪器村里村外转悠，测量，最后一天，他们还在村后山上用炸药进行了一次小型爆破。目的是为了探测山体深处的情况。爆破前，他们在村子不同的地方安装了好几台仪器。云中村没有人看得懂电脑屏幕上出现的震荡不已的水波状线条是什么意思。不要说村民了，就是最有文化的仁钦也看不明白那是什么意思。面对村民的焦急询问，仁钦打了一个比方，他说，就好比是一个病人在医院用机器看病，机器上的图像只有医生能够看懂。

听完他的话，村民们的表情立即就凝重起来。

仁钦意识到自己打了一个很不好的比方。

村民们说：不是好事啊，不是得了大病的人，医生不会用机器检查他的身体。

仁钦知道，此时再多作什么解释，都是枉费唇舌了。

当天，重建规划组的专家们就离开云中村了。

临行时，对仁钦的询问，专家也只是说：我们要回去汇总分析这些数据才能得出结论。

仁钦当时就有了不好的预感。

专家说：村子后山上出现了一道裂缝，你们要注意观测。

专家还说：你们要稳定好村民情绪。

仁钦不敢再往下问了。

送走规划组，他回到村里。叫上了村长，叫上村支书，去往后山。自从前几天安抚鬼魂的仪式后，就觉得自己对云中村负有责任的阿巴也跟着去了。几个人爬上村后的山坡，也就二十多分钟吧。那道最终将使云中村彻底消失无踪的裂缝就出现在他们面前。那道裂缝五六公分宽，在山体上横向开裂，中间还有草根和树根牵连。在云中村人的经验中，这样的裂缝在山体上时常出现，有些裂缝会慢慢扩大，在某场暴雨中，变成一块小滑坡，在山体上形成一个裸露的伤痕。而有些裂缝，不久又会自动闭合。或者，裂缝还在那里，但慢慢被泥土，被落叶填满，就像从未出现过一样。所以，刚见到这道裂缝的时候，大家都松了一口气。他们觉得，为了这么一道裂缝，专家们还要爆破，还要用那么多台仪器测量，真有些小题大做。有些时候，云雀还会在靠着裂缝的边缘草丛中筑巢呢。

这是刚看到这道裂缝时，包括仁钦在内的几个云中村人的反应。

但接下来，他们就意识到情形严重了。

村长对阿巴说：今年计划要祭山神，过山神节的，可是地震来了，明年，我们云中村一定要把山神节搞得像模像样。

村支书也说：多少年没有好好祭过山神了。阿巴你要提前把规矩教给大家。几个人说着话，就往山下走。走了几步，回头却看见仁钦顺着裂缝的延伸往东边去了。大家也只好回来，跟在了他的后面。

裂缝很长，横贯了林中草地，进入一片栎树林。栎树长得很密集，叶缘上的尖刺很扎人，人穿过去很难。但裂缝没费什么劲，就把密密交织的栎树根连着的地面撕开了。几棵七八米高的老栎树被扯歪了身子，树身上的叶片也有些枯萎了。这意味着裂缝很深，把深扎在地下五六米十来米处的树根都扯断了，使得这些树根不再能够向大树的上端输送水分和养料。几个云中村人不再说话，树林中只能听到他们沉重的呼吸声。

　　终于，他们随着这道裂缝穿出了栎树林，来到了又一片林间草地。裂缝更宽了。那些开着白色花的狼毒草和栗色花的鼠尾草浅浅的根系更不能阻挡大地绽开一道黑色的伤口。他们穿过这片草地。又进入一片树林。这片树林由花楸、白桦和高山柳混生而成。这片树林是云中村人采集蘑菇的地方。树林中，树叶腐败的气味浓烈。腐败的树叶间已经长出了这年的头茬蘑菇，市场价达到二三百元一斤的羊肚菌。前一阵子雨水充足，褐色的羊肚菌正一朵朵从地下涌出，采摘下来会有二三千元的收入。但这几个人只是屏住气循着那道长蛇一样蜿蜒的裂缝前进。没有人有心思去碰一朵新生的菌子。只有阿巴忍不住采了一朵，摘下菌帽扔进口中咀嚼。这片树林的尽头是一面断崖。断崖一垂而下，直接到了岷江边上。而在对岸，则是一片平畴沃野，村庄与田野相间分布。那就是和云中村同属瓦约乡的几个村子。江边村最靠近江流。而山前村最靠近山脚。村子后面是岷江干热河谷裸露的灰色山坡。地震发生时，山前村伤亡惨重。原因不是倒塌的房屋，而是村后山上一泻而下的滚滚落石。最大的一块落石，竟然就取了七个人的性命。其中五个是从教室里奔逃出来的小学生。根据流传了上千年的古歌和传说，山下几个村子的人和云中村人是同一个祖先。这个共同的祖先就是化为山神的阿吾塔毗。但这几个村已经改变信仰，变成了信奉佛教的村庄。现在，站在可以俯瞰多半个瓦约乡的高崖之上，还可以看到那几个村庄间一座佛寺的金顶和地震后为超度亡灵新建的巨大白塔。

　　阿巴不在的时候，来鼓动云中村修建佛塔，改宗佛教的那位喇嘛就是从山下那座庙里来的。阿巴认识那位喇嘛，但在路上碰见时，不会跟他说话。

喇嘛倒是会跟他搭讪，说：嗬，云中村的阿巴。他还会说，你们云中村有好多年不祭拜阿吾塔毗，你这个祭师的后代什么也不会了吧。他还说，不过不用担心，阿吾塔毗已经是佛教在此地最大的护法，他一直都接受我们几个村的供奉。

阿巴没有跟他争辩过，阿巴只是在这一年认真地按古老的方式准备着祭祀山神。只是，就在祭祀仪式快要举行的前三天，该死的地震来了。而现在，这个裂缝撕裂了大地，同时也撕裂了阿巴的身体，使他觉得痛苦难当。

仁钦俯下身子，趴在悬崖边上，看那道裂缝。

阿巴也跟大家一样俯下身子，趴在了悬崖上。强烈的气流顺着崖壁涌上来，吹得人几乎睁不开眼睛。但他明白，这回必须看见。他看见了。每个人都看见了。那道裂缝使得坚硬的岩面都开裂了，一直向下蜿蜒有上百米深。整个云中村坐落的那个山腰平台，全在这道裂缝之上。

强劲的气流吹出了阿巴眼中的泪水。

每个人从悬崖边爬起来，脸上都挂满了泪水。

几个人都坐在那里，坐在强烈的日光底下，一言不发。尽管只要稍微挪动一下屁股，就能坐在白桦树的阴凉下面，还是没人挪一下屁股。

阿巴感到了山摇地动，感到裂缝下方的山体缓缓下滑。他有点晕眩。感到天空也在裂成两半。他已经经历过一次山体的崩裂，和随之而来的滑坠。在很多年前，那个细雨刚停的夜晚，和云中村的水电站一起，滑向了深深的岷江河谷。大树，巨石和水轮机一起，隆隆作响，滚到了他的前面。而他自己和水、泥沙一起在后面的黑暗中缓缓下降。不像是下降，而是沉没。往更深更低的黑暗中沉没。阿巴也不知道自己怎么能够逃离那次灭顶之灾。

现在看来，那是上天，是大自然给云中村的一次警告，但云中村人只把它当成一次偶然。以至于地震使村后出现了这样漫长幽深的裂缝，也不能自己发现，而要别人来发现。

几个人又顺着原路回到了出发点。

这回，他们掉头向西，又顺着裂缝一直走到村西沟里的那条溪流处。自从有云中村以来，村里的磨坊就在这条溪流边上。他们看到裂缝没有继续横向发展，而是在靠近溪流的地方折而向下。这个转折清晰地标示出，滑坡体已经把整个云中村都包括在内：房屋、田地、泉眼、灌渠，还有通向河谷的道路，都全数包括在内，整个云中村逃无可逃。只有村后的森林、草甸和阿吾塔毗雪峰留在上面。

他们回村的路上，风在吹，哗哗地摇动树梢。鸟在叫，它们停在晃动的枝条上，惊惶不安。风一直在这么吹，鸟一直在这么叫。但这几个云中村的人没有注意到，整个云中村都没有人留心到。

从移民村回到云中村的阿巴每天都算着日子。

今天，是他回到云中村的第二个月的最后一天。

在这个月，跟地震后村里大部分人都声称看见鬼魂的那些日子有些相像，阿巴被传说中的鬼魂魇住了。

这些日子里，阿巴唯一的心愿就是在这个死寂的村庄里看到一个真正的鬼魂。他白天睡觉。晚上就打着手电在村子的废墟里行走。不到两个星期，他就耗光了电池。这只手电，是上次仁钦上山看望他时留下的。仁钦说，夜里起来时照一照，一个人在山上，又上了年纪，舅舅您可不敢把自己摔伤了。

阿巴还开了个玩笑：鬼神也不肯叫我摔伤呢，不然谁来侍候他们。

从第二个月开始，阿巴就打着手电在村子的废墟里游荡，希望看见一个真正的鬼魂。但他什么都没有遇见。电池耗光的时候，刚好到了有月亮的夜晚。先是上半夜，接下来是下半夜。总之月亮一出来，阿巴就起身了。起初他还要费神穿上法衣，击鼓摇铃。后来也就懒得这么一本正经了。他套上靴子，穿着寻常的衣服就出门去了。以前，阿巴对鬼魂的存在半信半疑。现在，他是相信世间有鬼神存在的。而且，他也相信鬼魂存在一段时间，就应该化于无形，从这个世界上彻底消失。化入风，化入天空，化入大地，这才是一个人的与世长存。人死后，一个鬼魂长久存在，不肯消失，那是死人深怀着某种执念，尘世的记挂太多。对云中村或许还没有魂飞魄散的鬼魂来说，更可能是对猝不及防而又惨烈无状的死亡不明缘由，而游荡在生死边界的两边。阿巴已经无数次告诉他们，死亡已经发生，紧接而至的将是云中村的消失与死亡。如果还有鬼魂没有意识到这一点，永远带着惶惑带着惊恐与怨怼之气不肯归于大化，等到云中村消失，世上再无施食之人，他们就会成为永世的饿鬼与游魂了。那就比下了佛教宣称的饿鬼地狱的情形还要糟糕。

阿巴在月光照耀的村子行走时，想到这样的情景，甚至会流下痛惜的泪水。

但他总是无功而返。

这一夜月亮没有出来，不是因为阴天，有云雾遮挡。而是月亮终于转过脸，把发光的一面朝向了别的地方。

阿巴知道要等到有月光的夜晚，要在半个月之后了。他回到屋子里沉沉睡去。他是如此疲惫，以至于觉得自己这一觉一直睡了三天三夜。其实，他只是从早上5点的黎明时分睡到了上午10点。

他是被一只鹿惊醒的。

他听见了鹿轻轻行走的蹄声。确实有一只鹿从山上下来了。这不是鹿第一次从山上下来。只是往天鹿从山上下来的时候，他没有看见。阿巴晚上中了邪一样寻找鬼魂，把自己弄得疲惫不堪。天亮时回到屋子里就沉沉睡去，连鹿接二连三从山上下来都不知道。这天，从山上下来了十多只鹿。它们太喜欢樱桃园里又肥又厚的嫩叶了。这些鹿已经和阿巴的两匹马相处得亲密无间。鹿刚下山来时，是那么小心翼翼。马要是打一个响鼻，鹿群就会马上回身向着山上奔逃。后来，它们发现马也就是自己仰起脸来，伸长了脖子，用鼻子发出一个很大的声音，接下来，要么是安详地四处张望，要么就低下头来，慢慢地啃食青草。这些青草长在云中村肥沃的庄稼地里，比起别处的野草来，真是甘甜无比。彼此相处了十多天，阿巴的马要再打响鼻，鹿也会仰起脸来呦呦叫唤。

这天，一只胆大的鹿从云中村荒芜了的庄稼地里出来，慢慢走进了村子。它在村口张望一阵，便走进了正被荒草与野树吞没的村庄。

村子的废墟里，人们存在屋子里的植物种子早已萌发。

236

植物特别的香气吸引了这只鹿。

起初是一丛大麻。大麻的叶子如一只只手掌张开，鹿用鼻子碰碰，香气强烈。但当它伸出舌头想把叶子卷进口中，却觉得粗糙难咽。鹿再往村子深处走。它碰到了开花的油菜。那是某户人家曾经的院落，现在长满了叶片硕大的牛蒡，叶子嫩绿的油菜就长在牛蒡中间。这东西也不好吃，叶片带着辛辣的味道。鹿继续往前走，掀动着鼻翼，左右转动着脑袋，来到了阿巴家的院子里。

院子已经被阿巴开辟成了一个小小的菜园。

前些日子，阿巴无事可干时，把从残墙里清出来的黄泥铺在院子里，捶成平整的地面。为了开辟菜园，他又把这些费劲捶平的黄土翻掘开来，把院子里的土松了一遍。把碎石堆在墙边。云丹上来送给养，阿巴请他下趟送些蔬菜种子上来。辣椒、大蒜、白菜和萝卜种子。

云丹说：白菜不错，其他几样，眼看就到七月了，种下也长不成什么了。

阿巴说：听你的意思我明年就不能下种了？

云丹还没有送种子来，两场夜雨过后，松开的土里，就有新芽出现了。初看上去，像土上起了稀薄的绿色轻烟。细看，是一些纤细的新芽，不是一种，而是好几种植物的新芽。这些新绿那么可爱，阿巴坐在院子里久久凝视。第二天，绿色又深厚了一些。第三天，这些新绿被阳光透耀时，显得更加清新可人。

那时，正尝试着要下到云中村来的鹿群正在林线边缘呦呦叫唤。

不到一个星期，阿巴就发现，那些自己破土而出的新芽全是蔬菜。以前遗漏在院子里的种子，当他把院子里的泥土松开，把一块块石头清理干净后，经过两场夜雨就悄然萌发了。这些蔬菜长得有快有慢。却都一一显现出了它们自己的样子。最先是菠菜，然后是芫荽和胡萝卜，这两样蔬菜都有一样细碎的叶子。最后显出本身形状的是蔓菁。这是云中村人做酸菜的好材料。阿巴只是摘了些菠菜，凉拌，或者做汤。

他正在等蔓菁长大。

院子里这些蔬菜长起来后，阿巴睡觉时连门都不关。早上一睁眼，他就看见院子里那一片可心的翠绿。日子过得慢，阿巴醒得越来越晚。睁眼时，刚好看见早晨斜射的阳光把那些翠绿的叶片照耀得晶莹剔透，叶片边缘上坠着的露珠闪闪发光。这情景，使他摆脱过于寂寞，以及在一个被世界遗弃的村子中特别容易产生的沮丧。沮丧。是的，沮丧。阿巴自己也对此感到奇怪。随着村里人到了移民村，寻找到新的安身之地时，他就想着自己有一天会回来。他知道他回到的是一个注定要从世界上消失的村子。一个没有一个人的村子。他回来，因为自己是这个村子的祭师。他是为了那些鬼魂回来的。回来的时候，他对有没有鬼魂还是半信半疑。回来后，他认为自己已经相信世界上是有鬼魂存在。但他渐渐明白，自己内心深处还是不相信的。不然，他不会用差不多一个月的夜晚在云中村的废墟里游荡，为的是亲眼见到一个真正的鬼魂。他把没有亲眼见到鬼魂当成了自己沮丧的理由。不是为了自己而沮丧，而是因为没有看到鬼魂。当然，还要加上该死的连绵不绝的雨。潮湿的空气，阴冷的雾气。滴滴答答的声音。都让人内心里的阴暗情绪霉菌一样生长。

自从雨季结束，夏天的晴空在头顶显现，自从他在院子中开辟出一块菜地，情形就发生了变化。

每天阿巴醒来的第一件事情，就是在床上翻个身，把脸转向敞开的门口。

涌进门口的阳光那么明亮，晃得他什么都看不见。阿巴笑笑，闭上眼睛。再次睁开眼睛时，就能透过悬在门框中央的阳光的帘幕，看见院子里正在生长的挂满露珠的翠绿了。阿巴赤着脚走到院子里，他张开手掌，在一棵蔓菁下面，用另一只手轻轻摇晃，感到一颗颗露水沁凉地滚落到手心里。阿巴细细地啜饮这些露水。有时，他会直接生吃一两片菜叶。

这使得他心境愉快。

这天，一只鹿向着他院子里的菜园走来的时候，他还没有醒来。

太阳已经升起来了。鹿走到只剩下半个门框的院子门口时，像人敲门一样，用前蹄叩击门前的石阶。嗒！嗒嗒！阿巴醒来。他睁开眼睛，先看见门框中阳光的帘幕。他再一次睁开眼睛，才看见那一院青翠，同时看见了鹿的影子遮住了一些阳光。再睁一次眼，把眼光抬高一点，他看到了那头鹿。它站在院门前，用前蹄轻叩着石阶。

阿巴从床上支起身子，说：一头鹿啊！

这回，他看得更清楚了。那是一头雄鹿，今年新生的一对鹿角刚开始分叉。阳光从鹿的背后照过来，还没有骨质化的鹿角被照得晶莹剔透。鹿角里充溢的新血使得那对角像是海中的红珊瑚。阳光正像海水一样汹涌而来。

阿巴坐在床上，不敢发出一点声音，怕眼下这不可思议的情景，像幻觉一样突然就消散了。

鹿慢慢走进了院子，左右张望一阵，就垂下头在阿巴的菜园里挑选可口的食物了。鹿先用鼻子去闻，然后用舌头卷一点点叶子到嘴里尝尝。它不喜欢芫荽，喜欢胡萝卜，不喜欢菠菜，喜欢蔓菁。阿巴听到鹿嚼食蔓菁叶子时嘴里发出的声音。鹿一共吃了三株胡萝卜和一棵蔓菁。阿巴就那样静坐在床上，像被施了定身法一样一动不动。直到鹿吃饱了，出了院子，他还是中了魔法一样一动不动。

是村外呦呦的鹿鸣让他惊醒过来。

阿巴穿上靴子，来到村前。他看见，十几头鹿和他的两匹马待在一起。

阿巴在村前广场那株枯死的老柏树前坐下，看那群鹿和两匹马一起在村里荒芜了的庄稼地里吃草。

荒芜了的庄稼地肥沃，野草长得茂盛，都长到马的胸口高了。两匹马和十几头鹿走进去，看不见腿，只有身子，像是在水上漂浮。当年生的小鹿干脆就看不见了。阿巴就坐在那里，忘了自己衣衫不整，忘了起床后没有喝茶吃饭，他就坐在那里看着鹿群。

快到中午的时候，鹿群才离开村子回山上去了。

阿巴这才发现自己饿坏了，他回到屋子里将就吃些东西。他又在院子里坐下来，回想着早晨醒来看见那头雄鹿走进院子里啃食蔓菁的情形。

回想这情景的时候，阿巴的脸上浮现出梦幻般的微笑。

第三月

云丹第三次上山来了。

按照当初的约定，给阿巴送来第三个月的给养。

云丹还给他带来了蔬菜种子。

云丹看到小菜园里已经长起来好几种蔬菜，就问：你不是没有种子吗？是不是仁钦又偷偷上山看你来了？

阿巴摇头，他说：我把院子松了土，它们就自己长出来了。

云丹想想：那是以前掉落的种子都发芽了。

阿巴笑了：我都不需要你送种子了。我只要去另一家院子把土松开，就有新鲜蔬菜吃了。云中村多少个院子，今年开了，明年还可以再开。他还算了一笔账，三十六个人家的院子，如果每年开三个园子，够他开整整十二年。

你真打算在这里待一辈子？

阿巴叹口气：云中村在不了几年了。

云丹戗他：你又不是地质专家。

阿巴没有说话。从山上那道裂缝就可以大概算出云中村的末日了。想到这个，他的心往下沉了沉，像是掉进那条裂缝的黑暗中了一样。

云丹喝茶，不说话，也像是带着很重的心事一样。

阿巴又笑了，说：现在我有一群鹿了，每天它们都从山上下来，和两匹马一起吃草。

云丹不相信：鹿？你以为当了个祭师，就什么都能看到了？你看到的是鹿的鬼吧？你我十几岁大的时候，阿吾塔毗山上的鹿就绝迹了。

云丹上山来时，中午已过，每天都下山来的鹿群已经回山上去了。

很久不跟人说话了，阿巴便停不住嘴：唉，祭师也不是想看见什么就能看见什么。我想看见一个鬼魂，回来这么久了，却一次都没有看见过。真的，上个月，每个晚上，我都专门去找，还是一个都没找见。你说，这世界上到底有鬼魂还是没鬼魂？

云丹抬头看阿巴一眼：别老说你那些鬼魂，我害怕。

阿巴说：我在这里这么久了，一个都遇不见，有什么好害怕的？

云丹说：鬼不能永远是鬼。人死后，只有很短的时间是鬼，然后就转生去了。

阿巴有些生气，他对云丹说：人死了又去转生，转生成人，转生成畜生，又或者转生畜生都不成，要下到地狱里受千万般的苦，那是佛教的说法。阿巴说，人一辈子受的苦还不够吗？还要弄到地狱里去百般煎熬，这算什么慈悲？

两个人认真地似懂非懂地讨论起深奥的宗教问题。他们都是某种宗教的虔诚的信徒，但都并不真正明白宗教里那些宏深抽象的道理。

云丹还真有些忧虑，人死了，要是都像你们苯教相信的那样，不分好人坏人，无一例外都化雾化烟，归入大化，那个大化是什么样的存在？大化不惩恶扬善吗？

大化就是世界所有的事物，阿巴说：岩石，岩石上的苔藓；水，水中的鱼和荇草；山，山上的雪和树；树，树上的鸟和鸟巢；光，放射出来的光和暗藏着的光；人，人的身和心……都在，都不在。鬼魂寄身于它们中间，恶的不也就变善了吗？

云丹见阿巴说起这些时如此迷醉，如此滔滔不绝，说：以前你不是变傻了吗？

阿巴说：现在回想起来，其实那时我可能知道好多现在不知道的东西。

你知道了什么？

醒来的时候，就全都忘记，记不起来了。

云丹说：你的这个说法听起来很美，但我看还是转生好。如果没有转生的好坏，那又怎么让人生起向善之心？

阿巴的回应是：瓦约乡几个村都信了佛教，这么多年，和云中村相比，也没看到善人因此增加，恶人因此减少。就你们江边村，我都能说出几个坏人的名字。那年一辆卡车翻到江边，不帮着打捞尸体，而去哄抢车上货物是你们江边村的人吧？还有，那年……

云丹摇摇手：那是以前。以前的事情就不要再提了。

在瓦约乡，时间有了新的标段。所谓以前，就是地震以前。不是很久以前。

以前？以后就会好吗？

话说到这里，就无法再继续下去了。阿巴说服不了云丹。云丹也说服不了阿巴。

云丹坐着喝茶，阿巴和面做了一锅面片。阿巴还从小菜园里摘了新鲜的菠菜下在锅里。

吃完饭，云丹打算起身了。

阿巴说：咦！就这样走了。

云丹说：走了。

阿巴说：记得我回来时第一次见面的情形吗？

记得，我们互相做了现在的人没有时间做的"告诉"。

前两次上山来，你也做了"告诉"。今天你还没做。

你也没做啊！

我做了。我告诉你我找了好久的鬼，结果一个都没找见。我还告诉你鹿群下山来了。我一个人在这里，值得告诉的事情就这么多了。

云丹脸上现出讥笑的表情：人民公社时，为了向国家上缴鹿茸，瓦约公社的狩猎队早把山上的鹿打光了。鹿群？你是没找到鬼，就以为找到了鹿吧。

真的有鹿！阿巴跳到菜园里，指着只剩下几根断茎的蔓菁说：鹿都到我菜园里来了，这棵蔓菁就是那头鹿吃掉的！那是头雄鹿，长着好漂亮的一对鹿茸！

那你该打死它，一对鹿茸，那你就发财了！

阿巴猛烈地摇头，他口气坚定：不，不，死了那么多生命，云中村不要再死什么东西了。伙计，我喜欢云中村现在的样子，没有死亡，只有生长。什么东西都在生长。瞧，连这么多年埋在地下的种子，只要松一松土，再来一点雨水，就又发芽生长了。伙计，我喜欢云中村现在的样子。

云丹想说，伙计醒醒，云中村都命中注定要从这个世界上消失了，那这些草木的生长又有什么意义。但他不忍心这么说。他改口说：好吧，带我看看你的鹿吧。

它们回山上去了，明天早上，它们又会下山来。好吧，好吧，我带你去。

两个人来到云中村荒芜了的田野里。

地里的野草蓬勃生长，阿巴和云丹个子都高，但野草都齐到他们的腰了。

云丹说：好肥的地啊！

因为土地肥沃，这些高高的野草，茎秆粗壮，叶片肥厚娇嫩，充满了丰富的汁液。

阿巴说：吃了这些草，有时候，白额和黑蹄都不用去溪边饮水了。

两匹马都还认得以前的主人。当云丹走到它们身边时，白额低声咴咴地叫唤，黑蹄则用前蹄轻叩着地面。

云丹笑了：来吧，我这里有糖果。

他真喂了两匹马糖果。白额和黑蹄像咀嚼豆子一样咀嚼糖果，糖和豆子截然不同的味道使它们眼里浮现出惊异的神情。它们又把嘴巴凑到了云丹的手边。

阿巴拍拍它们的额头：好了，孩子吃多了糖牙齿会坏的。

云丹说：它们不是孩子，它们是青年，看它们身体多么强壮漂亮！

它们几岁，六岁，七岁？要是人就是正要换牙齿的孩子。我不准你毁了它们的牙齿。

两匹马恋恋不舍地走开，云丹问阿巴：你的鹿呢？

阿巴把他带到樱桃园中：看，鹿吃了这么多嫩叶。

云丹的回答是马也爱吃。

阿巴让他低头看鹿留在地上的杂沓的蹄印。

云丹说：喔，我看像是马留下的。

云丹已经认出那是鹿的蹄印了。他对阿巴说：反正我还要做"告诉"，就等着明早看你的鹿群吧。

阿巴叹口气：其实我不需要知道那么多事情，你还是回去吧。游客来了，没有人牵马驮他们旅游。

云丹更深地叹了一口气：老哥，我们把事情搞砸了，好多天没有游客了。

他把村民敲诈游客的经过叙说了一番。

阿巴听着，脸色也随之沉重起来：那你就在我这里好好歇歇。我知道你们村子里那些有机蔬菜，都是上了化肥的吧，今天我要让你吃真正的有机食品。你不要反对，不要反对。信佛教，信苯教，云丹兄弟，争来争去，我看现在的人信的都是钱这个教。

晚上，吃过晚饭。两个人睡下。云丹要阿巴把门关上。阿巴不关。

阿巴说：你是怕鬼吧。

云丹说：照理是不应该的，鬼也都是以前的乡亲，可还是有点害怕。

阿巴笑了：我是怕鬼出来了我没有看见。没有鬼好，说明死去的人都归入了大化。要是有鬼，那就是还有放不下的事情，或者是不知道自己已经死了，我是祭师，我就要劝一劝他。不然，等云中村没有了，鬼到哪里去呀！

火塘里的火苗暗下去，灭了。只剩下几块将熄未熄的木炭发出幽暗的光。

云丹叹了口气，说明他今天的"告诉"是令人沮丧的消息。

阿巴先开口：不要说仁钦的事情。

云丹说：明天你就跟我下山去吧。你不下山，就是移民回流，回流到一个注定要消失的村子。乡长的责任大着呢。

我说了不说仁钦的事情，仁钦知道我的心思。他不怪我。

你不心疼他，我们心疼呢。遇到一个好乡长不容易。

我说了不说仁钦的事情，你要没有别的事情可说，就请闭嘴吧。

那我就从后面说起吧。可也要说到仁钦啊！你的外甥，我的堂弟洛伍，唉！

仁钦下山的时候，阿巴就知道自己会给外甥造成麻烦，但这个麻烦有多大，他不知道，也不愿去想。想了，他自己就在云中村待不下去了。

云丹告诉他，仁钦的麻烦大了。县里知道了阿巴回云中村的事情，就下了限期劝返移民村回流村民的文件。文件下到瓦约乡。仁钦把文件锁起来，没事一样继续工作。他在乡干部会上说，旅游业一起来，钱弄得人们忘乎所以。必须抓好旅游服务管理。服务的态度，尤其是服务价格不能出问题。我们是地震重灾区，这么快的速

248

度完成重建，靠的是全国人民支援。出了问题对不起全国人民。他把整个乡政府的干部都赶下乡去了。他自己更是蹲在最远的村子，连乡政府都不回。直到接到县里停职反省的通知，他才回到乡政府来。问他为什么封锁那份限期清理回流移民的文件。他只说，那是没有用的。人家问，因为那个人是你舅舅吗？他说，正因为是我亲舅舅我才知道没有用处。我接受组织处理。这一来，云丹的堂弟洛伍就当了代理乡长。代理乡长上任，就把派驻各村帮助提升旅游服务质量的干部都撤回乡里。

云丹说：唉，要出事情的时候，很多不好的事情都会凑到一起。

第一件，两个月前，乡党委书记抽调到党校学习了。

仁钦乡长代理书记，抓具体工作多抓开会学习少。

洛伍代理了乡长也同时就代理了党委书记。他把干部都从各村抽回来集中学习。会上，洛伍问仁钦，为什么不抓学习。

仁钦说老实话。我本来是爱学习的，可觉得反正要当不成乡长了，不如抓紧时间多干几件实事。

这时，又发生了第二件事。

省政府转来的一封群众来信。信是一个省城游客写给省长信箱的。写信的人说，她到瓦约乡旅游，上那么简陋的厕所，却被当地百姓收了一元钱。这位游客对此感到非常气愤。说地震时，我们为他们流泪，为他们捐款，现在去他们那里旅游，他们竟然连上厕所都要收钱。这些忘恩负义的人，再也不去那里旅游了。

省里把信批转到州，州批转到县，县批转到乡。省里只是批转，并没有表示明确意见。州、县也照此办理。

瓦约乡的学习会因此多了一项内容。代理乡长洛伍要大家在会上讨论和反思为什么瓦约乡会出现收费厕所？

他其实是知道这件事来龙去脉的。

瓦约乡震后的乡村旅游开展起来后，游客众多。这时，却发现游客需要方便时很不方便。灾后重建修路盖房，打造景点，解决游客的吃饭睡觉问题。却忽略了一件事，游客在路上也会内急。于是乡政府决定在全乡规划的旅游路线上补建了几个厕所。还是仁钦提议，乡里缺少劳动力的困难户也要分享旅游业的发展红利，办法是每个困难户承包一个厕所。每人收费一元。这样既解决了游客如厕难的问题，没有强壮劳动力的困难户也有了创收门路。让仁钦烦恼的是厕所的卫生问题。困难户得了好处，又觉得这钱挣得没有面子。铺了瓷砖的厕所疏于打扫，就显得比不铺瓷砖的厕所还脏。老百姓还时常借口没有零钱，不给人找零。为这事，仁钦还协调乡信用社每月给每间厕所配二百元的零钱，情况才有所好转。但卫生问题仍然叫人心烦。逼得急了，老百姓会顶撞：卫生，卫生，这比我们家自己的厕所干净多了！却不想在收费这件事情上出了这么件事情。

开会的结果，游客来灾区旅游，就是对灾后重建的最大支持，灾区人民不能没有感恩之心。具体体现就是厕所免费。这么件事，洛伍乡长还扯进了宗教问题。他说，云中村整体移民，我们整个瓦约乡民都信奉佛教，懂得报恩。厕所免费，也是这种精神的体现。乡里干部都知道，这完全是冲着出身于云中村的仁钦来的。

放在以前，年轻的仁钦就要着急了。

自从他舅舅上山回了云中村，他的脾气都变了。他只是平心静气地问：不收费可以，贫困户怎么办？厕所还没有真正改善的卫生问题怎么解决？

洛伍代乡长的回答是，老百姓可以另辟财源。卫生，卫生，洛伍乡长说，那些城里人就只好将就一点了。他还说了一个笑话。要是游客不识字，没有一点味道，他凭什么找到厕所？说完，他自己得意地笑了。

仁钦紧皱着眉头，说：大家都知道，我也很明白，我舅舅一回云中村，我这乡长就当不成了。我舅舅这个人，我知道我劝不动他，我相信也没有人能劝得动他。他不是为自己，他是为死去的云中村，我也是云中村人，这件事我认命。我可以在瓦约乡当一个普通干部，也可以向县里申请调到别的地方。至于瓦约乡村民是不是因为信奉了佛教，就都变得乐善好施了，就都不会去发不义之财了，这个还有待观察。乡政府对旅游秩序的监管一刻都不能松，特别是服务质量和价格方面。最近学习抓得多，这方面的工作却太松懈了。

代理乡长却说：今天的会就开到这里吧。

但愿你们山下村子里的人都成了真正的佛教徒，阿巴叹息。他内心是为自己的外甥叹息。说出口来的话，却是在为山下村子的人们忧虑。

云丹说：信佛的好处要来生才显现，现世的好处却时时都能看见……听人说，那些游客都在手机上骂瓦约乡人呢！

阿巴不说话，他心里震响着仁钦在乡政府会议上说的话。外甥说，舅舅回云中村不是为自己，是为死去的云中村。这话令他心头阵阵热流涌动。外甥对他认真谈过。说不要对他讲宗教。仁钦说对我来说，您就是非物质文化遗产传承人。自从云中村整体移民，他就连这个传承人也当不成了，拿了一年多的传承人补助也没有了。这是没有办法的事情，云中村人不能把村子后面的神山搬到新地方去。在移民村，当地人也有他们自己的神灵。那个神灵脸红彤彤地高坐在茶山上的道观里。云中村的移民已经有人跟着当地人一起在那神像前烧香燃烛了。而在阿巴心里，神还是雪山上的阿吾塔毗。阿吾塔毗背着一囊箭，胸前横着一杆矛，骑在马背或狮子背上。当年恢复记忆的时候，他摇动父亲留下的法铃，在铮铮的铃声中，眼前就浮现出这个形象。现在，他回到村子里，穿着法衣，摇铃击鼓，眼前也会浮现出这个形象。他一直在寻思，这个阿吾塔毗的形象是从哪里来的。前几天，他从梦中醒来，忽然想起，那是小时候，村里那座小庙还在，喇嘛还在的时候，从庙里的卷轴画上看到的。

阿巴也知道，山下那几个信了佛教的村子，也以他们的方式描绘阿吾塔毗，在他们的庙里，阿吾塔毗的头像狮子，手像鹰的爪子。他不是护佑众生的神了，他是佛教的护法。

阿巴听到云丹在叹息：也许还是我们原来的教法好，人一死，归入大化，一了百了。说在也在，说不在也就不在了。

云丹又说：乡亲们都说，你那个外甥年纪轻轻，肩膀上担得住事情。了不起，云中村出了好汉呢！

阿巴说：那是他遇到个死心眼的舅舅！

云丹说：他爱的那个姑娘，她父亲嫌他没有父亲，如今乡长被罢了，那姑娘的父母倒同意了。阿巴你见过那姑娘吧？在乡中心小学当老师的那个。

听到这个，阿巴眼眶一热，任泪水滚出眼眶，一颗颗热热地落在枕上。

阿巴说：给我说说那个姑娘。

你该自己去看看。

阿巴说：我是不会下山去了。我下山去就回不来了，我是来跟云中村死在一起的。

云丹长长叹息一声：唉！

早上，两人醒来的时候，太阳已经出来了。

是阿巴先醒来的。他听到了鹿用前蹄叩击院门前石阶的声音。他没有看到鹿，却看到了鹿头上高擎的一对两分叉的角。角还没有骨化，内部充盈的血被阳光透耀像珊瑚，像琥珀。外表的茸毛那么密集温软，使得那对鹿茸像一个活生生的生命体。

鹿再次叩击院门前的石阶。

云丹也醒来了。

他屏住气息，也看到了那对鹿角，他的赞叹是叫一声阿巴：伙计。

他是用当地话叫的：阿若，阿若！那意思就是伙计。听起来，这呼唤却像是赞叹。

两个人坐在床上一动不动。看着鹿走进院子，啃食了一棵青翠的蔓菁。临离开时，它还抬头往屋里望了望。等鹿走出院子，云丹才问：伙计，它看见我们了吗？云丹赤脚进到院子里，在刚才鹿站立的地方，向屋里张望。他对阿巴说：看不见，阳光像一匹门帘。

阿巴也赤着脚，从那光帘中钻出来。云丹看着阿巴闪闪发光的脸：你上山后变得年轻多了。

云丹弯腰去看被鹿啃过的蔓菁，用手拨弄着被鹿啃残了的叶片：呀！这是鹿刚咬过的呀！这时，咬残的叶子边缘渗出了绿色的汁液，云丹用两只手指搓揉这些汁液，看着它们渐渐变黑，然后用舌头舔舔手指，呀，这不是蔓菁，是……

是什么？

那个东西！

阿巴也压低了声音问：真是那个东西？

云丹又舔了一次自己的手指，呸一口吐出来：是那个东西！

两个人用碰触到巨大禁忌的口吻说的"那个东西"是罂粟。解放前好几十年时间，这一带都是盛产这种罪恶而诱惑植物的地方。解放后，这种植物已禁绝几十年了。但这种植物也会间或出现，从某个角落突然长出来，开初就像蔓菁，有一天猛然抽出长茎，猛然开出艳丽的花朵。阿巴小时候，这样的花开会成为一个令全村震动的巨大事件。民兵们在尖厉的哨声中迅速集合，把一株两株开着艳丽花朵的植物包围起来。那时的村不叫村，叫作生产队。民兵们集合起来，反倒把全村人都引向那个地方。生产队长在猛摇电话，向上面报告：云中村发现了鸦片。孩子们莫名欢欣莫名激动，想看一看那突然开放的艳丽的邪恶之花。年纪更大的人们也来围观，但他们脸上的表情却讳莫如深。阿巴记得，每次，父亲都会紧攥住他的小胳膊，说：这有什么好看的，跟我回家！也不管他的儿子是多不情愿。回到家里，他还会说：有什么稀罕，以前到处是这东西！

这更让阿巴浮想联翩。禁忌诱惑了一个少年！

可在民兵们的包围中，他只看到那植株上一点隐约的颜色，没有看清花朵的形状。他还因此生了病。发烧，在离奇的梦境中看见光怪陆离不能凝聚成形的色彩，呓语。他看见家里人围在他身边，他们在说花魂什么的。他隐约觉得父亲搭起梯子攀上了房梁，他知道父亲在干什么，他会从那里取出一个纸包，打开，用牙从一坨黑色的东西上咬下一小点。牛得了莫名其妙的病，人得了莫名其妙的病，就像阿巴看了罂粟花回来这种情形，就把这东西化开一点在水里，灌进他的嘴巴。阿巴现在还能记起来，一只勺子把他紧咬的牙撬开，另一只勺子把神秘药水灌进他嘴里。那几张犹如浮动在天上的焦灼的脸都松弛下来，他听见他们都像叹气一样说，好了，好了……他听见自己也在喃喃自语，好了，好了。脑子像被敲了一下，又像是有烟不断飘了进去。他松弛的身体沉沉下坠，周围一片黑暗，但下面是些微的亮光。他沉向那亮光，进入那亮光，然后就睡过去，什么都不知道了。醒来的时候，已经是第二天正午。他从床上坐起来时，家里一个人也没有。只有一座老房子该有的那些声音和气息包围着他。少年阿巴此时只觉得感官敏锐，神清气爽。他起身跑出了房子。跑向昨天发现那两株罂粟的地方。他跑过小学校，听见教室里书声琅琅。他跑过村前的麦田，麦子随风起伏，地里拔草的人们像在一个大湖中游泳。阿巴一口气跑到了昨天发现罂粟的地方。他眼前已经没有开放着的禁忌之花了。地上有两个坑，那两株罪恶的植物被连根掘起，无情消灭了。他只闻到那些新鲜浮土的味道。不知道什么时候，父亲站在了他的身后。

父亲笑着说：你们不认识它，可我们大人认识，它长出第一片叶子我们就认出它了。大家都认出它了。大家都不说，直到它开花。

为什么？

父亲说：这样云中村就可以热闹一下。

但从他的表情看，他要说的不是这个意思。但他又不知道他要说的那个意思是什么。他只看见父亲背后是一片天空，天空中的云底部平坦，像山一样耸立。

阿巴和云丹一起看着那株植物。

云丹问阿巴：你准备把它怎么办？

阿巴看看云丹：就让它长起来吧。

阿巴和云丹两个人又好奇地看一阵那株罂粟，然后赤着脚，坐在村前枯死的老柏树前，看着荒地里鹿在高草中漫游。它们和阿巴的两匹马亲密无间。即便是白额和黑蹄脖子上的铜铃叮叮当当响个不停，这些鹿也一点都不惊诧。倒是云丹驮东西上山来的马，怯怯地躲在一边。

鹿群和马在深草中漫游。啃食嫩叶，晃动耳朵，呦呦鸣叫。它们还去了荒废的樱桃园。啃食肥嫩的樱桃叶。

枯树下没有阴凉，太阳再升高的时候，两个人又移到了石碉的阴影下面。石碉上筑巢的红嘴鸦，它们在空中盘旋的影子不时从他们面前掠过。两个人一直坐到鹿群吃饱了，排成一线回到村后山上。

其间，云丹只说了一句：你现在像个神灵一样。

而阿巴的回答是：我是一个祭师。

一起过了夜，又一起看了鹿的云丹和阿巴，分别时就特别地依依不舍了。

云丹唤来了他的马。把空空的褡裢搭上马背。两个人沉默着穿过齐腰的深草。阿巴的两匹马也静静地跟在后面。阿巴一直把云丹送到下山的路口，那株松树和磐石跟前。两个人又互相频繁地碰触着额头。

云丹说：伙计，你把消失的鹿都唤了回来，会变成神的。

阿巴指了指身后看不见的雪山，说：伙计，神在上面。

在磐石另一边，那棵野樱桃树下，长出了一群羊肚菌。显然，这些菌子是昨夜才长出来的。菌体娇嫩，头上还顶着些苔藓和枯草。它们一个挨着一个，站立在树荫下，使这片地面充满了新鲜菌子浓烈的气息。

阿巴笑了：神不让我的伙计空手回家呢。

云丹下山，阿巴就靠着磐石坐下。从这里，他望得见河谷里的村庄、房舍、果园、深浅不一的庄稼地、蜿蜒的栅栏。如果不是村子后面岷江干热河谷那裸露着泥土和岩石的灰白色山坡，那就是人间天堂的景象。地震后，那些山坡上修起了蜿蜒的道路，供游客去往山上的森林和湖泊，从高处俯瞰峡谷底部的田园风光。阿巴可以看到蜿蜒山道上供游客休息的琉璃瓦顶的凉亭。但不像往天，可以看到山道上的马匹和游人。那些人和马从朝阳的山梁上转向山的背阴面，再转过去一些，就是山坳里那个深蓝的湖泊。阿巴去过那个湖泊。地震前，那个湖很小，但湖岸边有很宽阔的草地和杜鹃花林。地震时，一个滑坡体把小湖的出口堵塞住了，把湖面提高了两米。当时因为担心堰塞湖决口，曾经有过把湖口的堰塞体炸开的动议。但这个决定受到瓦约乡民的反对。他们不能接受山上湖泊消失的事实。那是山下几个村子过山神节祭祀山神和游春的地方。他们更能想象，一湖水倾泻而下，会在山坡上造成一个多么巨大的创口，水流干净后，那将是一个砾石累累寸草不生的巨大沟槽。后来，还是地质专家上山勘测，证实盛了一湖蓝水的坳地是古代冰川下冲时深挖出来的，下面的基岩完整厚实。地质专家还费了很大劲把一台钻机弄上山去，把大地深处一段段岩芯取出来。阿巴在乡政府院子里看到过一段段铁灰色的整齐岩芯。有云中村的人哭着问地质专家，为什么云中村下面的岩石就不能如此坚固？

地质专家的回答是：大地应力。

地震后，云中村人都掌握了一整套地质术语。要是以前，他们怎么可能懂得"大地应力"这样的术语。可地震时，大地爆发出那么巨大的力量，他们又怎么会不懂得大地应力是什么意思？对他们来说，大地应力就是来自地下的摧毁一切的神秘力量的名字。

云中村有不甘心的人就骂：去他妈的大地应力。

同样是云中村的人说：生气有什么用处呢？大地应力是科学。

什么是科学？去他妈的科学！

唉，认命吧。科学就像神谕。

云中村人远离神谕已经很多年了，云中村人不懂得科学更是与生俱来。科学和神都把力量明明白白地显示在人们面前，那你就必须从中选择一样来相信了。

根据传说，瓦约乡的几个村子，都是从云中村派生出来的。一千多年前，首领阿吾塔毗率领部落从遥远的西部来到这里，战胜了森林中狩猎为生的矮脚人部落，在山地即将消失，就要进入东部湿热平原的地方停留下来。阿吾塔毗带领部落在森林中开辟耕地和牧场，建起了云中村，人丁兴旺后，就有一些人慢慢向山下河谷迁移。阿巴不解的是，山下村庄的大多数人，知道云中村将要消失，竟没有失去根子的惋惜。

尽管这样，阿巴还是想，山下这几个村子平安，山神，也就是他们的祖先还是会高兴的。

阿巴一个人待着，总是要想好多事情。但他尽量不去想外甥仁钦。他去磨坊那里跟妹妹说话的时候，也不再提仁钦。他知道想外甥多了，自己会坚持不下来。他想让脑子停下，但脑子一刻不停地转动，不肯停下。

看上去平和安详的瓦约乡出事了，这是他昨天才从云丹那里知道的。

事情的起因是钱。事情放大靠的是手机。

游客被江边村的人敲了竹杠。

之前，游客在手机微信里就对瓦约人有些议论了。

瓦约乡又脏又臭的厕所。还有瓦约乡人牵马驮游客上山，他们心疼自己的马，在陡峭的山路上要游客下来自己攀爬。有农家乐涂改了乡政府制定的菜价标牌上的数字。还有人家用山羊肉冒充野羊肉，以提高价格。被罢免了乡长的仁钦年轻，爱玩微信，从手机上看到这些议论越来越多，这正是他当乡长时竭力防止的。他提醒代理乡长洛伍，这些都是不好的苗头。

私下里，洛伍就完全没有乡长的风度了。他说，手机，微信，当干部的应该看电视，看报纸。不把你舅舅从山上劝下来，你怎么表现都不能官复原职。

话说到这个份儿上，仁钦就无法开口了。

也就在这天，一家农家乐宰客，一盘野菜居然收了游客两百元钱，游客把这个过程录了视频，发在微信里，被疯狂转发。中午发生的事情，到晚上，那个游客都还没有回到城里，就已经迅速发酵。

视频里，游客问那个戴着棒球帽，拿着计算器收费的年轻女子，为什么一盘野菜，口味也一般，却要两百块钱。那女子若无其事地笑着，指着乡政府制定的菜品价目表说，这是政府价目表上没有的菜，野菜。游客问，这是什么野菜，价目表上那些野菜也就三十块一份。那个若无其事的年轻女子这时还把四川话改成了普通话，抖着腿说：这不是一般的野菜。

怎么不一般？

又从旁边过来一个年轻男子，事后查明，是女孩的表哥，他走过来，故作神秘地说：这个菜很稀少，很稀少，是国家保护植物。

游客提高了声音：什么？你们让我们吃保护植物？！

那个年轻人还找补了一句：不骗你们，这是二级保护植物。

其实，这就是一种山上森林里常见的野菜，鹿耳韭。白生生的茎，绿油油的叶。但网民不知道这个。这就是两重罪过了。卖高价一重，卖国家二级保护植物是第二重。

录视频的人明白，还有第三重道德罪。

视频里有人说：地震时我们捐款捐物，这一桌人中还有当过志愿者的。

这惹得视频里的江边村的小伙子也动气了：每一个来这里的游客都说地震时帮助过我们，那这个情我们八辈子也还不了了！

就这样，一个手机小视频就像原子弹一样在网络上爆炸了。

难怪云丹在云中村对阿巴说：哎呀呀，如今这个手机，这个网，厉害得很哪！

游客们吃过饭，付了钱，上车回城，时间是下午3点。坐在副驾驶座上的那位，顺手就把视频传上了三个微信群。热闹的转发就此开始。汹涌的舆情开始像失火的森林一样燃烧。下午5点，路上的人还没到家，这段视频已经传到了几百里外的移民村。传到了移民村家具厂的李老板的手机上。

那天，在家具厂上班的人都看到和气的李老板从办公室走出来，用奇怪的眼光看着从云中村来的几个人。每逢到厂子生意不好，需要裁人的时候，老板就喜欢这样看人。云中村几个人被他看得心里发毛。移民到新地方，云中村人本事有限，要是被家具厂开了，要找新工作也难。老板开口，却不是裁人。他问：你们村以前的那个乡是叫瓦约乡吗？

大家笑了：是瓦约乡。

李老板拿着手机，摇着头，回身往办公室走，丢下一句话：你们那里的人太不好了。

李老板都回到办公室，准备关门了，却又走回来，问：走了的那个阿巴，你们说他外甥是乡长。

他外甥是乡长。

你们说他回去干什么去了？

他是祭师，他去祭祀山神，安抚村中的鬼魂。

我看他是骗了你们，八成是开餐馆去了。两百元一盘野菜，他要发大财了！

这话把几个在移民村打工为生的云中村人说得一头雾水，又不敢向老板问个仔细。只有回到家里，才开始讨论阿巴是不是真的骗了他们。如果阿巴知道乡亲们的讨论结果，一定会感到巨大的安慰。

他们说，阿巴那个一根筋的人，全世界的人都骗人了，他也不会骗人。他就是想骗人了，也学不会。

这事在网上闹了三四天，还没有止息的意思。直接的结果就是来瓦约乡甚至周边乡镇的游客人数直线下降。

代理乡长洛伍不知道网络的厉害，接到县里要求迅速从严处理的通知，也不以为意。回到江边村里，他还装老大，说：没关系，我请教了专家。网上的那些屁人，嘴巴痒，就让他们过过嘴瘾，拖上几天就大事化小小事化了。倒是村民们有些着急上火，游客一天天减少，来了，消费时也充满警惕，收入锐减不说，马上，果园里水果成熟了，没有人来采摘，无处售卖，想想那情形都十分可怕。代理乡长成竹在胸的样子，也不能使他们晚上能睡得安稳。惹下祸事的两个年轻人是在城里上大学的。从省城回来过个星期天，到农家乐帮忙，要显示自己已经是城里人，见多识广，反倒捅下这么大的娄子，便悄无声息一走了之了。代理乡长也采取了措施，下令这户农家乐关闭，停业整顿，并上报县里。

代理乡长完全不知道这件事还在网络上继续发酵。

第四天，报纸和电视台的记者就来到了瓦约乡。

地震时，瓦约乡也来过许多记者。那时他们都对灾民充满了同情。呈现灾民的苦难，表彰他们的不屈不挠，争取全社会的同情与帮助。这一回，气氛却变了。记者打开手机，让村民看那段视频，看游客的控诉：地震时我们当志愿者，我们流着眼泪捐款，这些我们帮助过的人，现在却敲我们竹杠，怎么没有一点感恩之心？还有，他们明知那野菜是国家二级保护植物，还明知故犯，破坏生态。地震使他们那里的生态遭到如此严重的破坏，他们怎么还不知道保护，他们不爱自己的家乡吗？对此，村民们真的是百口莫辩。唯一可以辩解的就是，那野菜叫鹿耳韭，很常见的野菜，不是国家二级保护植物。

媒体要找两个视频中得意扬扬的年轻人，村民们说：不知道他们上哪里去了。

老百姓担心的是收入减少，并不害怕媒体。媒体知道谁会害怕。于是，转而批评当地政府，没有对村民进行感恩教育和生态文明教育。媒体报道一开，省、州、县各级政府接到的投诉越来越多。通知层层下发，县里派出工作组，督促乡里，乡里还是当初仁钦当乡长时的老办法，派出工作小组一个村一个村检查整改。

无奈游客几乎断了踪迹。跟县里工作组谈话时，洛伍还强辩说，那些投诉的游客不能证明他们在地震时当过志愿者，为灾区捐过款，为伤员输过血。结果当然可想而知，本已要提升为乡长的他停职检讨。

仁钦又暂时代理了乡长。

仁钦不当。他说，我是因为移民回流被免职的，舅舅还在山上，我怎么能官复原职。

回答是，一、当时是停职，不是免职。县里讨论过，你舅舅返流回云中村，跟安置好不好没有关系，那是一个文化问题。文化问题怎么解决，我们还没有现成的办法与经验。二、地震时，你临危受命，不惧生死领导村民抗震救灾，这个功劳，老百姓不会忘记，组织也不会忘记。作为共产党员，组织需要你再次临危受命。

仁钦没话好说了。好吧，代理。代理完这一段，我还是当我的普通干部。

在乡政府会议室谈完话出来，刚走到院子里，他就被记者围住了。

仁钦摊摊手，说：你们不要逼我。

电视台的话筒还是伸了过来：请问新乡长如何破解当前的困局？

没办法，只好说句套话：在哪里跌倒就在哪里爬起来，从零做起。

请问有哪些具体措施？

仁钦说：大家都饿了，一起吃顿饭，边吃边聊。放心，我自己掏钱，不违反八项规定。而且，保证不让大家吃国家二级保护植物。

一句话，记者群里就发出了笑声。

仁钦在记者中发现两张熟面孔，那是在云中村救灾时认识的。那时见过面的人都是有交情的。仁钦看看那两位。其中一位就大声说：仁钦乡长，请我们吃什么？

乡文书见状，难掩心中的高兴，悄声对仁钦说：最近的农家乐？我去安排。

仁钦点点头，文书就掏出了电话。

仁钦说：岷江里有细鳞鱼，有石爬鱼，但不能吃，山上的野羊也不能吃，都是国家保护动物，就吃点真正的藏式农家菜吧。

当天省城的报纸和电视，再说瓦约乡的事时，已经转向正面，报道的是当地政府如何贯彻落实整改措施了。

两个记者回城的路上，还给仁钦打了电话，夸他地震时临危不乱，想不到还很会做危机公关。

仁钦知道这个词，但都是从媒体上看来的。具体是个什么意思和做法，其实并不知道。他在电话里问这两位有情有义的记者朋友：怎么做，才算是好的危机公关？

记者说：第一条，形象变得负面的时候，要树立一个正面形象。你就是瓦约乡的正面形象。当年地震时，你不分昼夜在那里组织救灾，过后我们才知道，那时你母亲也遇难了。

仁钦说：这个使不得。现在我是有过之身。请说第二条吧。

那边回答：解铃还须系铃人。

犯了错的村民也不能往死里办呀！他们这时也后悔得很了！

那就得找到发视频的人，给省政府写信的人，想办法平复他们的情绪，求得他们的谅解。

只要找得到他们，我愿意代表乡政府登门道歉，确实是我们疏于管理，工作没有做好。可是，上哪里去找这些人？

电话里传来记者的笑声：乡长有点跟不上时代了。这个容易，看在地震时一起在云中村滚过地铺，在一口锅里吃过方便面的分上，这个忙我帮了。两天内给你一份名单。

两天内我一定赶到省城。

最好带上几个吃旅游饭的老百姓。

放下电话，乡政府的人就看见仁钦急急地在院子里转圈。这时，干部们都坐在了会议室里。妇女主任出来：乡长，大家都在等你。

等我干什么？等新任代理乡长讲几句。仁钦又转了十几个圈子才走进会议室。

仁钦说：没想到大家还愿意听我说说想法。

仁钦说：我先检讨，我知道不能把舅舅劝下山，本来是上山去劝他。一看他那样子，就一句也没劝。移民回流，给乡里的工作抹了黑，对不起大家这几年的付出。

一年乡长当下来，干部们都有些怕他了。还是妇女主任胆子大：要是劝得下来，就没有这么多屁事了。你就说接下来怎么干吧！

记者朋友刚教了我一个办法，危机公关。

有人嘀咕：还记者朋友，他们巴不得把我们吃了。

话不能这么说，这时候也有人同情我们，理解我们。

这天的会很简短。其实就是布置工作：明天中午以前，动员三个旅游户，下午跟我一道去省城。再动员些老百姓，马上上山采鹿耳韭，洗得干干净净，捆得整整齐齐。不是一捆两捆，而是一百捆二百捆。

最后他说，旅游产业的发展是瓦约乡工作的重中之重，必须十二万分地重视。他给大家算账，地震后，一些土地消失了。一些土地又用于重建。这么一来，每个村的可耕地都少了三分之一以上。不搞旅游，村民没有增收门路。游客就是瓦约乡村民的增收来源，就是大家的衣食父母。现在，路上断了游人，不但没有了旅游收入，而且接下来马上要成熟的水果也卖不出去，大家想想，这是什么样的情形。说到这里，仁钦愤怒了，他敲了桌子：靠纵容老百姓的坏习惯收买民心，结果是什么，大家都看见了，那就是断了他们的生路！接下来的工作，今天，马上，我和大家一起去清扫厕所！

第二天下午，他带着三个村民去了省城。记者帮他找到了在网上发视频的人，还找到了不满意瓦约乡厕所收费的那位妇女。

他们先开记者招待会，感谢媒体对瓦约乡工作的批评与监督。仁钦还为每个记者准备了一份礼品。就是视频中农家乐声称是国家保护植物的鹿耳韭。仁钦说：这捆野菜叫鹿耳韭，就是叶子长得像鹿的耳朵。清炒不错，烧汤不错。以后，大家到瓦约乡支持我们的旅游业，会看到明白的定价，烧汤，十五元。清炒，二十元。我们还要找到被多收了钱的游客，向他们道歉，退还多收的钱款！我这里先向大家鞠个躬，表达我们深深的歉意！

散会时，每个记者都收下了来自瓦约乡的别致礼物，山野里的寻常野菜，一捆根茎嫩白、叶片青翠的鹿耳韭。

接着，仁钦又去了那个发布视频的游客家。电视台记录了全部过程。仁钦道歉，仁钦双手奉上退还的钱款和新鲜的鹿耳韭。三个村民说不出话来，就一次又一次鞠躬。游客激动，表示原谅，表示感谢。等到他们去找那个写信对厕所收费提意见的妇女时，新的视频已经在电视上播出，在网上传播。那是一个年近六旬的妇女。她不在家里，去跳广场舞了。在小区外的街道边上，他们找到了她。鞠躬送礼的场面又重演了一番。仁钦对她说：我代表瓦约乡政府来听取您的意见。

旁边就有人嘀咕：地震时可没看她捐过款。

妇女说：我其实没有意见，要是当时收费的人热情一点，我其实没有意见。我不是对收费有意见，我是对他们的态度有意见。

仁钦借机还把乡里是如何借厕所收费解决困难户收入的初衷解释了一番。

这些，当晚就在网络和电视上播出了。第二天，又出现在各家报纸的版面。

仁钦在城里把各种报纸都买了一份，又打电话要请帮忙的记者朋友吃饭表达谢意。记者说，饭吃不成，又在采访的路上了。你欠了我的情，每年记得拿瓦约乡的野菜来还。记者还说：你还说不懂危机公关，送野菜这一手高啊，让村民售卖国家保护植物的传言不攻自破，还化解了人们的怨气。

仁钦心满意足启程回去。

路上，他叫司机开慢一点，让一辆辆私家车超过他们，绝尘而去。仁钦说：这些自驾游客，该有一些是往我们瓦约乡去的吧。三个小时后，乡里就来了电话，说游客又出现了。这个消息弄得随行的一位村民竟在车里哭了起来。

第四月

阿巴上山来后，一直都非常忙活。一个人热热闹闹地祭祀山神。然后整修房屋安顿自己。安抚鬼魂，直到一定想要寻见一个鬼魂。这件事，在春末夏初的雨季里把他弄得疲惫不堪，也沮丧不堪。六月下半月，天气转晴，晴朗暖和的夏天来到。他在院子里开辟菜园。加上鹿群的出现，使他情绪好转，使他心里充满一种略带喜悦的平静。

　　他还是每天去溪边取一次泉水。

　　他在废墟里找到了一个完整的陶瓮。一只陶瓮能在地震后保持完整，那真是一个奇迹。他把它搬到自己屋子里，准备当作水缸。要是再有一对水桶，用马从溪边驮一次水回来，够他一个人用好几天，就不用天天提着两把茶壶去溪边那么辛苦了。

　　阿巴每天去溪边，除了打水，也是为了跟压在那巨大岩石下面的妹妹说说话。

　　自从那些蓝色的鸢尾花谢了，自从阿巴告诉仁钦他妈妈可能寄魂在这些蓝色的花上，仁钦采了一些鸢尾花种子回去，他再坐在石头前说话，似乎就再也没有过任何回应了。阿巴想，应该是妹妹知道他这个当舅舅的给外甥造成了那么大麻烦，仍然不管不顾，有些生他的气了。再去取水的时候，他也不好意思再凑近去跟妹妹说话，只是从溪边远远望一眼那块矗立在草地中央的石头。鸢尾花谢后，一片黄色的云芨又开了。这至少证明，如果妹妹的魂魄真的正在消散，那肯定是化入那片金黄的色彩中间。又或者是寄魂在那些鸢尾种子里，跟着儿子下山去了。

阿巴每天到溪边取水，因为他没有一只桶。他在废墟中竟然没有找到一只完整的桶，每户人家的水桶在地震当时都被砸坏了。这也说明地震毁灭性的力量是多么强大。为了一只完整的桶，阿巴搜遍了废墟，但就是没有找到。也就在阿巴寻思在哪里还可能找到一只完整的水桶时，阿巴惊觉到自己一个绝大的疏失。他在村中安抚鬼魂的时候，竟然忘记了一户四口之家。

那天，他发现一只桶完整的半个身子显露在一堆乱石外面，就开始翻掘掩埋着另外半个桶身的石头和泥沙。很快，他的手就探到了桶的另外一半，破碎的一半。他失落地坐在了地上。当他再要站起来时，脑子里闪出一片亮光。

阿巴嘴里喊出声来：天哪，谢巴家！

谢巴家，在村子后面山上牧牛为生的谢巴家！

为了这份疏失，阿巴深深地责怪自己。为此他又在村子尽头那座地震前就成为废墟的房子前击鼓摇铃，做了一场法事。

阿巴穿上法衣，发现自己可以呼唤他们的名字，却有些记不清谢巴一家人的模样了。水电站将要建成的时候，年纪轻轻的他穿着崭新的蓝布工装，屁股上挂着的棕色皮套里装着四把型号不一的电工钳，为一家一户布线装灯的时候，这户人家的房子已经腐朽倾圮了。院子里长满了齐腰的荨麻，墙头上长着一大丛牛蒡。男主人得了让村民惧怕的病，两夫妇被政府弄到麻风村治病去了。那时的云中村人去参军，去当干部，去上好的学校，首先就会穿上一套去往外面世界的不一样的服装。村民们就说，哇，已经不是云中村人了。那时，阿巴也穿上了不一样的衣服，一身蓝色的工装，他却不会离开云中村。他的工作是用电，以一种祖先未曾想象过的光芒把云中村照亮。

那时的阿巴是多么神气啊！

一座因为没有人居住而散发着腐朽气息的房子，不在他的工作范围内。他用手里的红塑料把的电工钳敲响院门，等里面的人迎出来。他胳膊上挎着一大圈彩色电线，斜挎着的帆布包里装着胶布、开关和灯泡。他会说，轮到你们家了。走过谢巴家房子的时候，他不必说这种话。谢巴家的人去麻风村之前很久，就不出门了。所以，阿巴对他们家人长什么样子都没有印象。他们走后，村里人也不会提起他们。水电站发电后，有一对狐狸在谢巴家的房子里住了下来。那时，村里的那座改成了小学校的小庙还在。喇嘛还在。有一天晚上，那座房子燃起了大火，事后有隐约的传说，是喇嘛估摸谢巴家的人死了，那对狐狸就是两夫妇的冤魂所化，害怕它们在村里作祟害人而放了那把火。

十多年前，麻风病不再是可怕的不治之症。

政府送了一对年纪还轻的夫妇回来。那女的是谢巴的女儿。喔，真是恍若隔世呀！

谢巴夫妇已经在麻风村过世。回来的是他们的女儿和女婿，他们都在麻风村长大，也没有染病。既然麻风病不再是可怕的不治之症，就该让这些被隔离的人回归社会了。

村里人不问人家的名字，还叫他们谢巴。男的谢巴，还有女的谢巴。村里组织人力为他们重盖了房子。村里人有赎罪一样的心情，不是为了当初把他们放逐出了云中村。而是因为后来的那把火。谢巴女儿不说麻风村，她说那个地方叫皮肤病防治与康复中心。他们一家在那里的工作是种植甜菜。人民公社时期，云中村也种植过甜菜，用甜菜熬糖。甜菜据说是从苏联引进的。谢巴女儿说，她父亲病愈后，还活了十多年。也就是说，云中村人基于某种莫名的恐惧放火烧掉了他们家的房子驱离那两只狐狸的时候，他们还好好地活着。一家人在另一片天空下种植甜菜，用大锅熬制褐色的甜菜糖。云中村为归来的谢巴女儿女婿划了土地，供他们种植甜菜。

云中村人对谢巴女儿说：呀，你长得多像你父亲呀。

谢巴女儿说：在那边大家都说我长得像妈妈。

这样的回答，无异于是责怪云中村人早已忘记了他们。

他们只在村子里住了一个冬天。

春天一到，夫妇俩就带着孩子，赶着村里分给他们家的两头牛和五只羊上到阿吾塔毗雪山下的草场放牧去了。那片草场是云中村的牧场。这个时候，时代变化使得云中村人都想着往山下走，而不是上山去辛苦放牧了。谢巴一家，春天上山，到了秋天也没有下山来。冬天到了，村里派人接他们下山。他们表示，喜欢牧场上安静的生活，不想下山了。他们已经在森林边缘的避风处，建起了一座矮小坚固的木屋。他们想过的是云中村人正在逃离的那种生活。上山回来的人说，那座木屋矮小，但坚实而温暖。云中村就像描绘另外一个世界一样描绘这对夫妇营造的新居。他们居住的木屋四周，栎木劈成的柴垛把小屋包围起来，形成坚实的庇护。他们还建起了牛栏，牛栏中有石头垒成的小屋，可以供牛犊在里面躲避风雪。

云中村人开了一个会，商量怎么为这对夫妇提供帮助。但他们显然无须什么帮助。有人想到一个主意，可以向有关部门为他们申请一支猎枪，用来对付意图伤害他们牛羊的豹子与狼。这个申请没有被批准。如今是禁猎时代，保护野生动物的时代。

谢巴夫妇也不以为意，他们在山上很好地活了下来。

虽然云中村人都在追随着时代的变化，但他们也羡慕谢巴夫妇，说：那才是以前的真正的云中村人的生活。

那年初冬，大雪还没有下来的时候，云中村人都上山去看望过他们。带去盐、糖、茶和粮食。他们这么做，好像是在弥补什么过失一样。虽然那不好的病不是云中村人让他们得的。但人一走，就把他们完全忘记，还烧了别人家的老房子，这也太不应该了。

此时，在山上还有牛羊的人家，都把牛羊从山上赶下来，到云中村来过一个温暖的冬天。他们的牛羊就四散在云中村收割后的田野里，啃食麦茬和没有锄尽的野草。云中村人这么做，已经很多年了。现在有了一户人家仍然住在森林茂密、野草丰茂的牧场上，就不免要对四散在田野里整天啃食不休的牛羊说：喔，这些畜生真是可怜。

这年冬天，有两户人家私下和谢巴家达成协议，用牛羊换他们不愿耕种的庄稼地。

从此，在云中村的统计报表上，有了新的一栏。村会计在上报材料时，会舔舔冻住了的笔尖，念念有词，说，牧业专业户谢巴家，年收入，年收入？会计抬头问村长，谢巴家年收入怎么算。

谢巴家只在秋天下山来，把牛羊毛、酥油、奶酪和肉与村民做些交换。他们不太想要钱，他们要东西。盐、茶、粮食、可以储存的蔬菜和水果，和很少的工业品：针头线脑，布匹，呢绒，一点日常用药。从他们要的药，可以知道他们身体很好。连续三年，他们都只要了一点肠胃和治风湿病的药。村卫生所的人告诉他们，有一种药是免费的，他们可以要一些。要搞好计划生育。那时他们只有一个孩子。后来，他们又有了一个孩子，但是他们不要那种免费药，而且，也没有再继续生产。

村委会做了一个小调查，这对夫妇每年下山一次，换回去的都是东西，不乐意收钱，每年现金收入最多就五百元钱。

会计问村长：就五百元？

村长摇头，这怎么可以。只能用他们的牛羊折算。这一折算不得了，他们的羊和牛迅速繁殖，也就六七年时间，按市场价折算，已经是百万富翁了。但他们过的还是最简单的日子。云中村人一百年前过的就是这样的日子。时间过去了一百年，整个云中村都在向着未来的一百年而去。这户人家却回到了一百年前。

谢巴家孩子到了该上学的年纪，这很让云中村干部操心了一段时间。但无论怎么动员，他们也不肯让两个孩子下山上学。后来，村干部也放下心来。这两个孩子出生没有做户口登记，也就不必进到入学率统计的范围。

谢巴家住在山上放牧牛羊。

谢巴家生活在另外一个世界。

渐渐地，云中村的人又忘记了他们还是云中村的一员。

地震后，直升机载着解放军来了。组织抢救的仁钦瘫倒在地上，睡过去了。阿巴也是傍着仁钦躺下的，但很快，解放军就从废墟下挖掘出来伤员，还有死人。伤员被抬上直升机运走，死尸装在蓝色的裹尸袋里，喷上了很多消毒剂，最后的处理，需要阿巴在场。阿巴把这些汇聚一处的尸体，放在柴堆上，浇上汽油，一把火点燃。等到大火燃尽，把还有些温热的骨灰收拾起来。阿巴拖着疲惫的身体回来，有时会遇着仁钦。那些天，舅甥两个有一个固定的休息地点，解放军医疗队的帐篷旁边。地上铺着一些干草，木棍支着遮雨的油毡。舅甥两个躺在那里休息，说话。这天，阿巴火葬了人回来，看见军医正在帐篷前给仁钦头上的伤口换药。阿巴就坐在旁边。正在换药的仁钦突然说：谢巴家！牧场上的谢巴家！仁钦自责地说，为什么我现在才想起他们家！

仁钦立即就带着两个村里的年轻人上山去了。那时，余震不时发生。大地抽筋似的一会儿平静，一会儿震颤。大地一震颤，满山的落石就隆隆滚动。

仁钦他们牵着两头牛回来时，已经是黄昏时分。他们身上又添上了新的伤痕。他们带回来的消息是，谢巴家的木屋，被崩塌的山体全部掩埋了。又过了几天，仁钦又说：谢巴家牛栏和羊圈都好好的，就是塌下来的山岩刚好把木屋埋得一点都看不见了。

阿巴想起来，仁钦牵下来的两头牛，当时就被杀掉，给全村人吃了。

阿巴还想，其他人想不起谢巴家不奇怪。但他是祭师，他回村来做法事安抚鬼魂时却没有想起这家人。他做法事时也没有呼唤他们的名字。这太不应该，太不应该。

他决定上山去为谢巴家专做一场安魂法事。

阿巴整理法衣、法铃和法鼓，准备熏香料，那些柏香是他在村前的老柏树死去时搜集来的，和小叶杜鹃的花拌和起来，异香浓烈。阿巴储存的香料很多，就是云中村三年内不坠落深渊，也够他做每年该做的法事。但挂在半山上的云中村怕是支持不了那么长时间了。他每天去溪边取水，都会经过那道要命的裂缝。看见它缓慢而毫不容情地继续扩大。阿巴腿长，要是腿短一点的人，都不能轻松跨越了。

要去山上牧场安抚鬼魂的前一天晚上，阿巴卜了一次卦。他这是出远门，上山。这段时间余震隔三岔五地发生，震级应该都在三级以下。这在别的地方恐怕不算什么。可能连明显的震感都没有。但云中村有。不是轻微晃动，而是猛地往下一沉，再一沉。阿巴的感觉是心脏被什么力量牵引着猛然向下。那是云中村又往下沉降了几个毫米，那是云中村最终将会滑落深渊的先声。有些时候，阿巴都没有感觉到地震的发生，但石碉上的红嘴鸦会惊飞起来，它们惊叫着在天空中盘旋。下到村前来的鹿群也会惊惶不安。山上山下陡峭的地方，可以听见松动的石头滑落，滚动。阿巴不想上山时，被余震时滚落的山石砸中，他可不能在云中村消失前死去。余震不是他能控制的，山上滚落的石头，他也不能控制。他能做的，就是挑一个好日子出门。

为了挑选一个好日子，阿巴决定为自己卜上一卦。

为此，他要找一块完整的牛肩胛骨。乡亲们搬离这个村子已经四年多了。临行之前，他们把带不走的牛羊都杀尽吃光了。他们天天吃肉，大块大块吃肉，脸上却带着被世界抛弃的绝望表情。他们用这种方式表达对命运的无奈与愤怒。在云中村重建规划中，设计了生活垃圾处理站的地方，这些骨头扔得到处都是。阿巴回村后只去过那里一次。地上一片白花花的牛羊骨头，让他感到震惊和悲伤。现在，当他需要一块卜卦用的骨头时，只好再去那里。四年多时间过去，骨头上残存的肉屑已经被鸟，被小动物吃得干干净净。他要做的，就是在其中找到一块还没有龟裂的肩胛骨。肩胛骨呈扇形，从连接前腿的关节那里张开，上面还有能强化这薄片的棱脊。阿巴要找的是，表面没有裂纹的肩胛骨。四年多时间，风吹日晒，骨头表面早就开始龟裂了。阿巴翻看这些骨头时，有飕飕的冷气从背后起来。这些白花花的骨头，使他感觉如在坟场翻弄尸骸。他在坟场作法时也没有生起过这样的感觉，因为那些曾经的活人，地震前都好好活着，对死亡没有一点预感的人，突然就在地震爆发的一瞬间，被自己家的房子压死，被祖祖辈辈一直生活其间的山上的落石砸死，有一个人甚至是被亲手栽下的樱桃树，倒下来，被一根并不粗壮的树枝贯穿胸膛而死。但这些人，都在火焰中化成了灰，安安静静地睡在地下。即便如村里人传说的那样，他们都变成了鬼魂在雨夜的废墟里茫然走动，也是因为死亡猝不及防，死了都不知道自己已经不在人世了。所以，阿巴就做法事告知他们。当他们感到悲伤哀怨，阿巴就用古老的祝祷安抚他们。但这些牛羊，却在主人将要远走他乡时，被吃得一干二净。似乎牛羊的血与肉能平复对命运的怨愤之情。

阿巴带了一片没有开裂的肩胛骨回去。他把中间的部分对着火苗慢慢炙烤。他听到骨头受热后卟卟开裂的声音。他闭着双眼，说：请为我显示清晰的兆头，我要上山去为村里人作法，我不要碰见地震，我不要山石把我砸倒在路上，我要平安回来。我不是怕死，我不怕死。但我的死期还没有到来。我的死期和云中村死期在一起。不要让我倒在上山路上！

他念叨这些话时，骨头继续开裂，卜卜有声。阿巴睁开眼睛，长舒了一口气。每一条新绽的裂口都从中心直达边缘。这是一切顺利的表示。如果裂纹乱走，纵横交织，那就不是好的兆头。

阿巴上山了。

那天他起得很早。山路上露水浓重，很快就打湿了他的靴子与裤腿。

跨越那道裂缝前，他停下来，祝祷了一番。唔，祝祷，阿巴想，以前我可不喜欢这玩意。现在他以为祝祷也就是表达自己一点心愿。他这个心愿是对横亘在面前的这道裂缝说的。

他说：你可不要在我下山前裂开，把云中村带走呀！我是要跟云中村在一起的。我不想你把我一个人留在山上。

裂缝不出声，裂缝像是一种深沉无言的微笑。

阿巴说：我过去了啊！

云中村的礼数，从一个人，从一个物身上跨过去是不敬的。但裂缝这么长，蜿蜒数里，还把上山下山的道路强行撕开，阿巴就只好迈开长腿从裂缝上跨过去了。

这时鹿群正迎面从山上下来。

几头鹿看着他，包括常常光顾他菜园的那头小公鹿。

鹿眼睛很大，水汪汪的半球体，像是树上将坠未坠的巨大露珠。

阿巴从鹿眼里看得见一个被曲面扭曲得有些怪异的世界。天空，云彩，树，山坡和自己。鹿眨一下眼睛，这个世界就消失。鹿睁开眼睛，这个世界就出现。

阿巴走过了鹿群，回头时，看见它们还在向他张望。

阿巴走过两个月前自己一个人热热闹闹祭山的地方。点燃祭火的地方有一摊黑黑的木炭。四周青草茂盛油亮。绘着骏马图案的风马正在草间腐烂。他继续往上，来到了祭坛跟前。两个月前给山神献的箭直端端竖立着，经幡的颜色依旧鲜艳。已经望得见阿吾塔毗的雪峰了。他每往前一步，那青灰色的金属质感的，戴着晶亮冰雪冠冕的山峰就升高一点。阿巴嘴里就不停念叨山神的名字：哦，阿吾塔毗，阿吾塔毗。

雪山坐落在蓝色的深空下，肖然不动。没有风，祭坛上的经幡一动不动。只有野画眉在白桦林中鸣叫：

"天气好——"

"天气好——"

云中村人把画眉鸟高兴时的鸣叫听成好天气的预报。

传说中，这些鸟也是随着迁徙的部落从遥远的西部一路跟过来的。

传说有一天，阿吾塔毗对鸟王说：你们就不必一路跟随了，我们都不知道要去往什么地方。

鸟王说：那就更需要我们了。我们知道哪一天的天气适合上路，哪一天天气不好，大家可以停下来好生休息。

鸟王说：天气不好时，我们都不作声。天气转好，我们一早就开始鸣叫。

云中村的年轻人把这些野画眉叫成天气预报。

天气好不好，请听天气预报。

云中村整体搬迁，这些鸟依然停留在原地。依然在天气晴朗的时候悠长鸣叫。只是没有人再听它们做的天气预报了。或许，草需要，树需要，在草树之间出没的动物需要。阿巴变得爱一个人说话了。他听到了野画眉清丽的叫声，就回答说：知道了，知道了。天气好，天气好。

这么回应鸟鸣的时候，阿巴有想要落泪的感觉。

心头一热，就有泪水盈满了眼眶。他想此时泪珠里一定也映照出一个世界。天空，山野，还有他频频回望的幽深的峡谷。一滴泪水落下去，这个世界就消失。又一颗泪水溢出眼眶，这个世界又出现。他想起非物质文化遗产传承人培训班上那个佛教喇嘛背诵的《金刚经》里的话：一切如梦幻泡影，如露亦如电。

合上开关，电流飞窜，断开电闸，电流消散。多快的世界啊！

阿巴知道，自己不能在这里久留，不能这么多愁善感。

再往上攀爬一阵，道路转了弯，横切过山梁，通往一个平坦的山坳。阿巴开始摇铃击鼓。他高声呼喊：谢巴家，谢巴家的人，云中村的子民，我来了！

他就这么呼喊着，一直来到山坳里。

他看见了靠着山坡，森林边缘，谢巴家的牛栏，羊圈。这是他第一次看见。还有一大片从背后山崖上坍塌下来的滚滚砾石。那户人家，一家四口，和他们的结实温暖的木屋就在累累的乱石下面。阿巴站在那堆乱石前摇铃击鼓。把香料装进熏炉中，点燃，盖上盖子，晃动着香炉，让香烟四布。除了他弄出的这些响动，四野静谧无声。他说：我来迟了！我来迟了！

他喊：走得动的走了，走不开的留下了！

石头下的人不说话。石头缝里已经长出了野草。可以做野菜的碎米荠开着一簇簇紫色花。

做完法事，阿巴生了火，从谢巴家取水的泉眼处取了一壶水。泉眼旁，一把桦树皮水瓢已经腐烂，泉眼四周长满暗绿的苔藓。牛栏还在，羊圈还在。但牛羊是一头也没有了。云中村人离开后，山下的人上来，把残留的东西扫荡一空。谢巴家的牛羊也是那时被人全部赶走的吧。

茶烧开了，阿巴举起碗，说：一起吧，一起吧！

喝了茶，阿巴在四周巡视一番。发现挤奶时拴牛的木桩还在，木桩上的牛毛绳还在。柏木箍成的奶桶还在。

阿巴说：呀，我正好少两只取水的木桶呢！云中村的泉水干了，我如今要到沟里去取水，路太远了！为什么要两只？要上马背呀！我有两匹马呀！

看上去完整的木桶，轻轻一碰，伏地柏枝扭成的桶箍松开，木桶就哗啦一声散了架。阿巴连动了两只木桶，都在他触手之时，哗啦一声散了架。还有两只，就靠在牛栏边上，阿巴不打算去拿了：瞧瞧！我该想到的呀，这么久没有奶水浸泡，木桶都散架了。

没有箍桶手艺的阿巴，放弃了拿桶下山的打算。他又在那堆掩埋了谢巴家的石堆前站立了一会儿，又仰脸望了一阵倾泻下来那么多石头的山崖，就转身下山了。阿巴心里很平静，云中村的鬼魂没有他没有照顾到的了。

他回望，再一次呼喊：云中村要消失了！你们就好好在这里吧！

下山路上，阿巴想，自己回到云中村来，就该像这家人一样，被这个世界彻底忘掉。这家人很容易就做到了。可他阿巴没有做到。让云丹输送给养。让外甥牵挂，给外甥带来巨大的麻烦。

阿巴说：我不如你们，我不如你们呀！

雨停天晴的某一天，阿巴刚刚摆脱关于鬼魂的执念，平静的喜悦像是小菜园里的青苗在心中滋长的时候，他听到了杜鹃鸟在森林里悠长地啼叫。

今年的杜鹃叫得比往年晚了一些。

杜鹃是候鸟，也许它们飞来云中村的路上，在什么地方耽搁了，这才刚刚来到。也许是他执意寻找鬼魂的时候，情绪低落，杜鹃鸟叫了，他都没有听见。直到放松了心情，感官重新敏锐，才在一个晴朗的天气里听到了杜鹃鸟悠长的鸣叫。云中村人有个小迷信：每年听到杜鹃鸟叫时，你在干什么，这一年多半就会一直忙活这件事情。听到第一声杜鹃鸟叫时，心情怎么样，这一年心情就怎么样。

杜鹃鸟叫声传来的时候，阿巴刚刚看过了刚开辟的小菜园中冒出的新芽。正穿过荒芜了的庄稼地，召唤他的两匹马。他不要再在一场冷雨之后，在稀薄凄冷的月光下摇着法铃寻找鬼魂了。他要把两只法铃系在白额和黑蹄的脖子上。两匹马沉思般伫立不动，四野一片寂静，只有微风吹动着草，吹动着树，吹动着云。马吃草，走动，铃声就叮叮当当响起来。杜鹃树在开花，刺莓果在成熟。阿巴甚至幻想，村后干涸的泉眼又涌出了地表。要是这样，那就是有奇迹发生，村后那个裂缝因为某种神秘的力量又悄然合上了。

这样的事情会发生吗？阿巴问自己。

阿巴平静地告诉自己：这样的事情不会发生。

阿巴给两匹马系上铃铛的时候，他说，明年祭山之前，我是不会再用了，就挂在你们脖子上了，这世上也该有个好听的声响。是啊，杜鹃鸟的叫声也好听，可它们不会天天在这里鸣叫，等它们的孩子长大了，就会一起飞走。再来又是明年这个时候了。

阿巴又在别人家的院子里开辟了一个菜园。到底该在谁家院子里开辟新菜园，他心里犹疑了许久。他在心里回想，地震前，哪一家总是敞开院门，哪一家总是用紧闭的门户把人挡在门外。

这个菜园就和前一个菜园一样，他只是把板结的土松开，拣掉一些石头，并没有播撒种子，三四天后再去看，那些过去年代里失落的种子就发出了新芽。

那几天，果园里的桃成熟了。废弃的果园没人剪枝，施肥，除草，果子没有从前那么大了。吃起来却一样甘甜。阿巴爬到树上，像孩子一样骑在树杈上吃桃。他坐在树上的时候，马走过来，鹿也跟着走过来，它们不出一点声，望着树上的他。

阿巴自己说话：我要下来了，牙不好，吃不了许多了。

他从树上下来，走到下山路口的磐石那里，眺望山下的景象。

他注意到山下的公路上，小汽车多起来了。他还望得见，对面山上新开的路上，驮着旅客的马匹上上下下。那么，山下发生的不好的事情都过去了。这个世界上，什么不好的事情都是会过去的。

这时，杜鹃鸟不再鸣叫。每天，到下午三四点钟，太阳开始偏西的时候，杜鹃鸟就不再鸣叫了。这也是阿巴该回去休息的时候了。夏天，白昼越来越长，太阳下山越来越晚。这让阿巴有些无所适从。人生来就是要干点什么的，这样什么都不干，或者要找些事情来干——比如像个猴子爬到桃树上之类，日子也太百无聊赖了。

这个时候，阿巴甚至希望那个日子早点到来，现在就到来。

来一阵地动山摇，云中村向下慢慢滑坠。这个过程如果现在开始的话，天黑之前，应该就会抵达江边。阿巴还想，如果山体只是从下往上，渐次下坠，而不是像水电站坠落的那次，什么东西都争先恐后，那他就一直坐在这块磐石之上。

阿巴就这样盘腿坐在磐石之上，脑子里想象着云中村下坠消失这样严肃的问题，居然昏昏欲睡了。后来他想，这是身上沐浴着阳光，身后又有凉爽的风吹来的缘故。是杜鹃停止啼叫，世界一片寂静的缘故。他确实坐在那里睡着了。

他还做了梦。

他梦见有人想要唤醒他。但他不想醒来，云中村正在高天丽日下的世界以向江水中滑坠的方式消失。他稳踞其上的磐石也在缓缓下坠。阿巴很满意这种方式，面对死亡不能慌张。地震的时候，人们一片惊慌，那是灾难来得猝不及防。而云中村的消失是老天爷提示过的，是地质专家预判过的。所以，就能这样从容不迫，不慌不忙。他也不要像二十多年前那次的下坠，那么黑，那么湿。这次很好，不用和那么多湿漉漉的冰冰凉的东西搅和在一起。这个时候，他听见了响亮的敲击声，还有呼喊声。他不愿意睁开眼睛。哪怕只是梦，但这样的消逝挺好，他不要在这响声和呼喊声中把意识之门打开，发现真实的滑坠，泥沙汹涌，石头、木头争先恐后，一个村子走向命运的终点的时候，却像是在仓皇逃窜。

他想，敲吧，敲吧，我不想把这门打开。

这时，他突然听见一个声音，不耐烦地喊：阿巴！并且有人猛烈摇晃他的肩膀。

阿巴不得不从似梦非梦的情境中醒来，努力睁开眼睛，看见了一个凶神恶煞。那个猛烈摇晃着他肩膀的人，脸孔被怨怒扭曲，大张的嘴巴里喷出炽热的浊气，毒蛇芯子一样直奔面门而来。阿巴不得不再次闭上了眼睛。那个人更猛烈地摇晃他，更大声地喊叫他的名字。

阿巴从他手里挣脱出来，跳下了磐石，大叫起来：鬼啊！

鬼啊！

阿巴看见了旁边还有一群人，他们在阿巴惊恐地高声呼喊时，围着他一起大笑。阿巴迈出一条腿，做出了奔逃的姿态，但他从磐石上跳下来，刚好跳到这些人中间。他们伸出手来，这个人抓住他的手，那个人扯住他的胳膊：老乡。老乡。

不要怕，老乡。

我们是来搞地质调查的。不要怕，老乡。

阿巴的声音低下来，但他嘴里还在说：鬼啊！

我们不是鬼，我们来做地质灾害预警，老乡。

从这些人的衣服，他们手持的测量仪器上，阿巴知道他们是干什么的。

阿巴定了定神，说：我不是害怕你们。

他回身指着猛烈摇晃他，对他呼喊的那个人：他是鬼，我怕他。

他们又笑起来：他是瓦约乡的领导。

阿巴认出他是谁了。他是江边村人，后来当了瓦约乡副乡长的洛伍。他还想起来，云丹前些日子上山来的时候，说他已经是瓦约乡的代理乡长了。因为阿巴执意回到云中村，仁钦被免了职，他才当上了代理乡长。

洛伍从磐石上跳下来，站在阿巴面前，脸上的表情还是那么凶狠：晴天丽日，你把我当成鬼？你难道不认识我吗？

阿巴不知道云丹离开后山下发生的一系列变故，还当洛伍是瓦约乡乡长，就说：干部不能跟群众这样说话。

洛伍上山的时候，还设想过自己见了阿巴该采取什么态度。他想，自己要有风度，要有良好的姿态。这个人在，对少年得志的仁钦就是一颗定时炸弹。但当看见他闭着眼睛坐在那里，对他不理不睬，就很愤怒了。他站在磐石下，用一只地质锤敲击那块他坐着的巨石，他不回应，叫他也不回应。这下子，他心中的怨恨就爆发了，他爬上那块石头，粗暴地摇晃他，对着他喊叫。照理说，乡干部的这种样子，足以把一个老百姓吓坏了。即便是最不讲理的老百姓，也要被吓坏了。但阿巴的反应出乎他的意料，没想到他会惊惶地跳下这巨石，站在那里大喊：鬼啊！

如果说，洛伍起初的愤怒还是半真半假的，有点装模作样，是想给这人来个下马威，但这回，他是真的愤怒了，他从巨石上跳下来，双手紧抓住阿巴的双肩，猛烈摇晃：你看看我是谁？！我是鬼吗？！你从移民村跑回来，装神弄鬼！竟敢说我也是鬼！你看看，好好看看！我堂堂乡政府的干部是鬼吗？！

洛伍这样子，把地质隐患调查队的人吓了一跳。

上午，在山下，他们跟乡政府对接，来做云中村滑坡体应力测量，那个年轻乡长把洛伍派给了他们。上山路上，他一直很和气，帮助队员们拿这拿那。爬到半山腰上，他还指给他们看对岸江边山前的平畴沃野。说最靠近江边那个村是他的出生地。大家觉得唯一不太妥当的是，他对搞地质的这些人说，知道我们山下人怎么看云中村的事情吗？

搞地质的自然对这个问题感兴趣，云中村处在一个滑坡体上，会在某一天滑坠消失，但这是地质问题。当地人怎么看这个问题，也很重要，这是一个文化问题。地理造就了某种文化，文化又反过来解释地理现象。

他们没想到，这个乡干部指着对岸村落中醒目的白色佛塔和寺院的金色屋顶，说：整个瓦约乡只有云中村不信仰佛教。

他不是一个普通信众，不是一个喇嘛，他是一个乡干部，他居然说出这样的话来。这令人非常不舒服。因此，没有人吭声，没有人回应他说的话。作为搞地质的人，他们知道，即便云中村人都信了佛教，即便那山上建了一万座佛塔，因为那道致命的裂缝，云中村的命运也还是毁灭。

洛伍也感觉到了他们沉默不语的意味，又自己解套说，这只是一些老百姓的看法。

队中的余博士说：我觉得乡政府要用科学道理反对这样的错误看法。

现在，洛伍还被自己莫名的愤怒控制着，他继续抓着阿巴的肩膀猛烈摇晃：你怎么敢说我是鬼？！

阿巴说：你的样子就像个魔鬼。

地质队的人把愤怒的洛伍拉到一边：要么，你自己回乡政府去吧。我们是搞地质的，这里的情况，我们应付得了。

洛伍坐在地上不动，他也开始为自己的失态后悔了。

阿巴说：云中村就要消失了吗？刚才我就梦见了云中村正在下坠，你们就来了。云中村就要消失了吗？

我们也要经过测量，拿到各种数据来分析，来做预警。

阿巴还是固执地问：云中村就要消失了吗？什么时候？

我们明天就开始测量。

你们要住在这里？

我们先找一个安全的宿营地，你有什么建议？

阿巴说：就在这里呀！

阿巴说的这里，就是磐石旁边和那株老松之间这块平整的地方。浅浅的青草，干燥的地面。从这里，望得见下方的峡谷和峡谷对岸的村庄，转过身，就是云中村荒废的田园和那个已成废墟的村庄。他们搭帐篷，安置那些仪器时，阿巴用他的两匹马，白额和黑蹄从村子里驮来了木柴，还有来自他小菜园中的新鲜蔬菜。

老乡，请问在哪里取水？

阿巴说：请不要叫我老乡，我的名字叫阿巴。他一口汉语说得很好，这让调查队的人都很惊讶，因为从他那一身穿着来看，他完全是最偏僻地方跟外界少有接触的藏民。阿巴说，他上过农业中学，当过水电站的发电员，又跟云中村的乡亲们移民到汉族地方过了四年。

那你在这里干什么？阿巴。

阿巴笑了：我是非物质文化。

大家并不太明白这其间的逻辑，阿巴也不求别人的理解。他的脸上浮现出悲伤的神情：村子里没有水了，原来泉眼就在村子后面，够全村人饮用，天旱时还用来灌溉果树和庄稼。地震后，那道裂缝出现，泉水就干了。

没水，你在这儿怎么过？

阿巴说：有没有装水的东西，我去取。有水，只是远一点，在以前的磨坊和水电站那边。

地质调查队的人给了他两个帆布口袋。阿巴明白了，他问：里面是胶？

对，里面是胶。

阿巴说：还要根结实的绳子。

阿巴牵着马去溪边取水。余博士要跟他一起去。阿巴同意了。地质队的人笑着对阿巴说：他是跨界博士，注意，他要对你进行文化访谈。

博士和气地笑着：我姓余，路上可以一起说话。

两个人便一起往溪水边去。两匹马跟在身后，马脖子上的铜铃叮当作响。越过荒芜的田野，云中村乱石累累的废墟前立着石碉和枯柏树。这两样东西都在西斜的阳光映射下闪烁着金属光泽。不等博士提问，阿巴就开口了。说那座不知年代就矗立在村前的碉爷爷。说那株曾在村前广场上投下巨大阴凉的老柏树如何在地震前那一年突然死亡。

博士说：建筑我不太懂。至于老柏树，几百年的树，根扎得深，可能地震前的地层错动，已经把它的根撕裂了。

阿巴说：你是说，地是从深处裂开的。

应该是这样，要只是一道地面的裂缝，就没有那么可怕了。

博士还拿出手机：我可以把你的话录下来吗？

阿巴说：等我死了，你再听到我说话，会不会害怕？

余博士站住，表情严肃：我不想听一个活人说这样的话。大地会运动，地貌会改变，我们做的工作，就是在这个过程中，尽量避免或减少人员伤亡。

阿巴说：你是照顾活人的人。

博士不说话。

阿巴又说：我是照顾死人的人。我爷爷和父亲都是村里的祭师。爷爷的爷爷也是。我是非物质文化。

两个人说着话，经过了村里因地层开裂而干涸的泉眼。阿巴指给博士看。博士为干涸的泉眼拍摄了照片。经过那道越来越宽的裂缝，这个博士自己就看见了。倒是阿巴问：你们来看它干什么？

博士说：一是推测滑坡发生的大概时间，二是测量这裂口有多深，以此推算滑坡体有多大。如果太大，滑坡发生时会堵塞江流，水位抬高，还可能淹没对岸的村庄。

阿巴想的都是云中村的消失，却没想过云中村消失时还可能祸害到瓦约乡别的村庄。他问博士：问题既然这么大，你们怎么现在才来？

余博士不急不恼，说当年那么大的地震，留下的地质隐患点太多，只能一个一个排查。没办法，我们的科技力量还是太过薄弱了。

两个人在溪边把两个水袋灌满，给紧束的袋口旋上塞子的时候，阿巴说：我母亲有风湿病，她老人家用的热水袋也是这样的塞子。

你母亲，地震时过世了吗？

神爱她，她走得早，没有受到地震的惊吓。

博士说：我不知道该说好还是不好。

阿巴指指溪流下方那片草地上的巨石：地震时从山上滚下来的，我妹妹和村里的磨坊就压在下面。

博士一脸惊愕的表情。

阿巴又说：我们云中村死了九十多口人呢。他们死了，还受了那么多苦痛，受了那么多惊吓。他们的鬼魂也会惊惶不安。我死过一次，十几年魂魄才重新聚拢。可怜，可怜！

博士不说话，怕录得不清楚，把手机举得更靠近阿巴嘴边。

这时，驮上水的马自己往回村的路上去了。清脆的铃声叮当作响。

这是祭师的法铃，不是普通的铃铛。当年，就挂在我家楼上。

阿巴向来不是话多的人，不知为什么，这时却说得收不住口了。他想，也许以前不爱说话，一个重要原因其实是没有人爱听他说话。云中村没有一个人把他当成真正的祭师。但眼下这个人，是把他当成一个通神也通鬼的人看待的。阿巴故意绕了一个弯子，把博士带到当年水电站滑坠到江中的地方。经过这么些年，当年残留的泥沙与乱石全部都掉到江里了。那里已经是一面八九十度的悬崖。他们沿着当年的水渠去到那里。当年，水渠尽头是一个蓄水池，池子后面才是发电站的机房。水经过蓄水池，流进机房，跌落到一个水泥竖井里，在竖井底部，冲激水轮机的钢铁叶片，使之旋转。水轮机通过皮带轮带动发电机旋转。电就从那机器里产生，把云中村照亮。阿巴整夜都坐在发电机旁，阿巴就在发电机的嗡嗡声中昏昏欲睡。滑坡发生的那个晚上，他就坐在那张椅子上，和整个发电站的房子和机器，在滚滚的泥沙中滑到了山下。他记得，沉重的机器深陷在泥沙里，一声不响地下滑，发出响动的是滚动的石头。

博士在这儿拍了几张照片。

阿巴还指给博士看山壁上的几个洞穴。

那是什么？

阿巴看了看天色，说：那是矮脚人的坟墓！

矮脚人？

和我们不一样的人。云中村的人到来之前这里的人！

他们在哪里？

他们不在了，很久以前，就叫我们的祖先消灭了！阿巴说，老喇嘛离世前，告诉我这里以前是矮脚人大片的墓地，后来都滑到山下去了。

那天晚上，阿巴和调查队的人一起吃饭。阿巴很久没有吃过这么可口的饭菜了。他们炒了三大盆菜，煮了一大锅米饭。大家蹲在地上围着那几盆菜吃得热火朝天。饭吃完，还上了一大盆汤。阿巴说：明天，我去给你们讨些野菜，鹿耳韭，那汤才鲜！

洛伍伸手扯他：我要和你谈谈。

阿巴挣脱他的手：我不想和你谈。

洛伍说：等地质调查结束，你要跟我一起下山。

阿巴看了他一眼：你不是阿吾塔毗的子孙。

我是乡干部，你私自跑回云中村，是对国家移民措施不满，你拉了瓦约乡工作的后腿。

干部管活人，祭师管死人。

死人烂得什么都不剩了！

山神呢？死人的鬼魂呢？阿巴转脸对地质隐患调查队的人说，不懂这些就不是瓦约乡人！

洛伍也对调查队的人解释：这个人他妈疯了。云中村全部移民，国家把他们安置得好好的。他去了四年多了，突然跑回来了。猜猜他的理由是什么？他说这里的山神和鬼魂没有人管。刚才你们也听到了，他说政府管活人，他管鬼神！洛伍又转脸对他说，你他妈以为你是谁，管得了鬼神？让你当了几天非物质文化遗产传承人，你就疯了？！

我已经管了！我就管到底了！阿巴噌一下站起身来，转身往村子的废墟那边走去。

大家看到，两匹一直在附近的马走过来，随在他身后，一起往黑暗中的村子废墟那边走去。

大家都不说话。最后，还是余博士说：你是乡干部，也该注意点方式方法。这个阿巴不简单，有他的想法。

洛伍本以为这些人会支持他，不想却听人说出这样的话来。这让他更加气恼，他提高了声音，对着阿巴的背影喊：你不下山，害不了我，只害了你外甥，他的乡长当不成了！

调查队的头儿劝慰洛伍：我们是搞专业的，也许没有地方工作那么复杂。我看你也不必着急，人都是向死求生的，我想，他恐怕是不相信云中村真的会消失。这几天，我们也可以帮你说服他。让他相信，云中村是肯定要消失的。

余博士说：没那么简单吧。队长这就是科学决定论。

队长对洛伍说：看看，我这才几个人，就有人不同意我的意见。何况你一个乡，几千口子人。

余博士说：阿巴上过中学，当过水电站的发电员，懂点科学。

洛伍自己也觉得很没有意思。他对着阿巴喊的话是假的。仁钦因为阿巴被免了乡长职务不假，可是才一个多月，他成功处理公关危机，一撅屁股，又把他从代理乡长的位置上挤下去了。一个人心情不好，无处发泄，就难免失态。洛伍想起在州委党校上的课，一个老师讲的情绪管理。一个人当了十几年副乡长，代理乡长才当了几天，又被原地免掉，这个情绪怎么管理？一听人说阿巴还懂点科学，洛伍又差点情绪失控：他搞的是封建迷信，不是科学。他懂什么科学！

他的经验里包含科学的因素，余博士说，你一个国家干部怎么跟一个乡民如此较劲？

洛伍说：我有一个任务，动员他下山回移民村去。

你这样的态度怎么可能把他动员下山。

今天上山，是他自愿要求的。调查队上山前只是跟乡政府通个气，他们有丰富的野外工作经验，并没要求当地政府协助。是洛伍自己提出要上云中村的。他向仁钦乡长提出要求时，仁钦锐利地看了他一眼，问：你不是血压升高，头痛恶心吗？

洛伍说：地震的时候，我和你一起在云中村，情况比这个还严重，我可一天都没歇着。那时你也在场，我一直配合你的工作呀！

仁钦当然记得，那时洛伍作为瓦约乡副乡长，也和自己一起在云中村。那时，他的确没有说过身体上的毛病。直到解放军来了，他才颓然倒下。

话说到此，仁钦就同意了，还嘱咐他，云中村海拔比乡政府高八百多米，多带点药。还有，既然上去了，就试试能不能劝劝阿巴吧。

你是他外甥，你都劝不动，我怎么劝得动他。

仁钦说老实话：我那次上去，知道劝不动他，也没怎么劝。

洛伍想再说什么，仁钦不听了。他走出会议室，站在院子中的花坛前。给陶盆里的花苗浇水。他是在被免职的那一天，开始侍弄这盆花草的。那天，他给花盆装上土，把从山上带下来的十几粒花种，播撒到花盆里，拿着花壶细细地浇水。没人知道这些种子是他从云中村母亲死去的地方采集来的。更没有人知道，在那片草地上，舅舅告诉仁钦，他对着那块巨石作法，呼喊他母亲名字时，一朵鸢尾竟然应声开放。花盆里的种子，就是那朵鸢尾结下的。本来，仁钦是打算明年春天，才播下这些种子的。但那一天，免职通知下来，他觉得自己特别脆弱，特别想念妈妈，就匀出些种子提前播下了。那天，他还亲吻了他心爱的姑娘。之前，他喜欢的姑娘一直拒绝他。仁钦的家世不好，没有父亲，还有个举止行为异于常人的舅舅。那天晚上，他把花盆搬回屋里，对着埋在湿土里的种子垂泪。听到隔壁小学校晚自习结束的电铃声响起。再后来，姑娘推门进来了。姑娘是乡中心小学的音乐老师。

姑娘说：我来陪陪你。

仁钦说：我在陪我妈妈。他说，舅舅说，妈妈寄魂在一朵花里。我把那朵花的种子种下了。

姑娘的眼睛湿了：我妈妈说，仁钦乡长是个有情有义敢作敢当的人。

仁钦说：你说这些种子会发芽吗？

姑娘说：我爸爸说，没有父亲的人也能成为一个真正的男子汉。

这之前，姑娘不接受仁钦，主要的原因就是她的父母嫌仁钦是一个私生子，家世不好。

仁钦说：我不是乡长了，他们把乡长给我免了。

姑娘流泪了：妈妈说你是没有父亲的男人，妈妈对我说，你要好好疼他。

姑娘抱住仁钦，她呼气如兰，香气袭人，她说：我答应妈妈了。

仁钦身体僵直：我不是乡长了。

你以为全世界的人都是势利眼吗？

嫌我家世不好不是势利眼吗？

长辈们有这个毛病，我不是帮助他们克服了吗？

你不是不爱我吗？

我爱你！但我不能让父母生气。

然后，姑娘说：我可以给妈妈的种子浇点水吗？

仁钦把浇水壶递到姑娘手里：你的爱这么热烈，一点点就够了。

姑娘跪下，往花盆里浇水。她说：妈妈，让我来替你心疼仁钦吧。

仁钦拥抱了她，亲吻了她。

从此，乡政府的人每天都看见这对热恋的恋人精心侍弄这花盆。不是这盆花，而是这花盆。七八天了，盆子里还是那些土，土下的种子没有一点动静。

洛伍代理了乡长，乡里的事情千头万绪，但他还是有闲心对此发表评论。他说，花都是春天播种的，平生第一次看见有人夏天种花。这是反季节花。瓦约乡灾后重建，除了发展旅游业，还有一个给村民增收的举措，就是新建大棚，种植反季节蔬菜。乡里干部背后议论，说洛伍都当了乡长，心胸还这么狭窄。

仁钦在网上查了鸢尾花的相关资料。上面说，有些鸢尾种子有休眠期，一年到数年不等。但资料上没有说哪些种类的鸢尾种子会休眠。更何况，即便说了也没用，因为仁钦也不知道自己种在花盆里的鸢尾是什么品种。

他心爱的小学老师安慰他说：等着吧，你等了我两年。那我们也等着，两年、三年……

结果，第二天早上，花盆潮润的泥土里就拱出了第一片叶子。

两个人把花盆从屋里端出来，放在花坛上，等待早上第一缕阳光。

那枚叶子只拱出来稍稍一点，像一颗浑圆的豆子的一半。当这粒新绿被第一缕阳光照到的时候，它似乎又动了动。仁钦用身子挡住了阳光。他又偏一下身子，让阳光重新把那粒新绿照亮。

仁钦对心爱的姑娘说：阿妈的鸢尾种子不会休眠！

姑娘把仁钦推开，她用自己的身子遮断了阳光，再一偏身子，阳光又落在了那粒新绿身上。就在这个时候，好像有点声音，倏忽一下，那颗绿色弹开了，从一颗饱满的拱背的豆子的形状变身成了一枚叶片!

姑娘用手捂住了脸:你再叫一声。

仁钦说:阿妈鸢尾!

在他们的感觉里,那片窄窄的、尖端锐利的新叶在阳光里轻轻震颤了一下。

这一天,到黄昏的时候,花盆里又长出了两片新叶。

三四天时间,那些细长的脉线清晰的叶子已经长成很大一簇了。

仁钦去省城处理危机公关时,姑娘晚上把花盆抱回几百米外的小学校,早上,又把这盆花抱到乡政府,摆在正对着仁钦房门的花坛上。

这情景让刚代理了乡长职务的洛伍想不开,他想,此时仁钦应该对人世心灰意冷,但他却开始热恋,还像娘们一样兴致勃勃地侍弄花草。

他还得出一个结论:仁钦不是男子汉。要是个真正的男子汉,这个时候应该悲恸欲绝。

现在,在山上,洛伍见到了阿巴,他得出了结论:这家人都有某种魔怔。

第二天早上,阿巴又出现在调查队的营地,身后跟着两匹备好鞍的马。

洛伍对他说:你就不要来干扰我们的测量工作了。你还是收拾收拾,等我们完成了测量一起下山。

余博士却对队长说:我看他帮得上忙。

阿巴也不说话，动手往马背上放调查队的装备。

他们出发的时候，鹿群正在从山上下来。看见这么多人，鹿群停在山前，不敢往前走。最后，它们还是小心翼翼地走到了野草茂盛丰美的荒芜的庄稼地里。大家站在那里，看了好一阵子那些鹿，看它们下到地里，看它们进入村里废弃的樱桃园中。

阿巴说：等哪天它们不下来了，那就是滑坡就要发生了。

调查队的人说，动物对地质灾害的预感是存在的，但这个发生机制是什么，科学研究还是一片空白。

阿巴说：水电站滑坡那次，矮脚人墓穴里的狐狸，叫了两个晚上。最后，母狐狸叼着小狐狸冒着雨离开，往别处去了。滑坡就是那天晚上发生的。

洛伍冷笑：吹牛吧。那个时候，我们瓦约人民公社有专门的狩猎队，村子里家家都有猎枪，那时还有狐狸？还就在水电站旁边。

你不要打断他，余博士制止洛伍，又转脸对阿巴说，你说，继续。

那时水电站旁边就是有个狐狸窝，就在矮脚人的坟洞里，村里人害怕，不敢动它。

博士对阿巴说：你先给我们说说矮脚人吧。

阿巴想起小时候在磨坊从父亲那里听来的故事。故事里说，矮脚人是一些住在森林里的人。他们用木头搭盖低矮的房子。他们也住在洞里，或者住在树上。他们用弓箭狩猎。他们长得矮小，便于在茂密的森林里自由穿行。阿吾塔毗率领他的部众从遥远的西部辗转来到这里，他们不能再往前去了。他们从高旷的草原地带而来，走到这里，潮湿的森林和森林里的虎豹蛇虫使他们困顿不堪。还有那些矮脚人，他们从大树上向迁徙中的部族射去密集的箭雨。可是，他们的石头箭镞射在武士们铁的头盔和皮的甲胄上只是发出雨点敲击一样的声音。传说这些矮脚人有暴突的眼睛，强壮的上肢和短小的双腿。云中村的祖先也无法在森林中追踪他们。阿吾塔毗率领的部众又往前走，但是，前方，森林突然消失，群山突然消失。前方的地平线上有更强大的人群。他们乡野中密集的灌渠难以逾越，更不要说他们又高又厚的城墙，根本不可能逾越。更何况，在那些地方，太阳不是从雪山背后升起来，而是从迷雾蒙蒙的地平线下升起来，这说明，再往前走，就是大地的尽头了。于是，云中村人只好在冬天，重新回到矮脚人在的山上。他们用火把矮脚人从森林里赶出来。阿巴少年时代听来的故事是有韵脚的，好听的韵脚减轻了屠杀的残酷。韵脚好听的故事里说，一些矮脚人被林火焚烧，一些矮脚人被火从森林里驱赶出来，被铁骑围困。矮脚人的语言是一种类似于鸟语的吱吱叫的语言。吱吱叫的语言当然是一种非人的语言，他们就那样吱吱地叫着，整个部族被消灭殆尽。云中村现在所在的这个半山平台，也是森林烧毁后显露出来的。阿吾塔毗的部落就在面向东方的最后一座雪山下扎下根来。那些有韵脚的故事还说，大火把潮湿的地方变成了干燥的地方。

　　阿巴告诉他们，云中村人一直害怕矮脚人的坟墓。十几年前，常有山下的人上山来在矮脚人的坟墓里找东西：陶罐、石头箭镞、玉石耳坠，但村里没有一个人参与。就是无恶不作的祥巴三兄弟也不敢参与。阿巴说，一九八几年一九九几年那时候，村子里贪财的人只是参与采挖野生兰草。几年时间，满山的野生兰草就被挖了个一干二净。

今天，鹿群都回来了，兰草还是一株不见。

洛伍说：你怕也没少挖。

阿巴笑了：那时我什么都不知道，我还没醒过来呢。

洛伍帮他解释：他跟滑坡体滑下山去，没死，却变傻了。

阿巴认真纠正：不是傻，是糊涂了，没清醒过来。

我看你现在也没清醒过来。

阿巴有些愤怒：我清醒了！

那你还整天神神鬼鬼的。

你们政府让我当的非物质文化。

政府让你这么神神鬼鬼了？政府就是让你主持一下每年的山神节。

政府让我当了祭师，鬼神都知道了，我不管，他们就要怪政府了。就像你当了乡长，不好好干，老百姓就要怪你了！

话说到这里，洛伍对不上了，他不好意思说，他在代理乡长的位子上，屁股还没坐热，又被免掉了。

调查队队长不高兴了：原来你不是来协助我们工作，是来跟老百姓找不痛快的。

这天，阿巴带着他们沿着那道宣判了云中村死刑的裂缝走了一遍。调查队往裂缝里投放了几个电子传感器。这些传感器能发射无线讯号，调查队可以用这些数据预估滑坡爆发的大概时间。他们做得更多的是探测这道裂缝的深度。裂缝的长度在地面上暴露无遗，但只有知道深度，才知道滑坡体的体积。了解这一点很重要。这决定滑坡体会不会直坠谷底，会不会堵塞江流，造成堰塞体，涨起来的水会不会淹没对岸的村庄。阿巴听出了言外之意，他竟为这些高兴起来：也许，云中村只是滑下去一些，但不会直落到江里？

数据，数据。一切都要等拿到数据。

阿巴在医院看过病。躺在病床上，脱掉衣服，皮肤被抹上油，接上电线，通上电，医生就在电脑屏幕上观察。

现在，他们对大地，对山所做的事情也像医生对病人一样。他们往裂缝里塞进仪器，接上电脑，观察屏幕上那些波动的曲线。阿巴看不懂，就坐在旁边闭着眼祈祷。阿巴注意到，这一天杜鹃没有鸣叫。杜鹃鸟不会整整叫唤一个夏天。杜鹃会在夏天某个时刻突然停止鸣叫。山上的夏天时候短，冬天长。杜鹃鸣叫是为交配产卵，如今，这个过程结束，它们要忙着把自己吃得肥肥壮壮，预备秋霜一起，就向南方做长途飞行了。

中午吃干粮时，阿巴不吃东西，坐在一边，暗自伤心。

余博士一边看电脑屏幕，不时抬头看他两眼。阿巴就知道，检查的结果不好，云中村肯定是会像电站一样直坠到江里。

余博士给他拿来面包和一盒牛奶。

阿巴摇头。

余博士说：咦，你是通神的大祭师哪。

阿巴不好意思，就吃了面包和牛奶。大家累了，用帽子盖着脸，躺在草地上打盹。还有人都躺下了，又起身，去睡在裂缝的上边。还用开玩笑的口吻说：要是这会儿来个地震，不至于滑到山下，直接和滑坡体一起下去了。

阿巴坐在裂缝下方不动，他想，要来就来吧。

余博士叫他起来：带我走走。

其实，博士并不要他带。博士走在他的前面。两个人顺着裂缝往东边去，一直走到裂缝终止的断崖前。山下，江流转了一个大弯，又折了回来。大弯的弓背上，就是瓦约乡那几个散布在河谷中的村庄。

两个人坐在那里，眺望河谷中的景色。

沉默好久，博士问阿巴：你看出来什么没有？

阿巴没看出什么来。眼前都是从小就看惯了的风景。云中村坐落在一个突向峡谷，逼着江水转了一个大弯的山鼻子上。老故事里说，这是好风水，因为这突出去的部分是一只大象鼻子。大象伸出鼻子在岷江中饮水，才逼得江水转了这个大弯。

博士说：很多年后，这段弯曲的江流就没有了。

博士说，这些西来的大山有一种力量，一直要往东南方向去。但对岸那些山站在那里，不让。不让，是对面的大山也无处可让。

阿巴说：不都是阿吾塔毗山神管着的地方，不都是瓦约乡吗？

你说的是文化单元，我说的是地理单元。这里，地理单元才决定一切，文化是附生其上的。

这话阿巴不懂。

但博士的大概意思他还是明白的。有力量强推着西边的大山往东去，但东边那些山肩并着肩扎稳了脚坚决不让，也没地方可让。西边山拱出去这只大象鼻子，像一个楔子，想在对面的地层上拱开一个缺口，可那边的岩层太坚硬，拱出来的象鼻就折断了。而且，这大象鼻子已经折断不止一次。每一次折断都造成一个滑坡体。滑坡体就是因为奋力前拱而碎裂的象鼻子。一次又一次，滑坡体坠入江中，江水慢慢把这些泥沙荡平。这就是对岸那些平整土地的来源。也是这一带地震频发的原因。

有了博士这一通解释，阿巴再看脚下那道直通江岸的断崖，从那些折叠的、破碎的岩层上就看出名堂来了。

原来，就在这个大地震和那个大地震之间一百年，或两百年间，云中村被冬天的大雪覆盖，或者，夏天杜鹃鸟悠长啼叫，麦子和玉米在地里拔节生长，苹果和樱桃在枝头成熟的时候，云中村的地下，看不见的黑暗的深处，角力永远在进行，岩层像紧绷的肌腱，积蓄着巨大的力量。而这种力量最终只是使自己撕裂，破碎，崩塌。阿巴似乎听到了很深的下面，岩层还在角力，每一块，每一层都在吱嘎作响。阿巴看着脚前的裂缝说：原来，它是从里面炸开的。

阿巴还说：原来断裂带就是这样。

博士说：断裂是一个漫长的过程。一次又一次地震，有些地方还会爆发火山。

阿巴想起从电视上看到的壮烈的火山爆发，他说：比起滑落到江水里，我倒情愿来一个火山，把我们云中村冲到天上。他想起了自己经历的那次下坠，他讨厌被泥浆包裹着，又湿又冷又黏稠的感觉。

博士说：这条断裂带没有那么深，不会爆发火山。

阿巴说：科学跟神一样，一点都不可怜人。

博士说：科学揭示自然意志，从这个意义上说，也跟神差不多。不过，科学认识了这个自然意志，可以让人少受些伤害。比如。

阿巴说：讲科学的人都必须讲一个比如，不然我们这些人就听不懂科学。

比如，比如，我们知道了新的地质运动造成了一个新的滑坡体，云中村就在这个滑坡体上，政府就把云中村的人整体迁移了。

阿巴说：我回来了，没有整体。

我们负责发出预报，你的事情，归乡政府管。

阿巴一直觉得博士是一个有意思有同情心的人。所以，才用了那么多时间来跟他交谈，听他讲解无情的地质运动。但在这个过程中，他也变成了一个无情的人。像他自己嘴中讲出来的那个神一样不动声色的自然意志。阿巴以为，这个人对他好，最后也会劝他下山，劝他不必跟云中村一起消失。当然，他会说，他不会下山，云中村的人迁移了，但鬼和神却还留在这里，不能迁移到别的地方。但是，这个人不劝，他说，他只负责发出警报，劝人离开是乡政府的事情。这让阿巴对他感到失望。

阿巴说：警报有什么用？滑坡开始前，狐狸和鹿群都会发出警报。

那就有点晚了。你知道吗？这道裂缝就是我发现的。本来，我是来为云中村新村规划做前期工作的。但经过观察，我发现，这里自古到今，地质运动就在不断制造滑坡体，所以，我才上山发现了这道裂缝，发现云中村就坐落在这个滑坡体上。我不会劝你下山的，那不是我的职责所在。但我讲这些道理，也是为了让你明白，人再强，也强不过自然意志。

阿巴有些骄傲：乡政府也没用的。我不下山，乡长都丢了官了。

我知道，仁钦乡长是你的外甥。余博士说，很好啊！我终于看到了一个人有自己的职业信仰。我知道你是为了云中村不能迁移的鬼魂。我也要向你学习。你是我的榜样。不过，我可以告诉你一个消息，仁钦乡长又官复原职了。

为什么？难道我的分身下山去了？

因为一场成功的危机公关。

阿巴高兴起来，笑着抱怨：自然意志，危机公关，你嘴里的新词太多了。可我已经变成了一个旧脑筋，阿巴敲着自己的脑壳，我上过初中，当过发电员，我在移民村家具厂上班，我这脑子里还是有不少新东西的，可现在，已经完全是个旧脑筋了。

余博士也笑了，模仿他的口吻说：是啊，你是非物质文化嘛。

远处传来了呼喊声：开工了！

下午半天，巡察了裂口的西段。

还是探测裂缝的深度，还是往裂缝里放置传感器。

余博士跟队长商量，这里也无须那么多人手，他想让阿巴带着，再去看看前一个滑坡体的遗迹。

队长挥挥手：去吧。

下山的路上，阿巴说：你的队长是个好人。

我的队长是有名的科学家。学科带头人。

阿巴问：学科带头人是干什么的？

博士笑了：算了，今天说了自然意志，还说了危机公关，不说新词了。

两个人下山的路上，正迎着吃饱了肚子回山上的鹿群。它们吃得太饱了。以至于上山路上都呼呼地喘着粗气。阿巴说：看，它们也知道山会垮下去。

博士看着那些鹿一头头经过自己身边，迈过那道裂缝，然后，它们好像知道已经跨越了某种界限，停下来，大喘着气休息。

阿巴又说：杜鹃鸟不叫了。

博士说：杜鹃叫不叫，跟滑坡没什么关系吧。鸟又不怕滑坡。

这也是你那个自然意志？

也许是吧。

我不喜欢你的自然意志，阿巴突然悲伤至极，他问博士：地震要了那么多人命还不够吗？还要把我们云中村推到江水里？

走到溪边的时候，阿巴已经平静下来了。他说：刚刚知道云中村是滑坡体那时候，每个云中村的人都像我刚才一样。

博士不去纠正阿巴的话，告诉他云中村不是滑坡体，而是云中村坐落在滑坡体上。他知道阿巴和云中村人都知道这是什么意思。不是表达，而是命运。

两人沿着当年电站的水渠往前走。当年水泥少，水渠只是用混凝土打底，两壁是用松木板护住的。博士也没有告诉阿巴，正是这道横切山坡渗漏严重的引水渠，催生了那次葬送云中村水电站的滑坡。处于断裂带的山体，内部本身就充满了裂缝，长期渗漏的水正好给受地球重力吸引的山体提供了润滑剂，使得滑坡提前爆发。余博士不想对阿巴说这个。因为那座曾经给这个古老村庄带来前所未见光明的水电站，如果没有在过去提前消失，那这一回，也要和云中村一起消失了。

阿巴却陷入了回忆，当年的情景历历在目。他看到年轻时的自己把闸板提起来，水流就从前池中奔向水渠。他跟着翻卷着浪花的溪水一起奔跑。他跑进厂房，听到溪流正从进水口处哗然跌落，水轮机开始旋转，水轮机带动着发电机也开始旋转，他等待仪表柜上的电流表电压表都达到用红线标出的刻度，便猛一下合上电闸。整个云中村就被点亮了。

他们走到了水渠残迹的尽头。那就是当年水电站厂房所在的地方。那个雨后初晴的夜里，滑坡发生，水电站消失。现在，他们的面前，什么都没有。只是一面陡峭的山崖。山崖上部，裸露着扭曲破碎的岩层。有些岩层是灰黑色的，有些则显示出锈红色。快到江边的坡脚，则是成堆的乱石。

这么多年了，除了喇嘛装上假牙，要和他说话那一次，他才第一次回到这个地方。他照喇嘛的指示，把他背到这里。阿巴以为喇嘛会说一大篇话。他还担心自己不能把他的话全部记下。但喇嘛只说：你要多听听，听啊。

阿巴说：我没有听见。

喇嘛说：鬼在哭啊！矮脚人的鬼在哭啊！我们祖祖辈辈，一直都在安抚他们。但有多少年了，没人做这样的事情，他们在哭啊！

可是，阿巴什么都没有听见。

望着眼前的景象，阿巴脸上显出了惊讶的神情。他记起来，当年随着滑坡体一起下坠向深渊的时候，身边有那么多东西，破碎的厂房、机器、滚滚而下的泥沙、树木，他特别记得，他在那个灰色的黎明醒来，挣扎着站起身来时，身体的四周全是细细的泥沙。但现在，这些东西都没有了。全都不见了。只剩下悬崖下一堆乱石，堆积在江边。

阿巴对博士说：下滑的时候，我没有听到一点声音。那么大的石头，那么多的树在我身边滑过去，都没有一点声音。可是，早晨醒来的时候，听到的却是鸟叫。那些鸟都像是被吓坏了，不敢大声鸣叫。

余博士摇了摇头：这超出了我的知识范围，我解释不了这种现象。

知识？阿巴发出疑问，同时也自己得出结论，知识也像神一样，像树神和水神一样，各管各的。

博士笑了：是这个道理。

阿巴又指给博士看身后山坡上的几个洞子里矮脚人的坟墓：这些洞子都是挖水渠时露出来的。

你去看过没有？

阿巴摇头：刚开始的时候，我还有些害怕。

我上去看看。博士手脚并用爬上去，上到一半，又随着松动的岩石一起滑了下来。第二次，他顺利地上去了。博士离开云中村后，去图书馆查阅岷江上游的考古报告，知道这种葬式叫作石棺葬。考古报告也证实，采用这种墓葬形式的人不是今天还生活在这个地带的族群。这些人是在历史中消失了身影的族群。当时余博士还不了解这些。但他确实看到了洞中人类的骸骨。并不完整的骸骨，还有麻布的碎片。洞穴四壁用石板镶嵌。其他就什么都没有了。

阿巴告诉他，以前这些墓室里有陶罐，有野猪牙齿和玉石做成的饰品。这些东西都被人偷走了。每一只陶罐能卖到五六百块钱。一个石头箭镞能卖到二十块钱。云中村没有人参与对这些矮脚人墓穴的盗掘。云中村人只是参与了对野生兰草的疯狂盗采。阿巴说，那时，云中村人把这样的事情看得很严重。阿巴说，现在就没有什么了。云中村都要整个消失，墓穴里的几只陶罐，几株野生兰草就不算什么了。

阿巴还告诉博士：我希望下次滑坡发生，不要像前一次是在晚上，我希望是在白天。那一次天很黑，我吓坏了。要是滑坡是白天发生，我就可以清清楚楚看见。

阿巴和余博士在村外盘桓很久，黄昏时分才回到调查队营地。

洛伍批评阿巴：不给地质调查队提供支持，在山上晃来晃去，你在搞什么名堂?

他已经帮了我们很多忙了，队长说，他是在帮我们的余博士做文化调查。

余博士说：很有意思，我们互相分享各自的知识。我进入阿巴的知识系统，阿巴也了解了一些我的知识系统。

看过水电站的滑坡体和矮脚人的墓穴后，两个人往回走。经过那块巨大岩石的时候，阿巴停下来，手抚着石头念念有词。

这块石头的背阴面已经长满青苔，巨石和地面的缝隙间也长满了青草。阿巴祝祷的时候，博士蹲下来，辨别那些野草的品种，绕石头一圈，他统计出十几个品种。荨麻、鸢尾、马先蒿、金莲花、龙胆……扎根在石缝里的还有两种灌木：溲疏和铁线莲。也许到明年，这两种灌木就会开出美丽的花朵来了。这两种植物都会开出白色的繁花，一种在春深之时，一种在盛夏。这样的情景让人难以相信这巨石是大地摇晃时从天而降，下面还埋着一整座磨坊和云中村的一个女人。博士居然一下就认识了这个女人最亲近的两个人。她的儿子和她的哥哥。博士也知道，这是一个事实。一个残酷的事

311

实。也是一个美丽的事实。是身旁这个人关于人死后那些鬼魂的信念使得残酷的事实变得美丽。

余博士指给阿巴看那两种新生的灌木丛。

阿巴认得它们：再有一两年，它们就该开花了。

那么，到时候，这地方真的是一个美丽的灵魂寄居地了。

仁钦收走那株鸢尾的种子，我妹妹就不在这里了。那株鸢尾是她的寄魂草。她跟着种子一起到她儿子身边去了。阿巴长舒了一口气，好啊，这样，云中村消失时，她就不会感到孤单了。

在回去的路上，阿巴确实在博士面前展开了另一个有关生命理解的知识系统。

阿巴指给他丁香、白桦、云杉、杜鹃花树，这些树都是同类树木中最漂亮的。阿巴说，其中有些树上寄居着云中村人的鬼魂。他穿着法衣摇铃击鼓，呼唤着他们活在人世时的名字，把他们的魂魄引导到这些树上。阿巴说，他给每个灵魂两个选择，一棵寄魂树在滑坡体上，另一棵，在裂缝的上方。云中村即将消失的时候，他们可以自己选择，和云中村一起，或者，留下来陪伴寄魂于雪峰的祖先阿吾塔毗。这些鬼魂，也许是害怕将来漂泊无依吧，他们都选择了要跟云中村一起消失的寄魂之树。阿巴还告诉博士，他的父亲，寄魂在马脖子上一直铮铮然叮当作响的铜铃上。

两人走出树林，来到云中村台地的边缘，对岸的瓦约乡又全部展现在面前。

从高处望下去，对岸的江边平地其实是五个逐次下降的平台。博士拍下了几张照片，他把那些台地指给阿巴，告诉他每一阶台地，都意味着这边山体的一次大规模的崩塌。每崩塌一次，江水就用那些崩塌体的泥土在江边制造一条狭长的新平地。他们脚下的这个从西北方伸出的大象鼻子就变短一点。当云中村在某一天消失时，大象的鼻子就更短了，直到有一天，彻底消失。

博士没有想到，阿巴不但一下就懂得了他说的话，还把他所讲的知识上升到更高的境界。

阿巴由衷赞叹：原来消失的山并没有消失，只是变成了另外的样子。

博士没有作出回应，他的信仰是科学，他不想把科学与阿巴的信仰如此简单地连接起来。但这并不表示他内心里没有充满对这个主动与世隔绝的人的理解与尊重。

阿巴还问了他一个问题，他们现在置身其上的巨大的滑坡体崩塌下去，江流还能用这些材料、这些泥土与石头造成一条狭长的新台地吗？

博士不知道该不该把结论告诉他。这个结论在他看来是过于残酷的。当巨大的滑坡体因为承受不了自身的重量，终于崩塌，巨大的土石方会壅塞江流，形成堰塞湖。要有漫长的时间，湖水从崩塌的岩石中把泥土和细碎的沙石淘洗并淤积起来。前提是要有一个堰塞湖，要让湖水淹没公路，淹没原先台地上的村庄。回旋的湖水冲激巨大的堰塞体，把泥土和细碎的沙石一波波推向对岸，渐渐淤积。然后，堰塞湖在某一次大洪水中发生溃决。湖水一泄而空，重新变成湍急的江流，新的台地才会形成。地质运动也有某种规律与意志，堰塞湖要把滑坡体里的泥沙都淘洗出来造成新的平地了，才会溃坝放水。这样才能把新淤的平地从水底下亮出来，长树，长草，长出新的村庄和田地。同时，下泄的洪水会给下游的城市与村庄造成巨大的灾难。因此，为了防备这样的灾难，今天的人绝不允许堰塞湖形成。每一次有新的滑坡体形成，地质调查队就发出预警，别的专业队伍也已经准备就绪。准备对堰塞体进行爆破，众多马力强劲的挖掘机一拥而上，江水来不及形成湖泊，不会造成严重的次生灾害，自然也就不会造就新的地形。

余博士没有告诉阿巴这个结果，他说：是的，大地上所有一切都不会消失，只是换一种样子。

阿巴还说：如果是这样，那云中村的鬼魂就不会消失，我想他们会重新找到寄魂树。

阿巴这么说，是因为对岸的台地上也长着许多巨大的树，护住河岸的柳树，荫蔽着村庄的核桃树。

第
五
月

九月间了。

　　阿巴五月初回来，转眼就来到九月间。

　　岷江上游河谷地质与气候研究机构的网页上总结这里的气候特点要言不烦：春天升温缓慢，夏天光热资源丰富，秋天降温迅速。情形的确如此。刚进九月，云中村早晨的田野，青草上挂着的晶莹露水，就变成了白霜。阿巴开辟的菜园也是如此。当他早上睁开眼睛，太阳照亮的不再是晶莹的露珠，而是闪闪发光的麦芒一般的细小冰晶。空气清新而凛冽。当太阳把那些冰晶迅速融化，那些菜叶不再那么生气勃勃，而显出了枯萎的迹象。鹿群下山，也一天晚过一天。那头公鹿已经不到他的菜园里来了。它的角又分了几个叉，上面的茸毛褪去，里头的血液干枯，正在骨质化，化成一具坚硬的鹿角。那些年轻的牝鹿，经过一个夏天汁液丰富的青草滋养，毛皮光滑，浑圆的臀部闪闪发光，水汪汪的眼睛里漾动着云影天光。它们即便只是一动不动地站在正在泛黄的草丛中，都像是在卖弄风情。那些鹿角正在变得坚硬的公鹿就站在它们身边，游戏一般互相轻轻碰触着鹿角，这是决斗的准备。再过一个月，它们就可以用这具完全骨质化的角和其他公鹿打架，争夺与这些风情万种的牝鹿的交配权了。现在，它们只是轻轻碰触鹿角，游戏般做着真正战斗的演习。成熟的牝鹿把年轻牝鹿带到一边，静静观望。

没有风，草上的霜针嚓嚓作响。

阿巴躺在床上，还是像往常一样通过敞开的门看着阳光把门前的菜园照亮，看着阳光把白霜化掉，重新变回露水。那些菜叶却不再新鲜，不再生气蓬勃，显示出了萎靡的迹象。那株罂粟开花了。它的植株被鹿啃食过好几次，长得并不健旺，但还是在四天前，从顶端开出三朵花来。三朵白色的花。第一朵先开。过两天，另外两朵也一起开放了。阿巴从来没有这么清楚从容地看到过罂粟花的开放。他想起少年时代，村子里发现逸生的罂粟突然开放，尖厉的哨声中民兵迅速集合，快速奔跑，把那株花包围起来，不让人看见。村里打电话报告，等待上面下达处置方法。那时，阿巴与和他一般大的少年们是多么渴望看一眼那些神秘的花朵啊！父亲那一辈的人，却摆出不屑的神情。有什么好看，解放前我们把这东西种得漫山遍野！哇，漫山遍野！怎么可能！怎么不可能，要不怎么说当时的瓦约土司和国民党县政府是在进行罪恶统治！你们没看到吸鸦片上瘾的人是什么样子！种植一种开花植物就是罪恶。吸食这种植物提炼的鸦片就是罪恶！可是，当这株罂粟花在眼前绽放时，阿巴甚至有些失望。这花很漂亮，但云中村有的是比这种花更美丽的花朵。比如就在村后给山神安置献箭祭坛的山坡上，春天开放着同是罂粟科的黄色、蓝色和红色的绿绒蒿，以及云中村人家家户户都会养植的虞美人花。但阿巴还是在每个早晨都细细地凝望着枝头这三朵花。纯洁无瑕的颜色，丝绸般的质感。霜冻损伤了它的叶子，但当阳光透耀，白色花瓣和上面的霜针交相映照，幻化出迷离色彩。霜化开后，这些看起来十分娇嫩的花瓣依然生气勃勃，并不像叶片一样受了冻伤。

凝视着这三枝花朵，阿巴会想起以前家里存着一点鸦片。那像是一个巨大的秘密，藏在家里房梁上，要架起梯子才能够到。那时家里的奶牛或者人生了病，又弄不清缘由，梯子就会架起来，父亲把用纸包裹了十多层的不及一个小孩半个巴掌大的那块黑色的东西取出来，用刀刮下一点，用温水化开。灌到牛的嘴里，灌到人的嘴里，然后一家人长舒一口气，念咒一般说，梦呓一般说，好了，好了。

罂粟花突然开放在村前田埂边那一次，阿巴也莫名病了，他躺在床上，也被灌下了家里秘藏的鸦片，一家人围着他，几张俯视着他的脸像是飘在天上，对他念咒一般，梦呓一般说，好了，好了。然后，他轻飘飘的身子猛然下沉，下沉。

阿巴看着花，回忆起当年那奇异的感觉。他想，当云中村那个命中注定的日子来到时，如果他不像当年从水电站下坠那次被恐惧控制，只要他保持镇定，肯定也会是这样的感觉。他还曾经想过，应该再喝一次那样的水，把那种感觉重新体验一番，这样，当那个地质运动决定了的毁灭时刻到来，他能更好地把握住自己。他要让自己清晰地体验那个时刻，记住那个伟大时刻。记住？一切都毁灭的时候，能记住什么？那时候，灵魂也会一起灰飞烟灭。可是，谁又敢说那一切以后就只剩下一片黑暗或者明亮呢？万一灵魂又会以另外的方式存在呢？

为此，阿巴还自己和自己争辩。

人一死就什么都没有了。

你怎么知道人一死什么都没有了？你是祭师，你不相信有鬼魂在吗？

我当了祭师，我就只好相信有鬼魂在了。我是担心万一有鬼魂在呢？可是我真的一个都没有看见。

好吧，你承认有鬼魂了。难道鬼魂真要跟云中村一起消失吗？既然他们都是鬼魂，云中村下坠的时候，他们不能飞起来吗？

云中村都消失了，他们还能往哪里去？

万一真是有什么去处呢？所以，你才想要牢记云中村是怎么消失的。

有时，在内心发生的辩驳，甚至会发出声来。阿巴用一张嘴巴发出两个声音互相争论。争来争去，那是两套不同的逻辑在打架，产生不出新的意思。

争累了，阿巴会嘲弄自己，说：阿巴，完全是因为你有太多时间了。

阿巴还准备着，等这株罂粟结了果，他要从中提炼一点鸦片，有意品尝一下，再一次体会曾经体会过的沉重而又轻飘的下坠之感。可是，连续几场霜冻之后，一个早上，他醒来，看着阳光把霜针化成露水，那几朵花未待结出果实，就凋萎了。

阿巴叹息一阵，似乎是为了美丽花朵的凋零，也似乎是为了不能在那个最终的坠落来到之前，再体验一次下坠之感。

再过些日子，罂粟花瓣就会干枯，就会被风吹走了。

惘怅的阿巴吃过早饭，来到村前的老柏树下，看几头雄鹿游戏般地角斗。石碉的影子拉得很长。阿巴出现在村前的时候，两匹马来到他身边，低声地咳咳嘶鸣。

阿巴说：今天，云丹要上山来了。

说完，他就穿过村前的田野。他要到路口的磐石那里去等待。从地质隐患调查队的余博士那里，阿巴知道，磐石和把磨坊与妹妹砸进地下的那块巨石一样，也是某次地震时从山上滚落下来的。阿巴问过博士，石头是什么时候下来的。博士说，要是有时间，详细调查，应该可以知道这块巨石坠落到这里的具体时间，但是，震后地质隐患点太多，没有时间做这种纯科学的考据了。博士说，可以肯定，起码有五百年了。

阿巴坐在磐石上，看到自己的影子，还有身后石碉和老柏树的影子变短。影子短到差不多没有，也就是将近正午时，云丹就该上到云中村来了。

云丹早上从河谷下方出发，攀爬到云中村，大致需要三个小时。

阿巴已经不用钟表了。他用影子的长短计算时间。到自己的影子只有大半个身子那么长的时候，他知道云丹快要到了。天气很好。他们应该就在这磐石跟前，坐在松树影里喝茶，吃云丹带来的新鲜食物。

木柴是上月地质调查队来时剩下的。

火很快就生起来，茶壶里的水很快就发出即将沸腾前的嗞嗞声。两匹马兴奋地发出了咳咳的嘶鸣。下边的山路上也传来另外两匹马咳咳的嘶鸣。

阿巴说：云丹来了。

他起身迎到路口，云丹应该和每次上山时一样，弓着腰，耸着肩，一步一步向上攀爬。阿巴自己在山路上攀爬时也是这个样子，弓着身子，耸着肩，手背在身后，一步又一步。马跟在身后，一下一下耸动着肩胛，蹄声杂沓。但这一回有些不同，云丹不是把手背在身后。他手里牵着缰绳。云丹抬起头来，向他微笑。阿巴一个人在山路上行走时，每攀爬一段上坡路，也会这样抬起脸来，露出这样的微笑。云丹微笑是看见了阿巴。往常，寂寞的阿巴会对他回以更灿烂的笑容。但这一回，阿巴脸上显现出惊讶的表情。

云丹牵着的马背上坐着一个姑娘！

姑娘穿着粉红色的冲锋衣，围着白色丝头巾，也从马背上仰起脸来向他微笑。

姑娘脸上的表情像夏日的天空一样迅速变幻，微笑过后，很快就乌云密布。这个美丽的姑娘好像还叫了他一声阿巴叔叔，然后就哭了起来。她没有哭出声来，只是两眼中的泪水像断线的珠子一样掉了下来。姑娘的脸上的表情，像是夏日暴雨将临的天空，乌云翻卷，表现出惊喜悲伤交织的好多种深浅浓淡。

云丹没有回身，不知道身后马背上姑娘脸上的风云变幻。他仍然一步一步走上来，终于来到了平台上，站在了阿巴面前。他说：看看，我把谁带来了？

马背上的姑娘已经擦干了泪水，这回，她清清楚楚叫了一声：阿巴叔叔！

你是……你是？

那声音像银铃振响：我是央金！姑娘坐在马背上，向阿巴扬了扬只剩半截的腿。

阿巴知道她是谁了。爱跳舞的，自己截掉了断腿的央金姑娘！

阿巴扑上去，脸挨着她的断腿：好姑娘，你回来了！

阿巴说话时，已经带着了哭声。他以为不会再有泪水，但此时眼眶已经被泪水充满。

姑娘弯下腰，笑着对他说：阿巴叔叔，我自己下不了马。

云丹从马的另一边把她的好腿抬起来，央金姑娘揽住阿巴的脖子，让阿巴把她从马背上抱下来。阿巴扶着姑娘在草地上坐好。阿巴注意到姑娘一直不往村庄那边看，她依然灿烂地笑着。等阿巴把一碗热茶端到她面前，她依然没往村子那边看上一眼。她还特意调整了一下坐姿，让自己背对着那座已成废墟的村庄。她依然在笑，她喝了一口茶，便抬起脸来问阿巴：我漂亮吧？

她当然非常漂亮，眉眼间还带着她妈妈的神情，却比她妈妈更加生动，更加神采飞扬。涌到阿巴嘴边的话是：漂亮，漂亮，比你妈妈还漂亮！但话到嘴边，又咽回去了。地震后，这成了云中村人的本能，不是特殊的场合，尽量不提起那些逝去的亲人。阿巴经受不住这么青春艳丽的照耀，把脸转向了别处，转向了村子那个方向。

但是央金姑娘很固执，依然坚持问：我漂亮吗？

她的声音变得悲哀了，那是令人心碎的悲哀：阿巴叔叔，我要你看着我，对我说我漂亮还是不够漂亮？

阿巴转过脸来：央金姑娘，你很漂亮。

有多漂亮？

比你妈妈当年还要漂亮！

姑娘脸上飘过一片乌云，却又瞬间消散：人家都说我长了一张明星脸！

"明星脸"，阿巴不懂的词，看着姑娘坐在草地上，那段不在了的腿，阿巴一阵心痛。没什么，只要姑娘高兴，就明星脸吧。阿巴斟好了茶，云丹没有坐下，又有两匹马从山下上来了。云丹从这两匹马背上取下的是姑娘的东西：拐杖、假肢、轮椅和几只色彩艳丽的大包。央金姑娘摘了一枝蓝色的翠雀花，样子像一只正要奋力起飞的小鸟的翠雀花在手里摇晃着，开始歌唱。她的歌声一会儿兴奋、欢畅，很快又变得孤独凄凉。

云丹忙乎完这一切，才坐下来喝茶。

阿巴用目光示意央金姑娘要谢一声云丹叔叔。

但姑娘好像没有看见。

阿巴说：我替央金姑娘谢谢云丹叔叔！

姑娘却凑在阿巴耳边说：谢就不必了，仁钦哥哥替我付过他钱了。

继而姑娘又伸出手来揽住了阿巴的脖子，对他说：我去看过仁钦哥哥了！哇！他好了不起，都当乡长了！

阿巴认出这个姑娘的第一反应是，她肯定会扑在地上大哭一场，他还准备好一套劝解的言辞，而她如此兴奋，如此喜气洋洋反倒让他无所适从了。他只好说：好姑娘，喝点茶，这么长的山路，嗓子里的小人儿一定渴坏了。阿巴说了一句云中村人才懂得的话。云中村人说饿，说渴时，会说，我嗓子里那个小人儿都想从我嘴里伸出手来要吃要喝了。这是云中村人都懂的一个切口，但央金姑娘没有反应。她看看磐石，又看看投下浓重阴影的松树，说：多么好的露营地，我们该把帐篷搭起来！

这话等于向云丹下了命令，他放下茶碗就准备干活了。

阿巴脸上露出了不悦的神情，说：爬了这么长的山路，云丹叔叔累了。怎么也得把茶喝了，安安生生吃了午饭再干别的事情吧。

　　姑娘嘟嘟嘴：好吧。

　　阿巴补了一句，这是我们云中村待客的规矩。

　　姑娘又嘟嘟嘴：好吧。

　　随即像是陷入了沉思一样。至少她脸上的表情是安静下来要想想什么问题的样子，陷入某种思绪的样子。不再像一个初到云中村的游客一样一惊一乍。

　　央金姑娘喝过茶，看到牛肉干时却皱起了眉头。她的两个理由是阿巴和云丹都不太能接受的。一、刚矫正过的牙齿不能撕扯这么坚硬的东西；二、体重问题：我是一个舞蹈演员，吃肉太多，就跳不起来了。我包里带着水果。

　　一个断了一条腿的姑娘说，我要跳舞，这激起了两个大叔深刻的同情。

　　云丹赶紧起身从包里取来了苹果，阿巴什么也没说，起身穿过野草齐腰的荒芜田野，从自己的小菜园里摘来了新鲜的西红柿。阿巴往村里去，又手捧着两个鲜红的西红柿回来，也没能牵动姑娘的目光往村子里看上一眼。只是在一小口一小口咬着西红柿的时候，她的双肩开始颤抖，眼泪在眼眶里打转，她就那样低着头，带着哭声说：谢谢叔叔，我又尝到家乡的味道了。

　　阿巴伸手去摸她丝绸一般光滑的头发，但她轻轻一下躲开了。

　　姑娘拿出了手机，阿巴说：没有手机信号了。

　　姑娘说：我知道，我看看时间。

　　姑娘把手机上的时间设置为倒计时的状态。上面的数字不断变化，向着那个设定的时间：下午2点28分。松树上有细微的风声。野樱桃树摇晃的枝头上有一只鸟蹲着，声声啼叫。姑娘仰起脸看天。她说：那些云多么漂亮。

那些云真是漂亮。底部平坦，上部像一座座山，舒卷无定的边缘被太阳照得闪闪发光。

阿巴和云丹突然明白，姑娘设定的时间是那个时间。五年前，大地震动毁灭一切的那个时刻。于是，气氛立即变得庄严。还有三分钟的时候，姑娘手扶拐杖站起身来，第一次面朝云中村的废墟，迎面吹来的风使她后背上的衣服鼓胀起来。静默。静默。时间一秒一秒走动。当那个时间点来到的时候，姑娘并没有看放在地上的手机，她身体中一定有一个开关，在那个时间点上被触发了。她扔掉了拐杖，用一只腿支撑着身体，开始舞蹈。那不是阿巴熟悉的云中村的土风舞，每一个动作都代代相传。姑娘身体的扭动不是因为欢快，不是因为虔诚，而是愤怒、惊恐，是绝望的挣扎。身体向左，够不到什么。向右，向前，也够不到什么。手向上，上面一片虚空，也没有什么东西可供攀缘。单腿起跳，再起跳，还是够不到什么。于是，身体震颤；于是，身体弯曲，以至于紧紧蜷缩。双手紧抱自己，向着里面！里面是什么？温暖？里面有什么？明亮？那舞蹈也不过两分钟时间，只比当年惊天动地的毁灭长了不到一分钟时间，姑娘已经泪流满面，热汗和着泪水涔涔而下。

姑娘颓然倒在了地上。

喊她不应。摇晃她也不应声。姑娘双眼紧闭，牙关紧咬。这让阿巴记起了她被埋在废墟下时，也是这个样子。那时，她的面孔糊满了泥浆，现在，这张脸苍白如纸。阿巴拿来调查队留下的水袋，对着她的脸喷了一口清冽的溪水。

姑娘睁开了眼睛。她的脸上露出了笑容。她用舌头把唇边的水卷进嘴里，说：好甜啊！

阿巴流泪了：央金姑娘，你就是云中村的溪水啊！

姑娘把嘴凑向水袋，又大喝了一口。不等把气喘匀了，举起双手喊：我升华了，我升华了！

阿巴不懂这话是什么意思。

云丹也不懂。

躺在地上的姑娘显得虚弱不堪，眼角挂着泪水，她还在说：我升华了！我找到排练厅里找不到的感觉了！

天上有一架无人机在悄然飞翔，在拍摄这一切，阿巴和云丹都没有发现。

阿巴说：好姑娘，云中村活着的人，我没有见着的只有两个人，你就是一个。我以为你从直升机上走的时候，就是最后一面了。

姑娘问：我真的回来了吗？我真的回到云中村了？

你要再不回来，云中村就要消失了。

我的导演叫我回来的。我不敢回来。

姑娘你受苦了，可怜，可怜！

云丹也说：可怜见的，一个姑娘。

央金姑娘显然不愿意接受他们的同情。她说：我都上过电视了，你们没有看见吗？

阿巴说：听说过，听说过，央金姑娘上电视了，可我没有看见。

姑娘闹起来：你们为什么不看？为什么不看？仁钦哥哥都说他看了！我以为云中村的人都会看见！

阿巴说：云中村不会再看电视了。

姑娘历数了她上过的电视晚会。坐在轮椅上出席募捐晚会：那些企业家一举牌子就是几千万几百万！在某个电视台的春节晚会上，戴着假肢独舞。在另一个晚会上，从坐在轮椅上出场到单腿起舞。把所有现场观众感动得泪水涟涟。同时，她还接受公益组织的资助，被某舞蹈学院破格录取，明年就拿到毕业证书了。

阿巴说：云中村活着的人听了都会高兴的。

姑娘却说：我为自己感到骄傲！

阿巴说：是的。是的。

央金姑娘的举止做派十分大方。她说：把轮椅推来，该进村看看了。

这样的做派，让阿巴有些微的不悦。姑娘怎么连个"请"字都不说。可只要想起姑娘埋在废墟里痛苦挣扎，闭上眼睛绝望等死的情形，这些微的不悦就算不得什么了。

云丹把轮椅推来了，不等阿巴伸手相助，她就用手撑地，腾身上了轮椅。并且自己把轮椅转向了村子方向。枯死的柏树，高高的石碉，成为一片废墟的村庄，都呈现在她面前。她咬着嘴唇，转动手边的轮子。以前通向村里可容拖拉机经过的水泥路已经被荒草掩没。轮椅陷入了荒草中，前进不得。

阿巴为自己心里生起的不悦而后悔了。他上去把纠缠在轮子上的杂草解开，他听得见姑娘没有哭出来的声音。

他说：要不，叔叔背你进村去吧。

我要自己去！我要自己去。

阿巴说：我知道你是个要强的姑娘，不是要强的人在那个时候怎么活得下来！

后来，央金姑娘上了电视，她在灯光下舞蹈，操纵着轮椅急促地旋转，架着一只拐杖翻腾跳跃，最后，只用一只独腿撑着身体向四方探寻。背景就是她进入村子的视频。掩没了土地和道路的茂盛野草在风中翻卷，阳光激荡。那是无人机悄悄拍摄的。她已经签约了一家公司，一个摄制组无声息地跟在后面。公司要包装一个经历了大地震，身残志坚的舞者。这次回家，是了姑娘的心愿，同时也是为下次参加某电视台的舞蹈大赛准备故事，一个绝对催泪的故事。这件事姑娘自己知道，阿巴和云丹不知道。姑娘为此有些小小的不安。现在，阿巴用自己的身体在前面开路，奋力蹚开荒草，用手，用双脚使它们倒伏在地上，让出一条路来。云丹推着轮椅缓缓向前。阿巴累了，两个人交换位置。云丹在前面踏平荒草，阿巴推着轮椅缓缓向前。风吹着，阳光在草浪上翻拂，他们不像是在陆地上行进，而是在大海上航行。这时的央金姑娘已经泪流满面。她仰起脸，天空在泪眼中迷离而虚幻。她知道无人机在上面，但她没有看见。她已经控制不住泪水。之前，为了控制情绪，她一直不让自己看见云中村。当她一眼看见村庄的废墟，情绪就完全失控了。她眼前晃过坐在直升机上离开时看见的凄凉情景，一切都是悲切的灰色，一切都不具形体，因为那时她已经处于昏迷的边缘。直升机腾空而起，在村子上空绕了半个圈子，她努力睁开眼睛看了一眼。但现在，村子清晰完整地出现在眼前。这情景完全可以用美丽来形容。阳光明亮，树和草地一派碧绿，村庄的废墟静静耸立在那里，雨水和风已经扫净了上面的尘土，就像时间本身一样干净沉着。灾难发生，就那么短的时间，所有房屋倒塌，近百口人死去，现在，那些亡灵似乎已经习惯了这片废墟，恐惧消失了，痛苦消失了，那些亡灵似乎都在那片废墟中间。央金眼前出现了母亲的形象，父亲的形象，以及她弟弟的形象。他们都在那里，在那片废墟里，这些年来，她在外康复，学习，舞蹈，他们三个就在这个小小的世界里等待她的归来。轮椅被推过了以前的麦田，推过了樱桃园，推过了干涸的水渠和村前的池塘。池塘里长着碧绿的水草。

他们来到村前广场，那株枯死的老柏树下，那座也许比村里任何一座房屋都要古老的石碉下面。

央金一直在喃喃地说：我回来了。我回来了。

央金梦呓一样说：妈妈，爸爸，女儿回来了。弟弟，好弟弟，姐姐回来了。

轮椅在村前广场停下来。停在石碉投下的阴影下面。阿巴和云丹累得气喘吁吁。他们需要休息一下。

但姑娘说：我还没到家，我要回家。

阿巴看她目光一会儿涣散，一会儿又凝聚如锥，她的脸一会儿绯红，一会儿惨白，建议她在这里休息一下。其实是要她平复一下心情。但她说：不，我要回家！就是现在！

在废墟中间，轮椅无法继续前进了。阿巴要背她，但她固执地架起单拐，沿着曲折的村巷往前走去。直到当年她被抢救出来的那座废墟出现在眼前。在解放军来到的前一天，她就被挖掘出来了，但她的腿被压在一根房梁下面，要命的是，那根折断的房梁的断口有一半斜插进她膝盖的下方。大家都看得见，那条腿其实已经被切断了，只剩下一点筋肉连着。以至于没有人敢去动那根房梁，就这样，姑娘哀叫了几个小时，后来就忍受着极端的痛苦闭上眼睛一言不发。送去水，不喝，送去吃的，她也拒绝。她说：我要死，我一家人都死了，我要死。我的腿断了，再也不能跳舞了，我要死。

雨下下来，仁钦给她蒙上一块雨布，他不能守在那里，他派一个人一直守在那里，因为别处的抢救还在进行，任何一个地方都需要人手。仁钦每隔一两个小时回去看她一次，探测她是否还在呼吸。阿巴从另一个废墟里刨出来一条干净毯子，也马上拿去围在了她的身上。就这样，央金姑娘也没有睁开眼睛来看他们一眼，表示一点感谢的意思。后来，她自己把那条断腿切下来。要不是直升机载着救灾的军队出现，这个姑娘就真的完了。直升机在村子上空盘旋的时候，姑娘才睁开了紧闭的眼睛。

她被搬上担架的时候，已经衰弱不堪，仁钦握着她的手跟着担架奔跑，说：央金妹妹，答应我，一定要活下来！

央金已经不哭了，她一直在用微弱的声音说：我的腿，我的腿。

直升机载着她飞走了。直到过了这么些年，她才回到这个被难的村庄。她神采焕发，容颜美丽，但那条腿永远不会回来了。阿巴把她那条腿和其他尸体一起火葬了。她一上直升机，连下方的云中村都没有看清，就昏迷过去了。三天后，在省城医院整洁安静的病房里醒来时，她才清楚地意识到，那条腿真的没有了。

现在，架着单拐的央金姑娘在曲折村巷里飞快行走，一直到她家房子的废墟之前。她站住了。看着废墟，看着废墟上生长起来的草与树，她轻声问阿巴：是这里吗？

阿巴点点头：孩子，这就是你家。

妈妈在这里？

她在，孩子。

爸爸和弟弟也在？

他们都在。

姑娘的身子开始摇晃，她叫了一声：妈妈！身子一软，就昏过去了。这时，无人机还在天上，大开着它的摄像机。关于姑娘在自己家废墟前的表现，也有设计，她要站在那里，拼命地克制悲伤，然后终于控制不住，崩溃，哭倒在地。但是强烈的情绪冲击，已经让她忘了事先的排演，忘了无人机，直接就晕倒在地上。地震期间，和地震之后，阿巴已经学会了多种使昏厥的人苏醒的手段。他把这些手段一一用过，都没有任何用处，央金姑娘都没有醒来。

阿巴只好把她背到了自己临时的家。那里有干燥的木板床，柔软的毯子，火塘里木柴燃烧的气味。这都是以前那个村子的味道。姑娘也是在这种味道中成长的。她躺在床上，身上裹着毛毯，火塘里的劈柴静静燃烧。

云丹问阿巴要不要把姑娘送下山去。

阿巴说：可怜的姑娘，她经过了多么可怕的事情呀！她累了，让她好好休息吧。

云丹记起上个月来时，他在阿巴的小菜园子里发现了一棵罂粟。他走到院子里，看见那株罂粟开出的几朵花已然凋残。他摘下那几朵不可能结果的花，放在碗里，问阿巴要不要泡了水给这姑娘喝。

阿巴阻止了他。

阿巴说：她用不着这个！你想让她更加迷乱吗？

央金没有醒来，但她的呼吸不再急促，变得均匀深长，她纸一样白的脸上也有了红润的血色。阿巴告诉云丹，在鸦片从云中村消失之前，家里人曾经给他用过一次，他说：那就是下坠，那就是叫人沉沉睡去。现在姑娘已经安安稳稳地睡着了。就让她在云中村好好睡一觉吧。

姑娘是昏迷了呀！云丹说。

起初是昏迷，现在她是睡着了。

阿巴没有责怪云丹，他未经自己同意就把那几朵罂粟花摘下来。他只是让云丹看护着沉睡的她。自己换上法衣，带上熏香和食子，又去了一趟央金家的废墟。

阿巴在暮色中点燃熏香，击鼓摇铃，告诉她家的三个死鬼，他们家的女儿，他们家的姐姐从远方回来了。回来看他们来了。没有人应声，没有鬼魂用什么特别的方式显示他们看到或听到了。残墙下阴影浓重。院子里的草，墙上的小树也都默然无声。阿巴抛撒食子，他听见麦粒落在残墙，落在草丛中的簌簌声响。

这时，那架耗完电力的无人机已飞走了。飞回了摄制组隐藏的宿营地。

央金是第二天早上才醒来的。

她醒来，安安静静，一声不响，侧着身子看着在火塘边守了她一夜的阿巴和云丹。她不说话，两只眼睛亮晶晶的，很安静，很单纯。从她出现，直到昏倒在家门前，她的眼睛都不是这样的。昨天，那眼睛一直都过度亢奋，神情在瞬息之间就能飞速变幻。阿巴也不说话，只是静静地满怀怜爱地看着她。

终于，姑娘开口了：他们知道我回来了吗？

阿巴说：他们知道你回来了。

他们怎么知道？他们又看不见。

他们知道，风吹过你，他们就知道。光照到你，他们就知道。

姑娘又静默了一阵，说：阿巴叔叔，我饿了！

那你就自己起来吧。

央金姑娘自己带来的食物都在磐石那边的松树下，这里有的都只是云中村的传统食物。茶、糌粑、酸菜，还有云丹从山下带上来的腌羊肝。每吃一口，央金姑娘就说：好几年了呀！每吃一口，她的眼里又会闪烁泪光。

这时，太阳出来了。太阳的光芒照亮了门外那个小菜园，蔓菁的叶子已经被霜冻搞得毫无生气。姑娘的眼睛亮了，她说：蔓菁，我记得霜打了叶子，它的根就变甜了。

阿巴起身拔了一棵蔓菁，把扁桃一样的块根洗净，切片，放在了她面前。央金咀嚼它们的时候，嘴里发出有些夸张的声响，在阿巴和云丹听来，里面有着喜悦的味道。阳光从门口投射进来，姑娘的脸像一朵刚刚出土的蘑菇一样新鲜。

阿巴说：吃吧，吃吧。以后可就吃不上云中村的东西了。

姑娘的神色变得忧郁了：云中村真的要毁灭吗？

阿巴不说这个。阿巴说：吃吧，吃吧。吃完我带你去看鹿群。

鹿？真的！

真的，云中村长大的孩子，以前都没有见过鹿，现在它们又出现了。

就在这时，那个隐身的摄制组现身了，天上的无人机飞着。而地上，人身上架着的摄像机开着。他们就这样闯进了这个废墟中的小院，闯进了云中村这个安静的早晨。面对这突如其来的情景，央金有些愧疚不安。但阿巴和云丹却没有太过吃惊。

央金说：我想事先告诉叔叔，可是……

阿巴说：我很高兴你回来了。他们也都知道你回来过了。现在，你该离开这里了。

央金又变得思维跳跃情绪不稳：云中村会消失？云中村怎么可能会消失！

阿巴把拐杖交到央金的手上：孩子，该回到你的地方去了。要是方便，你可以到移民村去看看云中村的乡亲。

我会，等我参加完比赛，我要去移民村看望乡亲们，给他们表演我的舞蹈。

看见你好好的，他们会感到安慰。

央金姑娘突然说：好奇怪呀！阿巴叔叔不晕镜头！

阿巴问她：你说什么？

她指着绕着他们身前身后拍摄的摄像机说：你就像没有看见一样！

阿巴没有回答她的话。这时，他们已经走到了村前广场上。阿巴说：我本来想让你看看鹿，可是你的人把它们吓着了。

这么多人的突然出现，确实使村前的鹿群惊惶四散，逃向了村后的山林。阿巴把央金姑娘扶上了轮椅，推着她穿过昨天在荒草中碾压出来的那条道路。

央金姑娘突然出现，然后，又突然离开了。在通向山下的磐石那里，她重新骑上马背。马即将迈开步子的时候，央金姑娘说：

等等。

　　阿巴想，她是要回望村庄，但她没有。她从背包里掏出一些钱，要塞到阿巴手上。

　　阿巴把钱推回去：姑娘，我在这里不花钱。

　　姑娘说：让仁钦哥哥和云丹叔叔往山上给你送些好吃的。

　　阿巴摁着她的手摇头。

　　姑娘有些艰难地说：你抚慰鬼魂的时候，给我妈妈他们……

　　阿巴依然摁着她的手：你好，就是最好的抚慰。

　　姑娘松开手，任阿巴把那些钱塞回她的衣袋里。央金姑娘哭了起来。

　　阿巴听着不忍，拍拍马屁股，对云丹说：走吧！

　　云丹就牵着马走到下山的路上了。

　　阿巴没有像往常一样目送下山的人。转身回到废墟里的住处。一整天，他都倚门而坐，不吃不喝，不思不想。

　　空了。

　　一个云中村人的短暂回归。短暂的喧闹。短暂的悲喜交集。然后，一切复归宁静。不是复归宁静。而是，空了。

　　阿巴一直就倚着院门口的残墙坐到太阳落山。

　　直到石碉顶上归巢的红嘴鸦聒噪起来，他才起身回到屋子里。

　　阿巴把火塘中的余烬吹燃，架上柴，烧水。水开了。阿巴把云丹摘下来的罂粟花放在碗里，冲上开水，吹凉，一饮而下。他端坐在那里，准备倒下。但没有倒下。什么都没有发生。没有头晕目眩，灵魂没有上升，身体也没有下沉。

　　阿巴倒在床上，说：该结束了。

第六月

十月，秋雨连绵。

雨的间隙，是秋风里越来越透亮的阳光。

但这仅限于山下的河谷地带。太阳出来时，仁钦就站在乡政府院子里向云中村眺望。他知道，从山下是望不见云中村的。山坡一直倾斜往上。从河岸边开始，一直都是植被稀疏的山体。山体上到处都是破碎的岩层，纹理纵横交织。只在视线将尽处，才出现成片的森林。深色的是栎树和杉树林，颜色浅一些的是山杨林。十月，栎树和杉树仍然一片深绿，山杨林却泛出了一片金黄。树林背后，是阿吾塔毗雪峰金字塔状的锐利尖顶。望不见的云中村就在这破碎山体和森林地带之间。在云中村的位置上，那个平台甚是宽阔，摆下了一座几十户人家的村子，还有好几百亩土地，还有果园、道路、水泉与畜栏。但从山下望上去却什么也没有。在过去上千年动荡的岁月里，隐身在那里的云中村真是一个天堂般的存在。

但是，到了国泰民安的时代，云中村却要从这个世界消失了。只是不知道具体的消失时间，但这个日子确实一天天逼近了。有时，坐在会议室，听到墙上的钟嚓嚓作响，仁钦都觉得是在替云中

338

村倒计时。仁钦越来越受不了这个，他叫人把钟从墙上摘下来，挪到另一个地方。

洛伍指着取下钟后墙上那块白斑发表评论说：这样大家都没有时间观念了。

有个干部举起手机晃了晃，说：有了这个，我连手表都没看过了。只是我还戴着它。他又举起手，对着大家晃动一下腕上的手表。

大家都笑起来。

仁钦没笑，他眼睛盯着墙上更大的一块白斑，他被停职的时候，墙上的世界地图被洛伍取了下来。他说：把咱们瓦约乡的事情弄清楚就不错了，世界上那些国家打仗也好，地震也好我们也顾不过来。

仁钦看着那片白墙，世界地图还历历如在眼前。他也觉得奇怪，喜马拉雅山南边的三角形的印度次大陆，怎么是从另外的地方冲过来的？它冲过来，和亚欧大陆撞在一起，使得青藏高原高高隆起。这还不算，那力量还一路往东，瓦约乡所在的岷江河谷这些高耸又破碎的山地，就是这股持续不断的力量压迫的结果。这力量在地下积蓄，过百十年就爆发一回。那在地下暗黑处运行的力量只顾造成新的地貌，却对地面上的人间悲剧毫无同情。

仁钦戏剧性复职，乡文书请示要不要再把世界地图挂上，仁钦摇头：还是不挂了吧，洛伍会以为我是和他存心作对。

墙上那张地图没了，从墙上那个白框，他看到的还是那幅烂熟于心的地图。他叫文书把全县地图中瓦约乡那部分扫描了，打印出来挂在墙上。然后，在淅沥不止的雨声中，在随雨水而起的秋天的寒气中，在图上把全乡各村的地质隐患点都做了记号。地震过后，山体破碎。这连绵的雨水一来，四处都有滑坡的可能。和云中村那个滑坡体相比，只是大小不同罢了。

文书问他为何不在云中村做记号。

仁钦叹气：标与不标还有什么区别，反正那里没有人了。我们要做的是尽量避免房倒屋塌，底线是保证绝不出现人员伤亡。灾后重建才刚刚完成，再倒房子再死人，老百姓都没有生活下去的信心了，我们这些干部工作也会缺乏信心。

文书说：云中村怎么没人，你舅舅在上面呀！

仁钦沉默一阵，说：通知大家来开会吧。

文书站在会议室门前喊了一嗓子，大家都聚到了会议室里。仁钦用激光笔，指着图上一个个地质灾害隐患点，把乡里干部分成若干个两至三人小组，分派去各村，任务就是带领群众全天候监测这些隐患点，保证万一滑坡体爆发，不造成人员伤亡，并采取措施尽量避免对房屋、田地和道路的破坏。

他说：我就坐镇乡政府了，有情况我立即向上面报告，协调救援力量，特别是交通线路，大家要引起足够重视。一有堵塞，必须马上抢通！村民之外，请大家特别注意保证过往车辆和游客安全！

一散会，院子里立即就是一阵小汽车、摩托车的轰鸣。地震后这几年，干部们做这些事情已是轻车熟路，而且不论白天黑夜，都随时准备应付紧急状况。仁钦看着大家消失在雨中，心里感到了一阵热流涌起。这时，天渐渐放晴，淅沥的雨脚渐渐收住。明亮的阳光倾洒下来。仁钦把那盆绿意盎然的鸢尾，从屋里端出来，和花坛上那些蜀葵与大丽菊一起晒晒太阳。放好花盆，他又往卫生院和小学校去。卫生院院长报告救护车加满了油,车上备足了急救药品和用具。

仁钦说:我情愿你们无事可干,但必须做好随时出动的准备。

卫生院院长说:唉,我们这么爱我们的家乡,可是老天爷不爱我们的家乡。

仁钦白他一眼:不准说这种丧气话!

我也就是跟你说说!

仁钦笑了:我也害怕你这种悲观主义的负能量!

他又去了小学校。有些教室安安静静,学生埋头做作业。低年级的教室里书声琅琅。仁钦叫来校长。

不等他开口,校长就说:乡长放心,住校生我们加强管理。通校生放学后都由老师组队护送回家,一个一个亲自交到家长手上。

校长是外地人,在瓦约乡教书快四十年了。他也曾经是仁钦的老师。看着老师头发花白,仁钦心里有感动的话,却说不出口。老师对着一间教室的窗口扬扬头,说:她在三年级教室。教室里传来风琴的声响。

仁钦说:我们去看看学生宿舍吧。降温了,不要把学生冻着。

回到乡政府院子里,天已经大晴了。天空一片湛蓝。但云中村却隐在迷离的雾气中,除了村子下方那些破碎的山体,上面的森林和雪山都隐在雾气背后,一点也看不见。云中村海拔两千八百米,雨后天晴,峡谷里蒸腾的水汽上升到那个高度就成了冷雾,这样的天气里,云中村就藏在里面。

仁钦知道被云雾笼罩时又湿又冷的感觉。他仿佛看见舅舅一个人在云雾中孤独行走。雨再这么下,都渗到那道裂缝里,云中村的

341

大限就要到了。他都来不及悲伤。他已经去县里讨论过云中村滑坡体爆发时的几套预案。如果滑坡体造成了岷江河道堰塞，得动员多少机械和人员进行疏导，如果施行爆破作业，又会不会引发新的滑坡。为这个，他想起修上山的机耕道时被炸飞的外公，他又想，会不会在挖掘滑坡体时发现舅舅的尸体。

他知道不能这么想，但他知道，舅舅已经做了无法更改的选择。

县委书记曾经对他提过：你那个舅舅……

他打断了书记的话头：就是把我判刑他也不会下来。没有人能让他下来。

雨下了一天又一夜。阿巴不能开着门睡觉了。半夜里起来掩上了房门。但屋子里还是又湿又冷的雾气的味道。他只好又起来，把火塘拨开，燃起了火。这才慢慢睡着了。早上起来，雨还在下着。他脑子里什么都不想。这些日子，他发现，自己的脑子好像慢慢停止了运转。很久很久，都空空荡荡地，不冒出一个想法。意识到这个问题后，他让自己想一件事情。于是，一个想法才慢慢从脑子里冒出来。那情形有点像云丹从山下上来时，脑袋一点点从山坡下升上来的样子。先是帽子，后来是额头，眼睛和他脸上的笑意。而这个想法并不带着温暖的笑意。这个想法是：要是有鬼，他们这时一定又湿又冷吧？有了这个想法，又一个想法接踵而至了。如果有鬼，他们应该是飘着的，脚不沾地。但被雨打湿之后，是不是就走不动了？有了这个想法，他就坐不住了。他尽量往身上多穿了一些衣服，冒雨出门了。这时，已经将近中午时分。雨小了许多，他刚看到头顶现出一片蓝天，却又被从山谷里涌上来的雾气遮去了。他知道，这时下面的河谷已经被阳光照亮。把江边那几个村子成熟的庄稼照得一片金黄，奔涌的江水也被雨后的太阳照得闪闪发光。他只要走到磐石跟前，从那株野樱桃树旁边的路口下去不远，不用走到谷底，就可以沐浴在温暖明亮的阳光里。但他没有这么做。

他站在枯死的老柏树前呼唤他的马，黑蹄和白额。

雨停了，雾还是又湿又冷。石碉回应了他呼喊的声音。但两匹马没有动静。他又呼喊了两声。这时，隔着嗖嗖流动的雾气，他听到了马脖子上的铃铛声。他听到两匹马正从雾气深处朝他走来。他也迎着铃声走去。他在雾气中与他的马相遇。马的长脸从雾气中浮现出来。他看见马长长的眼睫毛上挂着露珠，雾气使它们澄澈的大眼睛有些混浊。

他抱住马脖子：我要用下铃铛。

这两只祭师的法铃，不用时就挂在马脖子上。

马就听话地垂下头来。

阿巴取了铃铛，就在雾气弥漫的云中村摇动起来。他往村后的山上去，往那道决定云中村命运的裂缝下方的树林里去。去到一个个他为每个鬼魂选的寄魂处。一株花楸叶子上挂满水珠，他摇动法铃，叶片上的雨水就滴滴答答滑落下来。他把这当成鬼魂的感应。他对一块石头摇晃铃铛，石头一动不动，苔藓上顶着的雨水却颤动着，他也把这当成感应之一种。这样一直忙活到黄昏时分。他对那些鬼魂说，雨一直下，一直下，你们冷的话，就到我屋子里来吧。那里暖和。他说，雨一直下，一直下，再这么下，那个日子就要到了。云中村就要滑下去了。

阿巴发现，这几天的雨中，那道裂缝继续扩大，而且还往下沉降了好几公分。是的，沉降，他从地质隐患调查队那里学到的新术语。

也许不等这个雨季结束，云中村就要滑到山下去了。和一大堆岩石泥土混杂在一起，洪流一样翻腾着，滑到山下去了。仁钦上山来的时候，阿巴叫他放心，说云中村下去的时候，不会造成堰塞湖，不会伤及山下的人，不会冲毁桥梁，不会掩埋公路。

仁钦问他为什么如此肯定。

他说：这个世界不欠我们什么。我们也不会去祸害这个世界，我们只是自己消失。

仁钦说：悄悄消失？那时怕会惊天动地呢。

阿巴说：我想那是个有月亮的晚上，人们都睡着了。

仁钦说：有监测哨呢。

阿巴说：你是乡长，你能不能把监测哨撤了。我不想别人看见。

仁钦眼含着泪水：那你还要月亮。

阿巴说：那是我想看见。我不想走得不明不白。万一变成了鬼，我要告诉他们，云中村是怎么没有的。

仁钦说：我来是劝你下山的。

阿巴笑了：你劝劝试试。

仁钦的泪水流下来：我知道劝不动舅舅。

阿巴说：你要把花种子种下。

仁钦点头。

我要你妈妈一直跟随着你。

仁钦点头。

你要好好工作。对乡亲们好。

你要对改了祖宗信仰的乡亲们好。

你要对好人好，对犯了错的人也要好。你这样了，就是真正对舅舅我好。舅舅没什么本事。舅舅不想回移民村。我不喜欢家具厂的油漆味道。

这些话弄得仁钦哭了一场。

阿巴让他哭。依然自己说自己的话。

不要怪罪人，不要怪罪神。不要怪罪命。不要怪罪大地。大地上压了那么多东西，久了也想动下腿，伸个脚。唉，我们人天天在大地上鼓捣，从没想过大地受不受得了，大地稍稍动一下，我们就受不了了。大地没想害我们，只是想动动身子罢了。

后来，地质隐患调查队上山来，余博士给他讲瓦约乡这一块的地质运动，更证明了他给仁钦说的那些道理是正确的。

仁钦止住哭泣，问阿巴：舅舅您说这些话是什么意思？是和我告别吗？

你舅舅这辈子，稀里糊涂的，随波逐流就过来了。要不是政府让我当了非物质文化，这辈子真就没有什么用处了。地震的时候，我就看出来你是能干成大事的人，是能帮助别人的人。说到这里，阿巴眼里放射出骄傲的神采，他说，好外甥，你看我们到底是祭师家族，现在，我管云中村的死人，你管瓦约乡的活人。我看这样的安排很好。很合我的心意。这次下了山，我就不许你再上山来了。

仁钦看着舅舅，泪水又盈满了眼眶。

仁钦没有想到的是，舅舅拿出了法衣叫他穿上。

舅舅说，你是人民政府的乡长了。但你也当一回祭师，送送舅舅吧。阿巴让仁钦自己在那里流泪。他给自己换上了一身整齐的衣裳，把回云中村后长长的头发在脑后绾了一个髻，净了手脸，躺在床上。阿巴自己手里拿着法铃，把法鼓递到仁钦手上，说：现在，你就当一回祭师，给你舅舅送行吧。

阿巴摇铃，仁钦和着他的节奏击鼓。

你说。送阿巴啦!

仁钦便跟着喊：送阿巴啦!

你说，祖宗阿吾塔毗，保护神阿吾塔毗，收下你子孙的魂灵吧!

祖宗阿吾塔毗，保护神阿吾塔毗，收下你子孙的魂灵吧!

给他指回去的路!

给他指回去的路!

给他指光明的路!

给他指光明的路!

让他看见你的灵光!

让他看见你的灵光!

上路了!

上路了!

地震时，仁钦听过舅舅对那些气息奄奄的人如此吟诵，听过他在将死人下葬前如此吟诵。

飞升了!

飞升了!

光芒啊!

光芒啊!

仁钦看见舅舅脸上没有一丝悲伤的迹象,仁钦看见舅舅的脸在闪闪发光!

然后,舅舅放下鼓,闭上了双眼。沉静许久,舅舅又悄声说:你要亲吻我的额头。

仁钦便弯腰去亲吻他的额头。

舅舅的额头滚烫。死是肉体渐渐冷去,而这个演示死亡的人,浑身滚烫,生命健旺。

舅舅轻声说:哦,这是多么美好啊!

此时,仁钦心里似乎也不再只是充满悲伤,自有一种庄严感在心中升起。与之相伴的,还有一种幽默感。仁钦轻声问舅舅:您这就算是死了吗?

阿巴说:不是死,是消失。和世界一起消失。

云中村不是世界。你一个人消失了,世界还在。

我不是一个人,仁钦,我不是一个人,我和他们一起。云中村就是我的世界。现在,你把法衣留下,回你自己的世界去吧。

那场雾笼罩了云中村整整三天。以往,在阿巴的记忆中,雾没有持续笼罩过云中村这么长时间。

鹿群已经不再下山来了。偶尔,雾气中会传来它们呦呦的鸣叫,但它们已经不再越过那道危险的裂缝,下到云中村来了。

阿巴想,这说明那个时刻就快要到来了。雾持续不散,想必是云中村消失的时候,不想让人看见。云中村有点像是一头高贵的动物,不想让人看见自己的死亡。比如,人们就从来没有见到过鹰的死亡，没有见到过雪豹的死亡。等到雾散开的时候，云中村已经不见了。那就只是消失而不是死亡。

他想望望下面的山谷里的村庄。还想眺望一回村子上方的阿吾塔毗雪峰。但雾气流动萦回，遮断了视线。这和阿巴的预想不同，他希望那个时刻是在夜半，人们都已沉入深沉安定的睡眠，月明星稀，然后，大地开始滑动，下坠。如果真有鬼魂，那时一定有很多属于云中村的鬼魂，飘在天上，看着云中村滑入深谷。他想，雾气经久不散，看来老天也掩上了脸。不忍看见。阿巴努力把两匹马往山上传来鹿鸣的方向赶。但两匹马却不肯越过那道裂缝。阿巴对黑蹄和白额说了很多劝慰的话，很多很多央求的话，还连推带拉，才让它们越过了那道界线。阿巴继续发出恫吓的喊叫，两匹马才消失在了山坡上的雾气中间。

阿巴又去了一趟磨坊那里。站在那块巨石前，妹妹的寄魂草种子已经被仁钦带下山去了。阿巴头顶着岩石上冰凉的苔藓说：多么好啊！天天和儿子一起。

他回到废墟中间那个小屋时，在黄昏的光线里把菜园里那株没有结果就已经萎败的罂粟植株收了，把茎和叶都收到一个小袋子里，就像当年村里人家存放解放前残留下来的鸦片一样塞到了房梁上。有个头痛脑热什么的，可以取出来煎了水喝。然后，他吃饭，饮茶，穿上和仁钦告别那天穿过的那身整齐的衣裳，这时，屋外传来声音。他听，不是地动，是雨又下起来。

阿巴和衣在床上躺下，他想，要是有月亮，他就要躺在露天里，望着天空，等待月亮升起。但雨这么下，他就只好躺在干燥温暖的屋子里了。

阿巴睡着前的最后一个念头是，要是那个时刻就在今天晚上，他希望自己能够醒来，希望最后能看见自己的消失和云中村的消失。

很快，他就在雨声中睡着了。一夜安眠。

阿巴是在清脆的鸟叫声中醒来的。

屋子外，艳阳高照。

他来到屋子外面。穿过废墟到了村前广场。枝干光秃的老柏树还站在那里，石碉还站在那里。两匹马又回来了。对着他咴咴鸣叫。为此，阿巴湿了眼眶。他跑回屋子里，把两只法铃取来。法铃在他手中叮当作响时，黑蹄和白额都走过来，用湿漉漉的冰凉鼻翼碰碰他的手，便把脑袋伸在他面前。

阿巴替两匹马戴上了铃铛。他想，如此一来，那个时刻到来的时候，就能听见法铃声响了。

他又往下山路口的磐石那里走。阳光如此明亮透彻，他想在此时望一眼河谷，河谷里的瓦约乡，瓦约乡和云中村同一祖先的那几个村庄。他走到路口，却发现整个河谷都掩藏在浓雾里。雾的平面在他下方不到两百米处。蜿蜒的岷江不见了，江岸台地上的村庄和田野也不见了。浓雾还掩去了河谷两岸那些裸露的、破碎的灰色山体。举目四顾，视野里全是浮现在白雾之上的绵延群山。显露在浓雾之上的恰好是这些群山美丽的上半部分。参差错落的雪峰，平缓的山坡上交错着森林和草甸。看着这样的美景，阿巴心里生出些对于这个世界的留恋之情。他看见自己在云中村消失后依然存活下来。不是回到移民村，而是越过了那道裂缝，那道生死线，他住在山上，和他的马在一起，和那个已经与他相熟的鹿群在一起。

阿巴猛烈摇头，脑子中那个画面就破碎了。

掩映了峡谷的雾海开始在阳光照射下翻腾动荡，沿着山体嗖嗖上升。很快，雾淹没了阿巴，又漫过荒地淹没了云中村。阿巴在磐石上迎着嗖嗖的雾气端坐不动。让冰凉的雾气湿了他的衣服，湿了他的脸。

雾气上升的时候，他觉得自己和大地一起正在下沉。雾气上升越快，下沉的速度就越快，这种幻觉甚至给他带来了一种眩晕感。以至于他都弄不明白到底是在上升还是在下坠。但那种凌空悬浮的感觉真是美妙无比。

他不知道，这时，在浓密的雾气中，云丹正牵着马向云中村攀登。

还不到云丹来看望他的日子。

那连绵十多天的秋雨刚开始的时候，云丹也觉得云中村的大限就要到了。

云丹在雨声中一夜没有合眼。那天一早，他就收拾停当，都是瓦约乡的土产。这一年的新麦面、刚下树的核桃、刚出土的土豆、刚采摘的红辣椒、刚煮好的蔓菁叶酸菜。只有一腿猪肉是去年的，也从灶房梁上取了下来。然后，他就出门上路了。

之前，云丹还去了一趟乡政府。仁钦看见云丹，不动声色，说：您又要去看他了？我劝您不要去，还是等雨停了吧。地质灾害可能随时爆发。

云丹说：我就是怕再不去就来不及了。

仁钦铁青了脸：我命令您不要去。

窗外，雨声淅沥不止。

我不是上山去。

那您要去哪里？

我要去移民村。我来问一声，乡长你要不要给乡亲们捎句话，或捎点什么东西？

仁钦这才正眼看着云丹：叔叔……

云丹说：我从移民村回来时，要是云中村还在，我会捎回来乡亲们对阿巴的心意。

仁钦身子一震，把头抵在冰凉的窗户玻璃上。玻璃的另一面，雨水蜿蜒流淌。

云丹说：孩子，你不必悲伤，你跟你舅舅都是好样的。

你说：我该带点什么给他们？

那就带句话吧。

好吧，就说云中村活下来的人，都要好好生活。

再带点家乡酒吧。酒和话连在一起，更暖人心窝。

仁钦和云丹出去买酒。在乡民开的小卖部，仁钦要挑贵的买。云丹阻止了他。他要了一只土坛里装的家酿的青稞酒。

云丹说：乡亲们肯定想喝家乡酒。

云丹还跟仁钦借一样东西。他借的是阿巴在移民村房子的钥匙。他要在阿巴的房子里请云中村乡亲吃一顿家乡饭。他说，这是替你舅舅请他们的。云丹还说：你不要掉眼泪，你和你舅舅都是了不起的人呢。

云丹去了移民村，在阿巴的房子里用他带去的食材做了一顿饭。请了移民村的乡亲一起喝了那坛青稞酒。

云丹特意说：酒是仁钦乡长请大家的。

大家就都回忆起年纪轻轻的仁钦一个人奔回村里，组织大家救死扶伤的往事来。说着说着，就有人抹泪，就有人要哭出声来。

云丹说：这饭是阿巴让我来请大家的。

有人问：他为什么不回来？

他要是下山来，就回不去了。政府不让他回去。他要我告诉乡亲们，家家户户的鬼魂他都安慰到了。阿吾塔毗山神他也按照老规矩好好祭祀了。他说，由他去照顾云中村的鬼魂，就是要活下来的人好好活着。

这下哭声真就起来了。

他们都说：是云中村的大限就要到了。

临行的时候，云中村乡亲都给阿巴准备了礼物。云丹笑着一一推却，东西就不必了。今年雨水又多又猛，要是我回去时，云中村还在，我就把你们的心意给他带到。话说到这里，云丹也觉着自己有些眼热，便挥手离开了。本来说好要用手机拍张合影，让他带回去给阿巴看，但他怕自己忍不住眼泪，便急忙离开了。

他回来的时候，云中村还在。

他想冒雨上山，但给乡长报告移民村各家各户情况时，仁钦再次下了死命令，不准在雨天上山。云丹也觉得，自己上山下不来不打紧，仁钦这乡长要再被免了，瓦约乡的乡亲可是要骂他了。

云丹把阿巴在移民村房子的钥匙还给仁钦，并向他保证，有危险的时候绝不上山。

仁钦说：滑坡体随时都有可能爆发，什么叫有危险的时候，什么叫没危险的时候？

云丹说：我们这些地震灾区的人，这危险到时，鼻子都闻得出来。

仁钦说：总之我禁止您上山。

那就把你舅舅饿死在上面？

仁钦说：我也没有说过要让舅舅饿死在上面。

好不容易等到天放晴，山上却是云雾凄迷，好像还是阴雨不止的样子。

然后又是大半夜的雨。早上起来，天气晴朗，然后，浓雾四布，凭经验，云丹知道，这下天是真正放晴了。便立即备马上山。

路上，他想，自己出现在阿巴面前时，他一定不会想到。他更不会想到，自己还去了移民村，以他的名义请大家吃饭。浓雾散尽时，他马上就要到云中村了。他看到最后一缕雾气飘过那株松树，看到那棵野樱桃树已是满树黄叶。然后，他看到了阿巴。他端坐在磐石上，也许是因为仰脸望着天空的缘故，阿巴没有看到他。也没有听到马蹄声。阿巴还沉浸在不知是在飞升还是在下坠的幻觉中，紧闭着双眼，脸上的表情如痴如醉。云丹不急，他挽住马缰站在他面前，等他睁开眼睛。他听见阿巴在喃喃自语。

他在说：上去上去，下去下去。上去了上去了，下来了下来了。

与此同时，他的身体还晃动着，做出相应的姿态。

此时，促使他产生幻觉的嗖嗖上升的雾气已经消失殆尽。阳光灿烂，鸟鸣四起。黑蹄和白额走上前来，嗅出了旧主人，咴咴嘶鸣。

阿巴长吁一口气，睁开了眼睛。

他环顾四周，青山依旧，天空依旧，田野依旧。他说，我没有死。然后，才低头看见了云丹。

两个人在磐石前生火煮茶，这是个能把全瓦约乡都尽收眼底的地方。

喝着热茶,吃了云丹带来的好吃的东西,阿巴还叹了口气:唉,天又晴了。我以为我都看不到天晴了。

云丹笑了:你这是什么话。你要相信人死了会变成鬼,那你死了也一样会看见。

阿巴也笑:那我怎么知道鬼看见的是不是和人看见的是一个样子!

云丹问:你说上去了上去了,是去了哪里?

没有到达我怎么知道。

那下去了下去了呢?

我还是不知道。

云丹说:你要是知道了,我们就不能见这一面了。

听这话,你还有点舍不得我的意思。

两人又沉默一阵,任阳光温煦地晒在身上,那暖意从皮肤一直浸入到心里。他们听到了无人机飞行时,旋翼扇动空气的声音。阿巴知道,这是调查队派来巡视地质隐患点的。这时,无人机还在他们的下方,被阳光照耀成一个闪烁不已的光点。无人机上升,上升,来到了磐石跟前。无人机悬停在空中,用它的玻璃眼睛紧盯着阿巴和云丹。阿巴知道,这玻璃眼睛背后,是地质隐患调查队的人,是那位余博士。阿巴笑着,斟了一碗茶,是请他们共饮的意思。无人机左侧一下身子,右侧一下身子,阿巴知道那是表示谢意的意思。然后,无人机就飞走了。飞向云中村,飞向云中村背后的山坡,沿着那道裂缝缓缓飞行。阿巴说:他们是要给大地搞天气预报。

云丹说：现在没有人能对大地作准确的预报，全世界都不能。

阿巴说：慢慢地，以后就能了吧。

我们等不到了。

要对科学有信心。

云丹笑起来：你这是干部开会时说的话。

仁钦对我说的，阿巴说，咦，前次你带来了央金姑娘，这次我以为你还会带什么人回来。

你想念移民村的乡亲了。

他们不知道的是，此时又有一个云中村的幸存者回到了瓦约乡。那是祥巴家四个儿子中唯一存活下来的那一位，中祥巴。和他同行的还有一个旅游公司老板。他们把一辆房车直接开到乡政府院子里。

见到中祥巴，仁钦扬一下眉毛：是你？地震都几年了，才回来？

不是不回来，是回不来。云中村的家人都死了，四个娃娃在城里，靠我养活。死了的再也活不过来，就让活着的好好活着。

你在外面都干些什么？仁钦口气缓和了，四个娃娃？他们都好吗？

我真是洗心革面，做正当生意了。一向强横的祥巴这时一脸笑容，我跟刘总想请乡长喝个酒，顺便向你汇报汇报。

这哪是喝酒的时候，仁钦拍拍办公桌上的电话，我不能离开这部电话。没吃饭吧，让食堂煮点面条，边吃边说。

祥巴说：我和刘总想开展一个旅游项目，我也想为家乡重建做点贡献。

项目说毕，仁钦脸上露出了笑意。

祥巴这个项目，是热气球旅游，外加一个汽车露营项目。白天，游客乘热气球升空观光，晚上，在露营地过夜。游客可以住自己车里，也可以住他们公司提供的帐篷或房车里。第一期是两只热气球和十辆房车，帐篷五十顶。再视经营情况增加投入。

仁钦笑过，眉头又锁起来，热气球，这牵涉到国家低空域开放政策。露营地，瓦约乡岷江河谷两边，所有稍微平整的土地，不是村子就是庄稼地和果园，哪还腾得出地方。

祥巴从刘总手里要过计划书，呈给仁钦。

计划书上写明，他们这次来是做前期的试运行，如果当地气象条件适合热气球飞行，立即向相关部门申请开放空域，至于露营地可以用向村民承租土地的方式解决。

仁钦当即拿起电话请示县里，答复是可以先行先试。

祥巴当即就要试飞热气球。但岷江河谷午后的风已经准时吹起来了。气球只能在下午三点风未起前才有飞行条件。不然，云丹上了山，和阿巴坐在磐石前喝茶说话的时候，一只巨大的橙色的热气球就会接踵而至。

现在，只有那架监控地质灾害的无人机在云中村缓缓飞行。

阿巴问云丹，央金姑娘是不是已经在电视上跳过舞了。

云丹说没有，要等到明年，或者后年，当年地震爆发的那一天晚上，电视台的纪念晚会上，央金姑娘才会坐着轮椅上台表演她的独腿舞蹈。现在她是要参加全国舞蹈大赛。

阿巴说：这姑娘了不起呢。

阿巴又说：那我就等不到了。

那架无人机完成任务下山去了。

阿巴对云丹说：伙计，你也应该回去了。

云丹起身收拾东西，阿巴坐着不动，看着云丹的眼睛里满是不舍之色。云丹收拾妥当，对马说：走吧，伙计。便牵着马往云中村废墟那里去了。

阿巴喊：我叫你下山，回去！

云丹不应声，自顾自往村子里去。

阿巴到时，云丹已经在屋子里点燃了火塘。

阿巴问他：你不怕死吗？

云丹说：知不知道我比你还大五岁？知不知道我们家是一百多年前，才从云中村搬到山下去的？

阿巴说：要是今晚发生，那你就走不了了。

那也没什么不好。我不走，是要告诉你，我去移民村，替你看望乡亲们了。

你去移民村了？他们都好吗？

云中村的大限就要到了，我得把你做的事情告诉他们。我还用你的名义请全村人吃了一顿饭，就在你的房子里。吃的东西全是我带去的，酒是仁钦出的。我说，我是替阿巴和你们告别来了。

这一来，乡亲们又要伤心了。

都流泪了呀。

两个人睡下后，云丹听见阿巴翻来覆去没睡着。往回，云丹心里翻腾着因云中村而起的各种情绪，总是睡不着。最后，总是在阿巴沉睡时深长平稳的呼吸声中才沉入睡乡。但今天情形却不一样。

云丹就问阿巴：你也有睡不着的时候啊？

阿巴说：我在想移民村的乡亲。我以前想的是，我和云中村一起消失了，这个世界就等于没有了。其实，只要有一个人在，世界就没有消失。只要有一个云中村的人在，只要这个人还会想起云中村，那云中村就没有消失。

云丹叹口气：唉，我还以为可以劝你下山去了呢。

在就好，在就好。阿巴念叨着这几个字，睡着了。在他平稳深长的呼吸声中，云丹也睡着了。

早上，又是一个大晴天。云中村起了雾，但太阳升起不久，那些雾气就被驱散了。

阿巴送云丹下山。

两个人在磐石边下山的路口处告别。

阿巴说：昨晚我一夜没睡着呢。

我听见你睡着了。

那是我假装，好让你不操心我，让你先睡着。我想了好多事情呢。我想也许这是见你最后一面了，睡不着。还有央金姑娘，她一条腿怎么可能跳一辈子舞？现在帮她的那些人，会不会一辈子都护着她？你告诉仁钦，她在外面累了，想回云中村，就让她到移民村去，把我的房子给她。

云丹不说话。云丹执着阿巴的双手不说话。

阿巴又说：这话不要马上对仁钦说，等滑坡爆发后再告诉他。

云丹用额头抵住阿巴的额头：等着啊，我还要上山来看你啊！

伙计，可能用不着了。谢谢你这么耐烦地照顾我啊！

我还会来的。你留给我的那些钱还没有用完。要走，也等那些钱用完了啊！

那些钱我用不着，就留给你了。

如果真是那样，这钱就给仁钦，给他结婚时用吧。

谢谢老哥了！

以后，好多年，云丹活着的时候，在这个故事结局到来后的好多年里，当人们说起消失的云中村故事的好多年里。云丹都会说：呀！那天，一背身走在下山路上，我像个妇人一样地哭着的呀！呀，那个阿巴！

他总是对人说：滑坡体爆发后，我拿着剩下的钱去给仁钦，这小伙子只把钱捂在胸口，没有掉一滴眼泪呀！呀，这个仁钦！

但这些都是后来的事情了。

那天，云丹牵着马下山，泪水遮断了他的视线，他不知在陡峭的山路上摔了多少跟斗，要不是手里拉着马缰，说不定都滚下山坡摔死了。

那
一
天

云丹离开阿巴下山时泪眼迷离。

　　这条几乎没人行走的山道被连绵的雨水冲刷得乱七八糟。雨水顺着道路流淌，把倾斜向下的路冲成了深沟。在道路转弯处，雨水直接把道路拦腰截断。昨天上山时还好。一步一步，云丹都把下脚处看得清清楚楚。但下山的情形就不同了。当着阿巴他尽量控制情绪，但一转身走在下山的路上，就已泪眼迷离。

　　泪水模糊了视线。

　　他的脚不断踏空，不断重重摔倒。每一次，他都沉痛地哼哼一声，又靠着挽在手上的马缰站起身来。手肘摔破了，血渗出来，变成一道细流，流过手腕，流到了手背上。又是一跟斗，他又沉重地哼哼一声。这一回，磕在岩石上的膝盖马上就肿了起来。云丹并不介意身上这些痛楚。这些痛楚减轻了心头的痛楚。下山路才走了三分之一，他就重重地摔了十来跤。他一个人，脚下就是破碎的山体。大山本来该保护它的子民，但它自己都已破碎如此，使道路不成道路，使这个泪眼迷离的人不断跌倒，发出一声声痛苦的呻吟。

　　云中村的人，还有从云中村四散到瓦约乡各村的人，尤其是男人，出于自尊，不会在人前这样放任自己的眼泪，不会这样放任自己显露痛苦。但现在，只有云丹一个人，走在破碎不堪，正在自我毁败的山路上，就没有必要花那么大的力量来控制自己了。

地震发生时，房倒屋塌，听着女人发出撕心裂肺的哭声，他像块石头一样沉默，忍耐，不让自己涕泪横流。瓦约乡的各村都投入重建，云中村却要消失，卡车队把云中村的乡亲运去移民村，云丹站在路边目送他们，忍着心里的痛楚，面无表情，只有眼睛流露出忧伤。阿巴回来，云中村的大限一天天逼近，他也没有放任自己显现出内心巨大的痛楚。他自作主张去移民村代阿巴和乡亲们告别，也没有如此放任情感。跟阿巴抵额告别时，洪水般袭上心头的悲伤也被他控制住了。现在，这些隐忍的悲伤一起爆发了。

每摔一跤，他嘴里就发出痛苦的呻吟，他真想放任自任这呻吟变成哭声。他想，那该是像狼嚎一样吧。他不会让自己发出这样的声音。

他一边撑起身子，一边哼哼着说：山神，这是什么路啊！

痛，真痛啊！

痛吧。腿，痛吧。手，痛吧。

他就这样忍受着痛楚，走在下山的路上。以至于那个巨大的橙红色热气球从江边收割后的麦田里升起来都没有看见。

云中村祥巴四兄弟中没有死于地震的那一个，叫作中祥巴的那一个爬进热气球的吊篮。他神气十足地手握着燃气阀门，每动一下手臂，气炉就呼呼地喷出 股蓝幽幽的火焰。气球膨胀起来，开始上升。斜刺里飞过麦田边的公路，飞过岷江，沿着江边破碎的山体上升。热气球飞到半山，从云丹面前升起来时，隔他最多就三十米距离。但云丹没有看见。他再次从地上爬起来，他尝到了流到嘴边泪水的味道。恍然听到了一只巨鸟掠过头顶，他没有抬头。恍然看见一个巨大的影子从眼前掠过，他没有抬头。他没有看到一个新奇的东西正掠过他飞往云中村去。

热气球从他脚下升上来，从他头顶掠过去，他都没有看见。那么庞大的一个橙红色的物体飞过他，都没有看见。热气球里有三个人趴在吊篮边缘向他挥手，他也没有看见。他只听到了热气球为加热空气喷火的呼呼声，像是传说中某种巨兽在喘息。

他想，这是背负着大地的巨兽在喷气，那是它将要动动身子，使得大地震荡山河易容时发出的声音。

云丹站起来，说：来吧，一切要来的都来吧。

他站了好一阵子，但什么都没有发生。注意力改变，使他收住了泪水，激动的心情也平复了一些。

云丹擦干泪水，继续下山。

一个小时后，他已经回到村子里。他身上磕出那么多的伤，瘀青的，流血的。他忍着痛把牵着的马交给家里人。自己关起房门来，处置身上的伤口。腿上那么多瘀青，手上斑斑血迹，让他想起地震时那些受伤的身体和失去生命的身体，心里继续发出痛苦的呻吟。

女儿敲开房门，看见他在暗自流泪。

云丹对女儿说：我再也不会见到阿巴了。

阿巴看到了热气球的升起。

他一直在目送云丹下山。跌跌撞撞下山去的云丹每摔一个跟斗，阿巴都像是自己重重摔在山路上一样，发出痛苦的哼哼声。但他没有流泪。他不让自己流泪，他要把一切都看得清清楚楚，牢牢记住。

云丹终于消失在他视线里。他的眼光越过峡谷，望向云丹家所在的江边村。

他想看到云丹顺着傍着麦田的蜿蜒小路回到自己家里。但他不知道江边村哪一座房子是云丹家的。地震前，云丹的家，他是知道的。那座房子在大地剧烈摇晃的那一分多钟时间里，已不复存在。震后经过重新规划重建的房子在哪里，他就不知道了。

他打算转身回到村子里去了。他想再穿上法衣，摇铃击鼓，去安慰一个人，准确地说是一个鬼魂。云中村的死人们必须和这个村子一起消失，那是他们的命运。但村幼儿园那个新来不久的老师，那个身体微胖，整天挂着笑容的姑娘就不一样了。她不是云中村人，她分配到云中村幼儿园才几个月时间，地震就发生了。她的父母和弟弟来到云中村。做母亲的当即就哭倒在坟地上。他们想把她带回老家。阿巴知道，那是不可能的。她和云中村那么多人一起火化，一起安葬，根本分不清楚谁是谁了。有一个志愿者组织叫"帮你回家"。他们说，真要让这个姑娘回家，也不是不能做到。做一个DNA比对就行了。其实他们也做不到，烈火焚烧过后留下的骨殖，已经不存在任何活性成分，不可能做DNA检测。即便能做，为了她一个，把所有埋在地下的骨灰都翻掘出来，也是于心不忍。

姑娘父母的话更让云中村人泪下：那就让她在这里陪云中村的孩子吧。

当时，阿巴也是对她的父母下了保证的，保证安抚亡魂时，要把她当成真正的云中村人。

就在阿巴打算转身时,那只热气球从山坡下面升上来了。

地震后,云中村先是来了救苦救难的直升机。后来又来了无人机。今天又从峡谷里升上来这样一个飘飘悠悠的庞然大物。要是云中村一直存在下去,不知还能从天上看见什么稀奇的东西。

阿巴都来不及对这从未见过的新奇事物感到好奇了。他也无从得知这怪物的名字。没有名字的东西那就只能是:一个怪物。

他看见吊篮里挤着几个人。其中一个人对他挥手,还在使劲喊叫。

气球正从山坡下方缓缓上升,吊篮里的人影不断被鼓胀的气球上部遮住。

阿巴看不清那个人,但听出来那是个熟悉的声音。那是云中村某户人家的声音。有些难眠的夜晚,阿巴寻鬼不见而去思考到底有没有鬼的夜晚,他从云中村寂静的废墟中,就会听见声音。不是一个人的声音。那是曾经的一个又一个人家共同的声音。他恍然看见的是一个一个的人,他们的面容渐渐叠印到一起,发出一个共同的声音。

气球又升高了一点,那个人的声音再次传来。这次,他听出来了,那声音是祥巴家的。他知道,又一个云中村人回来了。那么他就是祥巴家在地震前离开家的那个中祥巴了。气球升到了和他平行的高度,阿巴看清楚了,趴在吊篮边上,使劲向他挥手,向他呼喊的那个人就是祥巴家的人。阿巴其实不太记得他们几兄弟中任何一个人的具体模样。他们几兄弟在外面当黑社会,难得回村里一次。回来了,也是被一些羡慕他们见闻与钱财的年轻人包围着。阿巴这样年纪的人总是远远地避开他们。但就像他一听声音就知道他是祥巴家的一样，一看他的样子也认出他是祥巴家的。他的脸上有着他父亲的表情。狡黠强横的表情背后，还浮现出他父亲脸上的犹疑与迷茫。那是他们一家人共同的表情。现在，他处在和阿巴平视的高度上了。

他兴奋地喊道：你是阿巴吗？你是阿巴吗？

阿巴不知道怎么回答，总不能对着他高喊：我就是阿巴！

回到云中村，除了召唤鬼魂，除了祭祀山神的时候，阿巴已经不会高声呼喊了。

阿巴还是挺高兴，他觉得云中村失去的人在村子消失之前，一个接一个地回来了。先是央金姑娘，然后是这个祥巴。只是他们回来的方式都太特别了，央金姑娘身后跟着无人机和摄像机。这个祥巴，乘着这么一个庞然大物从天上飞回来了。无论以什么样的方式回来，都说明他们没有忘记云中村，这就让阿巴感到很安慰了。

热气球在阿巴面前上下浮沉，祥巴还在喊：阿巴，我是祥巴！

阿巴做了一个手势，表示认出了他就是祥巴。

阿巴又做了一个手势。这个手势是把村子指给他。意思是让他往那个方向飞。村子的废墟里，还有他家人和乡亲们的亡灵。热气球呼呼地喷了好几次幽蓝的火苗，但只能向上升，向上升，而不能横着飘过荒芜了的田野，去到村子的上空。这个红色巨物的出现，使得周围的鸟都惊飞起来，石碉上的红嘴鸦也惊飞起来。

从村子方向吹来的风，顶着这只热气球不让它飞过去，靠近村庄。后来，人们会传说，云中村以这种方式拒绝了想回到云中村的中祥巴。其实，大家不知道，峡谷里的热气流上升时，从阿吾塔毗雪峰上，也有一股冷气流贴着草地与森林下降，然后停留在云中村这个半山平台上。这也是很多时候，云中村总是云雾弥漫的原因。现在，热气球刚好就被这股冷气流顶住，去不了村里。

祥巴改变了主意，他想要在磐石前降落。一根绳子从吊篮里抛出来，晃晃悠悠悬在空中，但那股从山上下来的冷气更加强大了，把气球一直往外推，所以，这根绳子怎么也到不了阿巴的手上。

气球越飘越远，最后，祥巴对着阿巴喊：我明天再上来啊！

热气球被气流吹远了。一直到了几百米外，这股气流的力量消失，热气球才在峡谷中央稳定下来。

但是，明天，祥巴的热气球不会再上来了。

祥巴乘热气球上云中村时，摄像机一直在拍摄。他们提前就在网上宣传了，卖点就是乘热气球看一个即将消失的村庄。这天的整个飞行过程都在网上直播。虽然没有飞到云中村。但那个寂静村庄的废墟，那个固执的叫阿巴的祭师都出现在了镜头里。两千块一次的飞行，一下就有几百人报名。视频的点击率越来越高。同时，网友也分成两派。赞同者自然会有，反对者越来越多。这是缺乏同情心，旁观他人痛苦，消费苦难。后来，抵制的声音大过了赞同的声音。当祥巴怀揣着复杂的心情再次出现在乡政府时，迎着他的是仁钦铁青的脸。仁钦嘴边有一大堆谴责他的话。但都没有说出口来。

因为祥巴哭了。

祥巴说：仁钦，我看到云中村了！我看到阿巴了！我们的云中村怎么会消失，老天爷不公平呀！

仁钦说：原来你还是爱云中村的呀！

哪有人不爱家乡的？我心里痛啊！

一边心痛一边拿云中村人的苦难挣钱！

祥巴换上了无奈的表情：人都要生活呀！

仁钦告诉他：你的网上直播影响很坏，大多数人反对，政府也反对。唉，我想，经过这么大的苦难，人都会变好的吧。我想简单了。什么乡村旅游，没想到你打的是这个主意。看在乡里乡亲的分上，我请你喝顿酒，明天一早，你从哪里来，还是滚回哪里去吧！

晚上，祥巴真的来乡政府找仁钦喝酒。仁钦的女朋友弄了几个家乡菜，从家里搬来了一坛青稞酒。

仁钦说：你也是灾民，有困难可以找政府。你兄弟的孩子是地震孤儿，国家有政策……

祥巴挺挺身子：我男子汉大丈夫，养得活他们！他们在城里上的都是最好的学校。

仁钦放软了声音：为这个，我敬你一杯！但你不能用这种方式挣钱。你这样做，全云中村的乡亲都会恨你，看不起你。再不把你当云中村人。

你让我再飞几次，至少让我把热气球的本捞回来！

你没听懂我的话吗？明天早上，你必须从瓦约乡消失。

不看我面子，就看我死去兄弟的孩子面子。

你要是养活不了，就把他们送回来，政府会照顾云中村的孩子。

中祥巴悻悻地告别。走到门口，又转回身来说：云中村要消失肯定是假消息。

假消息？为了一个假消息让云中村活着的人全部背井离乡？！

中祥巴笑了：假消息可以骗来救灾款！为什么你让自己的亲

舅舅留在山上，该不是你们家想要独霸云中村吧！我要到省政府去告你！

听到这样的荒唐话，仁钦的女朋友哭了。仁钦伸手抓起一样东西就要砸过去。女朋友哭着说：那是妈妈……

仁钦这才发现，自己真被这个人气昏了，竟然差点把养着母亲寄魂草的花盆掷到这个人头上。

仁钦一下泄了气，他把花盆轻轻放回窗前：走，你走。

山上的阿巴不知道这些。

气球飞走后，他去告诉了祥巴家那些死人，他们家活着的儿子回来看他们了。阿巴没有说他是驾着那样一个怪物飞回来的。也没有说，那个怪物在天空中飞得很高很远，就是无法靠近云中村。这样的话说出来，好像云中村真的嫌弃他们家几个儿子似的。他不想说让人伤心的话。更何况，他既然叫不出那飞行器的名字，也就无从告诉了。他总不能说，你们祥巴家活着的儿子乘着一个怪物回来看你们了。

然后，他去了小学校的废墟。摇铃击鼓，呼唤那个年轻姑娘。告诉这个爱笑的老师，云中村要消失了。如果她想回家，就告诉阿巴。阿巴就会把她的鬼魂引到安全的地方，然后，让她自己寻路回家。幼儿园的废墟，泥地里还夹杂着一些融化殆尽的纸，上面的字迹已经消失不见。泥墙上的画也被雨淋风吹，只留下隐约的痕迹。还能看出来，那是一棵树，那是两朵花。墙角那里还有半个黑板，黑色褪尽，已经露出斑驳的木纹了。

阿巴说：好姑娘，你要是真的在，要是听见了我的话，就让我知道啊！

可是，她怎么表示听到了他的话？让黑板上出现一行粉笔字：我听见了。

阿巴就是这么想的。他说：你不要以为我不认识字。我认识字，我上过农业中学。阿巴想起了自己上中学时穿着印着号码的红背心打篮球的样子。那是另外一个人了。

黑板上并没有字迹显现。

阿巴又说：那就是你愿意永远留在云中村，跟我们在一起了？

他想，也许墙上隐约的图画中的花朵或树会显现出刚画上去时那样鲜艳的色彩。他说：姑娘，我在农业中学，也画过马铃薯和玉米的花啊。

墙上还是什么都没有出现。

阿巴说：好吧，你不说话，就是舍不得这个地方了。好姑娘，不要害怕，我们都是在一起的啊。

阿巴回到自己的小屋里，守着火塘里一团暖暖的火苗。他知道，那个时间已经很近很近了。刚回到云中村，想到这个时刻，阿巴曾经担心自己会紧张，会恐惧。现在，他是如此平静，似乎在等待，也似乎没有等待。临睡之前，他还细细地谛听一阵，但什么动静都没有听见。他想，明天有两件事。一件是把最后一次用过的法铃给两匹马戴上。再一件，他要去磐石那里等着祥巴驾着那个橙红色的怪物再次出现。

可是，他一直等到将近正午，也没有等到。

他不知道，祥巴正气哼哼地驾着车行驶在路上，离云中村和瓦约乡越来越远。他没有回到所来的省城。在那里，他以往的生存方式越来越难。他下了决心要洗心革面重新做人。热气球观光，是他和朋友新注册公司的主要业务。也是他寻找合法生存的最初尝试。只是第一次尝试就失败了。从纯商业角度看，这个点子其实很不错。但他还没有学会进行道德评估。那天晚上，被仁钦赶走，他心里还很不服气。回到房车里还在骂骂咧咧。第一次飞行结束，他只顾看直播后网上飞速上升的订单，而没有看更多网友的评论。晚上从仁钦那里回去，他才看到那些义正词严的责难，还有更多恶毒的谩骂。那些话看得他浑身发凉。以前，他做过的罪恶事情，都是在黑暗中进行，每做成一桩，非但没有良心上的谴责，反而还有轻易得手，又逃避掉打击的得意。一个个这样的窃喜堆积，让他自以为是了不起的英雄。但现在，一切行为都暴露在公众的眼皮底下。正义的声音出现了，借着道德谴责名义的毒舌也一条条出现了。

他对刘总说：老子要把这些毒舌一条条割了。

刘总说：如果你有本事把这些人一个个从人海里捞出来。刘总还说，你他妈也太缺德了。要是你事先告诉我你一家人都死在那村子里，告诉我那个村子死了那么多人，而且马上就要消失了，我才不会跟你做这单生意。骂得好啊，没有良心。骂得好啊，消费苦难。要是人家知道那地方还有你一家子的命，都能骂得你马上捅自己一刀！

中祥巴不说话了，过了很久，他也悄声说：骂得好啊！

你他妈醒过来了！

中祥巴停下车，打开车门，蹲在路边哭了。

他没有想到，他的热气球飞行直播还在网上继续传播。从一个微信朋友圈传播到另一个微信朋友圈。从一个视频网站到另一个视频网站。

央金姑娘临睡前从手机上看到了这个视频和那些评论。

整整一夜，她都没有睡好。刚一合上眼睛，每天练舞时，都会出现在背景上的画面就向她压下来。画面上是阿巴用轮椅推着她在云中村荒芜的田野里行进的镜头。是她穿过村子里那些残垣断壁的镜头。那些倒塌的建筑夺去了云中村近一百口人的性命，其中有她家人的三条性命，还有她自己的一条腿。这都是在阿巴毫不知晓的情形下拍下的视频。这是负责包装她，要把她推向舞台的文化公司精心策划的灾民回乡记。阿巴推着她向村子走的时候，她还按策划案中的预设进行着表演。上山前，编导反复对她说的话就是：表演，表演。你必须学会表演！直到在自己家废墟前，她才失去控制，晕倒在地，脱离了剧本的规定。第二天早上，无人机飞在天上，突然出现的摄制组抵近拍摄时，阿巴什么都没有说。江边村的云丹也什么都没有说。特别是阿巴，他只是按照自己心意送她出村。在她耳边用低沉的嗓音祝福她一切顺遂。

阿巴说：放心，全云中村的人把这里的一切都交给我了。村子，和村子里的鬼魂都交给我了。有我跟他们在一起，你们就放放心心过你们该过的日子。说这些话的时候，他就像天上的无人机还有身前身后的摄像机都不存在一样。

看了网上中祥巴热气球拍摄的云中村镜头，这些情形又出现在央金眼前，阿巴低沉和蔼的声音又在耳边响起。

视频中，阿巴站在磐石那里，几次伸手想要抓住热气球上抛下的绳索都没有抓住。然后，阿巴和云中村在镜头中越来越远。那是热气球被风吹离了云中村，在岷江河谷上空飘得越来越远了。

她离开云中村时，从磐石边的路口下去，云中村一下子就从视线中消失了。

但在视频中，热气球上的摄像机一直开着，云中村越来越远，越来越远，直到变成了模糊不清的一团灰色。

那天离开的时候，她还在按照规定表演。表演和云中村的永别。别人离开了还可以回来，她这次离开了，就不再回来了。表演像笑的哭和像哭的笑。导演说，哭是永别家乡的依恋，笑是对新生活新世界的向往。现在，她从手机上看着这段千夫所指的视频，看着越来越模糊的云中村，越来越隐约的阿巴的身影，她觉得这回才像是真正的告别。

梦中，每天跳舞时都在背景上播放的云中村的断垣残壁变得有重量了，向着她倾覆下来，就像当年地震突如其来时一样，这些沉重的石块与木头，把她紧紧压在了下面，动弹不得。地震时，她还能发出呼救的声音。但在梦中，她连这样的声音都无从发出。嗓子像被一只灰色的巨手扼住了一样。

第二天，央金推着轮椅来到了排练厅里。当音乐声响起，她滑动着轮椅展现痛苦挣扎的舞姿时，背景上她坐着轮椅穿过云中村的情景再次出现。她突然停了下来。用双手捂住了脸。

她说：求求你们不要再放那个视频了。

编导说：有了这段视频，这个舞蹈就有双倍的感染力！

央金摇头：我不要再放这个视频了。

然后，任别人怎么说服，她都坐在轮椅上，双手捂着脸，一动不动。

公司总经理来了：知道为了包装你，公司做了多大的投入吗？

我知道。

那你怎么能说不要就不要了？！没有这段视频，没有这个泪点，靠你那舞蹈功底就想打动评委，想得奖？

我只想跳舞，我不要得奖。

你不要得奖？那公司包装你干什么？你想不得就不得了，必须得！

有这段视频，我再也跳不动了！

公司威胁要跟她解约，要她赔偿公司以前的投入时，央金屈服了。但只要有那段视频，她再也跳不出任何激情和感觉。每当她脱离轮椅，站起来，把轮椅推向舞台深处，单腿起舞，旋转，再旋转，就会重重摔倒在地上。而在此前，这已是她非常熟练的动作。央金病倒了，发烧，陷入噩梦。就像是她在康复中心艰难恢复时的状态。她躺在医院里，在高烧中说着胡话：我要回家。我没有家了。

央金打通了仁钦的电话。仁钦听见她说：哥哥，我要回家。

仁钦派了乡里妇女主任，还通知了移民村的人去省城接她。

根据地质部门的预警，仁钦知道，云中村的大限就要到了。他不想把央金接到乡里来，看着云中村灰飞烟灭。他让乡亲们把她接到移民村去。央金到了移民村，住进了阿巴的房子里。乡亲们围着她唱家乡古老的歌谣：

"为什么骏马的头向着东方，

阿吾塔毗率领我们要往东方去了。

为什么风总是向西吹拂，

是我们难舍远离的家乡。

我们的歌声拂过大地……"

众人齐声低沉应和：

"像风一样！

像风一样！"

听着这样深情的歌唱，央金在轮椅上翩然起舞。她的动作还是原来公司为她编排的动作，但不再是那种激烈的反抗，她的舞姿变得柔和了，柔和中又带着更深沉的坚韧和倔强。

在她身后，是乡亲们摇晃着身子曼声歌唱。

这一向，云中村的早晨都是大雾笼罩。上午10点左右，阳光才把大雾驱散。

大雾散开，阿巴出门，在村中巡行。

他不知道山下发生的事情。不知道中祥巴的事情，不知道央金姑娘的事情。他只知道，那个日子就要到来了。他的巡行是最后的告别。

他去过了他想得起来的所有地方。包括当年他背着老喇嘛去过的地方。村里人都以为老喇嘛跟他说了什么秘密，或者传授了什么了不起的法术。在那三个地方。喇嘛只是说，听啊！你要好好听啊！要是鬼要哭泣，需要安慰，那就是在这三个地方。后来，村里老是有人问，喇嘛对你说了什么？这让阿巴无从回答。如果他老老实实说，老喇嘛只是说，听啊，听啊！他们会不相信，他们会失望。如果要他们相信，那他就得编派些耸人听闻的东西，但阿巴没有这种能耐。

这天下午，他巡行一周后，刚刚回到村前广场的石碉下面，就听见碉顶的红嘴鸦惊飞起来。惊飞起来的还有鸽群。鸽群在春天分散，一对一对去生儿育女。秋天，它们又带着新的生命回来，重新聚集成群。此时，鸽群也惊飞起来。接着，大地猛地下沉了一下，又下沉了一下。这下沉的力量差点让他一屁股坐在了地上。但他扶住老柏树光溜溜的躯干，稳住了身子。

他说：终于来了。

他以为，接着就会看到脚下的大地裂开，看到村庄歪斜了身子，然后，在大地轰轰隆隆的声音中，所有一切都开始下坠。但是，一切的一切随即又都安静下来。过了好一阵子，他又听见了风在吹拂，鸟在鸣叫。看到两匹马站在离他不远的地方。看到村子的废墟，那些断垣残壁静静耸立在阳光下。

阿巴叹了口气：该来了。反正都要来，就早点来吧。来了，山下的人就不用天天挂心了。

此时，充满阿巴心中的不是恐惧，而是对于那些记挂着云中村的人的温柔情感。

他眼前晃过一个个人影，仁钦、中祥巴、央金姑娘、地质调查队队长和余博士、移民村的乡亲，他还想起了移民村家具厂的李老板。阿巴身上已经一点也闻不出家具厂木头的味道了。

他说：神啊，来吧，不要让山下的人多挂心了。

但神一言不发。

石碉静静地站立在那里，死了的老柏树依然站在那里。

关于这座石碉，最近在山下还引起过一阵争论。有建筑专家提出，云中村那座石碉，历史比云中村那些房子长，比整个村子高出二十多米，历经八级地震还完好无损。这样有价值的古建筑不能跟云中村一起消失，应该拆迁到山下，在瓦约乡异地重建。这个方案甚至提交到县政府州政府进行了专家论证。结论是不可能。原因在于，这座石碉和云中村所有建筑一样，都是用大小不一的乱石砌成的，一旦拆下来，谁也无法按原样复建。专家问，八级地震，用同样方式建筑的村子夷为平地，比民居高出十几米，而且比民居更古老的碉楼却屹立不倒，地震后这么多年，为什么没有人关注研究？而在它即将消失的时候，才想起这么一个不可能实行的法子。还有一个参加讨论的专家专程来到瓦约乡，说至少要在这古老建筑消失前，亲眼到云中村看看。他到达瓦约乡时，地震台测得，这天中午十二点十分，当地发生三点五级地震。这次地震是浅层的，震中云中村，震源距地表一点五公里。地质隐患调查队测得滑坡体沉降幅度超过一米。仁钦给专家看了数据，告诉他，瓦约乡还有三座这样的石碉楼，欢迎他随时去考察，但云中村是不能去了。

仁钦说：专家老师来得太晚了。

专家离开，女朋友对仁钦说：你不要用这种讥讽的口吻对人家说话。

仁钦看着窗台上那盆鸢尾，看着丛生的碧叶中那枝抽葶的花苞，几乎落下泪来。他说：是啊，这有什么意义呢，随便怎么样，云中村都要消失了。

女朋友拥住他，身子软软地，几乎要哭出声来。

仁钦紧抱住他心爱的姑娘：我答应过舅舅不哭的。

姑娘擦干眼泪，说：以后，舅舅会变成神吗？

仁钦忍着泪水没有说话。

姑娘又说：在视频里，你看他眼睛闪闪发光，脸也闪闪发光，以前那些愁苦的神情都不见了！脸上的皱纹也不见了！

山上，云中村，阿巴呼唤他的马。但马似乎被大地猛然的下沉吓住了，站在原地一动不动，没有回应他的呼唤。

阿巴自己向马走去。一边走一边喊：黑蹄呀，不要害怕！白额啊，不要害怕！

他快走到两匹马跟前时，才发现，原本平整坚实的土地变得那么酥软，有些地方下陷，有些地方开裂，他要小心选择落脚点，才不会陷入新出现的深深裂缝。两匹马并头站着，前腿和后腿分站在裂缝的两边。它们眼里都带着惊诧的神情。惊诧于地下是什么神秘的力量，在把大地分开的同时好像也想把它们的身体分成两半。

阿巴出现在它俩跟前的时候，两匹马都发出了低沉的嘶鸣。

阿巴说：神啊，请不要这样！

阿巴说：神啊，最后的时刻，让我和马都体面一点，再不要像地震时那样，让生命备受折磨。

阿巴走到马身后，拼尽全力，抬起马腿，帮它们把蹄子放到了裂缝的另外一边。让黑蹄和白额感觉到紧绷的身躯得以松弛，得以保持完整的感觉。

然后，他说：来，跟我走吧。

两匹马小心翼翼跟在他身后，迈开了步子。马脖子上的铃铛发出了叮叮当当的清脆声响。铃声使正在分崩离析的大地显得如此空旷，在阿巴听来，椎心而凄凉。走到村前广场，踏着脚下坚实的水泥地，阿巴抱住了马的脖子，他亲吻两匹马的额头：我回屋里去一卜，在这里等着我啊！

阿巴回到屋子里，他的脑子里出现了当年父亲在磨坊喂马的画面。父亲把刚磨好的面揉好，加上一点盐，捏成足有半斤一个的面团，塞进马的嘴里。父亲说，人经受什么，它们就跟着经受什么。阿巴把口袋里的麦面全部倒进盆里，加水，加盐，使劲搓揉，嘴里重复当年父亲说过的话：人经受什么，它们就经受什么！揉到半途，他把最后的半瓶酒也倒入了其中，用力地搓揉。他继续念叨：我经受什么，黑蹄和白额就经受什么！

阿巴端着一大盘面团来到村前广场，来到石碉底下。

红嘴鸦和鸽子还在绕着碉顶飞翔。红嘴鸦飞行时会大声地呀呀鸣叫。鸽子飞行时不会鸣叫，但它们的翅膀会带起呼呼作响的风声。

阿巴对黑蹄和白额说：来吧。

黑蹄和白额就把嘴巴凑到他手边。

第一个面团塞进它们口中的时候，它们都使劲摇晃着脑袋。阿巴笑了：没尝过酒的味道吧。

两匹马还是把面团吞进了肚子里。

吞咽第二个面团的时候，马的脸上流露出的已经是满意的表情。阿巴说：这就对了，这样好嘛。又多尝过了一种味道。

等到石碉顶上的鸟群安静下来的时候，两匹马吃饱了，阿巴拿起最后一个面团的时候，它俩都把脸转开了。阿巴说：咦，是要给我留一口的意思吗？

马不会说话，只是用两对水汪汪的眼睛看着他。他从马眼睛里看见的是四周有些变形的景物：蓝天和云彩，田野和废墟。他说：好吧，我忘了吃午饭，真有些饿了。

他又说：你俩是跟着我去，还是就在这里等着呢？

两匹马跟在他后面。肯定是因为面团里掺了酒的缘故。两匹马有些兴奋。它们彼此不时互相碰触着脑袋，不时伸出鼻子碰碰阿巴的屁股，嘴里还发出细细的鸟鸣一样的声音。这就是一个亲切而寻常的下午，不像是有什么惊天动地的事情将要发生，准确地说是正在发生。他们脚下的土地，正在不可见的黑暗深处渐渐开裂，巨大的滑坡体正在沉降。地质监测显示，就在阿巴和两匹马迈步进废墟中间的时候，云中村滑坡体又轻轻颤抖一下，下坠了七厘米。

阿巴让两匹马站在门前枯萎的菜园里。白菜还有花菜外围的老叶已经萎黄，但中心部分还新鲜娇嫩。阿巴把菜指给它们。它们真的就垂头啃食起来。生平第一次吃了带酒精的食物，正好用这些新鲜的菜叶来化解一下。

阿巴回到屋子里，把火塘捅开，把那个生面团放在火边烘烤，他抬头看看两匹马：还知道给我留上一口。

他把法铃挂在墙上，把法鼓也挂在墙上，最后挂上墙的是祭师的法衣和帽子。衣服和帽子挂在中间，铃和鼓在左右两边。火塘边烘烤着的面团正慢慢散发出酒香，散发出麦面渐渐变熟的香气。

阿巴坐下来。神情庄重地注视着墙上有些破旧的法器。它们曾经被遗弃，被隐藏，在这个过程似乎失去了所有神秘的辉光。但是地震来了，造成了恐怖和深重的苦难，死亡和伤痛——是的，在这一刻，他突然感觉到了闪电一样掠过的痛楚。火塘幽暗的光芒照亮了墙上的法器。黄铜的铃铛。牛皮的鼓。火边的面团熟了，酒香弱下去，被浓厚的麦香所掩盖。

阿巴说：那么，我们要开始吃了。

他从面团上揪下一块，塞进口中，一边咀嚼，一边把揪下的面团抛向屋子黑暗的四角，他问：都在吗？大家一起吃吧。

就在这时，大地从深处开裂了。那些岩层被巨大的力量推挤，碰到前方坚强的阻挡，而背后的推动却永不停止，于是岩层内部像冰崩一样：绽裂，坍塌，向不可见的深处下滑。

大地从内部绽开的时候，她的表面也松动了，开裂了。坚固的山体变成了液态，泥沙流淌，岩石翻滚，树身歪斜，倾倒，停在树上的鸟惊飞起来。

阿巴听到挂在墙上的鼓不捶自响，铃铛也不摇自响。声响从岁月最深处传来，闪烁着天和地从一片混沌中渐渐分离时那种幽渺的光芒。阿巴听见了一声轰然巨响，他知道，那是屹立千年的石碉倒下了。他听到无所依凭的红嘴鸦群惊飞起来，尖厉鸣叫。鸽群惊飞起来，翅膀猛烈扇动空气，发出风的呼啸。

阿吾塔毗晶莹的顶峰被这一天太阳最后的余晖照耀出一片血红。

"会倒下，会倒下！"古歌里唱到过的，"一切都会倒下，一切都会走到尽头。"

在移民村，央金姑娘正请一位老者把这古歌唱给她听。她打开手机录下苍老的歌声。她在这歌声中有节奏地摇晃着身体。节奏，节奏，她找到自己生命之舞的节奏了。

中祥巴的热气球在草原上升起来了。那是流经瓦约乡的岷江的发源之地，一片广阔的草原。云中村的大地缓缓下沉的时候，他载着游客的热气球正在上升。草原上，夕阳下，蜿蜒的河流闪闪发光。在向东而去的过程中渐渐宽阔，渐渐壮大。河水流去的方向是云中村的方向。

"会倒下，会倒下！"古老悲歌也是颂歌，"一切都会倒下，一切都会走到尽头！看吧，月亮升起来了！静悄悄的啊！"

月亮确实升起来了。月亮不是升起来，一弯新月早就挂在天上，太阳落下地平线，收敛了全部光线的时候，月亮就显现出来了。

现在，下滑隆重地开始了。先是通向山下的道路变得酥软，向下游动，磐石翻了一个身，相随而下，松树也相随而下，野樱桃树刚刚下滑一点，就被翻涌的泥沙淹没了。

土地开裂，下去了。

果园也下去了。

然后是整个云中村。没有太大的声音。只有来自大地深处的低沉轰鸣。

阿巴端坐不动，他看见两匹马也昂起头来，端立不动。黑蹄和白额都仰起头来，像在倾听，像在思考。它们都随着整个滑坡体移动。阿巴感觉自己在这一切上端坐不动。

他感觉到的下坠就像是下面有什么东西空了。不是物的空。而是力的空。突然失去向上支撑的空。

他像是在上升，像是要飞起来了。

而他想要的是下去。和云中村所有的一切，房屋的废墟，干涸的泉眼与水渠，死去的老柏树，这个村子的寄魂树，死人们的寄魂树，荒芜的果园和田地，一起下去。下去啊，下去啊！这个村子的过去，现在和未来，一起下去，沉入深渊！

在大地深处发出的低沉的轰鸣声中，整个瓦约乡都悚然不动。除了那些专业人员，真正的瓦约乡很少有人去看那黄昏里地质运动造成的奇观。他们只是在听。他们甚至不在听。他们只是端坐不动。云丹端坐不动。他觉得阿巴并肩和他坐在一起。仁钦端坐不动。他忍不住泪流满面。

下坠的滑行还在继续，阿巴差点就要用狂喜的声音高喊一声：飞起来了！

但他没有喊，他早就告诉自己在这一刻来临的时候，要看见要记住。他确实看到了一些房子的废墟整个地跑到了他的前面。看到马像浮在水上一样漂离了他，和某家人院子里的一棵翻拂着经霜红叶的梨树一起沉了下去，脱离了他的视线。这时，他还有一个念想，要看看会不会有鬼魂出现。亲人的鬼魂，亲戚的鬼魂，乡亲的鬼魂。但是，他们都没有出现。那些房屋的废墟从眼前消失时，腾起一片淡淡的尘烟。

阿巴看见了好多个自己正向自己走来。

那个在小学校听了鬼故事后吓得要命的自己。

跟着父亲去到磨坊，第一次看见祭师安抚鬼魂的自己。

一起随着水电站滑坠到山下死而复生的自己。

阿巴还看到那个失忆而后苏醒的自己。

刚刚当上非物质文化遗产传承人，笨拙地扮演祭师的自己。

他看到这些不同的自己此时都与自己比肩而坐，镇定自若。

阿巴笑了：都来了，你们都来了。

就在这个时候，大地翻了一个个儿，把他和若干个自己都包裹起来，用房子的废墟，用泥土，用从大地深处翻涌而出的石头，把他们都包裹起来。

黑暗降临了，阿巴随同黑暗一起，被推向山下。

大地以这样的方式，拥他入怀了！

从黄昏开始，大地轰鸣，震颤，绽裂，下滑，到一切静止。云中村的消失用了两个小时时间。

终于，一切都静止下来。

从大地震动开始的那一刻，仁钦就对女朋友说：请你陪着妈妈。

然后，他就一直待在应急救灾指挥部里。要是滑坡体下来阻断了江流，形成危险的堰塞湖，准备好的挖掘机械就要全部上阵。必要的时候，还要进行大规模的爆破作业。挖掘机队和爆破队都严阵以待。仁钦都顾不上为消失的云中村和舅舅而悲伤。

他只是说：不会的，不会的。

他这样说，是因为不愿意已经四分五裂被埋入地下坠向江边的云中村，由他亲自指挥，再一次在机械挖掘和爆破作业中四分五裂。他唯一的祈愿就是让云中村在大地深处静静掩藏。他最不愿听到的话就是监测点的报告在指挥部里回荡：滑坡体正逼向江边！

他知道，此时，江边高岸上的探照灯都打开了，对准正在下滑的山体。

对讲机里传来报告：滑坡体侵入了江流！

别人看着他站在连着县里州里的电话前一动不动，但他听得见自己内心的声音：停下，停下！

对讲机里终于传来了他所希望的声音：停下来了，停下来了！

大地的震颤确乎是停下来了。

滑坡体隆隆的声音确实是停下来了。

四周变得那么安静。他听得见滑坡体上偶尔有一块石头坠落，翻滚着跌向江流的声音。

此时，瓦约乡的乡亲们才走出屋子，看着探照灯强烈的灯光下，滑坡体斜挂在对面江岸上，道路，树木，都消失不见，变成了一股由泥土和岩石组成的凝固的巨流。

哭声四起。

仁钦闻到空气中充满了破裂翻涌的岩石互相碰撞摩擦而散发出的硝石味道。他拿起电话，向上级报告：9点47分，滑坡停止。云中村消失！没有形成堰塞湖！没有人员伤亡！瓦约乡平安！

仁钦放下电话，身子摇晃着差点倒下。但他扶住了椅子，艰难坐下。

他被人架起来，他说：我不要去卫生院，我要回家。

仁钦在床上躺下来，等人群散尽，他哭了。他对女朋友说：云中村没有了。云中村没了呀！舅舅也不在了！

仁钦晕过去了。

那天晚上，下半夜起了大风，把滑坡体上的浮尘都刮向了天际。但仁钦没有听见。他在梦中去与舅舅相见。舅舅的眼睛闪闪发光，整张脸都闪闪发光，他说：呀！谢谢你，谢谢你们让我当上了非物质文化。都到了这个时候，他也不能把非物质文化遗产传承人这个全名说得完整。说完这句话，阿巴就消失了。任随仁钦对着边际上带着明亮光晕的黑暗呼喊，任随他对着四溢飘忽的尘烟呼喊，阿巴他再也不作回答。

仁钦是在太阳升起后才醒来的。

女朋友对他说：县长来了，州长来了。云丹叔叔来了，移民村的乡亲们也回来了。

仁钦起身，把自己弄得干净整齐了，这才出现在大家面前。人们都拥抱了他。他和大家一起走向江边。人们为他让开道路，为云中村的乡亲们让开道路。仁钦推着轮椅上的央金姑娘，和云中村归来的乡亲们穿过人群，来到了江边。

　　对岸的一切都已改变。闪着金属光泽的岩石泻满山坡，只有小小一部分伸入了江流。江水稍转了一个弯，淹没了江这边一片沙滩，把沿河护岸的柳树与杨树根部淹没了一点。除此之外，就像一切都没发生，就像一切都从来就是这样。风中还传来清丽的鸟鸣。风还摇晃着树梢。地里没有收割的庄稼在阳光下一片金黄。江水仍然浩荡流淌。如果不是瓦约乡人，不是云中村人，不会有人知道世界上刚刚消失了一个古老美丽的村庄。

　　仁钦对女朋友说：舅舅要的，可能就是这种样子吧。

　　女朋友说：云中村的乡亲们都回来了，我们今天结婚吧。

　　回到家里，仁钦看到窗台上阳光下那盆鸢尾中唯一的花苞，已然开放。那么忧郁，那么鲜亮，像一只蓝色的精灵在悄然飞翔。

2018年5月12日汶川地震十周年纪念日动笔

2018年国庆假期完稿

代后记

写出光芒来

我亲历了汶川地震，亲眼目睹过非常震憾的死亡场面，见证过最绝望最悲痛的时刻，也亲见人类在自救和互救时最悲壮的抗争与最无私的友爱。因此常常产生书写的冲动，但多次抑制这种冲动，是因为我没有找到恰当的语言。为此，还得承受常常袭上心头的负疚之感。

　　这次地震，很多乡镇村庄劫后重生，也有城镇村庄与许多人，从这个世界上彻底消失。我想写这种消失。我想在写这种消失时，不止是沉湎于凄凉的悲悼，而要写出生命的庄严，写出人类精神的崇高与伟大。在写到一个个肉身的殒灭与毁伤时，要写出情感的深沉与意志的坚强，写到灵魂和精神的方向，这需要一种颂诗式的语调。在至暗时刻，让人性之光，从微弱到强烈，把世界照亮。即便这光芒难以照亮现实世界，至少也要把我自己创造的那个世界照亮。要写出这种光明，唯一可以仰仗的是语言。必须雅正庄重。必须使情感充溢饱满，同时又节制而含蓄。必须使语言在呈现事物的同时，发出声音，如颂诗般吟唱。

这样的语言在神话中存在过，在宗教性的歌唱中存在过。当神话时代成为过去，如何重铸一种庄重的语言来书写当下的日常，书写灾难，确实是一个巨大的挑战。科学时代，神性之光已经黯淡。如果文学执意要歌颂奥德赛式的英雄，自然就要与当下流行的审美保持一定的距离。

美国批评家哈罗德·布鲁姆在《史诗》一书中说："史诗——无论古老或现代的史诗——所具备的定义性特征是英雄精神，这股精神凌越反讽。"他还说，无论是但丁、弥尔顿还是沃尔特·惠特曼，都充满了这种精神。如果说但丁和弥尔顿于我多少有些隔膜，但惠特曼是我理解并热爱的。布鲁姆说，惠特曼式的英雄精神"可以定义为不懈"，"或可称之为不懈的视野。在这样的视野里，所见的一切都因为一种精神气质而变得更加强烈"。

我出身的族群中有种古老的崇拜体系，是前佛教的信仰，它的核心要义不是臣服于某个代表终极秩序和神圣权力的神或教宗，而是尊崇与人类生命同在的自然之物。这种信仰相信与血肉与欲望之躯同时存在的，还有一个美丽的灵魂。同时拥有这两者，才是一个真正的人。他们的神也是在部族历史上存在过的，与自己有着血缘传承的真正英雄。这种信仰与纯粹的宗教不同之处在于，后者需要的只是顺人，而前者却能激发凡人身上潜在的英雄品质。

这和斯宾诺莎提倡的自然神性是契合的。

斯宾诺沙说："同深挚的感情结合在一起，对经验世界中所显示出来的高超理性的坚定信仰，这就是我的'上帝'概念。照通常的说法，这可以叫做'泛神论'的概念。"

表达或相信这种泛神的价值观，必须配合以一种诗性的语言。

我熟悉这样的语言系统。进入《云中记》的写作时，我可以从我叫作'嘉绒语'的第一母语中把那种泛神泛灵的观念——不对，说观念是不正确的，应该是泛神泛灵的感知方式转移到中文中来。这并不是说把这个语言系统照搬过来就可以了。一种古老的语言，它已不能充分胜任从当下充满世俗性的社会生活中发现诗意与神性，它的一些特殊况味也很难在一个语言系统中完美呈现。更何况，在书写地震时，它还会与一整套科学的地理术语相碰撞，这其中，既有可能性的诱惑，同时也四处暗伏着失败的陷阱。

虽然如此，我还是把这种语言，这种语言的感知世界的方式作为我的出发点，使我能随着场景的展开，随着人物的行动，时时捕捉着那些超越实际生活层面，超过基本事实的超验性的、形而上的东西，并时时加以呈现。在这样的情境中，语言自身便能产生意义，而不被一般性的经验所拘泥。不会由于对现实主义过于狭窄的理解，因为执着于现实的重现而被现象所淹没。

这种语言调性的建立，古典中文给我提供了很好的帮助。在中国古典诗歌中，有许多一个人的生命与周遭事物相遇相契、物我相融的伟大时刻。是"留连戏蝶时时舞，自在娇莺恰恰啼"那样的时刻。是"感时花溅泪，恨别鸟惊心"那样的时刻。

这样伟大的时刻，是身心俱在，感官全开，是语言与情感和意义相融相生，而中国叙事文学"且听下回分解"式的方法从未取得过这样伟大的语言胜利。

《云中记》这本书，在表现人与灵魂、人与大地的关系时，必须把眼光投向更普遍的生命现象，必须把眼光投向人对自身情感与灵魂的自省。此时，中国叙事文学中汲汲于人与人关系的那些招术就失灵了。只有中国诗歌中那些伟大的启示性召唤性的经验，才是我所需要的，这种在叙事状物的同时，还能很好地进行情感抒发与控制的能力才是我所需要的。我发现，中国文学在诗歌中达到巅峰时刻，手段并不复杂：赋、比、兴，加上有形状，有声音，有隐而不显的多重意味的语词。更重要的支撑，是对美的信仰。至美至善，至善至美。至少在这本书里，我不要自己是一个怀疑论者。我要沿着一条语词开辟的美学大道护送我的主人公一路向上。

"花近高楼伤客心，万方多难此登临。"

"羌妇语还哭，胡儿行且歌。"

巨大的灾难，众多的死亡当然是让人"语还哭"的，但灾难的书写不能仅止于绝望，更要写出"行且歌"的不屈与昂扬。

这种叙写与抒发可以同时兼顾的优越特点，我认为正是中文所擅长的，需要珍视与发扬的。《文心雕龙》中说："傍及万品，动植皆文"，我想就是这个意思。

尽管我们对如何完成一部小说有很多讨论，但更多还是集中在内容方面。而我向来以为，对一个写作者来说，最最重要的还是语言。有了写作所需的材料与构想，最终要等待的还是特定语言方式的出现。在写作进程中，语词间时时有灵光跳跃闪烁，一个写作者就是一个灵光捕手，手里有的只是一张随时可以撒开的网，在语词的海洋中捕捉灵光。一网下去，捕捉住了什么，打开看看，在意料之外，捕住了什么？通感。象征。隐喻。或者只是一个准确的词。或者是一个形象全出的字。暗示，又似乎什么都没有暗示。瞬息之间，那个被无数次使用而又麻木的词又活过来了。那个老旧的字，站在那里，摇撼它，它会发出新的声音，新的声调带着新的质感。

如此，一个有着新鲜感的文本渐渐生成。语词是它的地基，语词是它的门户，语词是它的穹顶。

哈罗德·布鲁姆列出三条好小说的标准，第一条就是"审美的光芒"。我想，这个光芒必然是来自语言。

最后补充一句，前面说，嘉绒语是我的第一母语。这种语言，是我最初进入这个世界，感知这个世界的路径。当我开始写作，作为一个中国人，我用中文写作。我更喜欢把许多人称为汉语的这种语言叫作中文，因为它也是全中华共同使用的语言。在这个意义上，我把中文叫作我的第二母语。我的幸运在于，这两种语言都在不同方面给了我伟大的滋养。

在《收获》文学排行榜颁奖典礼上的发言

图书在版编目 (CIP) 数据

云中记 / 阿来著. — 北京：北京十月文艺出版社，
2024. 10.（2025. 4 重印）— ISBN 978-7-5302-2412-0

Ⅰ. Ⅰ247.5

中国国家版本馆 CIP 数据核字第 20248G02T6 号

云中记

YUNZHONG JI

阿来　著

出　　版	北 京 出 版 集 团	
	北京十月文艺出版社	
地　　址	北京北三环中路 6 号	
邮　　编	100120	
网　　址	www.bph.com.cn	
发　　行	新经典发行有限公司	
	电话 010-68423599	
经　　销	新华书店	
印　　刷	北京盛通印刷股份有限公司	
版　　次	2024 年 10 月第 1 版	
印　　次	2025 年 4 月第 3 次印刷	
开　　本	880 毫米 × 1230 毫米　1/32	
印　　张	12.75	
字　　数	284 千字	
书　　号	ISBN 978-7-5302-2412-0	
定　　价	68.00 元	

如有印装质量问题，由本社负责调换
质量监督电话　010-58572393